Liza Marklund (Zweden, 1962) is de leading lady van de Zweedse crime. Haar eerste misdaadroman, *Springstof*, werd in Zweden meteen met veel lovende kritieken ontvangen. Inmiddels is de serie over Annika Bengtzon wereldwijd een groot succes: van *Studio Sex*, *Paradijs*, *Prime time*, *De rode wolf*, *Het testament van Nobel*, *Levenslang* en *Een plek onder de zon* werden meer dan dertien miljoen exemplaren verkocht in dertig talen. Naast haar schrijfwerk runt Marklund haar eigen uitgeverij en is ze ambassadeur voor Unicef. Ze maakt documentaires voor televisie en schrijft artikelen voor kranten over vrouwen- en kinderrechten. Met haar man en kinderen woont ze afwisselend in Zweden en Spanje.

Boeken van Liza Marklund

Liza Marklund

Teken van leven

Uit het Zweeds vertaald door Wendy Prins

DE GEUS

Oorspronkelijke titel *Du gamla, du fria*, verschenen bij Piratförlaget
Oorspronkelijke tekst © Liza Marklund 2010
Published by agreement with Salomonsson Agency
Nederlandse vertaling © Wendy Prins en De Geus BV, Breda 2012
Omslagontwerp Mijke Wondergem
Omslagillustratie © Arcangel/HH
ISBN 978 90 445 1658 6
NUR 305

Wilt u het gratis magazine *Geuzennieuws* met informatie over onze
nieuwe uitgaven ontvangen, ga dan naar www.degeus.nl en meld u aan.

DAG 0

Ik voelde geen angst. De wegversperring zag er net zo uit als al die andere die we gepasseerd waren. Roestige olievaten aan weerszijden van het spoor (je kon het nou niet bepaald een weg noemen), een omgehaalde boom die min of meer van zijn takken was ontdaan, enkele mannen met besmeurde machinegeweren.

Reden tot ongerustheid was er dus niet. Maar ik merkte dat Catherine haar been steviger tegen het mijne aandrukte. De prikkeling plantte zich via spieren en zenuwbanen voort naar mijn lid, het was een onbewuste reactie en ik kon er niets mee, ik gluurde alleen maar naar haar en glimlachte bemoedigend.

Ze had een oogje op mij, wachtte alleen op mijn initiatief.

Ali, de chauffeur, liet het raampje aan de bestuurderskant zakken en leunde met onze visums in zijn hand naar buiten. Hij zat vlak voor me, het was een auto met het stuur rechts, voor gebruik in het Gemenebest gebouwd. Een hete wind zwiepte droog en grof zand de auto in. Ik keek uit over het landschap: lage doornstruiken, breed uitwaaierende acacia's, verdorde aarde en een eindeloze lucht. Rechts voor ons meende ik een afgedekte vrachtwagen te zien, een berg lege flessen en oude dozen, een kadaver. De andere Land Cruiser kwam links naast ons staan, de Duitse secretaresse zwaaide door het raampje naar ons. Iedereen negeerde haar.

Waarom stuurde men een secretaresse op zo'n reis als deze? Dat was ons allemaal een raadsel.

Ik keek op de klok, het was 13.23 uur. We waren wat te laat, maar niet zo heel veel. De Roemeense afgevaardigde

7

had een heleboel foto's gemaakt en Catherine had al een soort verslag naar de conferentie opgestuurd. Ik dacht te weten waarom. Ze wilde er niet vanavond nog aan moeten werken. Ze wilde het officiële diner overslaan en met mij alleen zijn, ze had het me nog niet gevraagd, maar ik voelde het.

Nu leunde ze mijn kant op, maar ik besloot om haar nog even te laten vechten.

'Thomas,' fluisterde ze in *Queen's English*, 'wat is er aan de hand?'

De chauffeur had het portier geopend en stapte op de rode aarde. De mannen met de machinegeweren omsingelden de auto. Een van hen opende het portier aan de passagierskant en zei op luid commanderende toon iets tegen de tolk; de tengere jongeman deed zijn handen omhoog en ook hij stapte uit. Ik hoorde dat een van de bewakers op de bank achter ons zijn wapen doorlaadde. In mijn ooghoeken zag ik een glinstering van metaal. Dat was de eerste keer dat ik me ongemakkelijk voelde met de situatie.

'Er is niets aan de hand,' zei ik en ik probeerde geruststellend te klinken. 'Ali regelt dit wel.'

Ook het achterportier aan de linkerkant werd geopend. De Franse afgevaardigde, Magurie, die er het dichtstbij zat, slaakte een demonstratieve zucht en stapte uit. De droge hitte verdreef de laatste restjes van de door de airco gekoelde lucht uit de auto, het rode stof vlijde zich als een flinterdunne deken over de leren bekleding neer.

'Wat is er?' zei de Fransman met zijn nasale stem. Hij klonk oprecht verontwaardigd.

Een lange man met een kaarsrechte neus en hoge jukbeenderen ging bij mijn portier staan en staarde me aan. Zijn zwarte gezicht kwam vlak bij het mijne. Over zijn ene oog liepen rode strepen, alsof hij er onlangs een klap op had gehad. Hij hief zijn machinegeweer en tikte met de loop tegen de ruit. De ruimte achter hem was wit en kaalgevreten, de lucht zinderde van de hitte.

De angst vloog me naar de keel.

'Wat moeten we doen?' fluisterde Catherine. 'Wat willen deze mannen?'

In gedachten zag ik het beeld van Annika voor me, haar grote ogen en het steile haar.

'Hun macht tonen', zei ik. 'Niet bang zijn. Doe wat ze zeggen, dan komt het allemaal goed.'

De lange man opende het portier aan mijn kant.

DAG 1

WOENSDAG 23 NOVEMBER

De vrouw lag op de beboste heuvel, een meter of twintig achter het kinderdagverblijf, en was ondergesneeuwd. Haar ene laars stak als een afgewaaide tak of een deel van een wortelkluit uit de sneeuw omhoog. Het langlaufspoor op het wandelpad toonde net bij die plek een zekere aarzeling, de stokafdrukken hadden hun regelmaat verloren. Verder was de sneeuw ongerept.

Als die laars er niet was geweest, had het ook een steen kunnen zijn, of een mierenhoop, of een zak met bijeengeharkte bladeren. Glinsterend en met zachte rondingen tekende het lichaam zich als een witte zeehond tussen het lage struikgewas af. Sneeuwkristallen die aan de schacht van de laars waren blijven plakken, schitterden in het schemerlicht: de schoen was bruin, de hak puntig.

'Jij behoort hier niet te zijn.'

Annika Bengtzon negeerde de politieagent die hijgend achter haar aan kwam. Via een wandelpad achter de Selmedalsvägen, langs een verlaten voetbalveld en daarna de heuvel op, het jonge bos in, had ze de vindplaats weten te bereiken. Haar schoenen zaten vol met smeltende sneeuw, haar voeten werden al snel gevoelloos door de kou.

'Ik zie geen afzetting', zei ze, zonder haar blik van het lichaam los te maken.

'Dit is een plaats delict', zei de agent en het klonk alsof hij opzettelijk met een lagere stem sprak dan normaal. 'Ik moet je vragen om te vertrekken, nu meteen.'

Annika nam nog twee foto's met haar mobiele telefoon en keek op naar de agent. Hij had nog nauwelijks baardgroei.

'Indrukwekkend', zei ze. 'Het lichaam is nog niet eens onder de sneeuw vandaan gehaald en jij hebt al een voorlopige doodsoorzaak. Waaraan is ze overleden?'

De ogen van de agent versmalden zich.

'Hoe weet je dat het een zij is?'

Annika keek weer naar het lichaam.

'Travestieten zijn weliswaar vaak dol op hoge hakken, maar zelden in maatje ... wat denk je? 36? 37?'

Ze liet de telefoon in haar tas vallen, waar hij meteen in een zee van pennen, kinderwanten, plastic pasjes, usb-sticks en notitieboekjes verdronk. Een collega van de politieman kwam briesend de heuvel op met een rol afzetlint in zijn hand.

'Is ze als vermist opgegeven?' vroeg Annika.

'Geen stijl', zei de agent.

'Wat?' zei Annika.

'Dat de meldkamer eerst de boulevardpers belt en dan pas een oproep laat uitgaan. Weg jij!'

Annika hees de tas op haar schouder, keerde het levenloze lichaam de rug toe en liep terug naar het voetbalveld.

Sinds een paar maanden waren alle regio's in Zweden overgegaan op Rakel: een digitaal radiocommunicatiesysteem voor politie, ambulance en brandweer dat niet kon worden afgeluisterd. Alle vroegere tipgevers, die de politie altijd op de voet hadden gevolgd, waren zodoende werkloos geworden. Het personeel van de meldkamers had hun taak om de media over ellende en geweld in te lichten en de extra inkomsten die dat genereerde echter enthousiast overgenomen.

Ze bereikte de rand van het bos, bleef even staan en keek uit over de buitenwijk.

De negen verdiepingen hoge, grijsbruine flats aan haar voeten waren in een sluier van nevel en rijp gehuld. De zwarte takken van het bos werden door de glimmende ramen weerspiegeld. De flats moesten ergens in de jaren vijftig, helemaal aan het begin van het Miljoenenprogramma, uit de grond zijn gestampt. Toch straalde het pleisterwerk op de gevels een zekere kwaliteit uit, alsof er hoe dan ook altijd een ambitie had bestaan om de woningen menswaardig te maken.

Alle gevoel was uit haar tenen verdwenen. Het was laat in de middag. Tussen de betonnen kolossen door kwam haar een windvlaag tegemoet.

Axelsberg. Een woonwijk zonder buitengrens, een naam op een winderig metroperron.

'Een levenloos lichaam achter een kinderdagverblijf in Axelsberg, kan er niet lang gelegen hebben.'

Toen de telefoniste van de krant belde, was ze op de terugweg geweest van IKEA bij Kungens Kurva, ze had de sneeuwbrij op de vier rijstroken van de snelweg zigzaggend getrotseerd en was ter hoogte van Mälarhöjden afgeslagen. Ze was zo'n halve minuut voor de eerste politieauto ter plaatse gearriveerd.

Ze stuurde twee van de foto's die ze met haar mobieltje had genomen naar de Desk: een overzichtsbeeld van de vindplaats en een close-up van de laars.

Een levenloos lichaam hoefde nog niet te betekenen dat er een misdrijf was gepleegd. Alle verdachte sterfgevallen werden door de politie onderzocht, maar meestal bleek het om een natuurlijke dood, een ongeluk of een zelfmoord te gaan.

Iets zei haar dat dit niet zo'n geval was.

De vrouw had niet gejogd en tijdens het lopen een hartinfarct gekregen, niet op die laarzen. Ze zou sowieso niet dwars door het struikgewas naast het wandelpad hebben gerend.

Ook was het onwaarschijnlijk dat ze over een afstand van een paar meter was uitgegleden en zo in de bosjes was beland.

15

Ze lag onder de sneeuw, maar de tipgever had gelijk gehad. Ze kon daar niet zo lang gelegen hebben.

Gisteravond laat was het begonnen te sneeuwen, scherpe ijskristallen sloegen tegen de ruiten en prikten als naalden in het gezicht bij eenieder die, zoals Annika, om half elf 's avonds nog naar buiten had gemoeten om een pak melk te halen.

In de loop van de ochtend was het harder gaan sneeuwen. Het meteorologisch instituut SMHI had een waarschuwing voor extreem weer uit laten gaan: 'Gevaar voor de bevolking, kans op grote materiële schade en grote verstoring van het openbare leven.'

Een uur geleden was het plotseling droog geworden.

De vrouw kon daar niet de hele nacht hebben gelegen, dan zou ook haar voet zijn ondergesneeuwd.

Ze is daar in de ochtenduren beland, dacht Annika. Wat doet een vrouw op hooggehakte laarzen om acht uur 's ochtends in haar eentje in een sneeuwstorm op een voetpad achter een kinderdagverblijf?

Annika ging naar rechts en daalde af naar de weg.

Er was niet één, maar er waren twee crèches naast elkaar aan de Selmedalsvägen, een openbare en een particuliere. Drie stilstaande politieauto's met de zwaailichten nog aan stootten een wolk uitlaatgassen uit in de richting van de ingangen, een walm die verwaaide en tussen klimrekken en glijbanen werd verspreid. Zolang de zwaailichten aan waren, moesten de auto's stationair blijven draaien, anders liepen de accu's leeg. Het was al meer dan eens voorgekomen dat grote politieacties in het honderd waren gelopen omdat de politieauto's niet wilden starten.

Enkele ouders, twee moeders en een vader, liepen met grote ogen en angstige passen naar het particuliere kinderdagverblijf toe. Was er iets gebeurd? Toch niet op hun crèche? En vast niet met hun kinderen, want dan had er wel iemand gebeld, toch?

16

Annika ging achter een van de politieauto's staan om de ouders op te wachten. De vader nam de leiding en liep naar de aspirant-agent die in de kou was achtergebleven om de pers en andere nieuwsgierigen op afstand te houden.

Er was iemand gevonden, waarschijnlijk overleden, boven op de heuvel ... Nee, niet op het terrein van het kinderdagverblijf, daarboven in het bos ... Nee, het was niet waarschijnlijk dat een van de kinderen het lichaam had gezien ... Nee, de doodsoorzaak was nog niet bekend, en er was niets wat erop wees dat het sterfgeval iets met het kinderdagverblijf te maken had ...

De ouders slaakten een zucht van verlichting en haastten zich naar binnen naar hun eigen kroost, zichtbaar opgelucht dat de dood ook ditmaal andermans zorg en verdriet was.

Ze liep naar de aspirant.

'Bengtzon,' zei ze, 'de *Kvällspressen*. Op welk kinderdagverblijf had ze haar kinderen?'

De aspirant gluurde in de richting van de openbare crèche.

'Kind, zul je bedoelen', zei hij. 'Ze had er maar een, voorzover ik het begrepen heb. Een jongetje.'

Annika volgde zijn blik. Naast de ingang bungelde een rode kartonnen ster achter het raam. Uitgeknipte, witte sneeuwvlokken waren op de ruiten geplakt.

'Haar werk heeft alarm geslagen, of niet? Ze kwam vanochtend niet opdagen?'

Hij schudde zijn hoofd.

'Een van de buren', zei hij en hij deed een stap naar achteren. 'Maar dit moet je maar aan de meldkamer vragen, of aan de leider van het onderzoek. Ik weet eigenlijk niets.'

Een gevoel van onbehagen begon als een zware bas in haar maagstreek te trillen, het wende nooit.

Een jonge moeder met kleine voeten op hoge hakken brengt haar kind naar de crèche en sterft in een sneeuwstorm op het wandelpad op weg naar huis.

Ze rilde van de kou. De kartonnen ster bewoog langzaam achter het raam. Op de Selmedalsvägen passeerde een man op een fiets.

Ze wroette in haar tas tot ze haar mobiele telefoon gevonden had, nam een foto van het kinderdagverblijf, gaf de aspirant een knikje en liep naar haar auto.

Sinds het gestopt was met sneeuwen was de temperatuur flink gezakt. Haar adem bevroor op de binnenkant van de voorruit, ze zette de verwarming op de hoogste stand en moest een paar minuten wachten voor ze kon wegrijden. Ze trok de veters van haar schoenen los en bewoog de tenen van haar linkervoet als een bezetene op en neer om er weer wat leven in te krijgen.

Ellen en Kalle liepen tegenwoordig zelf van de naschoolse opvang naar huis, wat minder spectaculair was dan het misschien klonk. Hun opvang lag aan de andere kant van de Hantverkargatan, wat een van de redenen was waarom zij en Thomas nog niet echt hun best hadden gedaan om andere woonruimte te zoeken, hoewel haar driekamerflat eigenlijk veel te klein was.

Het verkeer kwam een beetje in beweging, ze liet de koppeling los en reed al slippend een paar meter door de sneeuw.

Zelfs de Essingeleden was niet sneeuwvrij gemaakt. Ze wist niet of het door de klimaatverandering kwam of dat de sneeuwwallen op de snelweg het resultaat waren van het nieuwe rechtse beleid van de stad.

Ze slaakte een zucht en pakte haar privémobieltje, koos het laatst gebelde nummer en luisterde naar het door stormen en satellieten veroorzaakte geknetter. Er klonk een klik op de lijn, zonder dat de telefoon was overgegaan.

'*Hello, you have reached Thomas Samuelsson at the Department of Justice ...*'

Geïrriteerd en lichtelijk beschaamd verbrak ze de verbinding. Sinds eergisteravond had haar man zijn mobiele telefoon niet meer opgenomen. Elke keer als ze hem probeerde te bereiken, kwam ze in zijn hoogdravende voicemail terecht die hij per se in het Engels had willen houden, hoewel ze al bijna vier maanden uit Washington terug waren. En dan dat duidelijk gearticuleerde en nonchalant slepende 'Department of Justice', jéézez ...

Onder in haar tas ging haar andere mobieltje, dat van de krant. Ze diepte het op zonder haast te maken, het verkeer stond immers toch stil.

'Waar heb je in hemelsnaam foto's van opgestuurd?'

Patrik Nilsson, de nieuwschef van de afdeling Papier, had de foto's van het wandelpad en de laars klaarblijkelijk ontvangen.

'Een dode moeder. Had haar zoon vanmorgen naar de crèche gebracht en heeft op weg naar huis het leven gelaten, onduidelijk hoe. Ik durf te wedden dat ze in scheiding ligt en dat de vader van het kind haar heeft doodgeslagen.'

'Het lijkt wel een wortelkluit. Hoe was het bij Ingvar?'

'Ingvar?'

'Kamprad uit Elmtaryd Agunnaryd?'

Ze moest in haar geheugen graven om zich de opdracht te herinneren waarvoor ze in eerste instantie op pad was gestuurd.

'Was niets', zei ze.

'Weet je het zeker?'

Patrik had het in zijn hoofd gehaald dat het dak van het IKEA-filiaal bij Kungens Kurva, de grootste IKEA ter wereld, op instorten stond vanwege de enorme hoeveelheden sneeuw die erop lagen. Het zou ongetwijfeld een goed verhaal zijn geweest, als het geklopt had. Het personeel van de informatiebalie had verbaasde ogen opgezet toen Annika vroeg of ze problemen hadden met op instorten staande daken. Ze beweerde dat er een tip bij hen was binnengekomen, wat niet waar was. De 'tip' was 's ochtends tijdens de redactievergadering van elf uur ontstaan, vermoedelijk in de hersenen van Patrik Nilsson. Ze was dus op pad gestuurd om te kijken in hoeverre de werkelijkheid aan de behoeften van de *Kvällspressen* kon worden aangepast, wat in dit geval vrij lastig bleek te zijn. Het personeel van de informatiebalie belde een technische chef op een of ander hoofdkantoor, en deze wist door de telefoon te garanderen dat het dak tweeëntwintig meter sneeuw kon verdragen. Minstens.

'Geen kapotte daken', zei ze laconiek tegen Patrik.

'Dat meen je niet. Ben je wel boven geweest om het met eigen ogen te zien?'

'Yep', loog ze.

'Zelfs geen barsten?'

'Nix.'

De auto's om haar heen kwamen plotseling in beweging. Ze zette de auto in zijn één, slipte even in de sneeuwbrij en kon met bijna twintig kilometer per uur doorrijden.

'Wat doen we met de dode moeder?' vroeg ze.

'Wie? Die wortelkluit?'

'De politie weet zo goed als zeker wie ze is, een van de buren heeft haar vandaag als vermist opgegeven, maar ze zullen waarschijnlijk niet vanavond al met de naam naar buiten komen.'

'Was dat de vrouw die achter een crèche lag?' vroeg Patrik met nieuwe belangstelling in zijn stem. 'Heeft een van de kinderen haar gevonden?'

'Nee', zei Annika en ze schakelde naar zijn twee. 'Een langlaufer.'

'Weet je het zeker? Misschien is een van de kinderen met een snowracer tegen haar op geknald? Misschien kwam de arm van het lijk omhoog waardoor een van de glij-ijzers erachter bleef haken?'

'Het verkeer rijdt weer', zei Annika. 'Ik ben er over een kwartier.'

Ze zette de auto in de parkeergarage van de krant en begaf zich via de trap naar het ondergrondse tunnelsysteem. Vroeger waren er vier opgangen naar de redactie, maar bomdreigingen en betweters hadden ervoor gezorgd dat die tegenwoordig allemaal afgesloten waren, behalve één. De enige manier om de portiersloge te vermijden, was de parkeergarage via de kelder verlaten en dan de lift nemen die achter de receptie uitkwam. Tore Brandt was weliswaar ontslagen toen aan het licht was gekomen dat hij 's nachts clandestien sterkedrank verkocht aan de redacteurs, maar het gevoel van onbehagen om de lange balie te moeten passeren zat nog diep, dus ging ze bijna altijd via de kelder.

Ze moest een paar minuten op de lift wachten. Op weg naar boven trok haar maag samen, net als al die andere keren voor ze de redactie binnenging, een soort verwachtingsvolle spanning, een paraatheid om met wat dan ook te kunnen worden geconfronteerd.

Ze haalde diep adem voor ze de vlekkerige vloerbedekking op liep.

In de drie jaar dat ze als correspondent in Washington gestationeerd was geweest, was het kantoorlandschap een paar keer verbouwd en aan de moderne eisen van de nieuwe tijd aangepast. In het midden zweefde de nieuwsdesk als een lichtgevend ruimteschip. Er had een uitbreiding plaatsgevonden: vroeger was er één, maar nu waren er drie. Als twee halve manen zaten Papier en Internet met hun ruggen naar elkaar toe naar hun computerschermen te staren. Berit Hamrin, haar favoriete collega, noemde het 'de banaantjes'. Web-tv zat ernaast, op de vroegere plek van de telefoniste. Twaalf gigantische beeldschermen zweefden boven hun hoofden en toonden nieuwspagina's met web-tv, teletekst en docusoaps. Marketing en reclame waren nu ook fysiek op de redactie aanwezig. De schermen tussen de tafels van de dagreporters waren geheel verwijderd.

Eenmaal binnen daalde er altijd een geconcentreerde rust over haar neer.

In feite was er niet zo veel veranderd, het was alleen een stuk krapper geworden. De honderden tl-buizen verspreidden hun indirecte licht in dezelfde flikkerende blauwe toon. Tafels vol stapels papier. In opperste concentratie gebogen hoofden. Een doelgerichte nervositeit die de werkelijkheid voor zich uit dreef en forceerde, haar creëerde.

De jaren in Washington leken een verhaal dat iemand haar verteld had, of een roman die ze had gelezen, of de herinneringen aan een droom. Het leven was weer terug bij af. Precies op deze plek was ze dertien jaar geleden als vakantiekracht begonnen: ze moest tips checken, was een manusje-van-alles, een handlanger van de nieuwsbranche.

Een diepe vermoeidheid maakte zich van haar meester, de tijd draaide alleen maar rondjes om zijn eigen as, ze stuitte op dezelfde soort vrouwenmoorden als die eerste zomer, al was ze door andere nieuwschefs erop uitgestuurd, ze was weer terug en woonde in dezelfde wijk, al was het in een ander appartement; de werkelijkheid was ervandoor gegaan maar had haar achtergelaten.

'Heb je al gegeten?' vroeg ze aan Berit Hamrin, die geconcentreerd op haar laptop zat te typen.

'Heb een boterham gehad', antwoordde Berit, zonder van het beeldscherm op te kijken of het tempo waarin haar vingers over het toetsenbord vlogen te laten zakken.

Annika haalde haar laptop tevoorschijn. Zelfs de mechanische bewegingen waren hetzelfde: de stekker in het stopcontact steken, het scherm openklappen, de computer aanzetten, inloggen op het netwerk. Berit was grijzer geworden en had een andere bril gekocht, verder was de wereld om haar heen bijna exact hetzelfde als in het jaar dat ze vierentwintig werd. Toen was het een hete zomer en lag de dode jonge vrouw achter een grafsteen op een kerkhof. Nu was het hartje winter en lagen de doden achter een kinderdagverblijf in een kreupelbos. Of op parkeerplaatsen. Of in een villawijk op straat, of ...

Ze fronste haar voorhoofd.

'Zeg,' zei ze tegen Berit, 'zijn er dit najaar in Stockholm niet meerdere vrouwenmoorden gepleegd? Buitenshuis?'

'Niet meer dan anders, denk ik', zei Berit.

Annika ging naar mediearkivet.se, een betaalsite waar een groot deel van de Zweedse media hun gepubliceerde artikelen en fragmenten opsloeg. Ze zocht op 'vrouw vermoord Stockholm' vanaf 1 augustus jongstleden en vond een aantal treffers. De teksten waren geen artikelen, maar korte berichtjes, vooral uit de Keurige Ochtendkrant.

Eind augustus was op een parkeerplaats in Fisksätra, even buiten Stockholm, het stoffelijk overschot van een vierenvijftigjarige vrouw aangetroffen. Ze was met een mes in haar rug gestoken. Haar echtgenoot had eerder een korte gevangenisstraf uitgezeten omdat hij haar had geslagen en bedreigd. Blijkbaar was hij aangehouden voor de moord, maar wegens gebrek aan bewijs weer vrijgelaten. Omdat de echtgenoot meteen was opgepakt, werd het voorval alleen bij 'Nieuws in het kort' in het Stockholmkatern van de ochtendkrant vermeld. En als familietragedie gerubriceerd en afgedaan.

In dezelfde rubriek vond ze het volgende berichtje, ruim een week later gepubliceerd. Een negentienjarige vrouw van allochtone afkomst was in een populaire badplaats bij het Ullnasjönmeer in Arninge, ten noorden van de stad, vermoord. Ze was aan de gevolgen van een groot aantal messteken overleden. Haar verloofde, die overigens ook haar neef was, zat in hechtenis voor de moord. Hij ontkende de misdaad te hebben gepleegd.

En half oktober was er in een straat in Hässelby een zevenendertigjarige vrouw, moeder van drie kinderen, met messteken om het leven gebracht. De ex van de vrouw was aangehouden, verdacht van de moord. Of hij in hechtenis was genomen, weer was vrijgelaten of was aangeklaagd, kwam niet uit het stukje naar voren.

Ook van elders in het land waren er een aantal treffers aangaande moordzaken of gevallen van dodelijk huiselijk geweld, maar die berichtjes waren nóg korter.

'Hé, Annika,' zei Patrik, hoog boven haar uittorenend, 'zou je een brand in Sollentuna willen doen? Het is vast een van de eerste kerstbranden, je weet wel, oude vrouwtjes die de kaarsen te lang laten doorbranden. Zoek eens uit hoe slecht Zweden met een brandblusser overweg kunnen en hoe weinig mensen eraan denken om de batterijen in hun rookmelders te vervangen. Kan een knap staaltje consumentenvoorlichting worden: zo voorkom je dat een kaars je dood wo...'

'Ik heb al die dode moeder bij de crèche', zei Annika.

Patrik knipperde niet-begrijpend met zijn ogen.

'Maar dat was toch niks?' zei hij.

'De vierde moord sinds ik terug ben', zei ze, terwijl ze haar laptop naar hem toe draaide. 'Allemaal vrouwen, allemaal uit Stockholm, allemaal met een mes doodgestoken. Stel dat je iets mist? Stel dat er een seriemoordenaar vrij rondloopt?'

Opeens begon de nieuwschef onzeker te kijken.

'Denk je? Hoe is deze gestorven? Waar was het ook al weer, in Bredäng?'

'Axelsberg. Je hebt de foto toch gezien? Wat denk je?'

Patrik keek een paar seconden uit over de redactie en diepte de foto met de wortelkluit uit zijn hersenbalk op. Voorlopig was de vrouw alleen nog maar een hoop sneeuw. Langzaam begon het hem te dagen.

'Seriemoordenaar?' snoof hij. 'Wishful thinking!'

Hij maakte rechtsomkeert en ging met zijn dodelijke kaarsen naar een andere verslaggever.

'Dus jij moest daaropaf?' zei Berit. 'Jonge moeder? Echtscheiding? Aangifte van bedreiging die niemand serieus heeft genomen?'

'Waarschijnlijk', zei Annika. 'De politie heeft haar naam nog niet vrijgegeven.'

Zonder naam van de vrouw hadden ze geen adres, en dus ook geen buurman of buurvrouw, en daarom konden ze nog geen achtergrond of story schrijven, als ze inderdaad vermoord bleek te zijn.

'Iets leuks?' vroeg Annika met een hoofdbeweging naar Berits tekst, terwijl ze ondertussen een sinaasappel uit haar tas opviste.

'Herinner je je Alain Thery? Vorig najaar is er het een en ander over hem geschreven.'

Annika zocht in haar geheugen, vorig najaar hadden de Tea Partybeweging en de Amerikaanse congresverkiezingen haar aandacht opgeëist. Ze schudde haar hoofd.

'De Franse handelsmagnaat die voor de kust van Puerto Banús met jacht en al is opgeblazen?' zei Berit, haar over haar computerbril aankijkend.

Annika richtte haar blik naar binnen.

Puerto Banús, witte boten en een blauwe zee, daar hadden Thomas en zij elkaar opnieuw gevonden, in Hotel Pyr, in die kamer naast de snelweg. Zij was daar om verslag te doen van de gasmoord op de familie Söderström, Thomas woonde in die tijd met Sophia Grenborg samen, maar was voor een congres in Málaga, en op dat congres was zij degene geweest met wie hij vreemd was gegaan.

'Er is een filmpje op YouTube gezet', zei Berit, 'waarin beweerd wordt dat Alain Thery de grootste slavenhandelaar van Europa was. Zijn hele bedrijfsimperium was een façade om jonge Afrikanen naar Europa te smokkelen en uit te buiten, soms zelfs met de dood tot gevolg.'

'Klinkt als smaad jegens een overledene', zei Annika, ze gooide de sinaasappelschil in de doos met oud papier en nam een partje. De sinaasappel was zo zuur als een citroen.

'Volgens het filmpje op YouTube zijn er tegenwoordig meer slaven in de wereld dan ooit tevoren, en ze zijn nog

25

nooit zo goedkoop geweest.'

'Dat is waar Thomas zich mee bezighoudt', zei Annika en ze vertrok haar gezicht en nam nog een partje.

'Frontex', zei Berit.

Annika gooide de rest van de sinaasappel in dezelfde doos als de schil.

'Exact. Frontex.'

Thomas en zijn bijzondere banen.

'Ik vind het echt verschrikkelijk', zei Berit. 'Dat hele Frontex is een ongelofelijk cynisch experiment, een nieuw IJzeren Gordijn.'

Annika logde in op Facebook en scrolde langs de statusupdates van haar collega's.

'Het doel', zei Berit, 'is om de arme wereld van de overvloed in Europa buiten te sluiten. En met een centrale organisatie ontlopen de lokale regeringen een heleboel kritiek. Als ze mensen uitzetten kunnen ze gewoon naar Frontex wijzen en hun handen in onschuld wassen, ongeveer zoals Pontius Pilatus.'

Annika glimlachte naar haar.

'Was jij niet in je jeugd al lid van de solidariteitsbeweging FNL?'

Eva-Britt Qvist zag ernaar uit om vanavond naar de schouwburg te gaan, schreef ze, Patrik had 43 minuten geleden een wrap gegeten, Foto-Pelle had een link geplaatst naar een documentaire van de *Kvällspressen* die in de zomer van 1975 was gemaakt.

'Het nieuwste wat Frontex bedacht heeft, is om de derde wereld zelf haar grenzen te laten sluiten. Dat is enorm praktisch. Wij in de eerste, oude en vrije wereld hoeven dan helemaal niet meer over de kwestie na te denken. De Libische leider Khaddafi heeft van onze Zweedse eurocommissaris een half miljard gekregen om vluchtelingen uit Somalië, Eritrea en Soedan in enorme concentratiekampen te interneren.'

'Klopt', zei Annika. 'Daarom is Thomas in Nairobi. Ze willen dat de Kenianen de grens met Somalië dichttimmeren.'

Ze pakte haar eigen mobieltje en belde weer Thomas' nummer.

'Heb je nog geen nieuwe telefoon gekregen?' vroeg Berit.

'Jawel', zei Annika.

'Hello, you have reached Thomas Samuelsson at the ...'

Ze drukte de mededeling weg, probeerde haar gevoelens te definiëren. Het was de vraag met wie hij vanavond in bed zou duiken. Ze voelde geen schaamte meer bij die gedachte, alleen een gelaten berusting.

Toen ze afgelopen zomer met het gezin naar Zweden was teruggekeerd, had Thomas een betrekking gekregen als onderzoeksmedewerker bij de 'Dienst beleidsvorming op het gebied van asiel en migratie'. Het was geen glamoureuze functie. Thomas was behoorlijk pissig geweest. Hij had gedacht dat hij na al die jaren in Washington wel iets beters zou krijgen. Mogelijk had hij zich getroost met de gedachte aan alle conferenties waaraan hij zou mogen deelnemen.

Annika duwde de gedachte weg en belde het bureau van het Openbaar Ministerie waar in de gemeente Nacka gepleegde misdrijven in behandeling werden genomen. Ze wist dat het parket vierentwintig uur per dag bereikbaar was.

Welke officier van justitie belast was met het onderzoek naar een moord die in augustus op een parkeerplaats in Fisksätra was gepleegd, kon de telefoniste haar echter niet vertellen.

'Die informatie kan ik hier niet inzien', zei de vrouw van de telefooncentrale verontschuldigend. 'Daarvoor moet ik u doorverbinden met het secretariaat, en dat sluit om drie uur.'

Nu ja, het was het proberen waard geweest.

Ze belde ook het Openbaar Ministerie in Norrort en Västerort, maar wie er verantwoordelijk was voor het onderzoek naar de moorden in de badplaats in Arninge en in de villawijk in Hässelby, wist niemand. (Wie er belast was met de onderzoeken naar de hippe misdrijven – spectaculaire overvallen op waardetransporten die met een helikopter waren gepleegd of sportsterren die drugs hadden gebruikt – kon daarentegen iedereen vertellen.)

'Nu chartert Frontex ook al vliegtuigen', zei Berit. 'Ze bundelen immigranten zonder papieren uit heel Europa samen om ze vervolgens in Lagos of Oelan Bator te dumpen. Zweden heeft al meerdere keren mensen op die manier uitgezet.'

'Ik denk dat ik er een punt achter zet voor vandaag', zei Annika.

Ze zette haar laptop uit, klapte hem met geoefende hand dicht, stopte hem in de computertas, wurmde zich in haar jas en liep naar de uitgang.

'Hé, Bengtzon!' werd er vanuit de portiersloge gebruld toen ze bijna door de draaideur was.

Shit, dacht ze. De autosleutels.

Ze nam de draaideur helemaal in het rond en kwam met een geforceerde glimlach opnieuw de entreehal binnen.

'Sorry', zei ze, terwijl ze de sleutels van TKG297 op de balie legde.

Maar de portier, een nieuwe gozer, nam de sleutels gewoon in ontvangst zonder tegen haar uit te varen en zonder te vragen of ze getankt had en de kilometerstaat had ingevuld (geen van beide had ze gedaan).

'Schyman zoekt je', zei de nieuwe portier. 'Hij zit in vergaderkamer De Kikker en wil dat je onmiddellijk bij hem komt.'

Annika bleef midden in een stap staan.

'Waarom?'

De nieuwe portier haalde zijn schouders op.

'Nog slechtere werktijden?' opperde hij.

28

Annika knikte waarderend, misschien was er toch nog hoop voor de portiersloge.

Ze ging naar de vergaderafdeling; waarom werd die kamer in godsnaam De Kikker genoemd?

De hoofdredacteur deed de deur voor haar open.

'Dag, Annika, kom binnen en ga zitten.'

'Word ik overgeplaatst naar Jönköping?' vroeg ze.

Drie ernstig kijkende mannen in donkere overjassen stonden op toen ze de deur binnenkwam. Ze hadden zich rond de kleine berkenhouten vergadertafel verspreid, het licht van een halogeenlamp reflecteerde in het whiteboard aan de achterwand en dwong haar om met haar ogen te knipperen.

'Wat is er aan de hand?' zei ze, terwijl ze haar hand tegen de verblindende reflectie omhooghield.

'Wij hebben elkaar weleens eerder ontmoet', zei de man die het dichtst bij haar stond en hij stak zijn rechterhand uit.

Het was Jimmy Halenius, Thomas' baas, de staatssecretaris op het ministerie van Justitie. Ze drukte zijn hand zonder te weten wat te zeggen.

'Dit zijn Hans-Erik Svensson en Hans Wilkinsson', zei hij, de twee andere mannen met zijn hand aanwijzend. Ze maakten geen aanstalten om naar voren te komen en haar te begroeten.

Hasse en Hasse, dacht ze. Ze verstijfde, werd een en al waakzaamheid.

'Annika,' zei Anders Schyman, 'ga zitten.'

De angst kwam uit het niets en vloog met zo'n kracht naar haar keel dat ze geen lucht meer kreeg.

'Wat?' kon ze nog net uitbrengen en ze bleef staan. 'Is er iets met Thomas? Wat is er met Thomas gebeurd?'

Jimmy Halenius deed een stap in haar richting.

'Voorzover we weten is er niets ernstigs met Thomas aan de hand', zei hij en hij keek haar aan.

29

Hij had diepblauwe ogen, ze herinnerde zich dat het haar al eens eerder was opgevallen dat zijn ogen zo blauw waren. Ik vraag me af of hij lenzen draagt, dacht ze.

'Je weet dat Thomas in Nairobi is om de Frontexconferentie over een nauwere samenwerking aan de Europese buitengrenzen bij te wonen?' zei de staatssecretaris.

Het nieuwe IJzeren Gordijn, dacht Annika. Tussen de vrije en de onvrije wereld.

'Thomas heeft de eerste vier dagen in het Kenyatta International Conference Center deelgenomen aan de conferentie. Gisterochtend heeft hij het congres verlaten om als Zweedse afgevaardigde mee te gaan op een inspectiereis naar Liboi, bij de grens met Somalië.'

Om de een of andere reden flitste het beeld van het ondergesneeuwde lichaam achter het kinderdagverblijf in Axelsberg door haar hoofd.

'Is hij dood?'

De donkergeklede mannen achter Halenius wisselden een blik uit.

'Er is niets wat daarop wijst', ging Jimmy Halenius verder, hij trok een stoel naar voren en nodigde haar uit om te gaan zitten. Ze liet zich erop neerzakken en zag de blikken tussen de twee mannen die Hans heetten.

'Wie zijn dat?' vroeg Annika met een hoofdbeweging naar de mannen.

'Annika,' zei Halenius, 'ik wil dat je goed luistert naar wat ik zeg.'

Ze liet haar blik door de kamer gaan om een uitgang te vinden, een vluchtweg, maar er waren geen ramen, alleen een whiteboard en een antieke overheadprojector in een hoek en een zacht zoemende ventilator aan het plafond. De wanden waren lichtgroen, een kleur die in de jaren negentig modern was. Limegroen.

'De delegatie bestond uit zeven vertegenwoordigers uit verschillende EU-landen die zich ter plaatse zouden laten informeren over het functioneren van de grensbewaking aan de grens met Somalië en daarover zouden rapporteren aan de conferentie. Het probleem is alleen dat de delegatie is verdwenen.'

Haar hart bonkte in haar oren. De bruine laarsschacht met de puntige hak stak recht de lucht in.

'Ze reisden met twee auto's van het merk Toyota Land Cruiser 100, sinds gistermiddag is er niets meer van de voertuigen of de afgevaardigden vernomen ...'

De staatssecretaris zweeg.

Annika staarde hem aan.

'Hoe bedoel je?' zei ze. 'Hoezo "verdwenen"?'

Hij begon iets te zeggen, maar ze onderbrak hem.

'Hoezo, ik bedoel, wat betekent dat, "niets meer van vernomen"?'

Ze vloog overeind. De stoel viel achter haar op de grond. Jimmy Halenius stond ook op, ging vlak naast haar staan. Zijn blauwe ogen flikkerden.

'Het volgsysteem van een van de auto's is even buiten Liboi teruggevonden,' zei hij, 'samen met de tolk van de delegatie en een van de bewakers. De tolk en de bewaker waren dood.'

De kamer deinde op en neer, ze greep naar de berkenhouten tafel om zich staande te houden.

'Het is niet waar', zei ze.

'We hebben geen aanwijzingen dat er iemand anders van de groep gewond is geraakt.'

'Het moet een vergissing zijn', zei ze. 'Misschien zijn ze verkeerd gereden. Weten jullie zeker dat ze niet gewoon verkeerd zijn gereden?'

'Er is nu meer dan een dag verstreken. We kunnen uitsluiten dat ze verdwaald zijn.'

Ze concentreerde zich op haar ademhaling, mocht niet vergeten adem te halen.

'Hoe zijn ze omgekomen? De bewaker en de tolk?'

Halenius nam haar een paar seconden op voor hij antwoordde.

'Ze zijn van dichtbij door het hoofd geschoten.'

Ze strompelde naar de deur en greep haar tas, gooide hem op de tafel en zocht naar haar mobiele telefoons, het maakte niet uit welke, maar ze kon ze niet vinden, ze kieperde de tas op de berkenhouten vergadertafel leeg, een sinaasappel rolde weg en kwam onder de overheadprojector te liggen, daar was de telefoon van de krant, ze pakte hem met trillende vingers op en belde Thomas' nummer, ze toetste verkeerd en moest opnieuw beginnen, het gesprek werd doorgeschakeld, ze hoorde geknetter en gekraak, geruis en getik, en daarna: '*Hello, you have reached ...*'

Ze liet de telefoon op de grond vallen, hij kwam naast haar handschoenen en een notitieboekje terecht. Jimmy Halenius boog zich voorover om hem op te rapen.

'Het is niet waar', zei ze, niet wetend of de anderen het gehoord hadden. De staatssecretaris zei iets, maar ze hoorde het niet, zijn lippen bewogen en hij pakte haar bij haar bovenarm vast, maar ze sloeg zijn hand weg, ze hadden elkaar een paar keer ontmoet, maar hij wist niets over haar, en hij wist al helemaal niet hoe zij en Thomas het samen hadden.

Anders Schyman leunde voorover, ook hij zei iets, zijn oogleden waren gezwollen.

'Laat me met rust', zei ze, veel te hard, want iedereen keek haar kant op, ze graaide haar spullen bij elkaar en stopte ze in haar tas, behalve het notitieboekje dat nog op de grond lag, dat had ze toch niet nodig, daarin stonden alleen maar aantekeningen van die idiote opdracht bij IKEA, en daarna liep ze naar de deur, de uitgang, de vluchtweg.

'Annika ...' zei Jimmy Halenius en hij probeerde haar tegen te houden.

Ze sloeg hem met een vlakke hand in het gezicht.

'Dit is jouw schuld!' zei ze en ze voelde dat het waar was. Daarna verliet ze vergaderkamer De Kikker.

* * *

De vrachtwagen schommelde langzaam en onregelmatig heen en weer. Waar we reden waren geen wegen. De wielen stootten tegen rotsblokken en bleven in kuilen steken, planten schuurden tegen het onderstel van de auto, takken ritselden langs de afgedekte zijkanten van de laadbak, de motor brulde, de versnellingsbak gierde. Mijn tong was gezwollen en zat tegen mijn gehemelte geplakt. Sinds vanmorgen hadden we niets meer gedronken. De zeurende pijn van honger was weggezakt, duizeligheid was ervoor in de plaats gekomen. Ik hoopte dat het reukorgaan van de anderen, net als het mijne, niet meer werkte, of in elk geval dat van Catherine niet.

Sébastien Magurie, de Fransman, was ten slotte stil geworden. Zijn nasale gezeur was zo irritant dat ik wenste dat ze ook hem uit de weg zouden ruimen. (Nee, nee, wat zeg ik, dat meen ik natuurlijk niet, absoluut niet, maar hij werkte me gewoon op mijn zenuwen, ook hiervoor al. Genoeg hierover.)

De Spaanse jongen daarentegen, Alvaro, kon ik alleen maar bewonderen. Hij had de hele tijd zijn koele kalmte weten te bewaren, hij had niets gezegd en gewoon gedaan wat hem gevraagd werd. Hij lag helemaal achter in de laadbak, daar waar het het meest hotste en botste, maar hij gaf geen kik. Ik hoopte dat de anderen mij ook zo zouden bewonderen.

In het begin probeerde ik in de gaten te houden in welke richting ze ons reden. Toen we werden aangehouden stond de zon in het zenit, of misschien iets meer in het westen, en in het begin werden we zuidwaarts gereden (dacht ik, wat alleen maar goed was, want dan waren we nog steeds

in Kenia en Kenia is een land dat functioneert, met land-
kaarten en een infrastructuur en mobiele telefoons), maar
na een paar uur vermoedde ik dat ze een oostelijke koers
aanhielden (wat verre van goed was, want dat betekende
dat we ergens in Zuid-Somalië waren, een afgelegen streek
van een land dat al twintig jaar, sinds het uitbreken van de
burgeroorlog, aan het uiteenvallen is en waar totale anar-
chie heerst), maar vandaag wist ik bijna zeker dat we eerst
noordwaarts reden en daarna westwaarts, wat zou betekenen dat we weer ongeveer terug waren op de plek waar
we begonnen waren. Ik realiseerde me dat dat erg onwaarschijnlijk was, ik wist het gewoonweg niet meer.

Horloges en mobiele telefoons hadden ze ons afgenomen,
dat was het eerste wat ze gedaan hadden, maar nu was het
alweer een tijdje donker, wat zou moeten betekenen dat er
minstens dertig uur waren verstreken sinds we werden weg-
gevoerd. Er was vast al alarm geslagen. We waren hoe dan
ook een officiële delegatie, er moest een of andere vorm van
hulp onderweg zijn.

Ik rekende uit dat het in Stockholm ongeveer zes uur
's avonds moest zijn, Kenia ligt twee uur voor op Zweden.
Annika moest het ondertussen gehoord hebben, ze was nu
vast thuis met de kinderen.

Catherine lag tegen mijn lichaam aangedrukt. Ze was opgehouden met snikken, ze lag met haar wang tegen mijn
borst. Ik wist dat ze niet sliep. Mijn handen waren op mijn
rug vastgebonden, ze voelden al uren doof aan. De mannen hadden van die plastic strips gebruikt, van die smalle
strookjes met een geribbelde onderkant die door een ringe-
tje worden gehaald en dan onmogelijk nog kunnen worden
teruggetrokken. Tiewraps heten ze, geloof ik. Bij de geringste beweging sneden ze in je huid, maar het lukte niet om
ze wat losser te krijgen. Hoe belangrijk was de bloedcircu-
latie in je handen en voeten eigenlijk? Hoelang kon je zonder? Zouden we onherstelbaar letsel oplopen?

Plotseling reed de vrachtwagen een groot gat in en mijn hoofd sloeg tegen dat van Catherine. De auto stopte en hing helemaal scheef, ik werd tegen het zachte vet van de Duitse secretaresse gedrukt en Catherine gleed omlaag naar mijn kruis. Ik voelde dat er op mijn voorhoofd een bult verscheen, het deed verrotte pijn. De voorportieren gingen open, mannen riepen iets, de auto helde steeds verder over. Mannen praatten en schreeuwden, het klonk alsof ze ergens onenigheid over hadden. Na een tijdje (vijf minuten? een kwartier?) werden ze stil.

De temperatuur daalde.

De stilte groeide en was uiteindelijk groter dan de duisternis.

Catherine begon weer te huilen.

'Is er iemand die iets scherps bij de hand heeft?' zei de Spaanse Alvaro zachtjes vanaf de achterkant van de laadbak.

Natuurlijk. De plastic strips.

'Dit is volstrekt onacceptabel', zei de Franse Magurie.

'Voel of jullie ergens een scherpe steen of een spijker of iets anders scherps kunnen vinden', zei de Spanjaard.

Ik probeerde de laadvloer met mijn vingers af te tasten, maar Catherine lag gedeeltelijk over me heen, de Duitse lag tegen me aangedrukt en mijn handen wilden niet meer bewegen, en opeens was er het geluid van een dieselmotor die dichterbij kwam.

Hij stopte naast de vrachtwagen, er stapten mannen uit. Ik hoorde gerammel van metalen onderdelen en boze stemmen die iets riepen.

Het dekzeil over de laadbak werd losgerukt.

* * *

Anders Schyman zat in zijn glazen kooi en keek uit over de redactie. Hij gaf er de voorkeur aan om het kantoorlandschap zo te benoemen, ook al waren tegenwoordig ook Verkoop en Marketing en de internetafdeling in dezelfde ruimte ondergebracht.

Het was een magere nieuwsdag geweest. Geen ongeregeldheden in de Arabische wereld, geen aardbevingen, geen politici of docusoapsterren die zich belachelijk hadden gemaakt. Ze konden het niet maken om nog een dag met het weer te openen, gisteren hadden ze voor winterchaos gewaarschuwd, vandaag hadden ze er verslag van gedaan, en Anders Schyman kende zijn lezers (of beter gezegd: hij vertrouwde op zijn oplageanalisten). Morgen moest er iets anders dan de sneeuwstorm op de voorpagina staan, en voorlopig waren ze nog met een soort noodoplossing bezig. Patrik, die nog steeds chagrijnig was dat het met die ingestorte daken van IKEA niets geworden was, had op een of andere Amerikaanse website informatie gevonden over een vrouw die aan het zogeheten alien-handsyndroom leed. Na een hersenoperatie hadden de twee hersenhelften van de zestigjarige Harriet onenigheid met elkaar gekregen, de ene helft weigerde door de andere te worden gedomineerd, wat ertoe leidde dat sommige van haar lichaamsdelen zich niet meer door haar hersenen lieten commanderen. Zo werd de arme Harriet onder andere door haar rechterhand aangevallen, alsof deze door een buitenaardse kracht werd aangestuurd (vandaar de naam van de aandoening). Hij kon haar krabben of slaan, geld weggeven of haar uitkleden, zonder dat ze hem kon tegenhouden.

Anders Schyman slaakte een zucht.

Hier zat hij met een wereldprimeur in handen terwijl de redactie daarbuiten een voorpagina in elkaar probeerde te draaien over het alien-handsyndroom.

Uiteraard had hij met de gedachte gespeeld om het dringende verzoek van het ministerie van Justitie om geheimhouding en terughoudendheid in acht te nemen, aan zijn laars te lappen en het verhaal over de verdwenen EU-delegatie gewoon te schrijven, maar een zekere mate van ethiek, die hij nog van de Zweedse staatstelevisie, zijn vorige werkgever, had overgehouden, had hem ervan weerhouden. En, in zekere mate, ook de gedachte aan Annika. De samenzweringstheorieën van de blogwereld, dat de media haar eigen verslaggevers zouden beschermen, waren extreem overdreven. In feite was het juist precies andersom (op de werkvloer had men een ziekelijke belangstelling voor collega's, en alles wat door andere journalisten werd gezegd en gedaan werd consequent in de gaten gehouden), maar een stukje medemenselijkheid had hij nog wel. Bovendien liep het verhaal niet bij hem weg. Tot nu toe was alleen de naaste familie over de gebeurtenis ingelicht, en geen van hen was een journalist, dat was hem verzekerd.

De vraag was alleen wat dit alles met Annika zou doen, en wat hij met haar zou doen.

Hij stond op en ging bij de glazen deur staan, zijn adem vormde wazige vlekken op de ruit.

Er was een nieuwe tijd aangebroken. Voor diepgravende journalisten was er tegenwoordig geen plaats meer bij de krant. Waar ze behoefte aan hadden waren snelle multimediaproducenten die in staat waren om nieuwsflitsen te maken, korte updates te schrijven voor het web en mogelijk tegen het eind van de dag een artikel af te hebben. Annika's soort was een uitstervend ras, in elk geval bij de *Kvällspressen*. Daar hadden ze niet de middelen om gecompliceerde rechtszaken onder de loep te nemen of ingewikkelde criminele netwerken te ontrafelen, iets waar Annika een voorliefde voor had. Hij wist dat ze het als een straf ervoer om Patriks vermetele nieuwsideeën te moeten uitwerken, maar hij kon niet eindeloos onderscheid blijven maken tussen haar en de andere verslaggevers. Geld om haar in Washington te houden was er niet, en hij kon onmogelijk elk waanzinnig plan van Patrik afserveren. De *Kvällspressen* was nog steeds de op een na grootste krant van Zweden, en wilden ze de Concurrent ooit inhalen, dan moesten ze groter, ruimer, onverschrokkener denken.

Feit was dat hij Patrik veel harder nodig had dan Annika.

Hij draaide zich om en liep rusteloos een rondje door zijn kleine kantoor.

Niet dat ze slecht werk had geleverd als correspondent, integendeel. De berichtgeving over de moord op de Zweedse ambassadrice in de vs een jaar geleden had ze op excellente wijze verzorgd. Daar bestond geen enkele twijfel over.

Dat ze zich met haar man had verzoend leek haar goed te hebben gedaan. Ze was nooit echt het zonnetje in huis geweest, maar het jaar waarin zij en Thomas van elkaar gescheiden leefden, was voor niemand in haar omgeving een pretje geweest.

Schyman wilde er niet aan denken wat er zou gebeuren als Thomas om het leven was gekomen. Hij realiseerde zich dat zijn gedachtegang kil was, op het randje van ijskoud, maar de *Kvällspressen* was geen revalidatiecentrum. Als Thomas niet terugkwam, dan zat er waarschijnlijk niets anders op dan haar met een forse ontslagvergoeding uit te kopen, en vervolgens vertrouwen te hebben in de geestelijke gezondheidszorg en de sociale netwerken.

De hoofdredacteur zuchtte opnieuw.

Alien-handsyndroom.

O, mijn god.

* * *

'Wanneer komt papa thuis?'

Ze hebben een zesde zintuig, dacht Annika, terwijl ze haar dochter over haar haar aaide. Dat iets zo zacht en fijn kon zijn en toch voortdurend door luizen werd geplaagd.

'Hij is voor zijn werk in Afrika, dat weet je toch?' zei ze en ze stopte het meisje in.

'Ja, maar wanneer komt hij terug?'

'Maandag', zei Kalle geïrriteerd vanuit zijn bed. 'Jij onthoudt ook niets.'

Toen Annika alleen met de kinderen in het appartement woonde, hadden Ellen en Kalle ieder een eigen kamer gehad en had Annika in de woonkamer geslapen. Maar toen Thomas weer bij haar terug was, ging dat niet meer. Kalle had naar Ellens kamer moeten verhuizen, wat hij als een persoonlijke belediging had ervaren.

Ze keek naar het bed van de jongen.

Zou ze het vertellen? Wat zou ze zeggen? De waarheid? Er een beetje een positieve draai aan geven?

Papa is in Afrika verdwenen en komt waarschijnlijk maandag niet thuis, hij komt trouwens misschien helemaal niet meer thuis, dan kun jij je oude kamer terugkrijgen, lijkt je dat niet fijn?

Of misschien uit mededogen liegen?

Papa vond het zo spannend om in Afrika te werken dat hij daar nog wat langer wilde blijven, misschien kunnen we hem daar een keertje opzoeken, hoe zouden jullie dat vinden?

Ellen trok Poppy tegen zich aan, ze kroop als een bolletje in elkaar en deed haar ogen dicht.

'Slaap lekker', zei Annika, terwijl ze het bedlampje van het meisje uitdeed.

De woonkamer was in halfduister gehuld. Een paar sfeerlampjes, die de laatste onderhuurder had achtergelaten, verspreidden een warm geel licht in de vensterbanken. De tv stond zonder geluid aan. Leif GW Persson sprak over de Misdaad van de Week in een programma dat ze gewoonlijk altijd probeerde te zien. De blonde vrouw, met wie hij het programma maakte, zei iets in de camera. Vervolgens werd er een bepaald fragment getoond. Beide presentatoren liepen tussen kilometerslange rijen met mappen en verhoorverslagen rond. Dat moet het Palme-archief zijn, dacht ze en ze pakte haar mobieltje. Geen gemiste oproepen of sms'jes.

39

Annika ging met de telefoon in haar hand op de bank zitten en staarde naar de muur achter Leif GW Persson. Zowel Schyman als een mobiel nummer dat ze niet kende, waarschijnlijk Halenius, had onafgebroken naar haar werktelefoon gebeld nadat ze vergaderkamer De Kikker verlaten had. Uiteindelijk had ze hem uitgezet. Toen ze thuiskwam had ze de vaste telefoon eruit getrokken. Het nummer van haar privémobieltje had bijna niemand, alleen Thomas, de school, Anne Snapphane en nog een paar mensen. Het toestel lag als een dode vis in haar hand.

Ondanks het halfduister waren alle kleuren helderder dan anders. Ze voelde haar hart als een klok in haar binnenste slaan. Elke ademhaling was bewust.

Wat zou ze doen? Zou ze het vertellen? Kon ze het vertellen? Aan wie dan? Was er iemand aan wie ze het móést vertellen? Haar moeder? Thomas' moeder? Moest ze naar Afrika gaan om hem te zoeken? Wie zou dan voor de kinderen zorgen? Haar moeder? Nee, ze kon haar moeder niet bellen. Of toch wel? Hoe zou dat uitpakken?

Ze wreef met haar handpalm over haar gezicht.

Barbro zou verontwaardigd zijn. Ze zou medelijden hebben met zichzelf. Alles zou zo vréééselijk moeilijk worden. Het gesprek zou ermee eindigen dat Annika haar moest troosten en zich moest verontschuldigen omdat ze haar moeder met al deze onrust en zorgen had opgezadeld. Als ze niet dronken was, tenminste, want dan kon je überhaupt geen zinnig woord met haar wisselen. Het zou hoe dan ook geen goed gesprek worden, en dat lag niet aan Thomas of aan Afrika of aan iets anders.

Barbro had het Annika niet vergeven dat ze niet voor de bruiloft van Birgitta, haar zus, uit de vs was overgekomen. Tijdens de eindspurt van de Amerikaanse presidentsverkiezingen was Birgitta getrouwd met Steven (die anders dan zijn naam deed vermoeden zo Zweeds was als knäckebröd) en Annika had haar kersverse post als buitenlandcorrespondent niet willen of kunnen verlaten om naar een feest in het dorpshuis in Hälleforsnäs te gaan. 'Het is de belangrijkste dag in het leven van je zus', had haar moeder vanuit haar flat op Tattarbacken gesnikt.

'Birgitta en jij zijn allebei ook niet op mijn bruiloft geweest', had Annika geantwoord.

'Ja, maar jij bent in Korea getrouwd!' Niet-begrijpende verontwaardiging.

'Nou en? Hoe komt het dat afstanden voor mij altijd veel korter zijn dan voor jullie?'

Birgitta had ze na de bruiloft niet meer gesproken. Ervóór ook nauwelijks, als ze heel eerlijk was. Niet nadat ze op haar achttiende uit huis was gegaan.

Berit wilde ze ook niet bellen. Zij zou weliswaar haar mond houden, maar het voelde niet goed om de kennis over de verdwenen EU-delegatie met haar collega te delen.

Thomas' moeder, Doris, moest natuurlijk op de hoogte worden gebracht. Maar wat zou ze moeten zeggen? Uw zoon neemt zijn mobiele telefoon al een paar dagen niet op, maar ik ben nog geen moment bezorgd geweest omdat ik dacht dat hij vast ergens met een of andere dame lag te neuken?

Ze stond op van de bank, het mobieltje nog steeds in haar hand, en liep naar de keuken. Een elektrisch adventtrappetje van Åhléns aan het Fridhemsplein, net nieuw aangeschaft, verspreidde een zwak licht bij het keukenraam. Kalle had het uitgezocht. Ellen zat op dit moment in een engelperiode en had drie koelkastmagneetjes met cupidotjes mogen kopen. De borden met de restanten van de Indiase afhaalmaaltijd stonden nog op het aanrecht, ze deed de plafondlamp aan en begon de vaatwasmachine methodisch in te ruimen.

De mechanische bewegingen hadden iets troostends, de kraan opendraaien, de afwasborstel pakken, de etensresten met cirkelbewegingen van het bord vegen, de afwasborstel in de gootsteen leggen, het bord op de daarvoor bestemde plek in de vaatwasser zetten.

Plotseling barstte ze in tranen uit. Ze keerde de borstel, de glazen en het bestek de rug toe en liet zich op de keukenvloer zakken terwijl het warme water bleef stromen.

Zat daar een hele tijd.

Ze was een pathetisch mens. Haar man was verdwenen en er was niemand die ze kon bellen of met wie ze kon praten. Wat was er mis met haar?

Ze draaide de kraan dicht, snoot haar neus in een stuk keukenpapier en liep naar de woonkamer met het mobieltje en de papieren snotlap in haar hand.

Geen gemiste oproepen of sms'jes.

Annika ging op de bank zitten en slikte.

Waarom was het haar nooit gelukt om zo'n vriendenkring op te bouwen als Thomas had? Oude voetbalvrienden, klasgenoten van de middelbare school, een paar gozers van de studentenvereniging in Uppsala, een groepje van het werk, en de spelers van het ijshockeyteam natuurlijk. Wie had zij? Alleen Anne Snapphane misschien?

Tijdens Annika's eerste zomer bij de *Kvällspressen* hadden ze samengewerkt, maar later had Anne haar heil gezocht bij radio en televisie. Hun vriendschap had in de loop der jaren ups en downs gekend. In de tijd dat Annika als correspondent in de vs zat, hadden ze vrijwel geen contact gehad, maar de afgelopen maanden hadden ze elkaar geregeld gezien. Ze gingen weleens op een zaterdagmiddag ergens koffiedrinken, of 's zondags naar een of ander museum.

Annika vond het rustgevend en ontspannend om naar Annes kostelijke escapades en stoutmoedige plannen te luisteren. Anne was altijd bezig om dóór te breken. Ze was voorbestemd voor grote dingen en zou uiteindelijk een beroemd en bekend tv-presentatrice worden. Ze verzon elke week nieuwe tv-formules, voor quizzen, spelprogramma's en onderhoudende talkshows, ze droeg voortdurend nieuwe documentaire-ideeën aan, bestelde stapels onderzoeks-rapporten om misstanden te ontdekken en deze vervolgens in een of ander journalistiek tv-programma naar buiten te brengen. Meestal kwamen haar fantastische ideeën niet verder dan een stukje op haar blog of een bejubelde Face-bookupdate (Anne had een populair blog dat ze 'Het leven en de wonderlijke avonturen van een tv-moeder' noemde en 4357 vrienden op Facebook). Voorzover Annika wist had Anne van geen van haar grootse tv-ideeën ooit meer dan een halve pagina op papier gezet, en ontmoetingen met programmamakers hadden nooit plaatsgevonden, maar dat leek niet zo veel uit te maken. Haar geld verdiende Anne als researcher bij een mediabedrijf dat docusoaps produceerde.

'Annika! God, wat gek dat je belt. Ik zat net aan je te denken.'

Annika sloot haar ogen en voelde de warmte samen met de tranen van binnen opwellen, er was dus toch nog iemand die met haar begaan was.

'Die bruine Tecnicaboots, heb je die van het weekend no-dig?'

'Thomas is weg', kon Annika nog net uitbrengen, waarna ze onbeheerst begon te huilen. De tranen stroomden als een lentebeekje in haar mobiele telefoon, ze probeerde hem af te drogen, zodat hij niet door al dat vocht zou beschadigen.

'Vuile bok', zei Anne. 'Dat hij zijn gulp ook nooit eens dicht kan houden. Met wie doet hij het nu weer?'

Annika knipperde even met haar ogen, het huilen werd iets minder.

'Nee,' zei ze, 'nee, nee, het is niet zo dat ...'

'Annika,' zei Anne Snapphane, 'je hoeft hem niet in be-scherming te nemen. Betrek het niet op jezelf. Dit is niet jouw schuld.'

Annika haalde diep adem en hervond haar stem.

'Je mag er niet over praten, de hele kwestie is voorlopig

nog vertrouwelijk. Zijn delegatie is verdwenen, op de grens met Somalië.'

Ze was vergeten hoe de stad heette.

Verbaasde stilte aan de andere kant van de lijn.

'Een hele delegatie? Waar reisden ze dan mee? Met een jumbojet?'

Annika snoot haar neus weer in het keukenpapier.

'Ze waren met zijn zevenen, in twee auto's. Ze zijn gisteren verdwenen. Hun bewaker en tolk zijn dood aangetroffen, door het hoofd geschoten.'

'Maar, Annika, lieve hemel! Hebben ze Thomas ook doodgeschoten?'

Weer tranen, een zacht jankend geluid steeg uit haar binnenste op.

'Ik weet het niet!'

'Hemeltjelief, wat moet je doen als hij doodgaat? En hoe moeten de kinderen daar ooit overheen komen?'

Ze had haar armen om zich heen geslagen en schommelde op de bank heen en weer.

'Arme, arme Annika, waarom moet jou altijd alles overkomen? God, wat heb ik met je te doen. Arme stakker ...'

Het voelde goed dat er iemand was die medeleven toonde.

'En arme Kalle, stel dat hij straks zonder vaderfiguur moet opgroeien. Heeft hij een levensverzekering?'

Annika hield op met huilen, wist niet wat te antwoorden.

'En Ellen, die nog zo klein is', ging Anne verder. 'Hoe oud is ze? Zeven? Acht? Ze zal hem zich amper kunnen herinneren, mijn god, Annika, wat moet je doen?'

'Levensverzekering?'

'Ik wil niet cynisch klinken, maar je moet in dit soort situaties een beetje praktisch zijn. Neem al jullie papieren door, zodat je weet waar je staat, dat is alleen maar een goedbedoeld advies. Moet ik naar je toe komen om je te helpen?'

Annika legde haar hand over haar ogen.

'Nee, dank je, morgen misschien, ik ga nu naar bed. Het is een zware dag geweest.'

'Ja, hemeltjelief. Dat begrijp ik. Bel me zodra je iets meer weet, beloof me dat ...'

Annika mompelde iets wat als een bevestigend antwoord kon worden opgevat.

Ze bleef nog even met het mobieltje in haar hand op de bank zitten. Leif GW Persson was naar huis gegaan en de mooie donkere vrouw van de late nieuwsuitzending was voor hem in de plaats gekomen. Er werden beelden getoond van de sneeuwchaos in het hele land, ingesneeuwde vrachtwagens en overwerkte medewerkers van bergingsbedrijven, een ingestort dak van een tennishal. Ze reikte naar de afstandsbediening en zette het geluid harder. Dat er zo vroeg in november zo veel sneeuw viel, was ongewoon maar niet uniek, vertelde de donkere schone. In de jaren zestig en tachtig hadden zich in Zweden vergelijkbare situaties voorgedaan.

Ze zette de tv uit, liep naar de badkamer, poetste haar tanden en gooide een plens ijskoud water in haar gezicht om niet al te opgezwollen ogen te hebben morgen.

Daarna ging ze met pijnlijke gewrichten aan Thomas' kant van het bed liggen.

* * *

Toen ze de plastic strips rond onze polsen hadden losgeknipt, vielen we niet meer zo vaak.

Dat was een enorme opluchting.

De maan stond hoog aan de hemel. We liepen in ganzenmars. Het landschap openbaarde zich aan ons als een met zilver omlijste, driedimensionale donkerblauwe foto: stekelige struiken, grote termietenheuvels, verdorde bomen, scherpe rotsblokken en wazige bergen in de verte. Ik wist niet hoe ik het moest omschrijven, savanne of halfwoestijn,

45

maar oneffen en moeilijk begaanbaar was het in elk geval wel.

Magurie liep voorop. Hij had zichzelf tot leider uitge-roepen. Niemand van ons had zijn besluit goedgekeurd, in elk geval ik niet. Achter hem kwam de Roemeen, dan volg-den Catherine en ik, de Deen en de Spanjaard Alvaro, en de Duitse strompelde er als laatste achteraan. Ze snufte en huilde, het was echt heel onwaardig.

Catherine had moeite met lopen. Vrijwel direct nadat we de vrachtwagen hadden verlaten, had ze zich verstapt en haar linkerenkel bezeerd. Ik ondersteunde haar zo goed als ik kon, maar ik was duizelig en had zo'n dorst dat ik elk mo-ment dacht flauw te vallen, dus ik kon niet echt veel voor haar betekenen, vrees ik. Mijn broek bleef om de haverklap achter doornstruiken haken, onder mijn rechterknie zat een grote jaap.

Overdag had ik vanuit de auto amper een beest gezien, een enkele antiloop en iets wat volgens mij een wratten-zwijn was, maar nu in de nacht wemelde het van de zwarte schaduwen en oplichtende ogen.

'Ik eis te mogen weten waar jullie ons naartoe voeren!'

Ergens moest ik Sébastien Magurie toch bewonderen van-wege zijn onvermoeibaarheid.

'Ik ben Frans staatsburger en ik sta erop contact te mogen opnemen met mijn ambassade!'

Hij sprak Engels met een haast komisch Frans accent. Er zat nooit meer dan vijf minuten tussen zijn uitbarstingen. Wat hij aan stemkracht verloor, compenseerde hij met pure verontwaardiging.

'Dit is een misdaad tegen het volkenrecht. *Jus cogens!* Wij maken deel uit van een internationale organisatie, en jul-lie, mijne heren, maken je schuldig aan misdaden tegen jus cogens!'

Ik had geen flauw idee waar we ons bevonden. Kenia? So-malië? Ze hadden ons toch niet zo ver noordwaarts gereden dat we in Ethiopië zaten? De nacht was in alle richtingen even compact. Nergens was er een stad die de horizon met zijn elektrische gloed oplichtte.

De gewapende mannen liepen voor en achter ons. Ze waren met zijn vieren, twee heel jonge jongens en twee volwassen mannen. Volgens Catherine waren het geen Kenianen. Zij sprak zowel Arabisch, Swahili als Maa (de lokale taal van de Masai), en Engels natuurlijk, maar ze kon niet verstaan wat ze zeiden als ze onderling met elkaar spraken. Het kon natuurlijk een van de andere zestig lokale Keniaanse talen zijn, maar het was geen Bantoe en ook niet een van de nilotische talen. Ze gokte op Somalisch, een taal uit de Afro-Aziatische, of Oost-Koesjitische, taalfamilie. Een van de mannen, de lange die mijn portier had geopend, sprak ons soms in gebrekkig Swahili toe. Hij had ons onder andere verteld dat we ongelovige honden waren die het verdienden om een langzame en pijnlijke dood te sterven, en dat de Grote Leider, of de Grote Generaal, over ons lot zou beslissen. Hij noemde de leider Kiongozi Ujumla, of misschien was dat het woord voor leider in een van zijn talen? Wie deze Grote Leider was of waar hij zich bevond, werd niet duidelijk.

Opeens bleven de twee mannen voor ons staan. De lange zei iets tegen de jongens achteraan, hij klonk moe en geïrriteerd, zwaaide met zijn handen en zijn wapen.

Een van de jongens rende in het donker weg.

De lange wees met zijn wapen naar ons.

'*Kaa! Chini! Kaa chini ...*'

'Hij zegt dat we moeten gaan zitten', zei Catherine en ze liet zich op de grond zakken.

Ik ging naast haar zitten. Ik voelde insecten over mijn handen lopen, maar ik maakte geen aanstalten om ze weg te vegen. In plaats daarvan ging ik liggen, mieren kropen in mijn oren. Ik kreeg een harde trap in mijn rug.

'*Kaa!*'

Ik kroop omhoog tot ik weer zat. De vrouwen mochten

blijkbaar gaan liggen maar wij mannen niet.

Ik weet niet hoelang ik daar gezeten heb. De kou trok in mijn bezwete kleren en vormde een ijskoud pantser, het duurde niet lang of ik begon te klappertanden. Misschien ben ik toch even in slaap gevallen, want plotseling was de jongen met het wapen terug en de lange schreeuwde tegen ons dat we moesten gaan staan (een vertaling uit het Swahili was niet nodig, de beweging met het wapen was glashelder).

We begonnen terug te lopen langs dezelfde weg waarlangs we gekomen waren, of misschien ook niet, ik weet het niet, maar Catherine kon niet meer. Ze zakte in mijn armen in elkaar, ik viel op de grond en kreeg haar over me heen.

De lange schopte Catherine tegen haar pijnlijke voet en trok aan haar haar tot ze weer rechtop stond.

'*Tembea!*'

De Roemeen, ik had zijn naam bij de presentatie niet verstaan en was vergeten om in de documenten na te kijken hoe hij heette, ging aan de andere kant naast Catherine staan om haar te steunen. Eerlijk gezegd vond ik het wel wat vrijpostig om haar gewoon zo beet te pakken, maar ik bevond me niet in de positie om er iets van te zeggen.

Ik weet niet of je in bewusteloze toestand rechtop kunt lopen, maar de rest van de nacht ging mijn bewustzijn op en neer.

Een zwak ochtendgloren werd zichtbaar, maar of dat nou links of rechts was, kon ik me later niet meer herinneren. Plotseling was er een muur van twijgen en verdorde struiken.

'Een *manyatta*', fluisterde Catherine.

'Dit is volstrekt onacceptabel!' riep de Fransman. 'Ik eis dat we voedsel en water krijgen!'

Ik zag de lange op Sébastien Magurie afstappen en zijn geweerkolf omhoogbrengen.

DAG 2

DONDERDAG 24 NOVEMBER

Kalle wilde 's ochtends altijd O'boy drinken. Annika was daar niet zo blij mee, de chocolademelk joeg zijn bloedsuiker omhoog, waardoor hij eerst hyper werd en daarna hangerig en geprikkeld. Ze hadden echter een compromis gesloten: hij mocht O'boy, maar alleen als hij er bacon met *scrambled eggs* bij at, dus eiwitten en vetten met een lage glykemische index. Ellen was dol op dikke, Griekse yoghurt met walnoten en frambozen, dus met haar hoefde Annika niet over het ontbijt te onderhandelen.

'Zullen we zondag naar een ijshockeywedstrijd gaan?' zei Kalle. 'Er is een derby, Djurgården tegen AIK.'

'Ik weet niet of dat zo'n goed idee is', zei Annika. 'Die derby's zijn vaak erg gewelddadig. De Black Armysupporters gooien rotjes op het ijs en de Järnkaminerna beantwoorden dat met Bengaals vuur. Nee, dank je.'

Ellen zette grote ogen op, haar lepel met yoghurt bleef ergens halverwege in de lucht hangen.

'Maar waarom doen ze dat?'

'Omdat het fans zijn', zei Kalle. 'Ze houden van hun team.'

Annika keek Kalle verbaasd aan.

'Noem je dat houden van?' zei ze. 'Is dat de manier om van een team te houden? Door vuurwerk naar de spelers te gooien?'

Kalle haalde zijn schouders op.

'Ik heb meelij met die supporters', zei Annika. 'Wat een triest leven moeten die hebben. Dat ze niets anders kunnen verzinnen om hun energie in te steken, niet in hun school of een baan, niet in een ander mens of een politieke partij.

51

Het enige wat ze doen is van een ijshockeyteam houden. Droevig.'

Kalle schoof de laatste eieren naar binnen en leegde zijn beker met O'boy.

'Ik ben in elk geval voor Djurgården', zei hij.

'En ik voor Hälleforsnäs', zei Annika.

'Ik ook', zei Ellen.

Ze hadden de hele ochtend nog niet naar hun vader gevraagd. Het leek onnodig om nu over hem te beginnen, wat zou ze eigenlijk moeten zeggen?

De kinderen poetsten hun tanden en kleedden zich aan zonder dat Annika hen achter de broek hoefde te zitten.

Voor één keertje lukte het om op tijd van huis te gaan.

Het was zachter geworden. De lucht was dik en kleurloos. Het rook naar uitlaatgassen en vocht. De sneeuw op de straten leek net bruinkool.

De school van de kinderen, de American International Primary School of Stockholm, lag op de route naar de krant, vlak achter het Kungsholmens Gymnasium. Ze liep met hen mee tot aan het smeedijzeren hek, gaf Ellen gauw een knuffel en zag hen vervolgens door de robuuste eikenhouten poort naar binnen verdwijnen. Ze bleef staan en voelde hoe kinderen en ouders langs haar heen glipten, jongens en meisjes, vaders en moeders in een gestage stroom. Er waren natuurlijk ook harde handen en geïrriteerde stemmen, maar ze zag vooral liefde, tolerantie en geduld, een grenzeloze trots en genegenheid.

Ze bleef staan tot de stroom was opgedroogd en ze koude tenen begon te krijgen.

Het was toch wel een goede school, ook al werd het merendeel van de lessen in het Engels gegeven.

Dat ze naar deze school gingen, was absoluut niet haar idee geweest. Toen ze terugkwamen uit de vs, had Thomas erop aangedrongen dat de kinderen les moesten blijven krijgen in het Engels, iets waar zij grote twijfels over had.

De kinderen waren Zweeds en woonden in Zweden, waarom zou je het dan moeilijker voor ze maken dan het al was?

Ze kon zijn stem nog over het trottoir horen galmen.

'Wie doet er hier nou moeilijk? Ze krijgen toch Zweedse les bij moedertaalonderwijs? Stel je eens voor, wat een kans om helemaal tweetalig te worden! Laat ze de voorsprong die ze nu hebben opgebouwd toch houden!'

Ze had zich er ten slotte bij neergelegd, niet zozeer vanwege de fantastische internationalisering van de kinderen (eerlijk gezegd kon die haar geen bal schelen), maar vanwege haar ervaring met de Zweedse openbare doorsneeschool. Vooral Kalle had erg te lijden gehad onder alle superverwende monstertjes die bij hem in de klas zaten en die koste wat het kost hun grenzeloze geldingsdrang op iemand in de directe omgeving moesten botvieren, liefst iemand die vrij stil was, zoals Kalle.

De gedachte kwam als een donderslag bij heldere hemel: wat zou ze doen als Thomas niet terugkwam?

Ze moest zich aan de gevel van het dichtstbijzijnde pand vasthouden en zich erop concentreren regelmatig te blijven ademhalen.

Zou ze de kinderen op deze school laten, zoals Thomas had gewild, of zou ze een ander besluit nemen? Zou ze de nagedachtenis van de vader van de kinderen in ere houden en hun opvoeding ook in de toekomst door zijn ideeën laten beïnvloeden? Die beslissing zou dan haar verantwoordelijkheid zijn. Ze zou in haar eentje de voogdij hebben. Het ging om haar leven en dat van de kinderen ...

Ze leunde met haar rug tegen het gebouw en sloot haar ogen.

Toen ze de entreehal van de krant binnenging, wist ze niet hoe ze daar gekomen was. De receptie rechts van haar deinde als een wazig schip op en neer, op miraculeuze wijze wist ze haar pasje tevoorschijn te toveren, waarna ze op een grote boeggolf verder zeilde.

Berit was er niet.

De redactie was er nog, een gegeven dat haar mild stemde en haar een gevoel van stabiliteit gaf. De geur van papierstof, verlengsnoeren en gebrande koffie.

Ze haalde haar laptop tevoorschijn, logde in op het netwerk, ging naar Facebook en kwam meteen in Eva-Britt Qvists loftuitingen over *Wachten op Godot* terecht. Ze hoorde collega's bellen, nieuwsitems die werden afgespeeld, brommende ventilatoren. Ze schoof haar computer naar achteren en pakte de *Kvällspressen* van vandaag van de tafel ernaast.

HARRIET WORDT AANGEVALLEN – DOOR HAAR EIGEN HAND

Een foto van een dikke vrouw in een ziekenhuisbed die zich in het gezicht krabt en het klaarblijkelijk uitschreeuwt van de pijn, domineerde de voorpagina. Ze zou aan het alien-handsyndroom lijden.

Het voelde haast als een troost. Haar man mocht dan in Noordoost-Kenia verdwenen zijn, maar ze werd tenminste niet aangevallen door haar eigen rechterhand. Moeders van kleine kinderen werden vermoord, maar zij had een baan om naartoe te gaan.

Ze bladerde het nieuwskatern vluchtig door met handen die precies deden wat ze wilde.

Niet één regel over de vermoorde moeder achter het kinderdagverblijf in Axelsberg.

Ze liet de krant in de papierbak glijden, liep naar de oplageanalisten en leende (oké dan, jatte) hun exemplaar van de Keurige Ochtendkrant. In het Stockholmkatern onder 'Nieuws in het kort' vond ze een berichtje over het levenloze lichaam dat in een bosje in Hägersten was aangetroffen. Geen verdachte, geen kinderdagverblijf, geen persoon. Een levenloos lichaam. Dat was aangetroffen. In een bosje.

Ze liet ook de ochtendkrant in de papierbak glijden, trok haar laptop naar zich toe en ging naar Google Blog Search.

Van de omzichtigheid, ethiek of mogelijke desinteresse

die de gevestigde media tentoonspreidden, was op internet geen spoor te bekennen. Speculaties over wat er met de dode vrouw achter het kinderdagverblijf was gebeurd, vulden verscheidene internetpagina's. De meeste theorieën werden als onweerlegbare feiten gepresenteerd. De vrouw werd uiteraard bij naam genoemd, wat soms op bijzonder sentimentele wijze werd ingekleed, en bleek niet één, maar vier verschillende identiteiten te hebben. Het was Karin of Linnea of Simone of Hannelore, die was heengegaan – je mocht zelf kiezen. In de meeste gevallen had het slachtoffer te veel of helemaal geen kinderen, maar één blogger, 'Het knusse leven in Mälarhöjden', toonde zich in een blogfragment, dat overigens bol stond van de spelfouten, bezorgd over de kleine Wilhelm en vroeg zich af hoe hij zich nu moest redden, ongeveer in dezelfde bewoordingen waarmee Anne Snapphane gisteravond haar ontzetting over de ophanden zijnde vaderloosheid van Annika's kinderen had geuit.

'Linnea Sendman was altijd zo aardig, maar je kon wel zien dat de scheiding ontzettend moeilijk was geweest ...'

Zou iets kunnen zijn, als ze inderdaad Sendman heette, want ook de naam kon natuurlijk heel goed verkeerd zijn gespeld.

Ze zocht verder op 'linnea sendman' en kwam uit bij Facebookpagina's, LinkedIn, uitslagen van de Nationale Competitie van de Järfälla zwemvereniging, een overzicht van nieuwe leerlingen op de middelbare school, en ... bingo!

Ze boog zich naar het scherm. Een bijdrage van een zekere Viveca Hernandez, die nota bene op blogspot.kvallspressen.se blogde, een van de servers van de *Kvällspressen*.

'Toen Linnea Evert aangaf bij de politie, namen deze de zaak hoog op. Het aantal incidenten was zo groot en het speelde allemaal al zo lang dat ze hem voor ernstige vrouwenmishandeling zouden aanhouden, zeiden ze. Maar dat deden ze niet. Evert ging gewoon door net als anders, hij belde haar vierentwintig uur per dag, trapte tegen haar deur en brulde zo hard dat het door het hele trappenhuis galmde. Na een week belde Linnea de officier van justitie om te vragen waarom ze hem niet hadden opgepakt, ze had immers aangifte gedaan, en toen zei de officier dat alle misdrijven waren verjaard. Voor mishandeling, bedreiging en seksuele vergrijpen zoals zij ze in de aangifte had omschreven, gold een verjaringstermijn van twee jaar. Maar voor ernstige vrouwenmishandeling, zei Linnea, geldt toch een verjaringstermijn van tien jaar? Want dat hadden we nagezocht. Toen zei de officier dat de wet niet zo geschreven was. Ernstige vrouwenmishandeling was geen perdurerend misdrijf (we meenden dat hij dat zei, "perdurerend"). Elk strafbaar feit moest op zichzelf beoordeeld worden en had zijn eigen verjaringstermijn. Dat met die tien jaar was alleen maar hypothetisch, zei hij ...'

Annika leunde uit pure verbijstering achterover. Kon dit echt waar zijn? Ze had zelf een groot aantal artikelen over ernstige vrouwenmishandeling geschreven en talloze onderzoekers en juristen over het onderwerp geïnterviewd, en ze dacht te weten wat de wet inhield.

Voor een vrouw die vastzat in een gewelddadige relatie, kon het erg lastig zijn om zich te herinneren of ze het blauwe oog op donderdag had opgelopen en de gebroken rib op vrijdag, of dat het net andersom was. Daarom was de Wet ernstige vrouwenmishandeling in het leven geroepen, opdat men de vergrijpen als één geheel zou gaan zien en niet als een reeks kleine, losse incidenten. Bovendien werd de verjaringstermijn naar tien jaar verhoogd, alleen maar om de ernst van dit type misdrijf te onderstrepen.

Had ze het verkeerd begrepen? Dat zou natuurlijk kunnen, maar dan moesten ook al die andere juristen en journalisten dat hebben gedaan.

De telefoon op haar bureau ging. Een binnenlijn, volgens het display. Ze nam op.

'Je kunt je telefoon niet zomaar uitzetten en de stekker eruit trekken als er zoiets is gebeurd', zei Anders Schyman aan de andere kant van de lijn. 'Halenius heeft je de hele nacht proberen te bereiken. Stel dat er iets gebeurd was, dat er nieuws was geweest?'

Het klonk alsof hij ergens buiten stond, het waaide en knetterde in de telefoon.

'En?'

'Wat?'

'Wat is er gebeurd?'

'Niets, niet dat ik weet.'

'Dan maakt het toch niet uit dat ik de telefoon eruit had getrokken?'

'Je gedraagt je irrationeel en onverantwoordelijk', zei Schyman boos. 'Stel dat Thomas geprobeerd had om je te bellen!'

'Ik heb een ander mobieltje waarop Thomas me belt. Dat had ik natuurlijk aanstaan.'

Een groot voertuig, een bus of een vrachtwagen, denderde aan de andere kant van de lijn voorbij. 'Kijk toch uit, man, stomme idioot!' hoorde ze Schyman op de achtergrond roepen.

Toen hij zich weer tot haar richtte, klonk hij weer beheerst.

'Halenius wil je over de situatie informeren en vertellen welk standpunt de regering zal innemen. Hij kan bij je thuis komen of je ergens in de stad ontmoeten, maar hij kan niet weer naar de redactie komen. Ze willen dit nog een tijdje onder de pet houden.'

'Ik wil hem niet bij mij thuis hebben.'

'Je kunt ook naar het ministerie gaan.'

'Wist je dat er voor ernstige vrouwenmishandeling helemaal geen verjaringstermijn van tien jaar geldt?'

Er kwam een sirene langs.

'Wat zei je?'

Ze sloot haar ogen.

'Niets. Waar zit je ergens?'

'Mijn vrouw heeft me bij het Fridhemsplein afgezet. Ik ben zo bij de krant.'

Ze hingen op. Annika trok de laptop weer naar zich toe en ging naar hitta.se; hoewel dit geen bevolkingsregister was, kon je er praktisch alle niet-geheime telefoonnummers van Zweden vinden, en meestal ook het adres van de abonnementhouder, compleet met kaart en routebeschrijving.

Er stond geen Linnea Sendman in het register. Of ze had geen telefoon op haar naam staan óf ze had ooit een geheim nummer aangevraagd, wat volgens blogger Viveca Hernandez echter nooit gelukt was. Viveca Hernandez zelf vond Annika op Klubbacken 48 in Hägersten. Volgens het kaartje dat bij de tekst stond, lag het adres vlak achter beide kinderdagverblijven aan de Selmedalsvägen. Dat moest in een van die lichte jarenvijftigflats op de heuvel zijn, die Annika vanaf het wandelpad had gezien.

Ze keerde terug naar het blogfragment. Uit de tekst bleek dat Viveca Hernandez erg goed op de hoogte was van Linnea Sendmans situatie.

'... brulde zo hard dat het door het hele trappenhuis galmde ...'

Ik durf te wedden dat Linnea Sendman ook op Klubbacken 48 woonde, dacht Annika. Viveca Hernandez is de buurvrouw die alarm heeft geslagen toen ze verdwenen was.

Ze pakte de telefoon om Viveca Hernandez te bellen, maar toen ze opkeek zag ze dat de hoofdredacteur voor haar stond, met een pompoenmuts op zijn hoofd en ijspegels in zijn snor.

'We gaan naar Rosenbad', zei hij. 'Nu meteen. Dit is een order.'

* * *

58

Het regeringsgebouw, dat aan het begin van de vorige eeuw als hoofdkantoor voor de Nordiska Kreditbank was gebouwd, troonde als een laatgotisch paleis aan het water van Norrström. De Nordiska Kreditbank ging al tijdens de Eerste Wereldoorlog failliet, maar het embleem van de bank prijkte nog altijd boven een van de zij-ingangen, Anders Schyman was alleen vergeten boven welke.

Hij betaalde de taxi met de creditcard van de krant en wierp een korte blik op de verslaggeefster naast zich. Ze zag eruit als een onopgemaakt bed.

In verband met de bruiloft van de kroonprinses zo'n jaar geleden had hij een nieuwe kledingcode ingevoerd bij de krant. Kapotte spijkerbroeken, minirokjes, verschoten sweaters en decolletés tot op de navel waren voortaan verboden, er werd een zekere mate van stijl geëist. Annika had niet veel aan haar garderobe hoeven veranderen. Ze liep meestal in vrij dure merkkleding rond, maar wist toch de indruk te wekken alsof ze er per ongeluk in beland was. Vaak had hij het idee dat ze, zonder het te weten, een overhemd van haar man had aangetrokken. Vandaag was het erger dan normaal. Ze droeg een overhemd en een spencer van het model dat modern was toen hij nog op de middelbare school zat.

De meeste mensen werden dikker in de vs, maar zij niet. Ze was, voorzover dat mogelijk was, nog hoekiger en magerder dan anders. Als ze die redelijk fors uitgevallen boezem niet had gehad, had ze zo voor een langharige tienerjongen door kunnen gaan.

'Die vrouw die dood bij het kinderdagverblijf in Hägersten lag,' zei ze, 'had haar man aangegeven wegens ernstige vrouwenmishandeling, maar het onderzoek werd gesloten omdat de strafbare feiten waren verjaard.'

'Vergeet je handschoenen niet', zei Schyman, wijzend naar een gedeelte van de inhoud van haar tas dat in de taxi op de grond was gevallen.

Hij liep naar het portaal en drukte op de drie kronen van

gepatineerd messing links naast de ingang, waarna de deur met een zuigend geluid opengleed. Annika volgde drie passen achter hem, de witte marmeren trap op, de witte marmeren foyer met zijn pilaren en kruisribgewelf door, en verder naar het hokje van de conciërge links achterin. In zijn ooghoek zag Schyman dat ze op een gegeven moment bleef staan om de standbeelden langs de wand te bekijken.

Met een sterk gevoel van gemis moest hij aan zijn tijd als politiek verslaggever denken, hoe er een golf van waakzaamheid door deze gebouwen rond Rosenbad ging als hij met zijn tv-team kwam binnengestapt (of -gebeend, of eigenlijk -gestormd). Hoe politici, zakenlieden en persvoorlichters zijn naam met eerbied, en soms zelfs met vrees, genoemd hadden. En wat deed hij nu?

Hij gluurde naar Annika.

'Je legitimatie', zei hij.

Ze slenterde naar het hokje van de conciërge en gooide haar rijbewijs op de balie.

Hoofd Personeelszaken, dat was hij tegenwoordig, en winstmachine voor de zakenfamilie. Exploitant van de huidige tijd, ontdekkingsreiziger van onontgonnen terreinen binnen de journalistiek.

Het alien-handsyndroom.

De conciërge was een jonge meid, die haar best deed om gewichtig over te komen. Ze droeg haar haar in een strakke knot en had een stropdas om. Ietwat hooghartig vroeg ze hem om zich te legitimeren, ze bekeek zijn perskaart aandachtig, herkende hem blijkbaar niet. Ze was waarschijnlijk zo eentje die het publieke debat niet volgde. De jonge vrouw klikte op het computerscherm iets aan, pakte de telefoon om hun bevoegdheid te controleren en wees hen vervolgens rechtdoor de trappen op, naar de liften.

Vriendelijk bedankt, dat wist hij al.

'We moeten de rechter nemen', zei Schyman. 'De linker is een goederenlift die op elke halve verdieping stopt.'

De verslaggeefster leek totaal niet onder de indruk van zijn kennis.

* * *

Dus hier werkte hij.

Thomas' belangrijke, belangrijke, belangrijke baan.

Annika meed haar eigen blik in de spiegel van de lift.

Ze was hier nog nooit geweest. Ze was nooit op de terugweg van haar werk bij hem boven geweest, was nooit langsgegaan om een kop koffie te drinken in het personeelsrestaurant, had hem nooit verrast met kaartjes voor de schouwburg of de bioscoop en een pizza na afloop.

Thomas had zich aan de overheid gelieerd en zij had de opdracht om die overheid nauwlettend te volgen.

Op de zesde verdieping stapten ze uit, de etage onder het ministerie van Algemene Zaken. Thomas zat op een lagere verdieping, op de vierde. Steevast als hij hier op de zesde was geweest, vertelde hij daarover aan tafel, met een speciaal soort eerbied in zijn stem. Hier zetelde de macht: de minister, de staatssecretaris, de hoofdambtenaren, de secretaris-generaal, het hoofd Administratie en de politiek deskundigen. Witte wanden, dikke, lichtgrijze vloerbedekking, deuren op een kier. Er hing een geur van macht en schuurmiddel in de lucht.

'Welkom', zei Jimmy Halenius, hij stapte naar voren en gaf hun een hand. 'We gaan daar verderop zitten ...'

Hij leek hier niet thuis te horen. Hij zag er te verkreukeld en onverzorgd uit. Ze vroeg zich af hoe hij op zijn positie was beland. Hielenlikkerij en contacten, dacht ze.

'Hebben jullie iets van Thomas gehoord?' vroeg ze.

'Nee', zei Halenius. 'Maar we hebben wat andere informatie.'

De geluiden werden gedempt, alsof de vloerbedekking alle stemmen opzoog. Achter de deuren zaten onzichtbaren

61

die alles hoorden en zagen.

Ze liepen door een gang naar een vergaderkamer die van licht houten meubilair en door en door Zweeds mineraalwater was voorzien en uitzicht bood over Tegelbacken en Strömsborg. Ze kreeg het koud, wat niets met de temperatuur in de kamer te maken had. De twee mannen van gisteren die allebei Hans heetten, zaten er al, ditmaal zonder overjas.

Ze wilde hier niet zijn. Ze was gedwongen om hier te zijn. Het was een order.

Ze nam plaats op de stoel die het dichtst bij de deur stond en deed net alsof ze de mannen die Hans heetten niet zag.

Halenius pakte een kruk en ging vlak voor haar zitten. Annika leunde instinctief achterover en trok haar benen naar zich toe.

'Ik begrijp dat dit erg moeilijk voor je is. Zeg het gewoon als je iets wilt hebben', zei Jimmy Halenius, terwijl hij haar met die knalblauwe ogen aankeek.

Ze haalde haar schouders op en keek naar de tafel.

Ik wil mijn man graag terug.

'We hebben vanmorgen contact gehad met Nairobi en zijn wat meer details te weten gekomen over wat er is gebeurd. Wees niet bang om me te onderbreken als je een vraag hebt.'

Een vraag hebt. *Een vraag hebt???*

Hij keek haar recht aan terwijl hij sprak, voorovergebogen, met zijn ellebogen op zijn knieën, wilde dicht bij haar komen. Haar bereiken. Ze wendde haar blik af en keek door het raam naar buiten. De toren van het stadhuis met zijn drie kronen op de top reikte naar de hemel. Als ze zat kon ze het water niet zien.

'De delegatie waar Thomas deel van uitmaakte is eergisterochtend vroeg met een privévliegtuig naar Liboi vertrokken. De delegatie bestond uit zeven afgevaardigden en drie bewakers, een tolk en twee chauffeurs. De tolk en één bewaker zijn zoals je weet dood aangetroffen, maar een van de chauffeurs is even buiten Liboi door een veehouder levend teruggevonden. Hij had een harde klap tegen zijn hoofd gehad, maar heeft vanochtend wel mee kunnen werken aan een kort, telefonisch verhoor. Wil je wat water?'

Wilde ze dat? Wilde ze drinken? Water?

Ze schudde haar hoofd.

Halenius reikte naar een papier dat op de vergadertafel lag, zette een leesbril op en begon voor te lezen. Hoe oud was hij? Hij had het een keer gezegd, drie jaar ouder dan zij, zo rond de veertig. Hij zag er ouder uit.

'De afgevaardigden zijn, naast Thomas, een vierenvijftig-jarige Fransman die Sébastien Magurie heet. Hij is Europarlementariër en vrij nieuw op dit gebied. Dit is zijn eerste conferentie over de kwestie.'

Hij zwaaide even met het papier.

'Je kunt deze gegevens later meekrijgen als we ze formeel bevestigd hebben gekregen.'

Het was ontzettend stoffig hierbinnen, of niet? Was de kamer niet vol met grijs en plakkerig stof dat in je keel bleef plakken?

'Ik wil toch wel wat water', zei Annika.

Een van de mannen die Hans heetten, stond op en pakte een flesje mineraalwater van een zijtafeltje. Frambozensmaak. Vreselijk smerig. Smaakte naar petroleum.

'Catherine Wilson, tweeëndertig jaar, Britse afgevaardigde die Arabisch en Swahili spreekt. Ze is gedeeltelijk in Kenia opgegroeid en is meegegaan als delegatiesecretaris, ze heeft een eerste verslag naar de conferentie kunnen sturen voor de groep verdween. Alvaro Ribeiro, drieëndertig jaar, Spaanse afgevaardigde. Jurist. Werkt voor de Spaanse regering. Helga Wolff, Duitse, zestig jaar. Bij haar staat verder niets, maar volgens zeggen zou ze secretaresse zijn in Brussel. De Deense afgevaardigde heet Per Spang, vijfenzestig jaar, parlementslid, heeft een zwakke gezondheid. Sorin Enache, achtenveertig jaar. Roemeense afgevaardigde. Ambtenaar op het ministerie van Justitie, heeft ongeveer dezelfde positie als Thomas. Marathonloper.'

Helga Wolff, wat een clichénaam. Het kon haast niet Duitser. Zestig jaar, zij was het dus niet. Misschien als ze minister was geweest, en slank, en als ze een niet al te overdreven facelift had, maar geen secretaresse. Thomas mikte hoger dan dat.

'Had hij zich vrijwillig aangemeld?' vroeg Annika.

Halenius liet het papier zakken.

'Hoe bedoel je?'

De tweeëndertigjarige Engelse was klein en blond, daar durfde ze vergif op in te nemen.

'Was het prestigieus om mee te gaan?' vroeg ze.

Halenius keek vermoeid.

'Nee,' zei hij, 'het is geen grote verdienste om met zo'n missie mee te gaan. Onder de afgevaardigden is er niet één die een hogere functie bekleedt. Ik weet niet of hij vrijwillig is meegegaan of dat het hem is opgedragen, maar ik zal het nakijken.'

Hij pakte een ander papier.

Annika liet haar blik door de kleine vergaderruimte gaan. Dit was geen machtskamer, dit was niet de Blauwe Kamer, waar het ministerie wetsvoorstellen voorbereidde, dit was een lullig klein kamertje waar vrouwen van verdwenen mannen mee naartoe werden genomen, en waar eventueel kleine wetswijzigingen werden voorbereid over verdwenen vrouwtjes die achter kinderdagverblijven en op parkeerplaatsen vermoord werden aangetroffen.

'Het eerste verslag van de secretaris is een korte beschrijving van de stad Liboi en een samenvatting van het gesprek dat de delegatie met de politiechef van de stad heeft gevoerd', zei Halenius. 'Er is klaarblijkelijk geen wachtpost bij de grensovergang naar Somalië. Het politiebureau fungeert als douane en ligt een aantal kilometers van de grens ...'

Annika boog zich voorover.

'Waarom beweren jullie dat voor ernstige vrouwenmishandeling een verjaringstermijn van tien jaar geldt?'

Anders Schyman legde zijn hand op zijn ogen en steunde.

'Annika ...' zei hij.

Halenius keek haar zwijgend aan.

'Want dat is helemaal niet waar', ging ze verder. 'Die wet was alleen maar bedoeld om indruk te maken, of niet soms? Het ministerie van Justitie wilde schouderklopjes van de vrouwenbeweging en mensenrechtenactivisten en heeft toen een wet gemaakt die eigenlijk volstrekt tandeloos is.'

Ze keek de kamer rond. De twee mannen die Hans heetten, staarden haar aan alsof ze opeens een wildvreemde taal sprak. Jimmy Halenius bestudeerde haar gezicht, alsof hij ergens naar zocht.

'De overlevende chauffeur heeft een kort verslag kunnen geven van wat er is voorgevallen', zei hij langzaam. 'De delegatie werd bij een wegversperring tegengehouden door een groep gewapende mannen, zeven of acht man. De chauffeur is niet zeker van het aantal. Hij beweert dat het Somaliërs waren, maar dat is niet met zekerheid vast te stellen.'

De kou in de kamer drong door tot in haar botten, ze sloeg haar armen om zich heen. Kende Anne Snapphane niet een jongen die uit Somalië kwam? Een rapper, hartstikke knap?

'De auto's bevonden zich een paar kilometer ten zuiden van de A3 op een niet-officiële weg, vlak bij de grens met Somalië. Minstens een van de bewakers werkte met de mannen bij de wegversperring samen. Hij heeft bij beide Toyota's het volgsysteem verwijderd.'

Een van de mannen die Hans heetten, nam opeens het woord.

'Toyota Land Cruisers 100 zijn ongelofelijk populair in Afrika', zei hij. 'Met die auto's kun je echt overal komen, het Amerikaanse leger gebruikte ze bij de invasie van Irak.

Ze worden in Kenia "Toyota Take Aways" genoemd vanwege hun diefstalgevoeligheid.'

Annika richtte haar blik op de man.

'En wat heeft dat met de kwestie te maken?' vroeg ze.

De man die Hans heette, werd rood.

'Dat zegt het een en ander over de mannen bij de wegversperring', zei de staatssecretaris. 'Ze wisten wat ze deden. De overval was geen toeval. Ze stonden de EU-delegatie op te wachten. Ze wisten dat de auto's met volgzenders waren uitgerust, en ze wisten waar die gemonteerd waren. Ze zijn voldoende economisch georiënteerd om te weten dat deze auto's een aanzienlijke waarde vertegenwoordigen.'

Ze wisten wat ze deden.

Men wist wat men deed.

Wist men echt wat men deed, hoe men het deed, en waarom men het deed? Ze merkte dat de verwarring steeg.

'Het werk van insiders?' opperde Anders Schyman.

'Dat maakt het niet anders. Het lijkt erop dat de groep de plaats voor de overval zorgvuldig heeft uitgekozen. Ze waren er met een overdekte vrachtwagen heen gereden. De chauffeur herkende het type, een ouder model Mercedes.'

Ze onderdrukte een impuls om te gaan staan en naar het raam te lopen. In plaats daarvan pakte ze de armleuningen van de stoel beet.

'Dus waar zijn ze nu?' vroeg ze.

'Dat weten we niet', zei Jimmy Halenius. 'Ook de vrachtwagen was weg toen politie en leger op de bewuste plek arriveerden, dus die is waarschijnlijk gebruikt om de mensen van de delegatie mee weg te voeren.'

Weten we niet. Lijkt erop. Waarschijnlijk.

'Jullie weten eigenlijk niets, of wel?'

Ze zag dat Anders Schyman een blik uitwisselde met de twee mannen die Hans heetten. De hoofdredacteur reikte naar een glas en een flesje water en vroeg iets over de volgzenders waarmee de auto's waren uitgerust, waarna ze over de volgzenders begonnen te praten, ze hadden het over de volgzenders alsof die belangrijk waren, alsof ze een rol speelden, het ging om een Duits type, een klein maar vrij sterk apparaatje dat twee gangbare plaatsbepalingssystemen met elkaar combineerde, een gsm-systeem en een traditioneel radiovolgsysteem ...

Ze voelde hoe de woorden door haar hoofd raasden zonder te blijven hangen, ze stuiterden doel- en betekenisloos verder de ruimte in, voor de volgzenders was noch een uitwendige antenne noch satellietdekking vereist en de kleinste versie, die klaarblijkelijk in dit geval was gebruikt, was kleiner dan een mobiele telefoon en woog 135 gram en ze hadden onder de motorkap verstopt gezeten, achter de koelvloeistoftank ...

Ze keek weer uit over Riddarfjärden. Het zou zo gaan sneeuwen. De wolken hingen vlak boven de daken.

'Je hebt gelijk', zei Halenius. 'Er is heel weinig wat we met zekerheid weten. Maar we kunnen wel wat dingen veronderstellen. Het kan zijn dat het om een gijzeling gaat, dat de mensen in de groep ontvoerd zijn. Dat is niet geheel ongebruikelijk in dat deel van de wereld. Je hebt vast wel gehoord van die Somalische piraten die boten kapen op zee. Dit kan een landvariant zijn op hetzelfde thema.'

'Zoals dat Deense gezin op dat jacht?' zei Anders Schyman.

'Ontvoerd?' zei Annika.

'Als het om een ontvoering gaat, zullen we dat de komende dagen te weten komen, waarschijnlijk vandaag of morgen al.'

Annika kon niet langer blijven zitten, ze stond op en liep naar het raam. Buiten zwommen eendjes in het water van Strömmen, dat ze geen koude poten hadden.

'De meeste dingen verlopen volgens een vast patroon', zei Jimmy Halenius. 'Hebben we geluk dan zullen de overvallers alleen maar losgeld eisen. Hebben we pech dan gaat het om een politieke gijzeling. Dat een of andere fundamentalistische groepering de verantwoordelijkheid op zich neemt en gaat eisen dat voor terrorisme veroordeelde vrienden over de hele wereld worden vrijgelaten, of dat de vs zich moeten terugtrekken uit Afghanistan, of dat het wereldkapitalisme moet worden uitgeroeid. Dan wordt het een stuk ingewikkelder.'

Annika merkte dat haar handen trilden, het alien-handsyndroom.

'Is er geen kans dat ze gewoon ergens opduiken?' vroeg de hoofdredacteur. 'Ongedeerd maar overstuur?'

'Absoluut', zei Halenius. 'Dat is natuurlijk ook een mogelijkheid. Aangezien we niets over de mannen bij de wegversperring of hun beweegredenen weten, is elk scenario denkbaar.'

Halenius stond op en kwam naast haar bij het raam staan.

'Van de kant van de regering', vervolgde hij, 'zullen we alle informatie die ons vanuit Brussel, Nairobi en de overheden van de betrokken landen bereikt, aan je doorgeven. Dan hebben we het dus over Groot-Brittannië, Roemenië, Frankrijk, Duitsland, Spanje en Denemarken. Afhankelijk van de informatie die we krijgen, bepalen we hoe we verdergaan. Je kunt op onze steun rekenen, wat er ook gebeurt. Ik heb je mailadres. Zodra alles is nagekeken en gecontroleerd zal ik het verslag van de secretaris en de persoonsgegevens van de afgevaardigden naar je toe sturen. Is er een telefoonnummer waarop ik je kan bereiken?'

Ze aarzelde een paar seconden, stopte daarna een hand in haar grote tas en haalde de mobiele telefoon van de krant tevoorschijn.

'Deze', zei ze stilletjes, ze zette het apparaat aan en toetste de pincode in.

Schyman stond achter haar op, en de twee mannen die Hans heetten deden hetzelfde.

'We hebben de kwestie over de verjaringstermijn van ern-

stige vrouwenmishandeling onderzocht', zei de staatssecretaris zacht. 'In 2007, hier op het departement, juist vanwege de vraag die jij net stelde. De onderzoekers kwamen tot
de conclusie dat ernstige vrouwenmishandeling geen voortdurend misdrijf is, dus niet perdurerend, maar dat het uit
verschillende, losse handelingen bestaat. Daarom moet de
verjaringstermijn worden opgedeeld, elke andere optie zou
onredelijk zijn. Anders komt de rechtszekerheid in gevaar.'

Ze draaide zich om en keek hem aan. Hij had dus in elk
geval gehoord wat ze zei.

'Er zijn nog steeds officieren van justitie die die wet een
politieke wet noemen', zei ze. 'Wist je dat?'

Halenius knikte.

'En wat zijn alle andere wetten dan?' zei ze. 'Door God
gezonden?'

Ze draaide zich om en verliet het kleine machteloze kamertje.

Achter zich hoorde ze Anders Schyman en de staatssecretaris mompelen. Ze wist precies waar ze het over hadden.
Hoelang konden ze dit voor de buitenwereld verborgen
houden? Mogelijk tot een groep de verantwoordelijkheid
voor de daad opeiste, maar zeker niet langer. Er waren te
veel landen bij betrokken, te veel organisaties. Wanneer
mocht hij het publiceren? Wie zou zich daarover uitlaten?

Ze nam de lift naar beneden zonder op Schyman te wachten.

* * *

De hut bestond uit één ruimte en had geen ramen. De binnenkant was pikzwart van het roet. In het midden op de
lemen vloer was een vuurplaats, die normaliter waarschijnlijk als fornuis, warmtebron en verlichting diende, maar nu
alleen maar ruimte innam. Het gat in het dak, waarlangs de
rook zich anders een weg naar buiten zocht, liet een kleine

hoeveelheid licht door, waardoor onze lichamen in donkere schimmen veranderden. Onze handen waren weer op de rug vastgebonden. Ze hadden ook onze schoenen uitgetrokken.

Het was heel erg krap.

Ik lag met mijn gezicht in het kruis van Alvaro, de Spanjaard. Hij had in zijn broek gepoept, net als wij allemaal. We moesten wel. De stank was zwaar en scherp.

De Deen, Per, had moeite met ademen. Hij klaagde niet, zijn piepende ademhaling klonk door het halfduister om ons heen. De Duitse snurkte.

We bevonden ons in een nederzetting voor mens en vee binnen een muur van takken en doornstruiken, een manyatta geheten. In het maanlicht had ik zo'n acht hutten kunnen ontwaren voor we in deze hut werden opgesloten. Andere mensen dan onze gevangenbewaarders had ik echter niet gezien. Ook geen koeien of geiten. Ik geloof dat ik 's ochtends even heb geslapen.

De lucht stond helemaal stil. Het was ongelofelijk warm. Aan de lichtinval door het rookgat te zien stond de zon bijna in het zenit. Het zweet liep in mijn ogen. Door het zout begonnen ze te branden, maar dat gaf niets.

We hadden eten gekregen. *Ugali*, gekookt maïsmeel, stapelvoedsel in Oost-Afrika. Ik at te snel en kreeg vreselijke buikpijn.

Ik was vol vertrouwen over een goede afloop. Dit zou gauw voorbij zijn. De Lange had ons dat in zijn gebroken Swahili verzekerd. We wachtten alleen maar op Kiongozi Ujumla, de Grote Leider. De Lange had blijkbaar geen bevoegdheid om op eigen houtje over onze vrijlating te beslissen. Het was Kiongozi Ujumla die dat soort besluiten moest nemen en dat konden we natuurlijk begrijpen, heb je geen mandaat dan heb je geen mandaat, dat wisten we allemaal.

Zelfs Sébastien leek tevreden. Hij was zelfs opgehouden

om doktershulp te eisen voor zijn hoofdwond als gevolg van de klap met de geweerkolf.

Annika glimlachte naar me in het halfduister, ik kon de geur van haar shampoo ruiken.

Deze mensen wilden ons eigenlijk helemaal geen kwaad doen. Ze gebruikten ons weliswaar als buit in een gemeen spel, maar het waren gewoon mensen, net als wij. Ze wisten heel goed dat we belangrijke burgers waren in onze respectieve thuislanden, dat we kinderen hadden en een gezin. Ze deden dit om aandacht te vragen voor hun zaak, maar daarna zouden ze ons vrijlaten. Dat had De Lange meermalen gezegd.

En als ze zich niet aan hun woord hielden, dan zou het hun duur komen te staan. Het hele politiekorps van Kenia en Somalië moest ondertussen achter hen aan zitten, en de hele EU ook.

Ik probeerde mijn hoofd weg te draaien om aan de stank van uitwerpselen te ontkomen.

Binnenkort zou ik weer thuis zijn bij Annika en de kinderen.

* * *

De voorgevel van het gebouw aan de Agnegatan was tijdens hun verblijf in Washington opgeknapt en opnieuw geverfd. De ondefinieerbaar vuilbruine gevel was tegenwoordig verblindend witgroenig van kleur. Ondanks het wolkendek moest Annika haar ogen half dichtknijpen tegen de felle tint.

Anders Schyman had haar na de bijeenkomst in Rosenbad naar huis gestuurd. Eerlijk gezegd begreep ze dat dat een redelijke beslissing was.

Ze toetste de code van het portiekslot in en liep de trap op naar boven. Ze gooide haar jas en schoenen vlak achter de deur op de grond, liep met haar tas naar de woonkamer, zette de laptop op de salontafel, liep vervolgens naar de keuken en zette de waterkoker aan. Terwijl het water aan de kook kwam ging ze snel even naar de wc. Toen ze haar handen waste viel haar blik op Thomas' handdoek, die naast de wastafel hing. Hij was de enige in het gezin die per se een eigen handdoek wilde hebben.

Ze droogde haar handen eraan af.

Ze haalde nieuw wc-papier uit een van de hoge kastjes op de slaapkamer van de kinderen, stak de telefoonstekker in het contact, schepte oploskoffie in een kop met het opschrift THE WHITE HOUSE en checkte haar mail.

Het verslag van de Britse, die gegarandeerd blond en schattig was, had Halenius nog niet gestuurd.

Met krampachtig samengeknepen handen staarde ze naar haar mailbox. Om de een of andere reden verscheen het beeld van die dikke vrouw op de voorpagina van de *Kvällspressen* op haar netvlies.

Misschien was het gewoon allemaal één groot misverstand.

Misschien dachten de mannen bij de wegversperring dat de groep van de EU-conferentie anderen waren, misschien Amerikanen, misschien CIA-agenten. Zodra ze ontdekten dat ze zich vergist hadden, zouden ze Thomas en de anderen meteen terugbrengen naar het vliegveld in die stad, Liboi. Thomas zou natuurlijk een biertje nemen in de bar en van de gelegenheid gebruikmaken om een en ander taxfree te kopen, misschien een flesje parfum voor haar en een lading snoep voor de kinderen, hij zou moe en vies thuiskomen en zijn beklag doen over de service op het vliegveld in Liboi en over de kwaliteit van het eten in het vliegtuig ...

Ze checkte opnieuw haar mail.

Niets. Geen Britse.

Ze vroeg zich af of hij met haar naar bed was geweest.

Ze stond op en liep naar de kamer van de kinderen. Kalle

had zijn bed opgemaakt, Ellen niet.

Zijn ontrouw accepteren was de prijs die ze moest betalen om met haar kinderen te kunnen samenleven. Ze had het tegenovergestelde geprobeerd, maar dat had haar tot aan de rand van waanzin gedreven. Het jaar waarin Thomas bij Sophia Grenborg was ingetrokken en zij de kinderen slechts om de week bij zich had gehad, was ronduit afschuwelijk geweest. Anderen konden daartegen, de meeste anderen zelfs, velen vonden het vast praktisch en misschien zelfs wel comfortabel, maar zij niet.

Ze liet haar hoofd tussen Ellens kussens vallen.

Ze had werkelijk haar best gedaan.

Toen ze weer bij elkaar waren en naar de vs waren verhuisd, had ze zich op het gebied van seks en eten, en ook wat haar werktijden betreft, moeite getroost om aan zijn wensen tegemoet te komen. Als ze alleen was had ze gemasturbeerd om weer een soort lust op te wekken, ze had kookboeken gekocht met Mexicaanse en Aziatische gerechten, en ze had het tijdsverschil als argument aangedragen om onder al te tijdrovende opdrachten van de nieuwsdesk uit te komen, om vervolgens chocolate chip cookies te gaan bakken voor de schoolbazaar.

Ze wist dat hij anderen had. Niet één speciaal iemand, maar alle vrouwen die hij zonder al te veel moeite plat kon krijgen. Ze verwachtte dat zijn score vrij hoog was. Met zijn blonde haar, grijze ogen en brede schouders was hij net een Viking. Hij had gevoel voor humor en kon goed luisteren, was redelijk goed in praktisch alle sporten, van bowlen tot bandy aan toe, en hij deed het goed op feestjes.

Conferenties, zoals die in Nairobi, waren het ultieme jachtgebied. Zijn regeringswerk maakte zijn kansen er niet kleiner op. Frontex was, zoals gezegd, niet bepaald sexy, dus zei hij meestal dat hij zich met internationale veiligheidsanalyses bezighield. Wat in zekere zin nog waar was ook.

Ze moest zich inhouden om niet Ellens bed op te maken, ging terug naar de computer op de salontafel en googelde 'frontex'.

Ze had totaal geen belangstelling getoond voor Thomas' nieuwe baan. De wetenschap dat hij meermalen per jaar internationale conferenties zou moeten bijwonen, was voor haar genoeg geweest. Over de overheidsinstantie zelf wist ze heel weinig.

Een van de eerste treffers kwam van haar eigen krant.

Europese grensbewaking was een vraagstuk dat sinds een paar jaar tot de portefeuille van de Zweedse eurocommissaris behoorde, wat ertoe geleid had dat een hele reeks onderzoeksopdrachten aangaande de kwestie in Zweden terecht waren gekomen.

Inderdaad, onder andere op Thomas' bureau.

Op de officiële website van de overheidsinstantie las ze dat de meest recente missie voortijdig in gang was gezet: in de wateren voor de kust van het Italiaanse eiland Lampedusa werd door vliegtuigen en schepen gepatrouilleerd om mensen die de ongeregeldheden in Noord-Afrika ontvluchtten en naar Europa probeerden te komen, tegen te houden. Volgens de Zweedse eurocommissaris was Frontex ter plaatse om 'levens te redden', wat op zich zou kunnen kloppen. Aangespoelde bootvluchtelingen op de Italiaanse en Spaanse stranden waren zo gewoon geworden dat niemand zich er meer om bekommerde. Ze werden niet eens meer als kort berichtje in de media genoemd, niet in de landen rond de Middellandse Zee, en al helemaal niet in Zweden. Hoogstens misschien in de context dat een Zweedse chartertoerist over de lijken was gestruikeld en geen schadevergoeding had gekregen van zijn of haar reisbureau.

'Pling', zei haar mailbox, en daar, tezamen met een berichtje van Halenius, was het verslag van het schattige Britse vrouwtje. Het was in het Engels, vrij beknopt en het beschreef de situatie in de grensstad.

74

De grensovergang tussen Kenia en Somalië was zo goed als onbewaakt. Een bord naast het politiebureau in Liboi met de tekst REPUBLIC OF KENYA, DEPARTMENT OF IMMIGRATION, LIBOI BORDER CONTROL vormde de douane. Bij de grens zelf was geen kantoor of personeel.

Op dit moment woonden er meer dan vierhonderdduizend mensen, vooral Somaliërs, in vluchtelingenkampen in de naburige stad Dadaab.

Annika keek op van de computer, waar had ze eerder over Dadaab gehoord? Was dat niet in verband met de droogte in de Hoorn van Afrika?

Ze opende Google Maps, typte 'liboi, kenia' in het zoekveld en kwam in een geelbruin satellietbeeld van verbrande aarde terecht. Liboi lag midden in één groot niets en was zo groot als een speldenknop. Een gele weg met de naam Garissa Road A3 liep als een streep dwars over het beeld. Ze zoomde uit, maakte de kaart stapsgewijs groter, Dadaab verscheen in het zuidwesten, vervolgens kwam Garissa in beeld, de zee en Nairobi. Kenia lag precies op de evenaar, omringd door Somalië, Ethiopië, Soedan, Oeganda en Tanzania – jéézez wat een hoop grenzen. Ze staarde naar het satellietbeeld terwijl het gevoel van onwerkelijkheid steeds groter werd. Al die mensen die in die landen woonden en leefden, en ze wist echt helemaal niets over hen.

Ergens in het appartement ging een telefoon. Ze liet de laptop los, schoot overeind en kon het geluid eerst niet lokaliseren. Opeens realiseerde ze zich dat het de vaste telefoon was. Gewoonlijk belde niemand haar op dat nummer, behalve haar moeder, en dat contact was zo goed als nihil. Ze holde naar de deur naast de kamer van de kinderen en greep de telefoon.

Het was Jimmy Halenius.

'Annika', zei hij. 'Er zijn twee berichten bij ons binnengekomen van de groep die Thomas en de anderen gevangenhoudt.'

75

Ze liet zich in de woonkamer op de grond zakken, haar mond was kurkdroog.

'Wat zeggen ze?'

'Ik wil dit liever niet over de telefoon doen ...'

Ze stond op en brulde in de hoorn.

'Zeg toch wat ze gezegd hebben!!'

De staatssecretaris leek diep in te ademen.

'Oké', zei hij. 'Het is niet ideaal om dit soort informatie over de telefoon te krijgen, maar oké ... het eerste bericht hebben de Britten opgepikt. Een man op een trillende video-opname zegt in het Kinyarwanda dat Fiqh Jihad zeven EU-afgevaardigden in gijzeling heeft genomen. De rest van de boodschap bestaat uit politieke en religieuze leuzen.'

'Wat zei hij? In het Kinyar-hoe?'

'Een Bantoetaal die in Oost-Afrika wordt gesproken, vooral in Rwanda. Uit het bericht komt eigenlijk niets anders naar voren dan wat we al vreesden, dat ze door een of andere organisatie zijn ontvoerd.'

Ze ging weer zitten, keek de kamer rond, de lampjes in de vensterbanken, de plaid die Thomas als kerstcadeau van zijn moeder had gekregen, de schijfjes van Kalles spelcomputer.

'Het is dus politiek', zei ze. 'Een politieke ontvoering. Je zei dat dat scenario het ergste was.'

'Het gaat inderdaad om politiek,' zei Halenius, 'maar er kan nog een andere opening zijn. Het andere bericht kwam binnen op Alvaro Ribeiro's thuistelefoon. Zijn partner nam op en kreeg de korte en bondige mededeling, in Oost-Afrikaans-Engels, dat Alvaro ontvoerd was en dat hij zou worden vrijgelaten als er veertig miljoen dollar losgeld zou worden betaald.'

Annika hapte naar lucht.

'Veertig miljoen dollar, dat is ... hoeveel? In kronen? Een kwart miljard?'

'Ruim.'

Haar handen begonnen weer te trillen, de hele tijd het alien-handsyndroom.

'O god, o nee ...'

'Annika,' zei Halenius, 'rustig maar.'

'Een kwart miljárd?'

'Het lijkt erop dat er in deze ontvoeringszaak verschillende belangen in het spel zijn', ging Halenius verder. 'Enerzijds hebben we het politieke motief, waar de video een aanwijzing voor is, en anderzijds hebben we de eis om losgeld, wat op een gewone *kidnap for ransom* duidt. Je hebt gelijk dat het laatstgenoemde te prefereren is.'

'Maar een kwart miljard? Wie heeft er nou zo veel geld? Ik niet ...'

Kidnap for ransom?

De woorden raakten iets bij haar, maar wat, wat?

Ze drukte haar trillende handpalm tegen haar voorhoofd en zocht in haar geheugen.

Een artikel dat ze geschreven had, een verzekeringsmaatschappij die ze in het eerste jaar als Amerikaans correspondent had bezocht, in Upstate New York, de onderneming was gespecialiseerd in K&R Insurances: *Kidnap and Ransom Insurances ...*

'Een verzekering!' schreeuwde ze in de hoorn. 'Het ministerie heeft natuurlijk een verzekering! Een verzekering die het losgeld betaalt en dan is het opgelost!'

Van opluchting begon ze te lachen.

'Nee', zei Halenius. 'De Zweedse regering heeft niets van dien aard. Dat is een principebesluit.'

Ze verstarde, het lachen stopte.

'Dat soort verzekeringen zijn kortzichtige en gevaarlijke oplossingen. Ze vergroten de risico's en drijven de hoogte van het losgeld op. Bovendien onderhandelt de Zweedse regering niet met terroristen.'

Ze voelde de grond onder haar voeten wegzakken. Haar handen grepen in de lucht, ze klampte zich aan de deurpost vast.

'Maar,' zei ze, 'en ik dan? Wat moet ik doen? Wat gaat er nu gebeuren? Gaan ze mij ook bellen, op deze telefoon?'

'Dat zou een wenselijke uitgangssituatie zijn.'

Ze voelde de paniek opkomen, haar ademhaling versnelde en haar gezichtsveld werd nauwer. Heel in de verte hoorde ze de stem van de staatssecretaris.

'Annika, we moeten over jouw situatie praten. Ik weet dat je niet wilt dat ik bij je thuis kom, maar ik denk dat dat op dit moment de beste oplossing zou zijn voor jou.'

Ze gaf hem de code van de buitendeur.

* * *

De Fransoos was weer gaan klagen. Hij schreeuwde onophoudelijk tegen onze gevangenbewaarders en gebood Catherine om zijn woorden in het Swahili te vertalen, wat ze met gedempte stem en terneergeslagen ogen deed. Nu raasde en tierde hij niet meer alleen over zijn hoofdwond, maar ook over onze sanitaire situatie. Niemand van ons had naar de wc gemogen sinds we twee dagen geleden werden ontvoerd. Urine en uitwerpselen brandden onze huid kapot en maakten onze kleren stijf.

De Duitse huilde.

Ik merkte dat de irritatie en onzekerheid onder de gevangenbewaarders stegen. Elke keer als ze de houten deur van de hut openden, waren ze nerveus en vertelden ze snel en geïrriteerd dat ze niet de bevoegdheid hadden om ons eruit te laten. We moesten op Kiongozi Ujumla wachten, de leider, de generaal. Of dat een en dezelfde persoon was of twee verschillende, wisten we niet, maar alleen zij (of hij) hadden (had) het recht om over de gevangenen te beslissen, zeiden ze. (De gevangenen, dat waren wij, *wafungwa*.)

Toen ik een dieselauto voor onze hut hoorde stoppen, was ik eigenlijk opgelucht. De Fransman verstomde en luisterde, net als wij allemaal. Buiten hoorden we mompelende stemmen.

De zon ging al onder. Het was bijna helemaal donker in de hut.

We vonden dat het een hele tijd duurde voor de deur werd opengemaakt.

'Dit is volstrekt onacceptabel!' riep de Fransman. 'Jullie behandelen ons als beesten! Hebben jullie geen enkel fatsoen?'

Het zwarte silhouet van een korte, gedrongen man vulde de deuropening. Hij droeg een kleine tulband, een overhemd met korte mouwen, een wijde broek en stevige schoenen.

Zijn stem klonk hoog, als van een jongetje.

'You no like?' zei hij.

De Fransoos (ik noemde hem niet langer bij zijn naam, ik depersonifieerde hem, nam afstand) antwoordde dat hij *c'est vrai* niet content was met onze situatie.

De korte man riep iets naar de gevangenbewaarders wat wij niet begrepen. Toen hij zich omdraaide zag ik dat er een groot, als een sabel gebogen mes aan een touw op zijn rug hing: een machete.

De angst, die zich als een steen in mijn middenrif had genesteld, explodeerde met een onverklaarbare kracht. Alle bewakers waren gewapend, dus het was niet het halve meter lange kapmes waardoor ik zo ontzettend bang werd, het was iets anders bij die gedrongen man, iets in zijn bewegingen of in zijn glasheldere stem. Dit moest Kiongozi Ujumla zijn, de generaal.

Twee van de gevangenbewaarders kwamen de hut in, het was donker en krap, ze trapten op ons, liepen naar de Fransman, tilden hem bij zijn voeten en armen op en droegen hem naar de deur, de Duitse schreeuwde toen De Lange zijn voet op haar buik zette en door het zachte vlees bijna zijn evenwicht verloor, ze droegen hem door de deur naar buiten en voor het eerst was het zicht door de deuropening helemaal vrij, frisse lucht stroomde door het gat naar binnen en ik zoog mijn longen vol zuurstof en zand, ik knipperde tegen het licht, de lucht was rood, geel en okerkleurig, het was ongelofelijk mooi.

Ze zetten de Fransman vlak voor de deuropening op de grond, zijn voeten kwamen meteen onder het stuivende zand te zitten. De opening was zo laag dat we zijn lichaam maar tot aan zijn schouders konden zien, hoewel we zelf op de grond lagen. De korte man ging in het schemerlicht voor de Fransman staan.

'No like?' vroeg hij weer.

De Fransman begon te trillen, óf van angst óf van de inspanning die het hem kostte om rechtop te staan na zo lang gelegen te hebben. Zijn handen en voeten waren nog steeds met plastic strips vastgebonden en hij zwaaide bedenkelijk heen en weer.

'Dit is een misdaad tegen het volkenrecht', begon hij weer met bevende stem. 'Wat jullie doen is in strijd met internationale regels en verordeningen.'

De generaal ging wijdbeens staan en legde zijn armen over elkaar.

'You say?'

Catherine, die links naast me lag, drukte zich dichter tegen mij aan.

'Ik ben Frans Europarlementariër,' zei de Fransoos, 'ik werk voor de EU en eis dat jullie mij onmiddellijk losmaken en mij uit deze situatie bevrijden.'

'EU? Work for EU?'

De kleine man wierp hem een brede, ijskoude glimlach toe.

'You hear?' zei hij, en zijn woorden waren voor ons bedoeld. 'Work for EU!'

Met een voor zijn lichaamsbouw verrassende lenigheid strekte de korte man zijn armen naar achteren, waarna hij de machete met een zwiepende beweging in een wijde boog over zijn hoofd zwaaide en hem in de linkerlies van de Fransman liet neerkomen.

Catherine schreeuwde en verstopte haar gezicht in mijn oksel. Ik wou dat ik zelf zo verstandig was geweest om me in een oksel te verstoppen, het maakte niet uit welke, maar dat deed ik niet, ik zag met wijdopen ogen hoe de Fransman als een omgezaagde spar tegen de grond klapte, hij stootte een sissend geluid uit alsof zijn longen leegliepen, een klank die ik nooit eerder had gehoord.

Het werd snel donker buiten, alsof het doek werd neergelaten.

* * *

Annika stond in de woonkamer voor het raam en staarde naar de betongrijze lucht. Ze was helemaal leeg van binnen, slechts een omhulsel, op zoek naar houvast. Een deel van haar dacht nog steeds dat het allemaal een vreselijke vergissing was, een gebrek aan communicatie daar in het verre Afrika. Binnenkort zou Thomas haar bellen op haar mobiele telefoon en geïrriteerd zijn omdat het vliegtuig niet op tijd was vertrokken. Een ander deel van haar maakte zich vreselijke zorgen om pietluttigheden. Dat ze weer met Jimmy Halenius alleen zou zijn, bijvoorbeeld. En wat ze tegen Thomas' moeder moest zeggen. En wie er nu over de dode moeder in Axelsberg moest schrijven.

Jimmy Halenius was onderweg. Misschien had haar onrust te maken met die foto voor restaurant Järnet een paar jaar geleden. Ze had met de staatssecretaris gedineerd om bij hem informatie in te winnen en toen ze het restaurant verlieten, had een jongeman een paparazzofoto gemaakt, net op het moment dat Halenius Spaanse wangkusjes demonstreerde. Toen Bosse van de Concurrent belde en haar met de foto had geconfronteerd, was ze bang geworden. Ze wist wat er kon gebeuren als de media hun klauwen in je zetten, wat voor klopjacht er kon ontstaan.

Of misschien waren het de herinneringen aan dat etentje die haar onrustig maakten, hertencarpaccio en entrecote voor hem, zalmkaviaar en een stoofpotje van rendiervlees voor haar. Ze kon zich alleen losse fragmenten herinneren, de tijd was in een stroom van woorden omgevlogen. Over Roland Larsson, bijvoorbeeld, haar klasgenootje op de basisschool in Hälleforsnäs, die de neef van Jimmy Halenius bleek te zijn. Arme Rolle was al die jaren smoorverliefd op haar geweest. Ze herinnerde zich wat Jimmy Halenius over zichzelf en Rolle verteld had: 'Op zomeravonden lagen we vaak bij oma in Vingåker op de hooizolder en dan kon Rolle urenlang over jou vertellen. Hij had een oud krantenknipsel met een foto van jou en een paar anderen, hoewel hij hem zo gevouwen had dat alleen jij zichtbaar was. Hij had hem altijd bij zich ...'

Ze herinnerde zich zelfs waar Jimmy Halenius was opgegroeid: op de derde verdieping van een laag flatgebouw in Norrköping. Zijn vader was communist. Zelf ging hij als tiener bij de Rode Jeugd, maar hij stapte over naar de Jonge Socialisten omdat de feesten daar leuker waren en de meisjes knapper.

Ze liep naar de keuken, opende de kraan en liet een glas vollopen, dronk de helft op en gooide de rest weg.

Ze hadden het over hun echtscheidingen gehad. Halenius had, zonder omhaal van woorden, verteld hoe vreselijk hij was geweest om mee samen te leven. Hij communiceerde niet en kon om kleinigheden een wereldoorlog beginnen, maar als puntje bij paaltje kwam stelde hij nooit enige eisen.

Zij had Sophia Grenborg, Thomas' nieuwe vriendin, de schuld gegeven van haar echtscheiding.

En zonder van zijn bord op te kijken had Halenius gezegd: 'Hadden Thomas en jij jullie gezin niet zelf al aardig
naar de knoppen geholpen?'

Ze had haar vork laten vallen, zo verbijsterd was ze geweest. Ze was bijna opgestaan en weggegaan toen ze zich
realiseerde dat hij volkomen gelijk had.

Ze was werkelijk onmogelijk geweest om mee getrouwd
te zijn. Ze had Thomas bijvoorbeeld nooit verteld dat ze wist
dat hij een relatie had met Sophia Grenborg, ze nam alleen
maar maandenlang wraak zonder te vertellen waarom.
Thomas begreep er natuurlijk helemaal niets van. Het eindigde ermee dat hij door de voordeur naar buiten liep en
haar verliet.

Of had de onrust misschien te maken met hun allereerste
ontmoeting, toen zij en Thomas nog in de villa in Djursholm woonden?

'Jij hebt toch ooit een oude Volvo gehad?' zei Jimmy Halenius die keer. 'Een 144, een donkerblauwe, hartstikke roestig?' Annika kon zich nog goed herinneren hoe het bloed
door haar lichaam had gegolfd en dat ze vuurrood was geworden. Hoe wist hij dat? Ze was toen nog wel wat van hem
onder de indruk geweest, hij was immers de staatsecretaris
van Justitie, de op een na hoogste man op het ministerie.

Ze had geantwoord dat haar vriend er zo een had gehad,
en dat ze de auto voor hem had verkocht.

'Dat was erg aardig van je,' had Jimmy Halenius gezegd,
'want je schijnt een dijk van een autoverkoopster te zijn.
Niemand begreep hoe je nog vijfduizend kronen voor die
oude roestbak kon vangen.'

Ze sloot haar ogen en wist nog wat ze geantwoord had.

Sven kon hem niet zelf verkopen, omdat hij dood was.

Toen de deurbel ging, vloog ze overeind alsof ze een
schok had gekregen. Ze haastte zich naar de hal, deed open
en zag tegelijkertijd haar eigen troep liggen. Jimmy Halenius kwam binnen en struikelde meteen over haar schoenen.

Annika deed het licht aan, veegde het haar uit haar gezicht, schoof haar schoenen in de richting van de badkamerdeur en raapte haar jas op van de grond.

'Wat heb je met Dubbele-Hasse gedaan?' vroeg ze. 'Achtergelaten bij 't fornuis?'

'Ze bleven liever bij de peperkoeken thuis', zei Halenius en hij zette zijn lelijke aktetas op de grond. 'Ben je nog gebeld?'

Ze keerde hem de rug toe, hing haar jas op een haakje en schudde haar hoofd.

'Zijn de kinderen thuis?'

'Ze komen om een uur of vijf. Dan vertrek ik meestal van mijn werk. Ze weten niet dat ik thuis ben.'

'Je hebt het ze niet verteld?'

Ze draaide zich om en keek de staatssecretaris aan. Hij trok zijn jas uit en reikte naar een knaapje. Dus hij was zo iemand die zijn kleren op knaapjes hing. Dat had ze niet verwacht.

Ze schudde opnieuw haar hoofd.

Hij ging voor haar staan, het viel haar weer op hoe klein hij was. Maar zo'n tien centimeter groter dan zijzelf, en Thomas noemde haar altijd zijn pygmeetje.

'Het is goed dat je tot nu toe nog niets hebt gezegd, maar nu moet je het ze vertellen. Het zal in de loop van de avond of op zijn laatst morgenochtend via de media naar buiten komen, en ze moeten het van jou te horen krijgen.'

Ze legde haar handen een paar seconden over haar ogen. Haar handpalmen roken naar zout. Haar stem klonk dof toen ze sprak.

'Wat moet ik zeggen?' zei ze. 'Dat hun vader gevangen is genomen in Afrika?'

Ze liet haar handen zakken. Halenius stond er nog.

'Ja', zei hij. 'Hou het zo vaag mogelijk, vertel geen details over waar ze verdwenen zijn, hoelang ze al weg zijn, wie de anderen zijn. Wat je kunt vertellen is dat hij door een groep mannen gevangen is genomen. Dat is wat de man op de video zegt die door de media zal worden verspreid.'

'Wat zei hij ook al weer?'

'Dat Fiqh Jihad zeven EU-afgevaardigden heeft gegijzeld als straf voor de decadentie van de westerse wereld, zoiets ongeveer. En dan nog wat Allah is groot.'

'Fiqh Jihad?'

'Een groep waar niemand iets over kan vertellen, althans, voorzover wij zijn ingelicht. "Fiqh" staat voor islamitische rechtswetenschap, interpretatie van de Koran en dergelijke. En "Jihad", weet je misschien wat dat betekent?'

'Heilige oorlog.'

'Ja, of gewoon "strijd" of "streven", maar we denken dat de woorden hier niet letterlijk moeten worden opgevat. Ze zijn vanwege hun symbolische waarde gekozen. Er zijn een paar dingen die ik zo snel mogelijk met je zou willen bespreken. Kunnen we misschien naar binnen gaan en gaan zitten?'

Ze merkte dat haar wangen begonnen te gloeien, ze was echt een belabberde gastvrouw.

'Ja, zeker, natuurlijk', zei ze en ze wees met haar hand in de richting van de woonkamer. 'Wil je koffie of iets dergelijks?'

'Nee, dank je.'

Hij keek op zijn horloge.

'Het telefoontje naar het huis van de Spanjaard is een uur en tien minuten geleden binnengekomen. Vlak voor ik van mijn werk ging, kreeg ik te horen dat de familie van de Fransman ook een telefoontje heeft ontvangen, op de mobiele telefoon van de echtgenote.'

Hij zei 'mijn werk', niet 'het ministerie'.

'We hebben niet zo veel tijd', zei hij. 'Je kunt elk moment gebeld worden.'

De kamer ging even op en neer. Ze gluurde naar haar mobiele telefoon en slikte.

'Wat hebben ze tegen de vrouw van de Fransman gezegd?'

'Ze was zo bang dat ze de hoogte van het bedrag niet goed heeft verstaan. Helaas heeft ze tijdens het gesprek een paar fundamentele fouten gemaakt. Onder andere heeft ze beloofd om het losgeld meteen te betalen, ongeacht de hoogte van het bedrag.'

Halenius ging in Thomas' luie stoel zitten.

'Was dat niet goed?' zei Annika. 'Om bereidheid te tonen om samen te werken?'

Ze liet zich op de bank zakken, wist niet wat ze met haar handen moest doen.

Hij leunde naar voren en keek haar strak aan.

'De regering heeft geen kidnapverzekering,' zei hij, 'maar de FBI heeft ons geleerd hoe je met een gijzelingssituatie moet omgaan. Hans en Hans-Erik hebben eigenlijk de meeste ervaring met dit soort zaken, maar we hadden niet het idee dat het klikte tussen jullie. Daarom hebben ze mij gevraagd om naar je toe te gaan en met je te praten.'

Ze merkte opeens dat ze het koud had, ze trok haar knieën op tot onder haar kin en sloeg haar armen om haar scheenbenen.

'Het is nog steeds niet helemaal duidelijk met wat voor soort gijzeling we te maken hebben,' vervolgde Halenius, 'maar als het om business gaat, en niet om politiek, dan verloopt de procedure meestal volgens een bepaald patroon. Áls het om losgeld gaat, staat je mogelijk een vrij langdurige onderhandelingssituatie te wachten. Spreek je Engels?'

Ze schraapte haar keel.

'Jawel ...'

'Wat voor soort? Waar heb je het meest gepraat? Ben je ergens uitwisselingsstudent geweest, heb je in het buitenland gewerkt, een bepaald accent gekregen?'

'Correspondent in Washington', zei ze.

'O ja, natuurlijk', zei Halenius.

Hij had er immers zelf voor gezorgd dat Thomas die jaren een onderzoeksopdracht had op de Zweedse ambassade aldaar.

'Bij een ontvoering is het van wezenlijk belang dat je als onderhandelaar de taal spreekt,' ging hij verder, 'en liefst ook hetzelfde dialect. Zelfs kleine misverstanden kunnen fatale gevolgen hebben. Heb je toevallig opnameapparatuur in huis?'

Ze liet haar voeten op de grond vallen.

'Waarvoor? Voor de telefoon?'

'Op het ministerie kon ik zo snel niets vinden ...'

Met opgetrokken schouders en haar voeten tegen het parket geduwd, bleef ze zitten.

'Dus ik moet hier blijven zitten, thuis in mijn eigen woonkamer, en met de ontvoerders door de telefoon praten? Is dat de bedoeling?'

'Heb je een beter idee?'

Zij was niet degene die Thomas naar Nairobi had gestuurd en hem naar Liboi had laten vliegen, maar zij was wel degene die met de gebakken peren zat.

Ze stond op.

'Ik heb een opnameapparaat, voor telefooninterviews. Maar ik gebruik het eigenlijk nooit, het kost zo veel tijd om al die gesprekken opnieuw te beluisteren. Ik maak liever gewoon aantekeningen.'

Ze liep naar de slaapkamer, zocht een tijdje op de bovenste plank van de linnenkast en vond haar digitale, lichtelijk gedateerde Phonerecorder, die op de telefoon en via een usb-poort rechtstreeks op de computer kon worden aangesloten.

Halenius floot even en ging staan.

'Jeetje, die is niet van gisteren. Waar heb je hem gevonden? In het Historisch Museum?'

'Erg leuk', zei Annika en ze trok de laptop naar zich toe en plugde het stekkertje van de recorder in. 'Nu hoef je alleen nog maar de telefoon of een mobieltje erop aan te sluiten en klaar is Kees.'

'Wil jij de telefoon opnemen als er gebeld wordt?'

Ze keek naar haar computer, hield zich aan de rugleuning van de stoel vast.

'Je weet zeker dat ze bellen?'

'Anders zijn we helemaal verloren. Onderhandelen is onze enige kans, en iemand moet het doen.'

Ze veegde het haar uit haar gezicht.

'Waar moet ik aan denken?'

'Neem het gesprek op, maak aantekeningen, noteer alle specifieke eisen, alle instructies en elk commentaar. Laat merken dat je de situatie serieus neemt. Probeer een code af te spreken die je bij het volgende contact kunt gebruiken, zodat je zeker weet dat je dezelfde persoon aan de lijn hebt. Dat is ontzettend belangrijk. En probeer een specifiek tijdstip af te spreken voor het volgende gesprek. Maar je moet niets beloven, je moet absoluut niet over geld beginnen, niet dreigen of confronteren, geen argwaan tonen of nerveus worden, en je mag niet gaan huilen ...'

Ze ging zitten.

'Wat zullen ze zeggen?'

'De persoon die belt zal opgewonden en fel klinken. Hij, want het is meestal een hij, zal een schandalig groot geldbedrag eisen dat binnen een zeer kort tijdsbestek moet worden betaald. Het is de bedoeling om je uit balans te krijgen, zodat je op zijn eisen ingaat, waar je dan later niet meer onderuit kunt.'

'Zoals die Franse echtgenote', zei Annika. 'Wat is het alternatief? Dat jij het gesprek voert? Heb je zoiets eerder gedaan? Heb je ook een cursus bij de FBI gevolgd?'

Halenius keek haar aan.

'Ik kan het doen, of Hans of Hans-Erik ...'

Op hetzelfde moment vloog de voordeur open en kwamen Kalle en Ellen de hal binnengestormd.

Halenius knikte naar haar: zeg het maar.

Ze ving hen beiden in haar armen op, kuste en omhelsde hen, hun wangen waren zo rood en koud als bevroren appeltjes. Ze hielp hen uit hun jas en met hun sjaals, vroeg Ellen waar haar wanten waren en kreeg als antwoord 'weg'. Ze blies op de ijskoude vingers van het meisje en probeerde ze warm te wrijven.

'Na *Bolibompa* gaan we eten,' zei ze, 'maar eerst moet ik jullie iets vertellen.'

In haar ooghoek zag ze dat Jimmy Halenius de vaste telefoon op de recorder had aangesloten. Hij stond in de woonkamer, met de telefoon, de recorder en haar laptop in zijn armen en glimlachte breed naar de kinderen. De bovenste knoopjes van zijn groene overhemd waren los en zijn haar stond alle kanten op.

'Hoi,' zei hij, 'ik heet Jimmy, ik werk met jullie papa.'

Kalle verstijfde en keek de staatssecretaris argwanend aan.

'Jimmy is hier om ons te helpen', zei Annika en ze ging op haar hurken zitten. 'Het zit zo ...'

'Sorry dat ik je onderbreek, Annika, maar is er een plek waar ik ongestoord kan praten?'

Ze wees naar de slaapkamer van Thomas en haar.

'Er zit een telefoonaansluiting onder het bureau', zei ze en ze richtte zich weer tot de kinderen. Ellen liet een plukje haar rond haar vinger draaien en kroop in Annika's armen, maar Kalle bleef stijf en afwerend in de deuropening naar de hal staan.

'Wat is er met papa?' vroeg hij.

Annika probeerde te glimlachen.

'Hij is gevangengenomen in Afrika', zei ze.

Ellen draaide zich in haar armen om en keek haar aan.

'In een kasteel?' vroeg ze.

Kalles ogen stonden wijdopen van ontzetting.

'Ik weet het niet, liefje', zei Annika. 'We hebben het vanmiddag gehoord. Enkele mannen in Afrika hebben papa en een paar van zijn collega's op die conferentie gevangengenomen.'

'Komt hij maandag thuis?' vroeg Ellen.

'Dat weten we niet', zei Annika en ze kuste haar dochter op haar hoofd. 'Schatje, we weten niets. Maar Jimmy van papa's werk is hier om ons te helpen.'

'En die anderen dan?' zei Ellen. 'Die andere gevangenen? Worden zij niet vrijgelaten?'

'Jawel, zij ook. Kalle, kom eens hier ...'

Ze probeerde haar zoon te pakken, maar hij rukte zich los en holde langs haar heen, naar zijn kamer. Hij sloeg de deur met een klap dicht.

De telefoon ging.

'Ik pak hem!' riep Ellen en ze wilde zich uit haar armen loswurmen.

'Nee!' schreeuwde Annika, luid en wanhopig, en ze greep de bovenarm van het meisje keihard vast. Van pijn en verbazing schoten Ellens ogen vol tranen.

De telefoon ging weer. Ze hoorde dat de deur van de slaapkamer werd dichtgedaan.

'Nee', zei Annika, nu op een redelijk normale toon, en ze liet de arm van het meisje los. 'Misschien zijn het de mensen die papa gevangen hebben genomen. Kalle en jij mogen de telefoon nu een tijdje niet opnemen, dat moeten de volwassenen doen.'

Met een betraand en verongelijkt gezicht wreef het meisje over haar bovenarm.

'Je hebt me pijn gedaan.'

De telefoon ging een derde keer. Midden in het gerinkel werd er opgenomen.

Annika slikte en aaide het kind over haar hoofd.

'Sorry, dat was niet de bedoeling. Maar het is heel erg belangrijk dat je de telefoon niet opneemt, begrepen?'

'Maar ik kan best met die mannen praten', zei Ellen. 'Ik

kan tegen ze zeggen dat ze dom zijn en dat papa thuis moet komen.'

'Nee', zei Annika beslist. 'Alleen volwassenen mogen met ze praten, begrepen?'

De onderlip van het meisje begon te trillen. Annika zuchtte onmerkbaar. Dit pakte ze niet zo handig aan.

Halenius kwam weer naar de woonkamer.

Annika stond op, de wereld tolde.

'Wat zeiden ze?' wist ze uit te brengen.

'Het was iemand die Anne Snapphane heet. Ze vroeg of je nog wat van Thomas had gehoord.'

Opgelucht slaakte ze een diepe zucht.

'Sorry', zei ze. 'Ik móést het iemand vertellen.'

'Heb je nog met iemand anders gesproken?'

Zijn stem klonk zakelijk, niet verwijtend.

Ze schudde haar hoofd.

'Wat voor mobiele telefoon heb je?'

Ze wees naar de tafel waarop twee mobiele telefoons naast elkaar lagen.

Halenius floot even en pakte haar privémobieltje.

'Het laatste levende exemplaar', zei hij. 'Lijkt uit dezelfde tijd als je afluisterapparatuur. Indrukwekkend.'

'Spot niet met mijn Ericsson', zei ze, terwijl ze de oude telefoon uit zijn handen pakte.

Toen ze na haar correspondentschap terugkwam in Stockholm, had ze een nieuwe superdupertelefoon gekregen die, als je het enthousiasme van de collega's mocht geloven, niet alleen kon tapdansen maar ook de was kon strijken en kon vérspringen. Maar zij kon er helemaal niets mee. Misschien was het een vreselijk handig ding als je commerciële radiohits wilde maken of bosbranden wilde filmen, maar als telefoon was hij volstrekt hopeloos. Als hij overging, lukte het haar bijna nooit om op te nemen, omdat ze altijd een verkeerd plekje op het scherm aanraakte, waarna het gesprek automatisch werd doorgeschakeld. En een sms'je versturen was zo'n ingewikkeld priegelwerkje, dat ze er een halve ochtend mee kwijt was. In het geheim koesterde ze haar Ericsson, die zo antiek was dat hij alleen maar Ericsson heette en geen Sony, maar het was vervelend om steeds twee mobieltjes te moeten opladen, daarom hoopte ze dat iPhone snel failliet zou gaan. Ze realiseerde zich echter dat dat scenario niet erg waarschijnlijk was, niet als je bedacht hoeveel gratis reclame haar eigen krant maakte in zijn enthousiasme over die nieuwe apparaten.

Halenius pakte het superdupermobieltje.

'Naar welke telefoon belt Thomas meestal?'

'Mijn eigen.'

'Niet die van het werk?'

'Ik geloof niet dat hij dat nummer heeft.'

Halenius knikte waarderend.

'Uitstekend. Dan weten we dat er niet naar die telefoon wordt gebeld.'

Hij liep terug naar de slaapkamer en deed de deur achter zich dicht.

* * *

Even na 18.00 uur lokale tijd plaatste de BBC het nieuws op haar website. Een paar minuten later publiceerde Reuters een kort en algemeen berichtje over de kwestie. De identiteit en nationaliteit van de ontvoerde afgevaardigden werden niet nader genoemd, noch bij Reuters, noch bij de BBC, alleen dat ze hadden deelgenomen aan een veiligheidsconferentie in Nairobi. De redactieleiding van de *Kvällspressen* zat op dat moment net in een overdrachtsvergadering, wat mogelijk de verklaring was dat het nieuws onopgemerkt aan hen voorbij was gegaan, maar Schyman wist wel beter.

Niemand had ooit enige belangstelling voor nieuws uit Afrika. Dat continent was een zwart gat op de nieuwskaart, tenzij het om hongersnood, ellende, piraten, aids, burgeroorlogen of gestoorde dictators ging, en daar hield de *Kvälls-pressen* zich niet mee bezig.

Behalve als er ergens een Zweed in het nauw zat, natuurlijk. Of eventueel een Scandinaviër, zoals die Noren die ter dood waren veroordeeld in Congo, bijvoorbeeld, of dat Deense gezin op dat jacht dat door piraten was gekaapt.

Anders Schyman vond het bericht omdat hij er, na de overdracht, actief naar had gezocht. Hij was bewust niet tijdens de vergadering over Thomas' verdwijning begonnen, hij wilde eerst zien wat er internationaal gebeurde. Reuters schreef dat een groep die zich Fiqh Jihad noemde zeven Europese afgevaardigden gegijzeld had en in verband met de ontvoering een niet nader gespecificeerde politieke boodschap naar buiten had gebracht. De boodschap was in het Kinyarwanda opgesteld en op een server in de Somalische hoofdstad Mogadishu op het net geplaatst. Als bron verwees men naar de website van de BBC, waar tevens een link naar de trillende video-opname van de ontvoerders te vinden was.

Anders Schyman klikte erop en hield zijn adem in.

Er verscheen een zwarte man in een gevechtstenue en met een tulband op zijn hoofd in beeld. De achtergrond was diffuus donkerrood. De man leek een jaar of dertig en staarde naar een punt links van de camera, waarschijnlijk om de mededeling van papier op te lezen. De BBC had het filmpje Engels ondertiteld, wat Schyman bijzonder op prijs stelde (zijn Kinyarwanda was niet wat het geweest was).

De man sprak langzaam en duidelijk. Zijn stem klonk eigenaardig licht en helder.

'Fiqh Jihad heeft zeven EU-afgevaardigden gegijzeld als straf voor het kwaad en de desinteresse van de westerse wereld. Ondanks alle wapens en middelen waarmee de EU zich omringt, is het de leeuwen van de islam gelukt om deze ongelovige honden te ontvoeren. Onze eisen zijn simpel: open de grenzen naar Europa. Verdeel de natuurlijke rijkdommen van de aarde. Schaf de invoerrechten af. Vrijheid voor Afrika! Dood aan de Europese kapitalisten! Allah is groot!'

Dat was de complete video. Achtendertig seconden, inclusief een trillende inleiding en een zwart eindbeeld.

Dit wordt geen makkie, dacht Schyman en hij begaf zich naar de nieuwsdesk.

* * *

De telefoon ging niet.

Hij ging maar niet en ging maar niet en ging maar niet.

Annika liep rondjes door de woonkamer en beet op haar nagels tot ze pijn kreeg in haar tandvlees.

Schyman had gemaild en verteld dat Reuters en de BBC met het nieuws over de ontvoering naar buiten waren gekomen, zonder identiteiten of nationaliteiten te noemen. De *Kvällspressen* zou morgen de enige zijn met het bericht dat er een Zweedse afgevaardigde gegijzeld was.

Patrik had ge-sms't om te vragen of ze morgen in de papieren editie wilde uithuilen. Het liefst wilde hij een foto van haar en de kinderen omringd door knuffeldieren en met betraande gezichten, als kop stelde hij voor PAPA IS DOOR DE GUERRILLA GEVANGEN of PAPA, KOM NAAR HUIS! Ze had geantwoord: 'Dank je, maar nee, bedankt.'

Berit had ook gemaild en gevraagd of ze ergens mee kon helpen, het maakte niet uit wat, ze hoefde maar een gil te geven.

Met samengeperste lippen keek ze in de richting van de slaapkamer. Jimmy Halenius was daar met zijn aktetas in verdwenen terwijl Annika en de kinderen gehaktballetjes met macaroni en ketchup hadden gegeten. Ze hadden ieder aan een andere kant van de muur gezeten, hij loste internationale ontvoeringen op en zij voerde kinderen.

Ze voelde een knagende onrust. Kon hij dit echt in goede banen leiden?

Ze liep naar de keuken, hoorde Halenius in de slaapkamer ernaast praten.

De tafel was afgeruimd en afgenomen, de vloer geveegd. De vaatwasmachine ruiste zachtjes in de keuken. De kinderen hadden hun pyjama's aangetrokken en hun tanden gepoetst.

Annika zoog op een bloedende nagelriem en liep naar de kamer van de kinderen.

'Zullen we een spelletje doen?'

Kalle begon te stralen.

'Monopolie!'

'Dat duurt een beetje te lang voor vanavond. Domino? Ellen, doe je mee?'

Kalle haalde de doos met stenen tevoorschijn, ging op de grond zitten en legde ze systematisch uit, een voor een, met de ogen naar beneden.

'Ieder moet er vijf pakken, toch?'

'Ieder vijf', bevestigde Annika.

Ze keek naar de kinderen, hoe ze met hun stenen rommelden, ze rechtop zetten en sorteerden. Ze zouden zich wel redden zonder Thomas. Op de een of andere manier zou het gaan.

'Kom op, mam', zei Kalle.

Ze liet zich op de grond zakken, nam vijf stenen en zette ze op de korte kant voor zich neer.

'Ik heb dubbel vijf', zei Kalle.

'Dan heb jij de hoogste', zei Annika.

Kalle legde zijn dubbele vijf uit en Ellen legde aan.

Annika stond op het punt om in tranen uit te barsten.

'Jij bent, mam.'

Ze legde een steen uit en hoorde de kinderen steunen.

'Je legt verkeerd, mam ...'

Het spel duurde eindeloos.

En de telefoon ging maar niet en ging maar niet en ging maar niet.

Jimmy Halenius liep de woonkamer in en ging voor de tv staan.

'Kan ik misschien het nieuws zien?'

'Natuurlijk', zei Annika.

'Hoelang blijft hij hier?' fluisterde Kalle terwijl hij de staatssecretaris aanstaarde.

'Ik weet het niet', fluisterde Annika terug. 'Het hangt ervan af wat die Afrikaanse mannen zeggen, als ze tenminste nog bellen.'

'Waarom kun jij niet met ze praten?' vroeg de jongen.

Annika stak haar hand uit en trok hem naar zich toe, gelukkig stribbelde hij nu niet tegen. Hij kroop als een bolletje in haar armen en stopte zijn hand onder haar haar.

'Ik durf het niet', fluisterde ze. 'Ik ben bang voor ze. Jimmy heeft al met een heleboel slechteriken gesproken, hij kan dat veel beter dan ik.'

Kalle keek haar met een nieuw verworven inzicht in zijn blik aan: dat volwassenen ook klein en bang konden zijn.

'Nu moeten jullie gaan slapen,' zei ze, 'morgen is het vrijdag. Willen jullie dit weekend misschien bij een van de oma's logeren?'

Kalle drukte zijn gezicht tegen haar schouder.

'Zo saai', mopperde hij.

'Met Tjorven is het leuk', zei Ellen.

Tjorven was Doris' dikke cockerspaniël.

Lief zonnestraaltje van me, dacht Annika. Voor jou is het glas altijd half vol.

'Ik zal ze vanavond bellen,' zei Annika, 'en dan vraag ik of jullie daar kunnen logeren.'

'Ga je ook over papa praten?' vroeg Kalle.

'Morgen zal er over papa in de krant staan,' zei Annika, 'dus het is waarschijnlijk beter als ik het ze vanavond vertel.'

'Anders vallen ze van hun stokje', zei Kalle en Annika lachte, ze moest oprecht lachen en trok haar zoon nog dichter tegen zich aan, snoof zijn geur op.

'Nou,' zei ze, 'dat denk ik wel! Hop, en nu naar bed!'

En gek genoeg kropen de kinderen direct in bed en vielen vrijwel meteen in slaap.

Annika deed het lampje op de vensterbank uit, liep naar de woonkamer en trok de deur voorzichtig achter zich dicht.

'Ze voelen zich erg op hun gemak bij je', zei Jimmy Halenius.

'Ik ken ze al een tijdje', zei Annika en ze liet zich naast hem op de bank neerploffen. 'Was er iets op het nieuws?'

'Nix', zei Halenius. 'Denk je dat ze het bericht van Reuters gelezen hebben?'

Ze haalde haar schouders op.

'Er komen elke dag duizenden berichten van persbureaus binnen. De meeste zijn voor bijna niemand interessant, maar er is altijd wel iemand voor wie ze belangrijk zijn.'

Ze keek hem aan.

'Hoe vaak komt dit eigenlijk voor, dat er mensen ontvoerd worden?'

Hij rekte zich uit en wreef in zijn ogen.

'Er zijn geen betrouwbare statistieken voorhanden. Je ziet het met name in landen met een zwakke politie, veel corruptie en zonder functionerend rechtssysteem. In Afrika vinden vooral in Nigeria en Somalië geregeld ontvoeringen plaats, die twee landen staan in de top tien van de wereld. Heb je misschien een broodje of zo?'

Het bloed steeg naar haar gezicht, ze stond snel op.

'Sorry, je hebt natuurlijk nog niets gegeten. Lust je macaroni met gehaktballetjes? Opgewarmd?'

Ze voelde zich genoodzaakt het te vragen. Thomas at zoiets niet, tenzij het handgedraaide gehaktballetjes waren van elandenvlees en de elleboogjes met truffels waren gevuld.

Ze liep naar de keuken, opende de koelkastdeur, pakte

het Tupperwarebakje eruit, deed de restanten van de avondmaaltijd op een porseleinen bord en zette dat in de magnetron. Ze stelde de tijd in, drie minuten moest genoeg zijn, drukte op 'start'. De magnetron begon te brommen.

Ze liep naar het aanrecht om het bakje af te wassen dat tegenwoordig bijna elke dag meeging naar haar werk.

Het afsluiten van de verschillende ingangen naar de redactie had ertoe geleid dat niemand meer in restaurant Sju Råttor at, iedereen vond het te ver om helemaal rond te lopen. Lunchbakjes hadden de vroegere lunchcultuur verdrongen.

Ze zette het bakje in het druiprekje.

Ze miste Sju Råttor, de lunchcoupons en de saladbar, de koffieautomaat in de hoek en de muffe koekjes naast het suikerzakje. Het probleem met die lunchbakjes was ook dat menigeen ze vergat, mensen werden voor een opdracht op pad gestuurd of gingen naar een eetcafé, en dan bleven die plastic bakjes een eeuwigheid in de koelkast staan. Tot de inhoud uiteindelijk niet meer te identificeren was.

Ze leunde tegen de deur van de voorraadkast en deed zichzelf een belofte.

Als dit alles achter de rug was en Thomas terug was, zou ze weer naar Sju Råttor gaan. Nooit meer een lunchbakje.

De magnetron piepte drie keer. Ze sneed een tomaat in stukjes ter decoratie.

En de telefoon ging maar niet en ging maar niet en ging maar niet.

'Het is niet wat je bij Operakällaren geserveerd krijgt', zei ze, terwijl ze het bord, het bestek en een glas kraanwater voor hem op de salontafel zette.

'Thomas' moeder leeft nog, of niet?' zei Halenius, waarna hij een lading macaroni in zijn mond schoof, hij had blijkbaar honger.

'Doris', zei Annika. 'Ja.'

'Je zou haar moeten bellen.'

'Ja', zei Annika. 'Of wil jij dat misschien doen?'

Hij nam een slok water.

'Waarom dat?'

'Ze mag me niet. Wil je een servet?'

'Nee, het is wel goed zo. Waarom niet?'

Ze haalde haar schouders op.

'Thomas is immers eerder getrouwd geweest, met een bankdirectrice. Ik heb niet zo'n hoge status als zij. Ze vindt dat haar zoon iets beters had moeten vinden. Holger, Thomas' broer, is met een arts getrouwd.'

Halenius at een gehaktballetje en keek haar aan.

'En de kleinkinderen?'

Annika keek in de richting van de dichte slaapkamerdeur.

'Holger en zijn man, Sverker, hebben een dochtertje dat Victoria heet. Ze hebben haar samen met een paar vrienden, een lesbisch stel. Doris is ontzettend dol op Victoria. Hoe zijn de gehaktballetjes?'

'Beetje koud van binnen. Je vader is dood, of niet?'

Ze verstijfde. Ingvar, haar vader, was vakbondsleider geweest in de fabriek in Hälleforsnäs, iets waar hij zelf erg trots op was, maar dat hielp niet toen de werkzaamheden aan het eind van de jaren tachtig onrendabel werden. Hij werd overbodig en samen met een honderdtal anderen ontslagen. Zijn redelijk overvloedige drankinname ging daarna over in misbruik. Hij was doodgevroren in een sneeuwhoop naast de weg naar Granhed, vlak bij de afslag naar Tallsjöbadet. Annika was toen achttien jaar.

'Hoe weet je dat?' vroeg ze.

De staatssecretaris kauwde koortsachtig.

'Rolle', zei hij en hij schoof zijn bord van zich af. 'Heb je haar nummer? Dat van Doris Samuelsson?'

'Staat in de telefoonlijst onder "Dinosaurus"', zei Annika en ze gaf hem de mobiele telefoon van haar werk en liep met het bord naar de keuken. Het bord was helemaal leeggeschraapt, ook al hadden er geen truffels in de macaroni gezeten. Ze hoorde dat er in de woonkamer op het display van haar superdupertelefoon werd gedrukt.

'Spreek ik met mevrouw Samuelsson? Ja, goedenavond, mijn naam is Jimmy Halenius, ik ben staatssecretaris op het ministerie van Justitie ... Ja, inderdaad, Thomas' baas ... Sorry dat ik zo laat bel, maar ik heb helaas een vervelend bericht ...'

Ze bleef bij de magnetron staan en kneep in het vaatdoekje tot Halenius uitgesproken was. Na afloop roken haar handen naar stinkdier, ze moest ze met een schuursponsje en afwasmiddel schrobben om de geur weg te krijgen.

'Ik neem aan dat het gesprek niet zo goed viel?' zei Annika, terwijl ze een schaal met chocoladecake bij hem neerzette.

'Niet zo. Heb je zelf gebakken?'

Waarom klonk hij zo verbaasd?

'Frambozen en slagroom?'

'Graag!'

Ze klopte slagroom en ontdooide ingevroren frambozen in de magnetron, zette alles op de salontafel en ging vervolgens met een rechte rug op de bank zitten.

'Ik moet mijn moeder zeker ook bellen?'

'Het zou wel heel raar zijn als ze dit via de media te horen moet krijgen.'

Ze haalde diep adem, pakte haar werktelefoon en toetste het nummer uit haar jeugd in. Dat was nooit veranderd.

Ze hoorde haar eigen hartslag boven het geluid van de overgaande telefoon uit.

'Mam? Met Annika. Hoe gaat het?'

Het antwoord ging verloren in het gebonk van haar hart. Ze ving iets op over ischias en geld van de sociale dienst dat niet op tijd was uitbetaald.

'Mam,' onderbrak ze haar, 'er is iets vervelends gebeurd. Thomas is verdwenen in Afrika.'

Het werd stil aan de andere kant van de lijn.

100

'Hoezo, verdwenen?' zei moeder Barbro. 'Is hij er met een negerin vandoor?'

Nu hoorde ze pas dat haar moeder niet helemaal nuchter was.

'Nee, mam, hij is ontvoerd. We weten nog niet hoe ernstig het is, maar ik vond dat je het moest weten ...'

'Ontvoerd? Zoals die miljonair? Waarom dat? Jullie hebben toch helemaal geen geld!'

Annika sloeg haar blik neer en legde haar hand over haar ogen. Ze had geen flauw idee over welke miljonair haar moeder het had.

'Mam,' zei Annika, 'zouden de kinderen dit weekend bij jou kunnen logeren? Ik weet niet hoelang dit gaat duren, maar ik zal het de komende dagen waarschijnlijk vrij druk krijgen ...'

De vrouw mompelde iets aan de andere kant van de lijn.

'Het zou mij enorm helpen ...'

'Ontvoerd?'

'Samen met zes andere afgevaardigden van een veiligheidsconferentie in Nairobi. Voorzover we weten is hij niet gewond geraakt. Zou jij Ellen en Kalle dit weekend onder je hoede kunnen nemen? Of anders een van beide dagen, misschien ...?'

'Dat gaat niet', zei haar moeder. 'Ik heb Destiny.'

Annika knipperde met haar ogen.

'Wat zeg je ...?'

'Birgitta moet dit weekend werken. Ik moet De-hestiny verzorgen.'

Barbro liet een dronkemanshik ontsnappen. En Birgitta's eenjarige dochtertje heette blijkbaar Destiny, arm kind.

'Maar', zei Annika, 'Brit is toch getrouwd? Kan Steven niet voor zijn eigen kind zorgen?'

Haar moeder liet iets op de grond vallen, Annika hoorde iemand op de achtergrond vloeken. Had haar moeder een nieuwe vriend?

'Hoor eens,' zei haar moeder in de hoorn, 'ik moe-hoet gaan. En je zou Birgitta je essuses moeten aanbieden.'

'Zeker, mam', zei ze. 'Dag.'

Ze drukte het gesprek weg en liet de telefoon zakken. Hete tranen brandden achter haar ogen.

'Is er iets treuriger dan niet liefgehad te worden door je eigen moeder?' zei ze met verstikte stem.

'Ja', zei Halenius. 'Niet liefgehad te worden door je eigen kinderen.'

Ze lachte even.

'Is dat niet een scène uit een film?'

Halenius glimlachte.

'Ja,' zei hij, 'met Sven-Bertil Taube in de hoofdrol.'

Op dat moment ging de telefoon.

* * *

Ze droegen ons naar buiten, een voor een, en ze begonnen met mij.

Het was pikkedonker. Er was geen maan. Nergens een gloeiend vuurtje. Ze droegen me bij mijn armen en voeten, precies zoals ze de Fransman gedragen hadden, ik werd omsloten door een zwart niets, op weg naar een deinend niets. Ik raakte bijna buiten bewustzijn, van angst liet ik alles lopen. Ik meende dat ik sabelvormige kapmessen in de duisternis zag glimmen, en dat klopte waarschijnlijk, want de plastic strip rond mijn voeten werd losgemaakt, iemand trok me mijn broek uit en gooide een emmer water over mijn kruis leeg. Het water was koud, maar brandde als vuur op mijn ontstoken huid. Toch schreeuwde ik niet, want dat was niet toegestaan, 'no allowed', had Kiongozi Ujumla gezegd, en praten ook niet. Stom hadden we dicht op elkaar gepakt gelegen, totdat alle geluiden buiten waren verdwenen en alleen nog de piepende ademhaling van de Deen in het donker fluisterde.

102

's Nachts koelde het snel af. We klappertandden.

Een van de bewakers, ik kon niet zien welke, kwam met een geruite lap aan die hij als vervanging voor mijn broek om me heen sloeg. Het overhemd mocht ik aanhouden, het overhemd met de lichtroze, iets glimmende stof, dat ik 's ochtends voor we naar Liboi vertrokken nog met zo veel zorg had uitgekozen. Annika's lievelingsoverhemd, het 'homohemd', zoals ze het altijd noemde. 'Kun je je homohemd niet aantrekken vandaag?' zei ze vaak en dan glimlachte ze naar me met die grote mond van haar ...

Daarna moest ik naar de andere kant van de manyatta lopen en werd ik in een andere hut opgesloten, een die veel kleiner was en heel anders rook. Hier was nooit een vuurtje gestookt. Als ik me bewoog weerkaatsten de geluiden scherp en metaalachtig tegen de golfplaten wanden. Er zat geen gat in het dak.

Ze bonden mijn voeten weer samen. Ik moet even zijn weggedommeld, want toen ik weer bijkwam, lagen de Deen Per en de Roemeen, wiens naam ik niet wist, en de Spanjaard Alvaro naast me. We waren van elkaar gescheiden, de mannen en de vrouwen.

Pers ademhaling raspte en schuurde.

Nu waren we met vier mannen.

* * *

'Veertig miljoen dollar, het geld moet morgenochtend in Nairobi worden betaald', zei Jimmy Halenius en hij ging tegenover haar in de stoel zitten.

Ze legde haar gezicht in haar handen.

'Dit is geen ramp', zei de staatssecretaris. 'We wilden contact, en dat hebben we nu.'

Hij klonk kalm en zakelijk.

Annika liet haar handen vallen en probeerde normaal te ademen.

'Dat is hetzelfde bedrag als bij de Spanjaard.'

'Ik heb uitgelegd dat het gezin niet over zo veel geld beschikt en onmogelijk zo snel zo veel geld kan vergaren. De man sprak foutloos Oost-Afrikaans-Engels. Hoogopgeleid, denk ik. De eisen waren volstrekt onredelijk en dat wist hij ook. Ik vroeg hoe het met Thomas ging, maar de botterik gaf geen antwoord ...'

Ze keek hem aan.

'Wie heb je gezegd dat je bent?'

'Een collega, een vriend van het gezin.'

'Niet zijn werkgever?'

'Formeel is de Zweedse regering hier niet bij betrokken.'

Ze keek door het raam naar buiten. De lucht kleurde 's nachts zo eigenaardig rood; een stoffige, grauwrode kleur van alle verontreiniging tezamen met het licht van de stad dat door de wolken werd weerkaatst.

'Wat zei hij nog meer?'

Hij keek haar aan en twijfelde.

'Dat Thomas sterft als we het losgeld niet morgen voor 10.00 uur 's ochtends lokale tijd afleveren. Wil je het geluidsbestand horen?'

Ze schudde haar hoofd.

Hij pakte een van haar handen met beide handen vast.

'Dit zal waarschijnlijk een tijdje gaan duren', zei hij. 'De meeste ontvoeringen waarbij losgeld wordt geëist duren zo'n zes tot zestig dagen. Misschien zul je moeten betalen om hem vrij te krijgen.'

Ze trok haar hand terug.

'Kan de politie niets doen?' vroeg ze.

'Interpol in Brussel heeft een zogeheten JIT gevormd, een Joint Investigation Team. Zij zullen per geval zo veel mogelijk informatie verzamelen en deze vervolgens ordenen en doorsturen naar de betrokken instanties. De Rijksrecherche stuurt twee jongens als contactpersoon naar Nairobi, die daar via de Zweedse ambassade hun werk zullen doen.

Hans en Hans-Erik zijn op het departement van Justitie gedetacheerd.'

Ze knikte, ze wist dat de Zweedse politie niet bevoegd was om in een ander land op te treden.

'En de Keniaanse politie?'

Hij zweeg even.

'De Keniaanse politie is berucht om haar corruptie en geweld. Ik was daar een paar jaar geleden met Kerst toen de politie aankondigde dat er een razzia zou worden gehouden om illegale wapens op te sporen in Noordwest-Kenia. In de hele streek werden uit voorzorg de kinderen en vrouwen weggestuurd. De politie heeft namelijk de gewoonte om iedereen die ze tijdens dat soort acties te pakken krijgen te verkrachten. Dat leidt tot enorme problemen, omdat veel politieagenten met hiv zijn besmet, dus als een vrouw verkracht is, wordt ze verstoten door haar man. Als we zelf contact met hen opnemen en de Keniaanse politie erbij betrekken, is de kans groot dat ze een deel van het losgeld opeisen. Daardoor wordt het alleen maar linker en duurder ...'

Annika stak haar hand op.

'Geen Keniaanse politie. En de Somalische?'

'Somalië heeft al sinds 1991 geen centrale regering of staatsbestuur meer. Er is iets dat Somali Police Force wordt genoemd, maar ik weet niet in hoeverre zij actief zijn.'

Ze legde haar gevouwen handen in haar schoot.

'We moeten nog met een paar andere organisaties praten,' ging Halenius verder, 'maar je zou er verstandig aan doen om je financiële situatie nader te bekijken. We kunnen in de situatie belanden dat je losgeld moet betalen. Heb je wat geld?'

Ze keek in de richting van de kamer van de kinderen.

Het verzekeringsgeld van de villa in Djursholm, dacht ze.

Uiteindelijk was het uitgekeerd, bijna twee jaar na de brand. Iets meer dan zes miljoen kronen stond er op een rekening bij de Handelsbank, wat misschien een kleine miljoen dollar zou zijn. En ze had nog ruim tweehonderdduizend op een andere rekening staan, geld dat ze in de jaren in de vs had gespaard.

'Die criminelen zullen op zijn vroegst morgenavond pas weer van zich laten horen. Maar als je het goedvindt kom ik zodra ik wakker ben hiernaartoe. Er moet heel wat worden voorbereid.'

'Moet je niet naar je werk?' vroeg ze.

'Jawel', zei hij. 'Dat is precies wat ik doe.'

Het knaapje rammelde toen hij zijn jas pakte. Met loodzware benen stond ze op van de bank, ze ging in de deuropening naar de hal staan. Hij zag er moe uit. Zijn haar was dunner dan ze zich herinnerde.

'Wat moet er worden voorbereid?'

Hij krabde zich op het hoofd, waardoor de bruine haarpieken recht overeind kwamen te staan.

'Dat hangt ervan af hoe je het wilt hebben, of je de rest zelf wilt doen of dat je door ons geholpen wilt worden.'

Een golf van paniek ging door haar heen.

'Niet zelf', zei ze.

Hij knikte.

'We moeten een plek inrichten waar we kunnen werken, waar we onze uitrusting en aantekeningen kunnen laten liggen ...'

'Kan dat in de slaapkamer?'

'We moeten een logboek bijhouden en alles noteren wat er gebeurt. En het eens worden over onze respectievelijke rollen, bijvoorbeeld dat ik de onderhandelaar ben en dat jij de logistiek op je neemt. In dat geval wordt het jouw taak om ervoor te zorgen dat de techniek het doet, dat we eten en koffie hebben, dat de mobiele telefoons geladen zijn. Is dat oké?'

Ze strekte haar nek een beetje, in nul komma twee seconden werd ze van ontvoeringsonderhandelaar tot koffiezetster gedegradeerd.

'Als je vaste telefoon gaat terwijl ik weg ben, dan moet je de recorder aanzetten voor je opneemt', zei hij. 'Mochten het de ontvoerders zijn die bellen, zeg dan niet dat je Thomas' vrouw bent. Zeg dat je de kinderoppas bent en dat iedereen net even weg is. Daarna bel je mij zo snel mogelijk. Al mijn nummers staan in de mail die ik je heb gestuurd.'

'Weet je nog wat ik tegen je zei toen we elkaar voor het eerst ontmoetten?' vroeg ze. 'De allereerste zin?'

Jimmy Halenius trok zijn rits dicht en nam zijn aktetas onder de arm. Geconcentreerd trok hij zijn handschoenen aan terwijl hij tegelijk antwoord gaf.

'Ik dacht dat alleen kleinere gangsters een naam op een y hadden', zei hij. 'Dat zei je. En: "Waarom hoor je bijvoorbeeld nooit over ontsnapte moordenaars die Stig-Björn heten?"'

Hij wierp haar een kort lachje toe, opende de voordeur en was verdwenen.

DAG 3

VRIJDAG 25 NOVEMBER

Zweedse kleutervader
THOMAS
GEGIJZELD
IN KENIA

Anders Schyman poetste zijn bril met de mouw van zijn overhemd en bekeek de voorpagina met een professionele blik.

Deze voorpagina was een van de beste van het afgelopen jaar. Niet omdat zij de enigen waren met de Zweedse invalshoek, maar omdat Thomas Samuelsson het zo goed deed op de foto. Blond, knap, sportief, statig en glimlachend, zo'n type als alle Zweedse mannen wilden zijn en alle vrouwen wilden hebben.

De kop was weliswaar een aangepaste waarheid, Thomas en Annika's kinderen hadden inmiddels de schoolleeftijd bereikt en konden dus nauwelijks nog kleuters worden genoemd, en niemand wist eigenlijk in welk land Thomas zat, maar de makers van de nieuwsposter streefden altijd naar gelijke regels en 'Somalië' paste niet, dan was de laatste regel te lang geworden. Maar dat waren slechts details, niet iets waardoor ze de nationale ombudsman op hun dak zouden krijgen.

De artikelen over de ontvoering waren hoofdzakelijk door Sjölander geschreven, de veteraan die zowel chef van de misdaadredactie als editiechef, vs-correspondent en webredacteur was geweest. Hij was een van de weinigen die moeiteloos met de nieuwe tijd waren meegegaan; met hetzelfde enthousiasme waarmee hij een scoop schreef, maakte hij korte tv-items met de camera van zijn mobiele telefoon. De opvulling rond het hoofdverhaal (feitenkadertjes, samenvattingen, achtergrondinformatie en al het andere dat op acceptabele wijze als nieuws werd gepresenteerd) was door de avondploeg van de nieuwsdesk geschreven, vooral door Elin Michnik, een getalenteerd meisje dat klaarblijkelijk familie was van Adam Michnik, de hoofdredacteur van de *Gazeta Wyborcza*, de grootste krant van Polen.

Als je de artikelen mocht geloven was Thomas Samuelsson, als internationaal veiligheidsanalyticus met de Europese vrede en veiligheid in zijn portefeuille, veruit de belangrijkste medewerker binnen de Zweedse regering. Je kon je afvragen of de Zweden überhaupt nog durfden te gaan slapen nu Thomas Samuelsson niet meer in het regeringsgebouw over hen waakte ...

Schyman slaakte een zucht.

De teksten bevatten weinig feiten maar waren correct, soms grenzend aan het irrelevante, maar alles bij elkaar was het vakkundig gedaan, voorzover hij kon beoordelen stonden er geen fouten in, en het hoofdartikel over de ontvoering stak zelfs dramaturgisch goed in elkaar, zonder belachelijk te worden.

Hij legde de krant weg en wreef in zijn ogen.

Vandaag zouden ze flink verkopen, misschien niet zo veel als in de goede oude papieren tijd, maar veel zou het niet schelen.

Hij richtte zich op de computer, zocht naar de oplagecijfers van het laatste kwartaal op de website van Tidningsstatistik AB, de zogeheten TS-cijfers, en liet zijn blik over de tabellen gaan.

De *Kvällspressen* kwam nog lang niet in de buurt van de *Gazeta Wyborcza*, maar het gat tussen de twee grootste kranten van Zweden was nog nooit zo klein geweest. Het maakte niet uit hoezeer de Concurrent zijn best deed om de cijfers van de papieren editie te manipuleren, met gratis exemplaren smeet of over de TS-cijfers klaagde, het bleef een feit: het oplageverschil tussen beide giganten was de afgelopen jaren gestaag gekrompen en bedroeg nu nog slechts 6700 exemplaren per dag. Als hij het nog een tijdje volhield, zou de *Kvällspressen* de Concurrent inhalen en de grootste krant van Scandinavië worden, en dan zou hijzelf geschiedenis maken.

Hij krabde zich in zijn snor.

Hij was weliswaar de eerste die tweemaal de Grote Journalistenprijs had gekregen, maar dat was niet hoe de mensen hem zich later zouden herinneren.

Hij zou geschiedenis maken als de redacteur die nieuwe journalistieke gebieden ontgonnen had en die de Zweedse media-ethiek naar een ongekend laag niveau had gevoerd. En vermoedelijk zou hij zijn doel via Thomas Samuelsson bereiken. Oplagecijfers van de papieren editie, daar draaide het om.

Hij liet zijn blik over het kantoorlandschap gaan.

Patrik Nilsson was al aanwezig. Hij kon niet lang geslapen hebben. Schyman had het de redacteurs verboden om in de rustkamer te overnachten, hij eiste dat ze op zijn minst naar huis gingen om te douchen, maar hij betwijfelde of Patrik zich daaraan hield. Vermoedelijk ging hij alleen maar even naar buiten om op de achterbank van de dienstauto een uiltje te knappen.

Daar kwam Berit Hamrin aangelopen met haar lange jas en aktetas, ze leek wel zijn oude lerares Engels van de middelbare school. Berit had de overgang naar bewegend beeld en geluidsopnames ternauwernood bijgehouden, haar verslaggeversstem klonk niet geëngageerd en haar montagetechniek was gebrekkig, maar wat feiten en verbanden betreft was ze net een lopende encyclopedie. Bovendien werkte ze al sinds mensenheugenis bij de krant, dus was ze te duur om uit te kopen.

Sjölander zou pas over een paar uur opduiken, hij was

een man die veel waarde hechtte aan zijn schoonheidsslaap. Elin Michnik was op de redactie gebleven om de stadseditie bij te werken, hij was haar in de draaideur tegengekomen toen hij vanmorgen bij de krant arriveerde.

Hij werkte hier al dertien jaar, eerst als redactiechef en later als hoofdredacteur en verantwoordelijk uitgever. De mensen konden over hem zeggen wat ze wilden, maar één ding was zeker: hij had zich werkelijk ingezet. Hij had gedaan wat er van hem verwacht werd, zonder er al te veel over na te denken of bij stil te staan, en op verschillende fronten was hij in zijn opzet geslaagd. De organisatie functioneerde als een gezond kloppend hart, distributiekanalen en verkooppunten waren verzekerd, en de cijfers waren pikzwart. Hij had zelfs een groepje potentiële opvolgers om zich heen verzameld. De knagende leegte in zijn binnenste was waarschijnlijk sowieso ontstaan, althans, dat hield hij zich voor. Hij weet dat gevoel veeleer aan zijn leeftijd dan aan zijn werk. Zijn lichaam was zwaarder geworden en zijn lul slapper. De desinteresse in erotiek viel samen met zijn verminderde belangstelling voor journalistieke ethiek, maar hij bracht het niet op om na te gaan in hoeverre die twee zaken met elkaar samenhingen.

Hij keek op zijn horloge.

Nog drie uur tot de vergadering van elf uur.

Hij had nog tijd om Annika Bengtzon thuis op te zoeken om te kijken hoe hij zijn levensverhaal verder kon verrijken.

* * *

Annika lag in bed en staarde naar het plafond. Haar hele lichaam voelde loodzwaar.

Ze was doorgaans gezegend met het vermogen om altijd en overal te kunnen slapen, maar vanmorgen had ze vanaf 04.18 uur wakker gelegen. Haar werktelefoon was gegaan, het was de ochtendredacteur van TV-Zweden geweest, die net de eerste editie van de *Kvällspressen* vers van de pers met de taxi ontvangen had en zich afvroeg of ze geïnteresseerd was om bij *Ontbijt-TV* op de bank te komen uithuilen over haar ontvoerde echtgenoot. (Oké, hij zei niet 'uithuilen', maar dat bedoelde hij wel.) Een kwartier later belde TV4, en daarna had ze de telefoon uitgezet.

Ze rekte zich uit en keek door het raam naar buiten.

De lucht was grijs en leek ernstig te twijfelen.

De gehele Zweedse media zouden haar vandaag bellen om te proberen een interview met haar te krijgen en liefst de exclusieve rechten te verwerven binnen hun specifieke gebied. Alleen al het idee om op tv te zitten snikken of haar diepste gevoelens aan een collega met een notitieblok en een minibandrecorder bloot te geven, riep een diep gevoel van afgrijzen bij haar op, een gevoel dat misschien logisch was maar van een dubbele moraal getuigde. Na haar opleiding journalistiek, drie jaar bij een lokale krant in Katrineholm en dertien jaar bij een tabloid in Stockholm, was het in wezen een verkeerde werkinstelling om te weigeren de media te woord te staan. Hoeveel onwillige interviewobjecten had ze niet zelf overgehaald (of, beter gezegd, bedreigd of bedrogen)? Ze zag hen aan haar geestesoog voorbijkomen: slachtoffers van roofovervallen, vrouwenmoordenaars, politici die met verkeerde Russinnen over seks hadden gechat, sportsterren die doping hadden gebruikt, lakse politiemensen, belastingontduikende aannemers, een eindeloze stroom waakzame en soms zelfs angstige ogen, ontelbaar veel.

Ze wilde niet, wilde niet, wilde niet.

Ze wilde niet met de kinderen in haar armen met grote ogen daar op een bank zitten om te vertellen dat ze hun papa misten. Ze wilde niet vertellen over de laatste dag voor hij vertrok (ze was boos en korzelig geweest), ze wilde niet de arme echtgenote zijn die o zo zielig was. De kinderen sliepen nog, ze mochten vandaag thuis blijven, gegarandeerd zou er een overambitieuze freelancefotograaf bij hun school opduiken en proberen om hen huilend op de foto te zetten.

Ik moet niets, dacht ze. Moet niets, moet niets.

Ze kon al horen hoe er achter haar rug zou worden gefluisterd: 'Kijk, dat is die mevrouw, haar man zit bij die piraten in Somalië gevangen, en dat moeten hun kinderen zijn, ach, arme mensen, ze zien ook een beetje bleek, of niet?' En daarna zouden de fluisteraars gewoon doorlopen en zich ietsje beter voelen, want ongeacht wat hun die dag nog overkomen zou, ze zouden daar in elk geval niet over in hoeven zitten.

Opeens voelde ze schaamte, voor haar enorme egoïsme en haar schrijnende onvermogen om haar verontwaardiging te bedwingen. Om zichzelf te vermannen kneep ze haar ogen stijf dicht, de schaduwen op het plafond verdwenen. Ze zocht naar Afrika en Liboi en probeerde zich een beeld te vormen van Thomas' situatie, waar hij nu was, hoe het met hem ging, maar het lukte niet. In haar geheugen dwaalde ze over het geelverbrande satellietbeeld van Google Maps, maar ze had geen referentiekaders, ze had niets wat haar enig houvast bood. Ze had geen flauw idee.

Toen de deurbel ging schoot ze overeind. Verdwaasd strompelde ze uit bed, sloeg haar ochtendjas losjes om zich heen, liep naar de hal en twijfelde of ze zou opendoen.

Het kon immers een ambitieuze redacteur zijn die op het idee was gekomen naar haar huis te gaan en bij haar aan te bellen. Dat zou ze zelf hebben gedaan.

Het was Halenius. Met enigszins holle ogen en ongekamd haar liep hij de hal in. Ze trok haar ochtendjas strakker om zich heen, voelde zich naakt, geneerde zich en moest bovendien ontzettend nodig plassen. De staatssecretaris wierp haar een vluchtige blik toe, wurmde zich uit zijn jas, zei 'mooie nachtpon' en verdween met zijn aktetas naar haar bedompte slaapkamer. Ze hoorde hem daarbinnen stommelen en hoesten. De hele situatie deed zo bizar aan. Niets bewoog, alles was stil, alsof de hele wereld wachtte.

Ze ging naar de wc, kookte vervolgens water en liep met twee mokken oploskoffie – een voor hem en een voor haar – naar Halenius. Hij had zijn laptop uitgepakt en keek geconcentreerd naar het scherm.

'Waar zijn de kinderen?' vroeg hij toen ze binnenkwam en hij schoof de computer aan de kant.

'Die slapen nog.'

Hij pakte zijn aantekeningen.

'De figuur die gisteravond belde gebruikte je vaste lijn. Heeft Thomas hem dat nummer gegeven of kan hij het op een andere manier hebben achterhaald?'

Ze bleef bij de drempel staan en aarzelde. De kamer telde twee stoelen. Op de ene zat de staatssecretaris, en de andere lag vol met haar kleren van de vorige dag. In plaats van de kleren weg te halen, liep ze naar het bed, kroop weer onder het dekbed en morste per ongeluk wat koffie op het dekbedovertrek.

'Zijn visitekaartje', zei ze, terwijl ze de vlek probeerde weg te poetsen. 'Hij heeft een hele stapel in zijn portefeuille zitten en daar staat zowel ons vaste nummer als zijn mobiele nummer op. Daar hebben we nog ruzie over gehad, want het vaste nummer is geheim en ik vond niet dat het erop moest staan. Mensen die hem voor zijn werk willen bereiken, moeten maar naar zijn kantoor bellen of naar zijn mobieltje ...'

'Jouw mobiele nummers staan dus niet op het kaartje?'

'Op zíjn visitekaartje? Waarom zouden ze?'

'Dan kunnen we ervan uitgaan dat de ontvoerders jullie vaste nummer blijven gebruiken. We kunnen er ook vrij zeker van zijn dat we met de juiste mensen onderhandelen.'

Hij trok de laptop weer naar zich toe.

'De juiste mensen?' vroeg ze.

Hij keek haar aan, ze trok het dekbed dichter naar haar kin.

'Het is niet ongebruikelijk dat mensen zich voor ontvoerders uitgeven terwijl ze dat helemaal niet zijn. Het is wel voorgekomen dat grote bedragen losgeld aan verkeerde personen zijn uitbetaald. Maar wij hebben getuigenverklaringen dat Thomas gevangen is genomen, we hebben de officiële video die dat bevestigt, en ze hebben het geheime nummer van jullie vaste telefoon.'

Hij richtte zijn blik weer op de computer en klikte verder. Annika nam een slokje, de koffie smaakte bitter en sterk.

'Wat gaat er vandaag gebeuren?' vroeg ze.

'Heel wat', zei hij zonder zijn blik van het scherm los te maken. 'Op weg hiernaartoe heb ik commissaris Q van de Rijksrecherche gesproken. Het onderzoeksteam van Interpol is gevormd en operationeel, en vandaag zullen de eigen mensen van de Rijksrecherche ter plaatse arriveren. Hans en Hans-Erik houden zich bezig met de coördinatie op het ministerie, en binnenkort zijn er zo veel poppetjes in het spel dat iedereen over elkaar gaat struikelen ...'

Hij richtte zich weer tot haar.

'Je zou moeten kijken hoeveel geld je ter beschikking hebt. Hoeveel kun je lenen? Heeft Doris of je moeder wat geld achter de hand?'

Ze zette haar koffiemok op het nachtkastje.

'Nu het verhaal in de media naar buiten is gekomen, is er geen reden meer om nog over de ontvoering te zwijgen', ging Halenius verder. 'Je moet zelf beslissen of je met de media wilt praten. Als je besluit om aan interviews mee te werken, moeten we bespreken wat je wel en niet kunt zeggen. Dat ik hier ben, daar mag je bijvoorbeeld absoluut met geen woord over reppen. Je mag ook niet zeggen dat we contact hebben met de ontvoerders ...'

Ze stak haar hand op en onderbrak hem.

'Ik denk niet dat ik interviews ga geven. Nog meer?'

'Misschien kunnen we tegen de avond een telefoontje verwachten, maar dat is niet zeker. Je moet de situatie voor de kinderen overdenken, vooral op korte termijn.'

'Hoe bedoel je?'

'Moeten ze naar school blijven gaan? Is er iemand die voor hen kan zorgen als wij op reis moeten?'

Ze verstijfde.

'Waarheen dan? Waar zouden we naartoe moeten gaan?'

Hij haalde zijn hand door zijn haar.

'We moeten een plan maken voor het geval er losgeld betaald gaat worden, de daders komen echt niet naar Stockholm gevlogen om het op te halen.'

Ze zag het bruingele satellietbeeld van Liboi voor zich. De hele situatie voelde zo onwerkelijk.

'Jij gaat er de hele tijd van uit dat we die klootzakken een hoop geld moeten geven', zei ze. 'Is er geen andere manier?'

'De video staat op internet, dus de Britten en Amerikanen zijn ongetwijfeld al bezig om naar andere oplossingen te zoeken.'

Annika knipperde met haar ogen.

'Niet zo heel ver van Liboi heeft het Amerikaanse leger een enorme basis', zei Halenius. 'Die staat natuurlijk op geen enkele kaart, maar ze hebben meer dan vijfduizend man op de grens met Zuid-Somalië gelegerd. De Britten zitten daar ook. Ik heb hun contactgegevens ergens op de computer, maar ik kan me verdorie niet herinneren waar ik ze heb opgeslagen ...'

Opeens moest ze glimlachen.

Hij wist waar de vs hun geheime legerbases hadden, maar in zijn eigen computer kon hij hun telefoonnummer niet vinden.

Ze pakte haar koffiemok en kwam uit bed. De ochtendjas gleed open en ontblootte haar been tot aan haar lies, maar Halenius zag het niet. 'Mooie nachtpon', had hij gezegd. Ja, het was een mooie nachtpon, van dikke, crèmekleurige zijde, ze had hem in het winkelcentrum Pentagon City als verjaardagscadeautje voor zichzelf gekocht. Van Thomas had ze een broodrooster gekregen, zo'n verchroomd jarenvijftigmodel. Het ding werkte op 110 volt, dus hadden ze het achter moeten laten toen ze naar Europa teruggingen.

Dat je je zulke volstrekt nutteloze dingen herinnert, dacht ze, waarna ze naar de badkamer liep om te douchen. Maar in de woonkamer bleef ze staan, ze draaide zich om en keerde terug naar de slaapkamer, of, beter gezegd, de ontvoeringscentrale.

'En jouw kinderen dan?' zei ze.

De tweeling, hij had immers een tweeling, een jongen en een meisje van Ellens leeftijd. De staatssecretaris hield zijn blik op het beeldscherm gericht.

'Mijn vriendin zorgt voor ze', zei hij.

De woorden brandden in haar gezicht, zijn vriendin, hij had een vriendin, natuurlijk had hij een vriendin.

'Ik dacht dat je gescheiden was', hoorde ze zichzelf zeggen.

'Een nieuwe vriendin', zei hij. 'Hier is het. Ik zal ze meteen bellen.'

Ze draaide zich om bij de deur en zweefde naar de badkamer, alsof haar voeten de grond niet raakten.

Terwijl ze onder de douche stond werden de kinderen wakker. Toen ze met een handdoek om haar haar naar buiten kwam, stond Kalle haar met een blik zo donker als de nacht in de hal op te wachten.

'Waarom is hij nog hier?' zei hij met doffe stem.

Door de wand heen hoorde ze Halenius hard en snel Engels praten. Annika hurkte naast haar zoon neer en omhelsde hem.

'Jimmy praat met een paar mensen die ons misschien kunnen helpen om papa vrij te krijgen', zei ze. 'Wat wil je als ontbijt?'

'Geen scrambled eggs', zei Kalle.

'Oké', zei Annika en ze ging weer staan. 'Dan krijg je gekookte. Of Griekse yoghurt met walnoten.'

De jongen aarzelde.

'Zijn er frambozen?'

Ze had gisteravond de laatste bij de chocoladecake aan Halenius gegeven.

'Je mag wel jam', zei ze capitulerend.

Ellen zat in bed met haar knuffeldieren te spelen. Ze had er achttien en ze sliepen allemaal in haar bed, hoewel alleen Poppy (de nieuwe Poppy, de oude was bij de brand verloren gegaan) bij haar op het kussen mocht slapen. Annika knielde bij haar neer en kietelde haar op haar buik, ze werden het eens over het ontbijt en daarna liep Annika naar de keuken om de tafel te dekken.

Op dat moment ging in de slaapkamer de telefoon: de vaste lijn, het thuisnummer.

Annika bleef verschrikt staan. De ontvoerders zouden toch pas vanavond bellen? Ze spitste haar oren om te horen wat Halenius in de slaapkamer zei, een zacht gemurmel dat volgens haar als Zweeds klonk. Daarna werd er opgelegd.

'Je moet die Anne Snapphane maar even bellen om te vragen of ze het vaste nummer niet meer wil gebruiken', zei Halenius en hij liep door naar de badkamer. Ze hoorde hem achter de dunne houten deur urineren terwijl ze de yoghurt op tafel zette.

'Zet de borden op het aanrecht als jullie klaar zijn', zei ze tegen de kinderen, waarna ze met haar werktelefoon in de woonkamer ging zitten.

Sinds TV4 had gebeld, had hij uitgestaan en nu ze de telefoon weer aanzette, stroomden er zevenendertig nieuwe sms'jes binnen. Ze drukte bij alle berichtjes op 'als gelezen opslaan' en belde Annes nummer.

'Mijn god, Annika', zei Anne. 'Wat vreselijk! Het is echt afgrijselijk! En wat was dat voor kerel die jouw telefoon opnam?'

Halenius kwam uit de badkamer en liep langs haar op weg naar de slaapkamer.

'Een jongen van Telia', zei Annika terwijl ze hem met haar blik volgde. 'Heb je de kranten gelezen?'

'De oude media? Annika, wat ben je toch ouderwets.'

Hun discussie over de internetrevolutie en de sociale media was zo oud als de dagbladpers zelf. Annika glimlachte.

'En wat schrijven die alweters dan in hun blogs?'

'Nou, weet je bijvoorbeeld al wat ze vaak doen met mensen die daar ontvoerd zijn? Het is echt te gruwelijk voor woorden!'

Annika stond op van de bank en liep naar het raam. Volgens de thermometer aan de buitenkant was het min vijftien graden.

'Hoor eens,' zei ze tegen Anne, 'ik weet niet of ik dat wel wil weten. Ik ben zo egoïstisch dat ik me op dit moment alleen maar zorgen maak om mijn eigen man. Weet een van die bloggers toevallig waar hij is?'

'Doe niet zo cynisch. De Facebookpagina van de Keniaanse regering heeft meer dan eenenvijftigduizend vrienden. We zitten overal.'

'Dat geeft een veilig gevoel', zei Annika en ze hoorde dat ze als een tv-reclame voor luiers klonk.

'Weet je, ik vroeg me iets af', zei Anne. 'Het staat toch op jouw naam, of niet?'

Kalle kwam met yoghurt op zijn bovenlip de woonkamer binnen.

'Ik ben klaar', zei hij.

'Wat?' zei Annika. 'Wat staat er op mijn naam? Ga je wassen en je tanden poetsen en je aankleden.'

'Het appartement, want jullie zijn toch niet getrouwd? De echtscheiding was immers uitgesproken maar jullie zijn nooit hertrouwd, of wel?'

'Moeten we vandaag niet naar school?' zei Kalle.

'Huurbazen zijn volstrekt gewetenloos', hoorde ze Anne Snapphane zeggen. 'Als ze de kans krijgen om je op straat te zetten, dan doen ze dat en dan verkopen ze het contract aan degene die er het meest voor betaalt. Je weet hoe dat gaat.'

Anne had onlangs zelf een huurcontract van een zwarte makelaar gekocht, dus wist ze waarschijnlijk waar ze het over had.

'Jullie zijn vandaag vrij', zei Annika. 'Misschien kunnen jullie dit weekend bij iemand logeren, bij een van de oma's bijvoorbeeld?'

Ellen, die yoghurt aan haar vingers had zitten, pakte Annika's been stevig vast.

'Maar ik wil bij jou zijn, mama.'

'En, hemeltjelief, Annika, weet je wat me nu net te binnen schiet? Jullie zijn immers niet getrouwd! Dan zullen zijn broer en moeder van hem erven, heb je daar wel bij stilgestaan? Het kan zo'n Stieg Larssonsituatie worden als hij geen testament heeft. Heeft hij er een, weet je dat?'

'Kijk nou toch wat je doet, Ellen, nu heb je mijn ochtendjas vies gemaakt. Ga je wassen en aankleden. Vort!'

Ze joeg haar dochter naar de hal.

'Weet je of hij een advocaat heeft? Een bankkluisje? Je moet zijn computer en zijn privéarchief doorzoeken ...'

De deurbel ging.

Halenius kwam de woonkamer in en wees naar de hal.

'Anders Schyman', zei hij. 'Ik doe wel open.'

'De kinderen zullen van hem erven', zei Annika in de mobiele telefoon. 'Nu moet ik ophangen, de deurbel gaat.'

'O ja. Ja, inderdaad. Stieg had natuurlijk geen kinderen.'

'En, hoor eens,' zei Annika, 'bel voortaan alsjeblieft naar mijn mobiel. De vaste telefoon doet het niet goed. Ik moet nu opschieten ...'

Schyman was niet alleen, Berit Hamrin was ook meegekomen.

Annika haastte zich naar de slaapkamer, deed de deur achter zich dicht en schoot in de kleren van de vorige dag.

Om de een of andere reden had ze er minder moeite mee

123

dat de staatssecretaris van Justitie haar halfnaakt zag dan dat haar baas haar zo zag.

De hoofdredacteur had een hele stapel kranten bij zich: hun eigen, de Concurrent, beide ochtendkranten en een paar gratis dagbladen. Hij liet ze op de salontafel vallen, waar ze met een doffe bons neerkwamen. De *Kvällspressen* lag bovenop, Thomas keek haar vanaf de voorpagina met een glimlach en een keurig geknoopte stropdas aan.

Het was de officiële foto van het ministerie. Hij vond zelf dat hij er als een streber op stond.

'Er is iets wat ik met je wil bespreken', zei Schyman tegen Annika. 'Er is geen haast bij, je hoeft pas morgen te antwoorden.'

Annika pakte de krant: Zweedse kleutervader Thomas gegijzeld in Kenia.

De vloer begon te deinen, ze liet het pak papier vallen alsof ze zich eraan gebrand had.

Berit deed een stap naar voren en omhelsde haar. Dat had ze nog nooit gedaan. Ze wist dat Annika niet graag omhelsd werd.

'Het komt wel goed', fluisterde Berit. 'Je moet hier gewoon doorheen.'

Annika knikte.

'Willen jullie koffie?' vroeg ze.

'Graag', zei Schyman.

'Niet voor mij', zei Berit. 'Ik wilde vragen of Ellen en Kalle misschien zin hebben om met mij naar het Kronobergspark te gaan?'

Beide kinderen jubelden 'ja!' en kregen opeens haast om zich aan te kleden.

Annika liep naar de keuken en zette met trillende handen de waterkoker aan. Ze hoorde de mannen praten maar verstond geen woord. Berit hielp Ellen met haar schoenen.

'Wil je misschien mee?' vroeg Berit.

Annika ging in de deuropening naar de hal staan.

'Ik durf hen hier niet alleen te laten', zei ze, in de richting van de woonkamer kijkend en ze probeerde te glimlachen. 'Ik wil weten wat ze uitspoken.'

'We zijn over een uurtje terug', zei Berit. 'Zijn dat jullie sleetjes die in het trappenhuis staan?'

'De blauwe is van mij!' riep Ellen.

Met zware schoenen en lichte stemmen verdwenen ze naar buiten.

Over het geruis en geborrel van de waterkoker heen hoorde ze Schyman en Halenius met ongedwongen doch duidelijke stemmen praten, van die stemmen die machtige mannen gebruiken om te laten blijken dat ze ontspannen maar toch gefocust zijn.

'... een enorme belangstelling van de overige media natuurlijk', zei Schyman, met een tevreden gelatenheid.

Ze opende de koelkastdeur en staarde naar de vochtige kou zonder de inhoud ervan te zien.

'... en in Nigeria worden de managers van buitenlandse oliemaatschappijen *white gold* genoemd, of gewoon ATM's, geldautomaten', zei Halenius, zelfverzekerd en goed geïnformeerd.

Ze pakte slagroom, melk en leverpastei, zette vervolgens de leverpastei en de melk weer terug.

'... we willen natuurlijk weten wat we kunnen verwachten, welke scenario's waarschijnlijk zijn', zei Schyman, gewichtig.

Ze zette de elektrische mixer aan om slagroom te kloppen, hoewel er nog een restje van gisteravond over was. De stemmen gingen in het lawaai van de mixer verloren. Ze sloot haar ogen en hield ze zo lang dicht dat de room bijna boter werd. De frambozen waren zoals gezegd op, dus verwarmde ze een beetje jam en goot deze in een schaaltje. Ze schepte oploskoffie in drie mokken, goot er water op en roerde. Pakte een dienblad en laadde het vol met drie schoteltjes, de koffiemokken, koffielepeltjes, melk, suiker, de jam, de slagroom, een taartschep, drie vorkjes en de steeds kleiner wordende kleverige chocoladecake. De schaal met cake paste maar net op het dienblad en balanceerde gevaarlijk dicht bij de rand. In de hal bleef ze even staan.

'Wat zijn de kansen?' vroeg Schyman achter de wand.

'De prognose is goed. Negen op de tien mensen die ontvoerd worden overleven het, al zijn er wel signalen dat het aantal dodelijke slachtoffers toeneemt.'

Eén op de tien redt het dus niet, dacht Annika terwijl ze het dienblad stevig vasthield.

'En ze komen in redelijke staat terug?'

Redelijke staat?!

'Twintig procent van de slachtoffers loopt ernstig fysiek letsel op ...'

Halenius zweeg toen ze de woonkamer binnenkwam.

'Ah!' zei hij. 'Die cake is levensgevaarlijk.'

Ze zette het dienblad op de tafel en ging in het uiterste hoekje van de bank zitten, zonder het dienblad leeg te halen.

'Ga je gang', zei ze.

Halenius en Schyman vielen allebei aan. Alleen al bij de gedachte aan die zoetigheid werd ze misselijk, maar haar donkerblauwe mok met de gouden opdruk THE WHITE HOUSE pakte ze wel. Die was trouwens helemaal niet in het Witte Huis gekocht, maar in een souvenirstalletje daar vlak in de buurt, net zo authentiek als een Chinese Volvo.

'We hebben het over ontvoeringen in het algemeen', zei Halenius en hij schoof een lading slagroom en jam in zijn mond. 'Weet je zeker dat je dit wilt horen?'

Alsof woorden een verschil konden maken. Alsof de situatie erger zou worden als deze nader werd gespecificeerd.

Ze maakte zich klein in het hoekje van de bank. Halenius at zijn mond leeg.

'Mishandeling komt vaak voor,' zei hij vervolgens, zonder

Annika's kant op te kijken, 'maar wat er in dit specifieke geval zal gebeuren, weten we natuurlijk niet.'

'Welke scenario's zie je voor je?' vroeg Schyman.

Weer ging de deurbel. Ze vloog overeind.

'Kunnen collega's van andere media zijn', zei ze.

Eerst herkende ze de mannen in het trappenhuis niet. Zwijgend en kleurloos stonden ze haar daar in hun overjassen met hondenogen aan te staren.

Ze deed de deur dicht zonder iets te zeggen, liep terug naar de woonkamer en merkte dat ze van binnen kookte.

'Wat krijgen we nou?' zei ze. 'Is mijn huis een filiaal van het regeringsgebouw geworden?'

Halenius stond op, een vragende blik in zijn ogen.

'Dubbele-Hasse staat voor de deur,' zei Annika, wijzend naar de voordeur, 'maar nu is het genoeg geweest. Zeg dat ze weg moeten gaan.'

'Misschien willen ze ...'

'Vraag maar of ze een e-mail willen sturen', zei ze en ze verdween in de badkamer.

Ze hoorde Halenius naar het trappenhuis lopen en korte tijd praten met de mannen die Hans heetten. Daarna kwam hij weer binnen, alleen, deed de deur dicht en liep terug naar de woonkamer.

'Collega's van het ministerie', zei hij verontschuldigend tegen Schyman.

Poten van een stoel schraapten over het parket.

'Hoe zou je deze zaak willen beschrijven?' zei de hoofdredacteur.

'Het hangt ervan af met wat voor soort misdaad we te maken hebben. Commerciële ontvoeringen zijn meestal makkelijker op te lossen. Politieke zijn een stuk ingewikkelder, en vaak gewelddadig.'

'Daniel Pearl', zei Schyman.

Annika deed de deur van de badkamer op slot.

Tijdens haar verblijf in de vs had ze een samenvatting geschreven over de zaak-Pearl. De journalist Daniel Pearl was hoofd van het kantoor van *Wall Street Journal* in Zuidoost-Azië toen hij in januari 2002 door Al-Qaida werd ontvoerd. Negen dagen later werd hij onthoofd. Jaren later stond de video nog altijd op internet, en misschien nu nog wel, drie minuten en zesendertig seconden door en door weerzinwekkende propaganda. Ze had zichzelf gedwongen om ernaar te kijken. Daniel Pearl sprak met ontbloot bovenlijf recht in de camera, rond zijn gezicht waren foto's van dode moslims gemonteerd. Na één minuut en vijfenvijftig seconden kwam er een man in beeld die hem de keel afsneed. De laatste minuut van de video bestond uit een lijst met politieke eisen die over het beeld van het afgehakte hoofd van de journalist heen werden geprojecteerd. Iemand hield het aan de haren omhoog.

'Vrouwelijke slachtoffers worden vaak verkracht', hoorde ze Halenius met zachte stem in de woonkamer zeggen. 'Mannelijke trouwens ook. In Mexico worden oren of vingers afgesneden, die vervolgens naar de familie van de slachtoffers worden opgestuurd. In de voormalige Sovjet-Unie trekken ze tanden uit ...'

'En in Oost-Afrika?' vroeg Schyman, bijna fluisterend.

Ze rechtte haar rug en spitste haar oren. Halenius schraapte zijn keel.

'Exacte cijfers heb ik niet, maar er vallen nogal eens doden. De schurken hebben een hoop wapens, gijzelaars worden opvallend vaak doodgeschoten. En Somalië is een land waar genitale verminking bij wet geregeld is. Traditiegetrouw worden bij meisjes alle uitwendige delen van het geslachtsorgaan weggesneden ...'

Ze draaide de koude kraan van de wastafel open en liet het water over haar polsen stromen. De stemmen gingen in het geklater van het water verloren. Ze wilde huilen, maar was te boos.

Er was een grens. Ze wilde niet naar verhalen over verminkte meisjes moeten luisteren. Ze had hulp nodig, maar niet tegen elke prijs. De regering mocht haar handen in onschuld wassen, maar zij weigerde om de verantwoordelijkheid voor het geweld in de wereld op zich te nemen. Ze was niet van plan om haar huis en haar slaapkamer aan een bende vreemde kerels af te staan.

Ze deed de kraan dicht, droogde haar handen af, draaide de deur van het slot en liep naar buiten.

'In deze ontvoeringszaak lijken er dus verschillende eisen in het spel te zijn, zowel financiële als politieke', zei Schyman, toen ze de kamer doorkruiste op weg naar het hoekje van de bank.

Halenius trok zijn benen in om haar erlangs te laten.

'Of het gaat om een combinatie van eisen die op zich niet tegenstrijdig hoeven te zijn. Als je bedenkt wat de politieke situatie is in Oost-Afrika ...'

Annika liet zich in de kussens wegzakken en keek naar buiten, een glasheldere lucht, het was vast koud. Als de kinderen het maar niet koud hadden in het Kronobergspark. Zelf had ze ooit op een winterdag haar linkervoet bevroren, bij haar oma in Lyckebo, op het pachtboerderijtje dat bij het landgoed Harpsund hoorde en dat haar oma al die jaren dat ze als huishoudster op het vakantieverblijf van de minister-president werkte had mogen huren. Nog altijd had Annika problemen met de tenen aan die voet, bij de minste of geringste koudegolf werden ze stijf en witblauw. De eerste keer dat Thomas ze zo zag, raakte hij helemaal in paniek en wilde hij een ambulance bellen. Omgaan met lichamelijke ongemakken was nooit zijn sterkste kant geweest. Op dit moment had hij het waarschijnlijk niet koud, in Somalië was het vast ontzettend warm, ze herinnerde zich de geelverbrande aarde op de satellietfoto van Liboi ...

'... geografische en culturele voorwaarden', zei Halenius.

'En de ontvoerders?' zei Schyman. 'Wat zijn dat voor mensen?'

'De groepen zijn over de hele wereld opvallend gelijk', zei de staatssecretaris. 'Meestal bestaat de groep uit hoogstens acht tot tien personen onder leiding van een sterke aanvoerder. De commerciële ontvoerders zien zichzelf als gewone werknemers, ze gaan naar hun werk, nemen vakantie en brengen hun vrije tijd door met hun gezin. Vrij vaak zijn het jeugdvrienden, of studiegenoten, of leden van dezelfde politieke of religieuze groepering. Ze beginnen hun carrière meestal als gewone kruimeldieven, maar later volgen er winkeldiefstallen, bankovervallen en andere criminele activiteiten.'

Ze keek naar Halenius. Kijk hem daar in haar luie stoel zitten, zo ongelofelijk rustig en ontspannen, op kousenvoeten, de bovenste knoopjes van zijn overhemd los, zijn haar recht overeind, zijn hemdsmouwen opgerold.

Voor Jimmy Halenius was dit gewoon een werkdag, misschien wat extra spannend omdat hij de kans kreeg om zijn kennis en kunde in de praktijk te brengen, en oeioeioei, wat wist hij veel, hij wist en kon eigenlijk alles.

'De religieuze en politieke ontvoerders zijn een beetje anders', zei zijn mond. 'Hun leider is meestal redelijk hoog opgeleid en heeft tijdens zijn studententijd het revolutionaire licht aanschouwd. Misschien is hij zijn activiteiten begonnen vanuit een nobel streven om de wereld te verbeteren, maar als hij eenmaal de smaak van losgeld te pakken heeft, bekoelt zijn politieke ijver meestal snel.'

'Hebben we hier met zo een te maken?' vroeg Schyman.

Halenius dronk zijn koffiemok leeg.

'Ik denk het', zei hij. 'Degene die belde spreekt zuiver Oost-Afrikaans-Engels, het soort Engels dat je in Nairobi op de universiteit hoort.'

'Hoe weet je dat?' zei Annika en ze merkte dat ze haar ogen tot spleetjes had geknepen.

Hij keek haar strak aan toen hij antwoordde.

'Mijn ex heeft daar gestudeerd', zei hij. 'Ten tijde van

de apartheid stonden de universiteiten in Zuid-Afrika niet open voor mensen zoals zij.'

Ze liet een verbaasde zucht aan haar mond ontsnappen. Een Afrikaanse vrouw. Ze had geen flauw idee gehad. Ze zei iets van 'hoe' en 'waarom'.

'De Jonge Socialisten waren in 1989 medeorganisator van een ANC Youth Leaguecongres dat in Nairobi gehouden werd', zei hij. 'De toenmalige president van Kenia, Daniel arap Moi, had net alle politieke gevangenen vrijgelaten en was bezig met een soort charmeoffensief. Daar hebben we elkaar ontmoet. Ze is geboren en getogen in Soweto.'

Hij richtte zich tot de hoofdredacteur.

'Dat is een van de redenen dat men mij gevraagd heeft om deze taak op me te nemen. Ik ben daar weliswaar niet geboren, maar van degenen die die FBI-cursus hebben gevolgd, ben ik degene die het meest vertrouwd is met de taal en het dialect.'

'Dus je kent Nairobi?' vroeg Schyman.

'We zijn daar getrouwd. Na haar promotie zijn we in Söder gaan wonen.'

'Maar nu zijn jullie gescheiden?'

'Ze werkt voor de Zuid-Afrikaanse regering', zei Halenius. 'In feite heeft ze ongeveer eenzelfde positie als ik, maar dan op het ministerie van Handel.'

'Hoe heet ze?' vroeg Annika.

'Angela Sisulu.'

Angela Sisulu. Het klonk als een lied.

'Familie van Walter Sisulu?' zei Schyman.

'In de verte.'

Annika ademde met open mond, ze wisten alles en konden alles en zij wist helemaal niets.

'Wie is Walter Sisulu?' vroeg ze.

'Een ANC-activist', zei Halenius. 'Nelson Mandela's tweede man, zou je kunnen zeggen. Hij werd samen met Mandela in 1964 in het Rivoniaproces veroordeeld en zat al die jaren met hem op Robbeneiland gevangen. Bij het eerste nationale partijcongres in 1991 werd hij tot vicevoorzitter van het ANC gekozen. Hij is in 2003 overleden.'

Schyman knikte, en de zelfingenomen hoofdbeweging van de hoofdredacteur trof haar recht in haar gebrekkige zelfvertrouwen. Ze kende niet alle oud-ANC-leiders uit haar hoofd en ze was niet in Nairobi gepromoveerd of in Soweto opgegroeid, ze was de opleiding journalistiek redelijk goed doorgekomen en was opgegroeid op Tattarbacken in Hälleforsnäs. Hier zaten die twee in haar smoezelige, duidelijk door kinderen bevolkte woonkamer heel in het algemeen en hypothetisch over gijzelingen en ontvoeringen te praten, terwijl het realiteit was, het was echt gebeurd, het was háár gezin dat getroffen was en zij kon er helemaal niets tegen doen.

'Wat wilde je eigenlijk?' vroeg ze aan Anders Schyman. 'Wat wilde je met mij bespreken?'

Hij draaide zich naar haar toe.

'Ik heb de bestuursvoorzitter over je situatie geïnformeerd en groen licht gekregen om je te helpen. Ik heb begrepen dat losgeld betalen iets is waar je gewoonlijk niet aan ontkomt, daarom wil de krant een deal met je sluiten waardoor je de mogelijkheid krijgt om het losgeld te betalen, zodat Thomas weer naar huis kan komen.'

Ze opende haar mond maar wist niet wat te zeggen. Met stomheid geslagen deed ze hem weer dicht. Zou de krant aanbieden om te betalen?

'Hoeveel dan?' wist ze uit te brengen.

'Wat er geëist wordt', antwoordde Schyman doodeenvoudig.

'Ze willen veertig miljoen dollar', zei Annika, waarop Halenius haar boos aankeek.

Ze beet op haar lip, ze mocht immers geen details over de onderhandelingen naar buiten brengen.

Schyman trok wat wit weg.

'Als we eenmaal zover zijn dat we overeenstemming hebben bereikt over het losgeld, zal het bedrag een stuk lager liggen', zei de staatssecretaris. 'Ik verzoek je om deze informatie niet verder te vertellen.'

Schyman knikte weer.

'En wat moet ertegenover staan?' vroeg Annika.

'De *Kvällspressen* krijgt de exclusieve rechten op het verhaal', zei Schyman. 'Of je schrijft en filmt zelf óf je kiest een verslaggever uit die je de hele weg volgt. Achter de schermen, gedurende het hele onderhandelingsproces, misschien tot in Afrika, als dat mocht gebeuren. Als er zich iets voordoet waardoor de gezondheid of levens van andere mensen in gevaar worden gebracht, kunnen we dat natuurlijk schrappen, maar verder moet het een documentaire worden over de hele loop der gebeurtenissen. Tranen, gemis, pijn, opluchting en blijdschap.'

Ze leunde achterover tegen de rugleuning van de bank. Natuurlijk. Ze had het kunnen weten. Misschien kwam het doordat ze nog niets gegeten had, maar opeens merkte ze hoe misselijk ze was.

'Moet ik ook een blog bijhouden?' vroeg ze. '"Gijzelingsmama" zou ik kunnen heten. Misschien een fotoblog?'

Ze stond op en morste koffie op de tafel.

'Ik zou elke dag foto's van de kinderen kunnen maken om te laten zien hoe ze langzaam wegkwijnen door het gemis van hun vader. Ik zou kunnen beschrijven hoezeer ik het mis om 's nachts te kunnen neuken, want seks verkoopt, zo is het toch, of niet? Of misschien een modeblog met trendy rouwkleding? Zijn modebloggers niet het allerpopulairst op dit moment?'

Ze liep naar de hal en viel bijna over Kalles spelcomputer, verblind door hete tranen. Schyman spreidde zijn armen.

'Annika ...'

Ze liep naar de badkamer, opende de deur, struikelde over de drempel maar wist de deur weer achter zich te sluiten en deed hem op slot. Stond daarna doodstil in het pikkedonker en voelde hoe haar hartslag de hele ruimte vulde.

'Annika ...?' zei Schyman en hij klopte op de deur.

'Ga weg', zei ze.

'Denk er maar over na', zei de hoofdredacteur. 'Dit is een aanbod, absoluut geen dwang.'

Ze gaf geen antwoord.

* * *

De Deen had een zware, piepende ademhaling. Hij rochelde en reutelde bij elke ademtocht. Zijn borstkas ging hortend en stotend op en neer. Hoewel hij vlak naast me lag, kon ik zijn gelaatstrekken niet onderscheiden. Het was hier donkerder dan in de vorige hut. Er waren geen ramen of andere openingen, het enige licht dat naar binnen drong, kwam door scheuren en naden in de golfplaten. De deur tekenende zich als een zwart vierkant tegen rondom kierend buitenlicht af, of eigenlijk was het geen deur, het was een metalen plaat die voor de ingang was gezet en met een soort sluitbalk en een paar rotsblokken op zijn plek werd gehouden.

Het was me gelukt om een houding te vinden waarbij ik niet op mijn handen hoefde te liggen en toch niet met mijn gezicht in het zand lag. Mijn hoofd rustte op een steen die ik toevallig gevonden had. Ik lag met mijn lichaamsgewicht op mijn rechterschouder en linkerknie, in een soort stabiele zijligging, zou je kunnen zeggen, maar dan met mijn handen en voeten gebonden.

Ik had niets meer hoeven laten lopen, wat op zich een opluchting was, maar waarschijnlijk niet zo goed, want het kwam natuurlijk doordat ik geen eten of water meer had gehad. Ik voelde me licht en wazig in mijn hoofd, mijn bewustzijn ging geloof ik op en neer.

134

De Spanjaard en de Roemeen bewogen zich niet. Misschien sliepen ze.

De hitte trilde binnen de golfplaten wanden. Mijn gehemelte was stroef van het zand.

Niemand van ons sprak over de Fransman.

Ik dacht aan Catherine, die samen met de Duitse in de andere hut lag, nu had ze niemand meer aan wie ze zich kon vastklampen, nu was ze helemaal alleen, of was ze dat al de hele tijd geweest? In hoeverre was ik haar eigenlijk tot steun geweest?

Tranen brandden in mijn ogen, niet alleen vanwege de aarde en het zand.

Het beeld van Annika zweefde voor me in de duisternis, ze voelde zo dichtbij, ze glimlachte naar me zoals ze dat doet als ze me echt ziet, zo nabij en kwetsbaar, die aarzelende glimlach van haar, alsof ze onzeker was of ze wel blij mocht zijn, alsof ze niet het recht had om er te mogen zijn. Je zou het niet denken, maar ze is ontzettend gevoelig en ik ben zo harteloos geweest, ik ben zo gemeen geweest, ik heb gezien hoe ik haar gekwetst heb, waardoor ik boos werd en geïrriteerd raakte. Ik voel me bij haar zo stiekem. Betrapt. Ik kan vlak voor haar staan en dan kan ze mijlenver achter me kijken. Ze heeft het merkwaardige vermogen om dwars door mensen heen te kijken, hun zwakheden te zien, en ze weigert om zich aan te passen. Dat kan soms lastig zijn, of ronduit gênant. Ik zeg niet dat dat de reden was waarom ik die andere vrouwen opzocht, dan zou ik de schuld op haar schuiven en zo bedoel ik het niet, maar die andere vrouwen (het zijn er niet zo veel, maar dat is geen excuus), wat gaven zij mij eigenlijk? Bevestiging, in zekere zin, ja. Verstrooiing. Adrenaline, jachtplezier en een flauwe nasmaak. Ze zagen me kortstondig, maar nooit echt.

Wat is er mis met mij?

Waarom kwets ik degene van wie ik het meeste hou?

Berit en de kinderen kwamen met een hoop gestommel en schoenen vol sneeuw binnen.

Annika had rijst gekookt en een kabeljauwschotel gemaakt met garnalen, room, dille en witte wijn. Het was niet Kalles lievelingseten, maar hij at het, als hij de garnalen er maar uit mocht vissen.

Halenius at in de slaapkamer (de ontvoeringscentrale), Berit zat bij hen aan de keukentafel. De kinderen vertelden uitgelaten over de sneeuw en de sleetjes, en dat het zo gek was om op een gewone vrijdag niet op school te zijn. Aan het eind van de maaltijd, toen ze zaten te wachten tot Ellen klaar was, werd Kalle stil en trok zich in zichzelf terug zoals hij wel vaker deed.

'Wat is er, kereltje?' vroeg Annika.

'Ik moet aan papa denken', zei de jongen.

Ze nam hem in haar armen, de grote knul, en wiegde hem heen en weer, totdat Ellen haar bord op het aanrecht had gezet en Kalle zich loswurmde en naar zijn kamer ging om een film te kijken, wat ongeacht de omstandigheden toch een ongekende luxe was op een vrijdagmiddag.

'Heb je de kranten al bekeken?' vroeg Berit terwijl ze de borden onder de hete kraan afspoelde.

'Ik weet niet of ik dat wel wil', zei Annika.

'Ik heb over de dode moeder bij het kinderdagverblijf in Axelsberg geschreven, kreeg gisteravond een spraakzame rechercheur te pakken.'

'Hebben ze de vader al opgepakt?'

'Hij heeft zo te horen een alibi. Hij werkt bij een vervoersbedrijf met stempelklok. Hij had een rit in Upplands-Väsby en zat de hele ochtend op de weg.'

'Zegt hij, ja', zei Annika.

'Zijn mobiele telefoon bevestigt die informatie.'

Annika gooide haar armen in de lucht, druppels van het

vaatdoekje spatten tegen het keukenraam.

'Ja maar, jéézez, hoe moeilijk is het om je mobieltje in andermans auto te leggen? Of ervoor te zorgen dat je telefoon geen signalen naar de dichtstbijzijnde zendmast uitzendt terwijl je wegrijdt en je ex doodsteekt?'

Berit vulde de waterkoker.

'Nu hebben we het over samenzweringstheorieën.'

'Helemaal niet', zei Annika. 'Dieven en moordenaars zijn in de regel vrij onnozel, maar als jij op pad zou gaan om iemand te vermoorden, zou je dan je mobieltje niet uitzetten?'

Berit hield haar hand met de lepel vol oploskoffie stil.

'Daar heb je een punt', zei ze.

Annika zette *Finding Nemo* aan op de televisie van de kinderen (ze had een nog zo goed als nieuwe 'dikke' tv gehad, die Thomas foeilelijk vond; toen ze terugkwamen uit de vs had hij een platte gekocht en was de dikke tv naar de kamer van de kinderen verdwenen) en liep terug naar de keuken terwijl Pixars springende bureaulamp achter haar rug over het beeld stuiterde.

'Schyman kwam met een voorstel', zei ze en ze liet zich op de keukenstoel zakken en trok haar koffiemok naar zich toe. 'De krant betaalt het losgeld als ik hun de exclusieve rechten op het hele verhaal geef.'

Berit knikte.

'Ik weet het. Hij vroeg me om je over te halen op het voorstel in te gaan. Wil je dat?'

Annika liet haar blik over het aanrecht gaan, dit was haar domein in de ontvoeringskwestie: de keuken en de stopcontacten. Zij was verantwoordelijk voor de logistiek en moest voor eten, drinken en het opladen van de mobiele telefoons zorgen.

'Hij bracht het alsof het een voorrecht was. Alsof ik het leuk zou vinden, alsof ik ervan zou genieten om mijn eigen tragedie te exploiteren.'

'Hij wilde je misschien alleen maar helpen.'

'Ik doe het niet. Nooit van mijn leven.'

'Als je wilt kan ik het wel schrijven.'

Ze glimlachte naar Berit.

'Dan al helemaal niet. Dank je, maar nee, bedankt.'

Annika hoorde Halenius' mobiele telefoon gaan aan de andere kant van de wand. Hij nam op en sprak met gedempte stem. Het klonk als Engels, maar ze kon geen woorden onderscheiden. Ze stond op en zette de koffie, waar ze bijna niets van gedronken had, op het aanrecht.

'Kom, we gaan in de woonkamer zitten, ik krijg een houten kont van deze stoelen.'

Berit liep met wat stijve benen achter haar aan.

'Ik snap wat je bedoelt. Nooit overwogen om nieuwe te kopen?'

'Ze komen uit Thomas' ouderlijk huis.'

'Aha', zei Berit en ze volgde haar naar de zithoek.

Halenius' stem klonk in de woonkamer een stuk zachter, maar ze kon de Britse intonatie nog steeds horen.

Ze kroop op de bank en trok de *Kvällspressen* naar zich toe. De artikelen over Thomas – zes pagina's plus het middenblad met foto's van haar en de kinderen, dank je wel, daar had ze dus echt niet om gevraagd – bladerde ze vluchtig door.

'Knap werk,' zei Annika zuur, 'als je bedenkt dat er nog vrijwel niets over de zaak bekend is.'

Er waren teksten over de conferentie in Nairobi, over Nairobi als stad, over het conferentiecentrum Kenyatta, over Frontex, over Thomas, over Thomas' belangrijke, belangrijke, bélángríjke baan, over de Zweedse eurocommissaris die verantwoordelijk was voor Frontex, over de video die op een server in Mogadishu op internet was gezet, over Mogadishu als stad, over Somalië, over de strijd in Somalië, en een opsomming van andere bekende kidnapvideo's. Die met Daniel Pearl stond er niet bij.

'Die Elin Michnik is een groot talent', zei Berit. 'Alle jongens rond de desk denken dat ze familie is van Adam Michnik van de *Gazeta Wyborcza*, maar dat is ze helemaal niet.'

Annika had geen flauw idee wat de *Gazeta Wyborcza* was en ze was ook niet van plan om het uit te zoeken.

'Daniel Pearl is ze in elk geval vergeten', zei ze en ze bladerde verder.

Het artikel over de dode moeder achter de crèche op pagina 15 zag er goed uit, en op pagina 16 had Berit een overzicht gemaakt van de drie andere vrouwenmoorden die afgelopen najaar in Stockholm op straat waren gepleegd.

'Geloof jij dat het om een seriemoordenaar gaat?' vroeg Annika, terwijl ze de pagina met de kop DRIE DODE VROUWEN, DRIE STEKEN IN DE RUG omhooghield.

Berit, die haar koffie meegenomen had naar de woonkamer, nam een slokje en zette haar mok op de salontafel.

'Absoluut niet', zei ze. 'En de kop klopt niet helemaal. Een van die vrouwen, de jonge vrouw bij de badplaats in Arninge, is met vierenvijftig messteken om het leven gebracht. Ze was van achteren en van voren en van opzij met een mes bewerkt, en ook van onderen. Ze was zelfs in haar schaamstreek gestoken.'

Halenius praatte niet meer in de ontvoeringscentrale (de slaapkamer). Op de kamer van de kinderen zat Nemo in het aquarium van de tandarts in Sydney gevangen.

Annika las het artikel over de jonge immigrantenvrouw vluchtig door.

'Haar verloofde zit nog steeds in hechtenis', zei Berit. 'Als hij wordt veroordeeld wordt hij uitgewezen. Hij is op zijn vijftiende als vluchteling naar Zweden gekomen, maar kreeg geen verblijfsvergunning. Toen zijn asielaanvraag werd afgewezen, is hij uit het opvangcentrum weggelopen en ondergedoken. Vier jaar heeft hij zich verscholen gehouden, tot de verloving met zijn nicht ruim een jaar geleden bekend werd gemaakt.'

De vaste telefoon ging, Annika verstijfde van top tot teen. Ze spitste haar oren zo dat zelfs het geluid van de druppende keukenkraan door het huis weergalmde, ze hoorde hoe Halenius met de muis klikte, alle opnameapparatuur in werking stelde en daarna opnam met 'hallo'. Haar hartslag overstemde de andere gehoorprikkels en ze hoorde niet wat hij zei, niet welke taal hij sprak, ze hoorde ook niet dat hij oplegde maar zag hem alleen maar met zijn haren recht overeind naar de woonkamer komen.

'Sophia Grenborg wil je spreken', zei hij door haar dreunende hartslag heen. 'Ik heb gezegd dat je haar zou bellen.'

Hij legde een briefje met een telefoonnummer op haar schoot en liep terug naar de ontvoeringscentrale (zou ze daar in de toekomst nog wel kunnen slapen?).

Haar hartslag ging iets omlaag, maar niet veel. Na de ontvoerders was Sophia Grenborg wel de laatste persoon op aarde die ze wilde spreken.

Ze greep de mobiele telefoon van haar werk, veertien oproepen gemist, en belde het nummer voor ze zich bedacht.

'Annika?' zei Thomas' vroegere scharrel met gebroken stem.

'Wat wil je verdomme?' zei Annika, de adrenaline raasde door haar lijf.

Sophia Grenborg huilde door de telefoon.

'Ik ben zo verdrietig', hakkelde ze.

Die trut, dat ze het lef had!

'Ach, arme ziel.'

'Sorry dat ik je stoor, maar ik moet gewoon weten wat er aan de hand is, wat er is gebeurd, is het waar? Is hij gevangen? Hebben ze hem gevangengenomen? Weten jullie waar hij is?'

'Ja, het is waar. Nee, we weten niet waar hij is.'

Ze stond op van de bank, kon niet blijven zitten.

'Had je nog wat?'

Sophia Grenborg snoot haar neus en haalde diep adem.

'Ik weet dat je kwaad bent op me,' zei ze, 'maar jij hebt gewonnen.'

Annika raakte van haar apropos. Ze had de volgende belediging al op haar tong klaarliggen, maar slikte die verbaasd in.

'Hij heeft voor jou gekozen', zei Sophia. 'Voor jou en de kinderen. Ik was alleen maar een intermezzo. Ik denk elke dag aan hem, maar ik denk niet dat hij ooit nog aan mij denkt. Nooit. Ik heb niet eens het recht om verdrietig te zijn.'

En daarna huilde ze nog harder.

Annika knipperde met haar ogen. Berit nam haar bedachtzaam op. Ze ging weer zitten.

'Natuurlijk heb je het recht om verdrietig te zijn', zei ze.

'Heb je iemand die je helpt? Wat zeggen ze op Thomas' werk? Hebben ze iets gehoord? Heb jij iets gehoord?'

Annika gluurde in de richting van de slaapkamer.

'We hebben niets gehoord', loog ze, terwijl ze zich op een eigenaardige manier schuldig voelde.

Het werd stil op de lijn. Sophia Grenborg huilde niet meer.

'Sorry dat ik je belde', zei ze. 'Het was niet de bedoeling me op te dringen.'

'Het is wel goed', zei Annika en ze merkte dat ze het meende.

'Hoe is het met de kinderen? Wat zeggen zij? Zijn ze erg bang?'

Hier lag de grens, dat ging Sophia Fucking Hell Grenborg dus geen moer aan.

'Ze kijken naar een film', zei Annika. '*Finding Nemo.*'

'Oké', zei Sophia Grenborg.

Weer een stilte op de lijn. Annika wachtte. Sophia schraapte haar keel.

'Als ik iets kan doen,' zei ze, 'als er iets is waarmee ik kan helpen, iets puur praktisch ...'

Je idiote stenen huis op Östermalm als onderpand geven voor een lening, bijvoorbeeld, zodat ik het losgeld kan betalen? dacht Annika.

'Bel niet meer naar het vaste nummer', zei Annika. 'Ik wil die lijn openhouden voor als Thomas belt.'

'Natuurlijk', fluisterde Sophia Grenborg. 'Sorry. Doe de kinderen de groeten.'

Ik dacht het niet.

Ze drukte het gesprek weg.

'Met jou moet je geen ruzie krijgen', zei Berit.

'Neem mijn man niet van me af en ik ben zo mak als een lammetje', zei Annika.

'Hm', zei Berit. 'Maar mag ik de kinderen wel meenemen? Komend weekend, naar de boerderij? Zodat jullie wat ruimte krijgen om dit alles te regelen?'

Berit woonde op een paardenboerderij even buiten Norrtälje (hoewel ze geen paarden had, behalve die van de buren, alleen een labradorteef, die Soraya heette). Kalle en Ellen waren daar al vaker geweest. Annika en de kinderen hadden zelfs in het gastenverblijf op het erf mogen logeren toen hun villa in Djursholm een paar jaar geleden in vlammen was opgegaan.

Annika voelde haar schouders losser worden en merkte dat ze zakten.

En in de kinderkamer was Nemo net voor de kust van Sydney herenigd met zijn vader.

* * *

De muggen op het eiland Gällnö waren groot en luidruchtig. Het waren net superirritante reclamevliegtuigjes als ze op zomernachten op mijn jongenskamer rondcirkelden, biiissszzz biiissszzz biiissszzz deden ze, maar dan was er nog niets aan de hand, pas als het stil werd, werd het tijd om het licht aan te doen en op muggenjacht te gaan en daar was ik goed in, volgezogen muggen mepte ik dood, waarna er centimeters lange bloedvegen op het rozenbehang achterbleven. Mijn moeder werd altijd boos op me, ze zei dat ik de muur verpestte en daar had ze natuurlijk helemaal gelijk in, op den duur kreeg het behang rond mijn bed een min of meer roestbruine kleur.

In deze golfplaten hut waren veel meer muggen dan in de vorige, ze waren veel kleiner dan die op Gällnö, en helemaal stil. Ze wervelden als stofdeeltjes in de duisternis rond, je hoorde ze alleen als ze per ongeluk je gehoorgang binnenvlogen, en dat gebeurde een paar keer. Als ze staken voelde je niets. Pas later, als de bult zo groot werd als een halve tennisbal, jeukte het verschrikkelijk. Voorzover dat lukte probeerde ik de beten langs de lemen vloer te wrijven, dat verlichtte de jeuk een beetje.

Ik was ontzettend warm en zweterig, een soort hitte die van binnenuit kwam en als stoom door mijn poriën naar buiten sijpelde.

'Is er malaria hier?' vroeg de Roemeen. 'Is dit een malariagebied?'

Ik wist nog steeds niet hoe hij heette, maar ik kon het nu niet vragen, dan zou ik immers laten blijken dat ik zijn naam nooit had verstaan, of erger nog, dat ik hem was vergeten.

'Ja,' zei de Spanjaard, 'maar de muggen hierbinnen zijn geen *Anopheles*, geen malariamuggen. *Anopheles* zijn niet overdag actief, alleen in de avondschemering, 's nachts en in de ochtendschemering. Maar er is malaria hier. Misschien niet zo heel veel, het is wat te droog, maar het is warm genoeg. Er is malaria hier ...'

We hadden weer wat moed gekregen. We hadden gegeten, ugali en water hadden we gekregen, en iets wat aan gekookte spinazie deed denken en zoutig was. Het was ontzettend lekker, hoewel het water niet schoon was. De Deen was de enige die niet wilde eten. Hij dronk alleen wat water en ging daarna weer doodstil liggen. Zijn ademhaling was licht en oppervlakkig. Hij reutelde niet meer zo erg als eerst, wat een opluchting was.

Een voor een hadden we hulp gekregen om overeind te komen, zodat we onze darmen en blaas in een emmer in de hoek konden legen, het brandde toen ik plaste en de urine rook erg sterk. Niemand van de anderen keek in de richting van de emmer als daar iemand bezig was, dat leek een stilzwijgende afspraak.

'Het is toch een parasiet?' zei de Roemeen. 'Malaria is een parasiet die in het bloed zit?'

'Een plasmodium', bevestigde de Spanjaard. 'De ziekte is een complexe wisselwerking tussen de mug en de mens, malaria wordt via het speeksel van muggen verspreid en komt ten zuiden van de Sahara zo ongeveer in heel Afrika voor.'

'Hoelang duurt het voor je ziek wordt?' vroeg ik, denkend aan de hete stoom in mijn lijf.

'Een half uur na de beet heeft de parasiet zich in je lever genesteld. Maar het duurt minstens zes dagen voor de eerste symptomen ontstaan, en soms duurt dat nog veel langer, een paar jaar zelfs ...'

'Hakuna majadiliano!' riep een van de bewakers buiten de hut, ik meende dat het De Lange was.

We keken elkaar aan, niemand wist wat het betekende, en Catherine was er niet om het te vertalen. Het klonk haast als *hakuna matata*, was dat geen Disneysong? De kinderen hadden die film op dvd, was het misschien *The Lion King*? *Hakuna matata! What a wonderful phrase. Hakuna matata! Ain't no passing craze.*

Het was doodstil in de hut, zelfs de ademhaling van de Deen was geruisloos. Iedereen lag roerloos in het donker.

Opeens hoorden we gestommel en geschraap achter de deur, de rechthoek van licht werd verstoord, de stalen plaat werd verwijderd, het licht viel als een laserstraal met een doorsnee van één vierkante meter naar binnen. Ik werd er volledig door verblind, maar hoorde dat er meerdere bewakers naar binnen kwamen, '*moja ni hapa,*' zeiden ze, '*nyakua naye kwa miguu*', en daarna voelde ik aan de luchtstroom dat ze de Roemeen vastgrepen. Ze tilden hem bij zijn voeten en armen op en sleepten hem naar de uitgang, hij jammerde een beetje, misschien omdat het pijn deed toen ze hem weg-droegen, misschien ook van angst.

We hadden het niet over de Fransman gehad. Helemaal niet. Met geen woord.

Het was alsof het nooit gebeurd was.

En nu was de Roemeen ook weg, en ik wist nog steeds niet hoe hij heette.

Ze zetten de plaatijzeren deur terug. De duisternis keerde terug, dikker en zwaarder dan voorheen.

Er ging een koude rilling door mijn lijf.

* * *

Anders Schyman krabde zich in zijn baard.

Ze mochten de voorsprong nu niet verliezen. Ze hadden twee belangwekkende items lopen, enerzijds het kidnap-verhaal, anderzijds de mogelijke seriemoordenaar in de buitenwijken van Stockholm, en het was zaak om op beide verhalen een vervolg te hebben. Patrik had een paar oude contacten gebeld en een inspecteur gevonden die gezegd had dat 'er gelijkenissen waren' tussen de drie vrouwen die met een mes waren vermoord: het waren vrouwen, ze waren op straat met messteken om het leven gebracht en ze kwamen uit Groot-Stockholm. Het gesprek met de inspecteur was opgenomen en op de grote beveiligde server van de krant opgeslagen. Schyman had het beluisterd en kon niet beoordelen of de politieman sarcastisch was of zo on-nozel dat hij het serieus meende. Hoe het ook zij, het gaf hun het mandaat om de invalshoek dat het om een seriemoordenaar zou gaan in de krant van morgen breed uit te meten, en als er in het kidnapverhaal verder niets spectaculairs gebeurde, was de hypothetische seriemoordenaar een denkbaar alternatief om mee te openen.

De hoofdredacteur slurpte van zijn koffie. Hij dronk gewoonlijk tot vier uur 's middags koffie, daarna moest hij ermee stoppen of overgaan op cafeïnevrij, anders kon hij 's avonds niet in slaap komen.

Het vervolg op de ontvoering was een probleem. In feite hadden ze in de krant van vandaag al hun kruit al verschoten. Eigenlijk zat er niets anders op dan dezelfde dingen in een andere vorm te gieten en ze dan nogmaals voor te schotelen, wat noch ongebruikelijk noch ingewikkeld was, maar het vereiste een basis om op voort te kunnen bouwen, een nieuw stukje nieuws.

Hij kon natuurlijk niet aan het lange gesprek met Halenius refereren, dat was off the record. Vaak wisten journalisten heel wat meer dan ze in de kranten schreven of via radio of televisie naar buiten brachten: vrouwen van politici die veroordeeld waren wegens fraude, beroemdheden die drugs gebruikten, politieonderzoeken die maar voort- en voortduurden ...

Toen hij nog maar net als zomerkracht op de redactie van de *Norrländska Socialdemokraten* in Älvsbyn was begonnen, had hij verslag moeten doen van de politiejacht die in gang was gezet nadat er in het hoge noorden een aantal plofkraken was gepleegd. Kort na de eerste plofkraak had men in winkels en restaurants in heel Norrbotten bankbiljetten zien opduiken die zeer onaangenaam roken en eigenaardig waren verkleurd. Het ging niet om de sporen van een verfpatroon in de geldautomaten, maar om iets heel anders. De politie wist er zich geen raad mee, en dit was nog maar het begin. De daaropvolgende maanden werden er in heel Europa grote hoeveelheden bruine en stinkende Zweedse bankbiljetten aangetroffen, onder andere in Griekenland.

146

Het kostte de politie bijna een jaar om alles uit te zoeken, maar ten slotte werd duidelijk wat er gebeurd was: de daders van de plofkraken, een groep criminelen die de politie al langere tijd in de gaten hield, hadden het geld in kadavers bewaard en getransporteerd. Dat bruine en stinkende waren dus bloed en vleessappen. De jonge verslaggever Anders Schyman had doorlopend informatie gekregen over het verloop van het onderzoek, in ruil voor de belofte dat hij pas over de zaak zou schrijven als men hem groen licht zou geven, en dat gebeurde nooit. Het verhaal kwam nooit naar buiten, noch via hem, noch via een ander. Waarom was hij zo loyaal geweest? En waarom wilde de politie niet dat hij erover schreef? Wilden ze het geheimhouden dat ze zich belachelijk hadden gemaakt? Hadden ze dat? En hoezo dan? Omdat ze de rovers nooit te pakken hadden gekregen?

Hij schudde zijn hoofd, waarom moest hij in godsnaam juist nu hieraan denken?

Hij boog zich weer over de ideeën van de redactie voor de krant van morgen (of hun wensgedachten, zo zou je het ook kunnen noemen).

Ze hadden natuurlijk de verhalen over de overige ontvoeringsslachtoffers, de rest van de EU-delegatie, maar ontvoerde buitenlanders waren voor de lezers van de *Kvällspressen* ongeveer net zo interessant als opgewarmde havermoutpap. Alleen als een van hen zou omkomen, zou het een nieuw voorpagina-artikel kunnen motiveren, en dan alleen vanuit het perspectief dat iets dergelijks ook hun aller Thomas Samuelsson boven het hoofd hing, de man op wiens brede schouders de Europese veiligheid rustte.

Vluchtig bekeek hij wat de overige media in Europa met de zaak hadden gedaan. Eventueel konden ze iets over de echtgenote van de Roemeen in elkaar draaien. Zij had geposeerd voor een foto, die nu via een fotopersbureau in Parijs te koop werd aangeboden. Ze zouden de foto kunnen publiceren en de illusie kunnen wekken dat het Annika was met de kinderen, tot de mensen het onderschrift lazen. Een snedige kop erboven, en dan hadden ze de lezer al verleid om de krant te kopen.

Hij keek op zijn horloge.

Nog heel wat uren tot de deadline te gaan, maar Schyman geloofde niet in een mirakel. Ze moesten er nu voor zorgen dat er iets gebeurde.

Hij dronk zijn koffiekop leeg, stond op en liep naar de nieuwsdesk.

* * *

Annika snakte naar adem toen ze het trottoir op liep, het was bijtend koud. De lucht was diepblauw en glashelder, de zon zakte achter het provinciehuis weg. Het schemerde al tussen de stenen gebouwen.

De sneeuw knerpte onder haar schoenzolen. Haar muts kriebelde. De straten waren nog steeds niet geveegd.

Het kantoor van de Handelsbank lag slechts twee huizenblokken van haar appartement vandaan, aan de Fleminggatan, bij de oude crèche van de kinderen. De bankrekening was nog maar een paar jaar oud, ze was niet meer bij de bank geweest sinds ze die rekening had geopend. Nu had ze om 15.15 uur een afspraak voor persoonlijk financieel advies. Eerst had de dame aan de telefoon hooghartig gedaan en gezegd dat ze niet op zo'n korte termijn een afspraak kon maken. 'Oké, dan weet ik het goedgemaakt,' had Annika gezegd, 'dan kom ik nu meteen langs om mijn geld over te maken naar een bank die wel tijd voor me heeft', en toen bleek er opeens om 15.15 uur een afzegging te zijn.

Ze klemde haar kaken op elkaar bij de gedachte dat zij, als mens, helemaal niets betekende maar dat haar vette internetkapitaalrekening ervoor gezorgd had dat ze voorrang kreeg in de rij om persoonlijk financieel advies te krijgen.

Niet te veel mopperen, dacht ze vervolgens. Wie heeft die

kloterekening geopend? Wie gebruikte haar als knuppel om die arme vrouw van de afdeling Financieel Advies de hersenen in te slaan?

Bij het glimmend schoongeveegde pad achter de rechtbank gleed ze uit, waardoor ze bijna viel en haar rechterlies verrekte.

Ze wachtte even en haalde diep adem, totdat de pijn afnam en wegtrok. Haar adem hing als een wolk om haar heen.

Waar kwam al die woede vandaan? Waarom was ze zo onredelijk? Waarom vatte ze Schymans genereuze aanbod op als een belediging? Waarom voelde ze de behoefte om een vrouw van de Handelsbank, die op vrijdagmiddag moe was en geen puf meer had om nog een idioot van persoonlijk advies te dienen, te vermoorden?

Ze trok haar want uit en sloeg haar hand voor haar ogen.

Ze moest zichzelf nu onder controle houden, anders zou ze kapotgaan.

Ze hadden niets nieuws gehoord.

Halenius stond voortdurend in contact met de familie en werkgevers van de andere slachtoffers, maar er was niet meer gebeld.

Haar vingers begonnen gevoelloos te worden in de kou. Ze trok haar want aan en liep voorzichtig verder.

Plotseling bleef ze met een ruk staan, er vast van overtuigd dat ze werd gadegeslagen. Ze draaide zich om en keek om zich heen: de ingang van de metro, de huisgevels, de ingang naar de parkeergarage, een paar bouwketen, geparkeerde auto's, een ouder stel dat uit het café op de hoek kwam. Niemand keek haar kant op. Niemand. Niemand bekommerde zich om haar.

Ze slikte en liep verder naar de Fleminggatan.

De bank lag aan de drukke kruising Scheelegatan-Fleminggatan, een plat, bruin, stenen gebouw met oranje markiezen, dat grote kans maakte om tot Lelijkste Gebouw van Stockholm te worden verkozen.

De persoonlijk financieel adviseur was een man. De vrouw die de telefoon had opgenomen was misschien een telefoniste, of ze wilde niets met Annika te maken hebben.

Annika kon haar geen ongelijk geven, niet zoals ze zich vandaag voelde.

Ze namen plaats in een afgescheiden ruimte in de hoek van het kantoorlandschap. Annika bedankte voor een kop koffie maar wilde wel een glas water, dat de man uit een automaat ging halen.

Er leken niet veel klanten te zijn maar des te meer werknemers. Overal om haar heen zaten mensen in keurig gestreken kleren met gedempte stemmen in oortjes te praten, ze typten zachtjes en discreet op hun computers en stonden af en toe met een papier in de hand op, om daarna behoedzaam op hoge hakken of met licht zwaaiende stropdassen tussen de vrij dicht opeen staande bureaus door te lopen.

'Ik heb begrepen dat het om een lening gaat', zei de bankemployé, terwijl hij een plastic bekertje met water voor haar neerzette.

Hij ging aan de andere kant van het bureau zitten en keek haar met vrij vermoeide ogen aan.

'Hm', zei Annika. 'Ja. Eventueel.'

'U hebt een aanzienlijk bedrag op uw internetkapitaalrekening staan', zei de man.

Ze bestudeerde zijn gelaatsuitdrukking, herkende hij haar? Wist hij dat zij die arme mevrouw was wier man in Liboi op de grens tussen Kenia en Somalië door gangsters was ontvoerd? Begreep hij dat het haar om losgeld te doen was?

Nee, geen schijn van kans.

'Jawel,' zei Annika, 'ik ben me bewust van die rekening. Dit gaat om een lening, los van dat geldbedrag.'

De man schraapte zijn keel en klikte op de muis.

'Naast uw internetkapitaalrekening hebt u ook nog een gewone betaalrekening met krediet', zei hij. 'Die geeft u extra financiële ruimte voor als u voor onverwachte uitgaven komt te staan, als de afwasmachine kapotgaat bijvoorbeeld, of als u bent uitgekeken op de bank ... U denkt niet dat dat genoeg is?'

'Dit gaat om een grotere lening', zei ze.

Hij knikte begrijpend.

'Dan gaan we hier een kijkje nemen ... We hebben een privélening voor de wat grotere zaken, renovaties aan het huis, een nieuwe verwarmingsketel, misschien een verbouwing ...'

'Hoeveel kan ik lenen?' vroeg ze.

'Dat hangt ervan af wat als onderpand voor de lening kan dienen, een eigen woning, een pandbrief, misschien is er iemand anders die borg kan staan ...'

Ze schudde haar hoofd.

'Niemand die garant staat,' zei ze, 'en geen onderpand. Nu niet meer. Wat kan ik dan lenen?'

De man keek weer naar zijn scherm. Zijn gezicht stond volkomen neutraal. Hij las geconcentreerd. De overige personeelsleden zwommen als vissen om hen heen, ze nam hen vanuit haar ooghoeken waar.

Hier brachten ze hun hele leven door. Ze gingen hier elke dag naartoe en zaten hier alle dagen papiertjes te verplaatsen en op hun toetsenborden te typen, en als de zon al uren achter de rechtbank was verdwenen, daalden ze af naar de metro en vertrokken ze naar hun appartement in een buitenwijk, om thuis naar het nieuws en *De Notenclub* te kijken, misschien legden ze hun voeten op de salontafel omdat die zo gruwelijk pijn deden nadat ze de hele dag zo behoedzaam over de harde vloer van het bankgebouw hadden getrippeld. Zij hoefden niet te worden ontvoerd, ze zaten al voor de rest van hun leven opgesloten, van top tot teen ingesnoerd in een dwangbuis van conventies en verwachtingen en vruchteloze pogingen om hogerop te komen ...

'Dan hebben we natuurlijk ook nog de recreatielening', zei de bankemployé. 'Tot 300.000 kronen, waarbij binnen vierentwintig uur een leenovereenkomst moet worden getekend. Dat past misschien beter, als u bijvoorbeeld een auto wilt kopen, of misschien een plezierjacht. Dan wordt hetgeen u koopt als onderpand gebruikt en wordt de individuele rente hier op kantoor vastgesteld. U vult het aanvraagformulier in, uw kredietwaardigheid wordt getest, u en de verkoper ondertekenen een koopovereenkomst voor de auto of de boot of wat het ook mag wezen, en de verkoper ontvangt het geld zodra hij de ondertekende overeenkomst naar ons heeft opgestuurd ...'

Annika voelde de muren op zich afkomen en haar omsluiten, ze pakte het water en dronk, het smaakte naar geld en schimmel maar het hielp niet, het hielp niet, ze viel en viel.

'En dan hebben we nog de direct lening, tot 150.000 kronen, zonder onderpand en met een leenovereenkomst die binnen ...'

'Sorry,' zei ze en ze stond zo snel op dat de stoel over de vloer schraapte, 'sorry, maar ik moet er even over nadenken, bedankt, sorry ...'

De man achter het bureau kwam half overeind en zei iets, maar ze strompelde al richting uitgang en belandde op het brede trottoir, waar de auto's voor haar neus voorbijraasden, van de Barnhusbrug naar het Kungsholmsplein of van het Fridhemsplein naar het Centraal Station en het centrum van de stad, met hun brullende motoren en piepende remmen verborgen ze haar voor de rest van de wereld; ze ademde de ijskoude lucht met hun uitlaatgassen diep in en voelde de grond onder haar voeten tot rust komen.

Het was al bijna donker.

Toen de Konsumsupermarkt op de hoek van de Kungsholms-gatan-Scheelegatan jaren geleden zijn deuren opende, was Annika onder de indruk geweest van de service, de hoge standaard en het assortiment. Haar moeder was caissière (nou ja, ze viel weleens in) bij de Konsum in Hälleforsnäs en Annika dacht wel het een en ander van detailhandel af te weten, de Konsum bij Rådhuset was in haar ogen een voorbeeldige winkel. Was hij niet al eens tot Winkel van het Jaar verkozen?.

Sindsdien was het alleen maar bergafwaarts gegaan.

De automatische deuren gleden kreunend en steunend open en de sneeuwbrij in de entreehal heette haar welkom. Ze liep naar rechts, pakte een winkelwagentje en zag een groot affiche boven de groenteafdeling met de tekst: ZWEED-SE KOMKOMMER, MAAK EEN LEKKERE AIOLI! 19.90 KRONEN/ KILO.

Zo typerend. Misschien konden ze 'tzatziki' niet spellen?

Ze liet haar blik over de groenten en het fruit gaan en probeerde een beeld op te roepen van de binnenkant van haar koelkast. Leverpastei zag ze, en yoghurt en eieren, maar het melkrekje was alarmerend leeg, en de slagroom en de frambozen waren op.

Wat wilde ze vanavond eten? De kinderen waren met Berit mee, dus zou ze vanavond waarschijnlijk samen met Halenius eten. Zij was immers verantwoordelijk voor de logistiek, zij moest voor het eten en het opladen van de mobiele telefoons zorgen.

Ze kende de inhoud van de schappen zo ongeveer uit haar hoofd en gleed met haar piepende winkelwagentje langs luiers, hondenvoer, kerstkaarten en diepvriesvakken. Ze kocht voor ieder een varkenshaasje, broccoli, rucola en cherrytomaatjes, Franse geitenkaas en frambozenbalsamicoazijn. Wortels en nieuwe batterijen in verschillende formaten, oploskoffie en markeerstiften.

Bij de kassa ontdekte ze dat de wortels beschimmeld waren en ze vroeg of ze ze mocht omruilen.

'Ze zijn biologisch', zei de jongen achter de kassa, alsof dat een rechtvaardiging was.

Ze bekeek de cherrytomaatjes, ook die ruilde ze om.

'Ik hoop dat het goed komt met uw man', zei de jongen achter de kassa.

Ze trok haar muts dieper over haar oren.

De tassen waren zwaar, hoewel ze zich had ingehouden. Ze moest voorzichtig lopen over de spekgladde trottoirs. De last aan haar armen en schouders deed haar goed, het gewicht van de boodschappentassen gaf haar een zekere stabiliteit die haar aan de aarde bond.

Toen ze de deur van het appartement aan de Agnegatan opende, was haar rug kleddernat van het zweet.

'Eigenlijk is die klote-Ica op het Kungsholmsplein veel dichterbij,' zei ze hijgend tegen Halenius, die haar in de hal tegemoetkwam, 'maar ik weiger gewoon om daar boodschappen te doen. De Konsum bij Rådhuset is vrij knudde, maar daar proberen ze tenminste niet de schijn te wekken een delicatessenzaak voor de elite te zijn ...'

Ze stopte toen ze zijn blik zag, haar handen lieten de boodschappentassen los.

'Wat?' zei ze.

'Het gaat niet om Thomas,' zei Halenius, 'maar ik heb slecht nieuws over een van de andere gijzelaars.'

Annika greep de deurpost vast.

'Wie?'

'De Fransman. Kom binnen en doe de deur dicht. Geef mij de tassen. Wil je een kop koffie?'

Ze schudde haar hoofd.

'Ga maar in de woonkamer zitten', zei hij.

Ze trok haar jas en schoenen uit en deed wat haar gezegd was.

Hij had de lampjes in de vensterbanken aangedaan, de tv stond zonder geluid aan. Er was nieuws voor doven en slechthorenden op. Er reed een tank over de buis, misschien ging het over Khaddafi, of over Afghanistan, of over de strijd in Jemen.

Ze ging op de bank zitten. Halenius kwam met een mok koffie in zijn hand de kamer binnen en ging naast haar zitten.

'Sébastien Magurie is dood gevonden', zei hij.

De Fransman, de Europarlementariër, had Thomas hem niet een keer genoemd? Hij vertelde altijd over sommigen van de andere deelnemers aan de conferentie als hij naar huis belde (maar nooit over de vrouwen, niet over de jonge en knappe), wat Annika vaak stoorde, wat kon het haar schelen of er een Belg was die hooghartig deed of een Est die briljant was?

'Thomas mocht hem niet', zei Annika.

'Hij lag in het centrum van Mogadishu op straat. Op de ambassade van Djibouti hadden ze een telefoontje gekregen waarin werd verteld waar het lichaam lag.'

'Djibouti?'

'Het buurland ten noorden van Somalië, voorzover ik weet is dat het enige land ter wereld dat op dit moment een ambassade heeft in Mogadishu. De ambassadegebouwen van de westerse landen zijn verlaten en staan te vervallen. De Zweedse ambassadeur van Somalië zit in Nairobi.'

'Hoe is hij omgekomen?'

Halenius aarzelde, ze stond op zonder zijn antwoord af te wachten.

'Annika ...' zei hij.

'Dit doe je altijd', zei ze, terwijl ze achterwaarts bij hem vandaan liep. 'Je wordt altijd stil als je iets akeligs moet vertellen. Ik ben niet van porselein, hoor.'

Halenius bleef achterovergeleund op de bank zitten. Hij had zijn rechterarm op de rugleuning gelegd.

'Het lichaam werd gevonden in een vuilniszak, in een straat naast het gebouw waar vroeger de Franse ambassade zat. Dat gebouw staat vlak bij de haven in het oude gedeelte van Mogadishu, een gebied dat nu blijkbaar helemaal verlaten is. Slechts een kilometer van Djibouti's ...'

'Je geeft geen antwoord op mijn vraag. Hoe is hij omgekomen?'

Hij ademde diep in en slaakte een zucht.

'Met een machete, naar alle waarschijnlijkheid. Het lichaam was in stukken gehakt. Het is nog niet honderd procent zeker dat het de Fransman is die gevonden is, maar alles wijst erop.'

'Want ...?' zei ze.

'De kledingsresten die in de zak zaten, komen overeen met de beschrijving van de kleren die hij ten tijde van zijn verdwijning aanhad. Aan een van de handen zat zijn trouwring. Een litteken van een blindedarmoperatie op de romp komt overeen met zijn medisch dossier.'

'Maar ...?'

'Het hoofd ontbreekt.'

Geschokt liet ze zich op de bank vallen.

'Dit brengt ons in een slechtere positie', zei Halenius. 'Het wijst erop dat het toch om een politieke ontvoering gaat. De echtgenote van de Fransman was druk bezig om het losgeld van veertig miljoen dollar bij elkaar te krijgen, maar de ontvoerders wilden blijkbaar niet wachten. En de andere gijzelaars zitten waarschijnlijk ook in Somalië, niet in Kenia, wat het eveneens moeilijker maakt voor ons. Kenia is een goed functionerende samenleving, Somalië is een rovershol ...'

Annika keek de halfduistere kamer rond, naar de warme sfeerverlichting, de dvd's op de plank naast de tv, de boeken die in stapels voor de radiatoren lagen.

'Hoe was het in stukken gehakt?' vroeg ze. 'En waarom?'

Halenius bestudeerde haar gezicht.

'Armen, benen, romp', zei hij.

'Meestal wordt bij dergelijke moorden het lichaam in stukken gehakt zodat de moordenaar het lichaam onopgemerkt kan lozen', zei Annika. 'Dat kan in dit geval nauwelijks de reden zijn geweest.'

Halenius fronste zijn voorhoofd.

'Hoe bedoel je?'

'Waarom is dit lichaam in stukken gehakt? Duidt dit niet op extreem geweld, op een ongelofelijke agressiviteit?'

'Wie weet wat deze idioten drijft?'

'Stel dat het inderdaad idioten zijn,' zei Annika, 'net als van die idioten die hier in Zweden mensen vermoorden, dan betekent extreem geweld meestal dat de moordenaar door zeer persoonlijke motieven wordt gedreven. Was de Fransman eerder in Kenia geweest?'

Halenius schudde zijn hoofd.

'Voor hij politicus werd werkte hij als ambtenaar bij de kerncentrale in Agen. Hij was amper eerder in het buitenland geweest.'

Misschien was de moordenaar tegen kernenergie? dacht Annika, maar ze hield de gedachte voor zich.

'Dat het een echtgenote van een ambtenaar zou lukken om veertig miljoen dollar bij elkaar te krijgen, was niet bepaald realistisch', zei ze. 'Misschien hadden de ontvoerders dat begrepen en besloten ze daarom niet meer met haar te onderhandelen?'

Halenius schudde zijn hoofd.

'Dan zouden ze hem niet zo snel hebben vermoord', zei hij.

Annika ging rechtop op de bank zitten.

'De ontvoerders hadden zeven gijzelaars, toch? Misschien hebben ze een van hen opgeofferd om de families van de anderen onder druk te zetten? Misschien zagen ze het als een slimme zet? Dood een van hen op spectaculaire wijze, dan zullen de overige onderhandelingen sneller en soepeler verlopen?'

Halenius keek haar met een afwachtende blik in zijn ogen aan.

'Anders hadden ze niet naar de ambassade van Djibouti gebeld en over het lichaam verteld', ging Annika verder. 'Ze wilden dat het gevonden zou worden, ze hebben een bedoeling met het in stukken hakken ervan, met het telefoontje, ze willen ons iets zeggen. En ze hebben de zak bij de voormalige Franse ...'

Ze stond op.

'Wat zei de man met de tulband op de video? Dat Frontex moest worden opgeheven, dat de grenzen moesten worden geopend en dat de invoerrechten moesten worden afgeschaft? Heeft Frankrijk een prominente rol gespeeld in de ontwikkeling van Frontex?'

'Ze hebben een president die gezegd heeft dat ze het uitschot van de straten zouden vegen, dat ze de immigranten eruit zouden gooien, dus. En ze hebben Le Pen, die zich met racisme als ideologie verkiesbaar stelt, maar alle landen rond de Middellandse Zee zijn ongeveer in gelijke mate bij Frontex betrokken.'

'En het hoofdkwartier ligt in Warschau, dus dat kan niet de reden zijn', dacht Annika hardop, terwijl ze voor de televisie heen en weer liep.

Ze ging weer zitten.

'Dit kan niet alleen maar politiek zijn. Weten we wie de man met de tulband is?'

Halenius schudde zijn hoofd.

'Hij staat in geen enkele database, noch bij de yankees, noch bij de Britten, noch bij de Fransen.'

'Had je hem aan de telefoon?'

Halenius haalde zijn vingers door zijn haardos.

'Weet ik niet', zei hij. 'Het zou kunnen. Op de video spreekt hij Kinyarwanda, en de schurk die belde sprak vlekkeloos Nairobi-Engels. Maar in beide gevallen klonk de stem licht en een beetje zeurderig, het kan dezelfde persoon zijn geweest.'

'Wat zeggen de Fransen?'

'Hun regering is er niet bij betrokken. Ik heb niemand van hen gesproken, de Fransen zijn altijd een beetje gereserveerd. Ik weet niet of hun ambtenaren een kidnapverzekering hebben, maar Europarlementariërs hebben dat niet.'

'En de anderen?'

'De Spanjaard heeft iemand die voor hem onderhandelt, de Duitse ook. De Roemeen weet ik niet, en de Deen ook niet. Een of andere Brit heeft tegen Sky News gezegd dat de Britten nooit met terroristen onderhandelen, wat niet zo handig is met het oog op de situatie van de gijzelaars. Wat zei de bank?'

Ze liet zich dieper in de bank wegzakken en legde haar voeten op de tafel.

'Zonder onderpand veertig miljoen dollar lenen wordt een beetje lastig', zei ze. 'Maar 150.000 kronen is geen probleem, als de bank in bezit wordt gesteld van het betalingsbewijs of het contract waarin precies vermeld staat wat je gaat kopen, of als je gebouwen of auto's als onderpand kunt geven, of als je iemand hebt die borg staat ...'

'Is er niemand die borg kan staan voor jou? Thomas' moeder?'

Annika schudde haar hoofd.

'We hebben ooit gevraagd of ze borg wilde staan toen we ons huurhuis konden kopen, want dan hadden we geen tweede hypotheek hoeven nemen. Het was een principieel besluit, zei ze, om nooit voor iemand borg te staan. Alvar, haar schoonvader, had blijkbaar ooit garant gestaan voor zijn onbeschaamde broer, en dat was hem duur komen te staan. Het hele gezin had huis en haard moeten verlaten.'

'Triest. En jouw moeder?'

'Zij vraagt me gewoonlijk één keer per jaar of ik voor háár borg kan staan. Meestal heeft ze dan net lucht gekregen van een of andere superinvestering op internet ...'

Hij stak een hand op.

'Ik begrijp het. Dus hoeveel geld heb je?'

'Een kleine zes en een half miljoen', zei ze. 'Kronen, dus.'

Halenius keek haar met grote ogen aan.

'Tjonge. Mag ik vragen ...?'

'Verzekeringsgeld. Onze villa in Djursholm, die in vlammen is opgegaan, ja, je bent daar immers een keer geweest.'

'The Kitten', zei hij.

'Exact', zei ze. 'The Kitten.'

Deze beroepsmoordenares, die op dubieuze gronden (althans in Annika's ogen) was uitgeleverd aan de vs, was uiteindelijk in verband gebracht met de brandstichting in Annika's huis en pas daarna (eindelijk! het werd tijd!) werd het verzekeringsgeld toegekend en uitgekeerd. Annika en Thomas waren toen al bezig met de verhuizing naar de vs, dus hadden ze het geld voorlopig maar op de pas geopende rekening bij de Handelsbank weggezet.

'Weet Thomas hoeveel geld er op die rekening staat?'

'Nee, niet precies. Ik ook niet. Niet op de kroon nauwkeurig. Hoezo?'

'Maar hij weet het ongeveer? Dat er een miljoen dollar op staat?'

'Ja, dat denk ik wel.'

Halenius noteerde iets in een schrijfblok.

'Hebben jullie nog iets anders van waarde wat verkocht zou kunnen worden? Iets wat van Thomas is?'

'Hij had een zeilboot, maar die heeft zijn ex gekregen. En met Sophia Grenborg had hij een motorboot gekocht, maar die mocht zij hebben toen hij bij haar wegging. Als een kleine pleister op de wonde ... Waarom vraag je dat?'

'Waarom de Handelsbank?' vroeg Halenius.

'Die keren de laagste bonussen uit aan hun directeuren', zei Annika.

De staatssecretaris lachte even, kort en hartelijk.

'Ik ben ook overgestapt,' zei hij, 'om precies dezelfde reden. Veel bankiers vinden nog steeds dat ze recht hebben op hun miljardenbonussen, hoewel die hele financiële crisis eigenlijk hun schuld is.'

'Eerst wilden ze een jaarsalaris van een paar miljoen om naar hun werk te gaan. Vervolgens eisten ze nog eens zo veel aan bonussen om hun werk te doen', zei Annika.

'Voor bankiers is geld iets hypothetisch', zei Halenius. 'Ze begrijpen niet dat er altijd iemand is die ervoor betaalt, en dat is meestal de jongen onder aan de ladder.'

'Of het meisje', zei Annika.

Ze glimlachten naar elkaar.

'Eén miljoen dollar, dus', zei Halenius. 'Dat is wat we kunnen inzetten.'

'Eén miljoen dollar', bevestigde Annika.

* * *

Hij was stralend wit, als de vleugels van een engel, de Andreaskerk in Vaxholm, de kerk van de missiegemeenschap (die destijds nog 'verbond' heette, het Svenska Missionsförbundet): ik was een van de vele lammetjes van Paul Petter Waldenström, een wit, onschuldig lammetje (althans, in het begin).

Het was hartstikke leuk op de zondagsschool. Ongeacht wat voor weer het was, daarbinnen scheen altijd de zon. Eerst zongen we liederen en gingen we samen bidden, daarna mochten de grotere kinderen voor Bijbelstudie naar achteren, en dat was niet zo maar Bijbelstudie: de Bijbel was in de vorm van een stripverhaal! Elke zondag kregen we een nieuw vel papier dat dubbel was gevouwen en op die manier vier bladzijden vormde, het papier was van zo'n slechte kwaliteit dat er kleine stukjes hout in zaten. Als je een potloodstreep probeerde uit te gummen, verkruimelde het. Had je geluk, dan stond er op alle vier bladzijden een strip, maar dat was zeer uitzonderlijk. Op de vierde en laatste bladzijde, en soms ook op de derde, stonden meestal vragen die beantwoord moesten worden, kruiswoordpuzzels met christelijke woorden die moesten worden opgelost, leerstellingen waarover gediscussieerd moest worden, en dat was natuurlijk saai, maar ik ging er toch naartoe, elke zondag, want de strip was een geweldig feuilleton waar nooit een eind aan leek te komen.

Maar dat kwam er natuurlijk wel, aan alles komt een eind.

Aan alles komt een eind. Ook hieraan komt een eind.

Nu hebben ze ook de Spanjaard gehaald. Alvaro Ribeiro heette hij, zijn naam kon ik me herinneren omdat mijn opa Alvar heette, en ooit was er een veelbelovende tennisspeler die Francis Ribeiro heette, hij trainde een tijdje in Finland, wat zou er van hem geworden zijn?

Ze haalden hem toen het al donker was. Hij zei niets toen ze hem meenamen. Geen goodbye of wat ook.

De Roemeen was niet teruggekomen.

Ik luisterde in de duisternis naar mijn binnenste.

De lammetjes die dertien waren geworden en bij Bijbelstudie goed hun best hadden gedaan, mochten herders worden voor de jonge lammetjes, en eigenlijk mocht iedereen dat, behalve ik. Ik weet niet waarom ik geen herder mocht worden, ik heb er tijden niet aan gedacht. Maar ik weet nog dat ik er destijds over heb nagedacht, waarom iedereen herder mocht worden, behalve ik. Misschien was ik niet vroom genoeg. Misschien speelde ik te veel ijshockey. Misschien wisten de grote herders dat Linus en ik vaak stiekem achter het tankstation in de haven stonden te roken, en dat we het bier hadden opgedronken dat Linus' vader een keertje in de kofferbak van zijn auto vergeten was.

Er waren nu veel meer muggen. Ze staken me onophoudelijk, in mijn vingers, mijn armen, mijn oren, mijn wangen, mijn oogleden.

Annika's lach galmde door de ruimte om me heen, zij gelooft niet in God. Ze zegt altijd dat God een mannelijk chauvinistisch verzinsel is dat door mensen bedacht is om het plebs en vrouwen in toom te houden. Ik weet dat het niet rationeel is, maar altijd als ze zulke dingen zegt, word ik bang, ik vind het zulke onnodige uitspraken, stel dat hij tóch bestaat, dan denk ik niet dat hij het op prijs stelt om zo genoemd te worden, een mannelijk chauvinistisch verzinsel. Dat zou niemand leuk vinden. Ooit heb ik dat tegen haar gezegd en toen keek ze me met een zeer eigenaardige blik in haar grote ogen aan. Ze zei: 'Als God bestaat dan weet hij wat ik denk, ja toch? Anders is hij geen cent waard. Misschien stelt hij het op prijs dat ik niet huichel?'

Nu waren alleen de Deen en ik nog over. Hij lag doodstil naast me. Het was fijn dat hij niet meer rochelde en kreunde. Zijn borstkas bewoog rustig en stil. Het was pikkedonker. De bewakers hadden buiten de hut een vuurtje gemaakt, ik zag het licht van de vlammen door de kieren rond de plaatijzeren deur.

We hadden geen eten meer gekregen. Ik had mijn blaas één keer op de vloer geleegd.

Ik vroeg me af of God me nu zag.

* * *

Om 23.44 uur ging de telefoon.

Annika was bijna op de bank in slaap gevallen en schoot overeind alsof iemand haar geschopt had. In een reflex ging ze kaarsrecht zitten en draaide haar hoofd in de richting van het geluid.

'Wil je meeluisteren?' vroeg Halenius. Hij had rode ogen en een schrale huid, zijn overhemd hing uit zijn broek.

Annika schudde haar hoofd.

Eigenlijk zou ze dat misschien wel moeten doen. Ze zou hem tot steun kunnen zijn op de slaapkamer, naar de briefjes aan de wand kunnen wijzen om hem te herinneren aan de verschillende aspecten en sleutelwoorden die ze overeen waren gekomen, ervoor kunnen zorgen dat de opnameap-

163

paratuur werkte en dat alles op de harde schijf werd opgeslagen zoals de bedoeling was.

'Liever niet', zei ze.

De telefoon ging een tweede keer over.

Halenius kwam moeizaam overeind, liep naar de slaapkamer en deed de deur achter zich dicht. Nu zette hij de opnameapparatuur aan. Nu checkte hij of de signalen goed doorkwamen. Nu wachtte hij tot de telefoon nog een keer zou gaan en dan zou hij opnemen.

De telefoon ging nogmaals over en werd inderdaad midden in het gerinkel opgenomen, Annika hoorde Halenius antwoorden zonder de woorden te verstaan.

Het klokje van de dvd-speler versprong naar 23.45, hetgeen overeenkwam met de exacte hellingshoek van de aardas.

Ze was de hele avond bezig geweest met het beantwoorden van alle sms'jes, voicemailberichten en mailtjes die ze gekregen had van journalisten die haar graag wilden interviewen. Iedereen kreeg precies hetzelfde antwoord: 'Dank voor de belangstelling om mij te interviewen omtrent de situatie van mijn man. In de huidige omstandigheden zal ik echter geen enkel commentaar geven. Mocht ik van gedachten veranderen dan zal ik contact opnemen. Gelieve mijn besluit te respecteren.'

Bosse van de Concurrent was de enige die nog een keer van zich had laten horen, met een lang en drammerig sms'je, waarin hij erop aandrong op zijn minst te mogen weten wat er gaande was, ook al zou hij er de volgende dag geen artikel aan wijden. Hij vond dat ze de kwestie in elk geval konden bespreken, misschien konden ze een deal sluiten? Annika had met één regel geantwoord: 'Zie ik eruit als een tapijtverkoper?'

Misschien wat onnodig bot geformuleerd, dacht ze, starend naar het display van de dvd-speler. Maar het was een feit dat ze wat moeite had met Bosse van de Concurrent. Hij was degene die destijds geprobeerd had om haar Spaanse wangkusjes met Halenius voor restaurant Järnet tot een schandaal op te blazen, wat op zich wraak kon zijn geweest, omdat zij zo'n honderdvijftig jaar geleden een beginnende flirt tussen hen beiden had afgebroken.

Halenius praatte maar en praatte maar daarbinnen.

Anders Schyman was de enige die ze niet geantwoord had. Ze realiseerde zich dat ze onvolwassen en irrationeel op zijn voorstel had gereageerd. Het was geen slecht aanbod waarmee hij gekomen was. De vraag was alleen hoeveel het eigenlijk inhield. Vast geen veertig miljoen dollar, maar het was ook niet waarschijnlijk dat het bedrag zo hoog zou uitvallen, niet als Halenius' theorie klopte.

23.51. Nu had hij zes minuten met de ontvoerder gepraat. Zo lang had het eerste telefoontje ongeveer geduurd. Halenius had de opname van dat gesprek vanavond meerdere keren beluisterd en er ook een uitdraai van gemaakt die ze had mogen lezen. 'Later misschien', had ze geantwoord en dat was waar, ze wilde niet horen hoe de ontvoerder klonk, maar misschien kon ze zijn woorden wel in schrift tot zich nemen, naar de argumenten luisteren zonder de persoon in kwestie erbij te hoeven ervaren, maar niet nu, niet vanavond.

Op dit moment was het stil in de ontvoeringscentrale, maar ze had nog geen 'pling' gehoord, dus de verbinding was nog niet verbroken. Wat deed hij daarbinnen? Wachtte hij op iets? Waarop dan? Was er iets misgegaan?

'*Yes?*' hoorde ze hem zeggen en ze merkte dat ze een zucht slaakte.

Ze zou nog een keer met Anders Schyman moeten gaan praten om te horen wat zijn voorstel precies inhield. Hoeveel geld was de krant bereid te investeren? Hoeveel zou ze over Thomas' en haar relatie moeten onthullen? De seks, het eten koken, het tv-kijken? En met of zonder de kinderen?

Ze liep naar de keuken terwijl Halenius' gedempte stem als een wolk om haar heen hing. Ze hadden gegratineerde chèvre op een bedje van rucola met pijnboompitten, cherrytomaatjes, honing en frambozenbalsamicoazijn als voorgerecht gehad (een oude klassieker), en de varkenshaasjes met gebakken aardappeltjes en cantharellensaus (ze had nog zelfgeplukte en geblancheerde cantharellen in de vriezer gehad) als hoofdgerecht. Als nagerecht had Halenius het laatste stukje van de chocoladecake verorberd.

'Straks zul je me nog naar buiten moeten rollen', had hij gezegd, toen hij het schoteltje met de plakkerige chocoladeresten van zich afschoof.

Annika had de afwasmachine ingeruimd zonder antwoord te geven.

Tussen de zes en zestig dagen, zo lang duurde gewoonlijk een commerciële ontvoering. Een politieke kon veel langer duren. Terry Anderson, het voormalig hoofd van het kantoor van de Associated Press in Beiroet, was bijna zeven jaar door Hezbollah gevangengehouden, en Ingrid Betancourt even lang door de FARC-guerrilla in Colombia.

Aan de andere kant van de wand hoorde ze Halenius nog steeds zachtjes praten, tjonge, wat hadden die twee veel te bespreken. Ze nam het aanrecht nogmaals af. Het roestvrijstalen oppervlak glom. Ze opende de koelkast, pakte een cherrytomaatje en beet erin, het tomaatje knapte in haar mond uiteen.

Waarom praatte hij zo lang?

Ze liep terug naar de woonkamer en ging op de bank zitten.

23.58. Bijna een kwartier nu.

De tv stond zonder geluid aan, ze zette hem uit.

Alle nieuwsuitzendingen van vanavond hadden een item gewijd aan Thomas Samuelsson, de ontvoerde Zweed in Kenia. De overige gijzelaars werden nauwelijks genoemd. Dat de Fransman dood was, was nog niet uitgelekt, maar dat zou slechts een kwestie van tijd zijn. Vannacht, of op zijn laatst morgen, zou dat bericht als een bom in de media inslaan. Dan zouden alle collega's die ze vanavond geantwoord had, opnieuw van zich laten horen om te vragen of ze commentaar wilde geven op het feit dat de ontvoerders begonnen waren met het doden van de gijzelaars.

Ze sloot haar ogen.

Wat zou ze doen als Thomas doodging? Als ze hem vermoordden? Hoe zou ze reageren? Zou ze instorten? Gek worden? Opgelucht zijn? Zou ze de publiciteit zoeken en in het openbaar gaan huilen? Misschien zou David Letterman bellen, zou ze dan op zijn uitnodiging ingaan? Of Oprah Winfrey? Had zij eigenlijk nog een tv-programma, of was ze ermee gestopt? Wie zou ze voor de begrafenis uitnodigen? Zou ze een kleine, intieme plechtigheid houden voor de naaste familie, of zou ze de televisie, alle kranten, iedereen van de studentenvereniging in Uppsala, Sophia Grenborg en de hooghartige, omhooggevallen bankdirectrice Eleonor, zijn eerste vrouw, uitnodigen?

Ze opende haar ogen.

Hij was niet dood.

Hij leefde en ademde, ze voelde zijn ademhaling vlak naast zich.

Of was het verbeelding? Zoals bij oude mensen die hun man of vrouw zijn verloren en dan plotseling spoken beginnen te zien, die het beeld van hun overleden zielsverwant oproepen en dan zowel met woorden als met gedachten met hem of haar gaan communiceren?

00.07.

Dit duurde echt ontzettend lang. Drieëntwintig minuten nu. Waar hadden ze het over?

Ze probeerde te luisteren naar haar binnenste, probeerde het gevoel op te roepen van die ochtend in Puerto Banús in Zuid-Spanje, toen zij en Thomas elkaar hadden teruggevonden en het tot haar doordrong dat ze ondanks de echtscheiding met hem kon samenleven. Hoe voelde dat? Was het gevoel sterk genoeg om de dood te overwinnen?

'Pling', zei de telefoon, 00.11 uur. Zevenentwintig minuten hadden ze gesproken.

De stilte daverde door het hele appartement. Ze ademde licht en oppervlakkig.

Nu checkte hij of de opname was gelukt, nu sloeg hij hem op de server op, nu sloot hij de computer af en zette hem uit.

Haar benen waren loodzwaar. Halenius kwam uit de slaapkamer, Annika zag hem door de kamer zweven.

'Hij leeft en is in staat om te communiceren', zei de staatssecretaris, terwijl hij zich in haar stoel liet zakken.

'Heb je hem gesproken?' vroeg Annika, ze merkte dat haar mond kurkdroog was. Tussen haar kiezen zat een pitje van de cherrytomaat.

Halenius schudde zijn hoofd en haalde zijn vingers door zijn haar, hij leek behoorlijk afgepeigerd.

'Die schurken bellen zelden vanaf de plek waar de gijzelaars zitten. Ze hebben zo veel detectives gezien dat ze denken dat politie en justitie alleen maar op een knop hoeven te drukken en dat dan alle telecommunicatie razendsnel te traceren is.'

'Hebben ze detectiveseries in Somalië?' vroeg Annika.

'De figuur die ik aan de telefoon had, staat op de een of andere manier in contact met de ontvoerders, waarschijnlijk via mobiele telefoon. Ik heb een van de controlevragen gesteld die wij samen hadden geformuleerd, "Waar woonde Annika toen jullie elkaar leerden kennen?" en een paar minuten later kreeg ik het antwoord: *"Across the yard from Hanvergata 32."*'

Aan de andere kant van de binnenplaats van Hantverkargatan 32.

Prompt zag ze het sloopappartement boven in het achterhuis voor zich, zonder warm water of badkamer, met licht dat van buiten kwam en de luchtstroom van het kapotte raam in de keuken. En de bank in de woonkamer. Dat was de plek waar ze voor het eerst seks hadden gehad, zij boven op hem.

'Zijn de gesprekken te traceren? Weten we waar ze vandaan bellen?'

'De Britten houden dat in de gaten. De telefoontjes zijn deels via Liboi gegaan en deels via een mast aan de andere kant van de grens, in Somalië. Het dekkingsgebied van beide masten is enorm.'

'Dus waar zit Thomas? Weten we in welk land?'

Hij schudde zijn hoofd.

'Dat valt niet uit deze telefoontjes op te maken.'

'De Fransman werd in Mogadishu gevonden', zei Annika.

'Het is niet zeker dat hij daar is vermoord. In die hitte daar gaat het ontbindingsproces snel, maar volgens een arts van de ambassade van Djibouti was hij al minstens vierentwintig uur dood toen hij gevonden werd. En we weten dat de ontvoerders de beschikking hebben over een auto. Of auto's. Minstens drie.'

'De vrachtwagen en de twee Toyota's', zei Annika.

Halenius wierp haar een vluchtig glimlachje toe.

'Dus je hebt toch geluisterd?'

'Toyota Take Aways', zei Annika. 'Waar hebben jullie het zo lang over gehad?'

Hij wreef zich in de ogen.

'Vertrouwen opgebouwd', zei hij. 'We hebben het over politiek gehad. Met vrijwel alles wat die figuur zei was ik het eens, in feite heb ik nauwelijks hoeven liegen. Frontex is in mijn ogen een drama, maar dat is niet iets waar ik op het ministerie mee te koop loop. Als we echt daartoe zouden besluiten, kunnen we de armoede in de derde wereld morgen afschaffen, maar dat willen we niet. We verdienen er te veel aan.'

Annika gaf geen antwoord.

'Ik heb gezegd dat je niet in staat bent om een bedrag van veertig miljoen dollar te betalen. Ik heb verteld dat je in een huurappartement woont, dat je twee kleine kinderen hebt en een gewone baan, maar ik heb ook gezegd dat je wat verzekeringsgeld hebt vanwege een brand en dat je maandag naar de bank gaat om uit te zoeken hoeveel je kunt lenen.'

Annika ging rechter op zitten.

'Jezus, waarom heb je dat verteld? Nu weet hij dat we geld hebben!'

'Ze zullen Thomas over al jullie bezittingen uithoren, en hij zal het verklappen.'

'Denk je?'

Halenius keek haar aan.

'Gegarandeerd.'

Annika stond op en liep naar de keuken. Halenius kwam achter haar aan.

'Ze mogen ons nooit op een leugen betrappen. Dan beginnen de onderhandelingen opnieuw, en niet vanaf nul, maar vanaf min honderd.'

Ze leunde tegen het aanrecht en legde haar armen over elkaar.

'Dus nu zijn de ontvoerder en jij beste maatjes?'

Halenius ging vlak bij haar staan, zijn ogen waren bloeddoorlopen.

'Ik zou op mijn hoofd gaan staan en de "Marseillaise" van achteren naar voren zingen als dat zou helpen om Thomas bij jou en de kinderen terug te krijgen', zei hij, waarop hij naar de hal liep en zijn schoenen en jas aantrok.

'De computer kan hier blijven staan', zei hij. 'Morgenochtend ben ik terug.'

En voor ze nog wat had kunnen zeggen, haar excuses had kunnen aanbieden of hem had kunnen bedanken, was hij verdwenen.

DAG 4

ZATERDAG 26 NOVEMBER

Ik werd wakker van de stank. Het was een geur die ik niet kon thuisbrengen. Geen gefermenteerde haring, geen bedorven garnalen, geen vuilnis: dik, zwaar en scherp met een vleugje ammoniak.

'Hallo', fluisterde ik tegen de Deen. 'Ruik jij het ook? Wat is dat voor iets?'

Hij gaf geen antwoord.

Buiten was het licht, de rechthoek rondom de plaatijzeren deur was verblindend helder. Ik vroeg me af hoe laat het was. Bij de evenaar werd het vroeg licht, misschien was het zes of zeven uur. Thuis liep de klok twee uur achter, daar was het nog maar vier of vijf uur nu. Annika lag vast nog te slapen. De kinderen lagen misschien bij haar in ons grote bed. Eigenlijk waren we het erover eens dat het bed privédomein was, iedereen moest in zijn eigen bed slapen, maar ik wist dat Annika zich daar niet altijd aan hield als ik weg was, vooral niet met Kalle. Hij kon soms zulke erge nachtmerries hebben dat ze hem meenam naar ons bed en hem wiegde tot hij weer in slaap viel.

Het vochtgebrek beukte als een smidshamer tegen de binnenkant van mijn schedel. Ik had mijn mond vol zand. Allebei mijn handen voelden doof aan, ik rolde me op mijn buik om ze weer tot leven te wekken. Ze hadden ze vannacht met een touw vastgebonden, misschien omdat de plastic strips op waren.

Midden in de nacht was De Lange plotseling de hut binnengekomen, hij had me met een zaklamp in mijn gezicht geschenen, me in een zittende houding overeind getrokken en 'soma, soma!' geschreeuwd, en daarna had hij me een briefje gegeven met de tekst: '*Where did Annika live when you met her?*'

'*What?*' zei ik en ik merkte dat mijn hartslag omhoog-schoot, de lamp verblindde me en ik zag alleen maar sterre-tjes, hoe kon deze persoon Annika kennen, wat was dit, was het een truc, wat wilde hij?

Ik draaide me naar de Deen, maar door al die sterretjes kon ik hem niet zien.

'*Andika!*' schreeuwde De Lange. '*Andika jibu!*'

Hij boog met een groot mes in zijn hand naar voren, het werd zwart voor mijn ogen, maar hij hakte niet op me in, hij sneed de plastic strip waarmee mijn handen op mijn rug waren gebonden door en gooide een potlood op mijn schoot.

'*Andika jibu*', zei hij weer, terwijl hij het papiertje om-hooghield.

Wilde hij dat ik het antwoord opschreef?

Mijn handen gehoorzaamden me niet, ik probeerde het potlood te pakken, maar liet het weer vallen. De Lange schreeuwde boven mijn hoofd, '*haraka*, *haraka*'; ten slotte lukte het me om het potlood tussen duim en middelvin-ger te klemmen en schreef ik het antwoord in een bibberig handschrift op. Daarna bond De Lange mijn handen met een dik touw vast, hij deed de lamp uit en verdween in een duisternis die donkerder was dan ooit tevoren.

'Waar ging dit over?' fluisterde ik tegen de Deen, maar hij gaf geen antwoord.

Ik was helemaal uitgeput en viel vrijwel meteen in slaap.

Bij het ochtendgloren was het mysterie nog niet opgelost.

Hoe konden ze Annika kennen? Ik had haar aan niemand genoemd, noch aan de ontvoerders, noch aan een van de andere gijzelaars. Hoe konden ze haar naam weten? Mijn mobiele telefoon stond uit toen ze hem van me afpakten, en ik had hun mijn pincode niet gegeven, dus daar konden ze geen gegevens uit hebben gehaald. Mijn portefeuille?

Ik hoorde mezelf een zucht slaken. Natuurlijk. Daar zaten foto's in van haar en de kinderen, met namen en data op de achterkant.

Maar waarom wilden ze weten waar ze woonde toen wij elkaar leerden kennen? Wat een ontzettend rare vraag om te stellen. Wat zouden ze met die informatie doen? Het was volstrekt irrelevant, iets wat amper één iemand wist en ...

Ik hapte naar adem. Ze hadden met haar gesproken. O god, ze hadden met haar gesproken en zij wilde controleren of ik nog leefde, of ze me werkelijk gevangenhielden ... Zo moest het zijn! Een golf van opluchting overspoelde me en ik moest hardop lachen.

Maar hoe kwamen ze aan haar telefoonnummer? Al onze nummers waren immers geheim, behalve mijn mobiele nummer, en daar konden ze haar niet op bereiken.

Ik keek naar het licht dat onder een van de wandplaten door naar binnen sijpelde. Mijn gezichtsveld lag precies op de hoogte van dat van een spinnetje. We keken elkaar een minuutje in het halfdonker aan, het spinnetje en ik, tot het opeens vaart zette en over mijn gezicht kroop, alsof het een dikke steen was. Ik sloot mijn ogen en voelde de kleine pootjes over mijn oogleden snellen. Toen het beestje mijn oor was gepasseerd en in mijn haar verdween, voelde ik het niet meer, ik dacht niet dat het giftig was, maar het was beter het zekere voor het onzekere te nemen, daarom schudde ik mijn hoofd vrij krachtig heen en weer, zodat het spinnetje zou vallen.

Vervolgens ging ik roerloos liggen en probeerde geluiden op te vangen. Ik hoorde de bewakers rond de hut scharrelen, de ene zei iets tegen de andere. De geur in de hut was echt ondraaglijk.

'Hé', fluisterde ik tegen de Deen, terwijl ik met moeite overeind kwam en ging zitten. 'Wat stinkt er zo?'

Vanuit mijn nieuwe houding kon ik de Deen goed zien (ik meen dat hij Per heette). Hij lag op zijn rug en staarde naar

175

het plafond met ogen die een grijzige waas hadden gekregen, zijn gezicht zag grauw, zijn hele lichaam was grauw. Zijn grauwe lippen stonden wijd uiteen, alsof hij iets naar het plafond schreeuwde, er kroop iets in zijn mond, er bewoog iets in zijn mond en hij riep, een kreet steeg op naar het plafond, drong door de kieren rond de deur naar buiten en verspreidde zich over de hele manyatta, in de richting van de horizon, maar het was niet de Deen die schreeuwde, het was niet Per die schreeuwde, maar ik, en ik schreeuwde en schreeuwde en schreeuwde, net zo lang tot de plaatijzeren deur werd weggehaald en het licht als een lawine op het lichaam viel en ik alle mieren zag.

* * *

Annika bekeek haar gezicht in de badkamerspiegel, haalde haar vingers langs de zwarte kringen onder haar ogen. Het resultaat van alle eenzaamheid, de afwezigheid van de kinderen, het onvermogen om te werken, haar overspelige man ...

Ze luisterde naar de geluiden van het huis, Lindström, de buurman, die aan de andere kant van de muur een kraan liet lopen, het gesuis van de ventilator in de badkamer, de lift die rammelde.

Ook de geluiden waren niet meer van haar, haar huis was bezet door ontvoerders en regeringsambtenaren.

Hoewel het als een thuis niet veel voorstelde, althans volgens Thomas. Hij vond het appartement te klein en moeilijk in te richten, wat duidelijk werd toen hij bij haar introk en andere meubels eiste dan die van IKEA. De badkamer vond hij het allerergst, het zeil op de vloer, het douchegordijn, de goedkope, kleine wastafel. In Vaxholm hadden Eleonor en hij een spa gehad met sauna en jacuzzi. Ze streek met haar hand over de badkamerspiegel, alsof ze zich verontschuldigde.

Het was niet de schuld van het appartement, en niet die van haar.

Thomas was zelf in dat vliegtuig en in die Toyota gaan zitten. Het was zijn beslissing geweest, maar zij werd erin meegesleurd en moest ervoor betalen.

Ze nam een ijskoude douche.

Ze kleedde zich aan, maakte het bed op en ontbeet.

Toen Halenius aanbelde, had ze de keuken ook al opgeruimd. Zijn haar was nat alsof ook hij net onder de douche vandaan kwam, hij droeg dezelfde spijkerbroek als gisteren, maar nu met een lichtblauw overhemd, keurig gestreken.

Zou hij ze zelf strijken of doet zijn vriendin dat? schoot het door haar hoofd toen hij zijn jas ophing.

'Sorry', zei ze. 'Ik zal je werkwijze of je oordeel nooit meer in twijfel trekken. Ik zou totaal verloren zijn zonder jou. Dank je dat je dit doet. Ik stel het ontzettend op prijs. Echt. Als je Dubbele-Hasse hier wilt hebben, dan is dat goed. Absoluut.'

Ze ademde diep in en zweeg. Het klonk lang niet zo goed als toen ze het in haar hoofd had geoefend. Toen had ze veel nederiger, melodieuzer en kwetsbaarder geklonken. Nu ze de zinnen uitsprak, klonk haar stem benepen en ietwat schel, en de woorden werden als het ware naar buiten geduwd waardoor ze er iets te snel en in de verkeerde volgorde uit kwamen.

Ze keek naar de grond en beet op haar onderlip, maar ze zag nog net dat hij glimlachte.

'Het is wel oké', zei hij. 'Je kunt me met koffie en taart omkopen.'

Ze glimlachte terug, verbaasd dat ze zich zo opgelucht voelde.

'Vanaf het moment dat je weg was, heb ik me er rot over gevoeld', zei ze en ze haastte zich naar de keuken en vulde de waterkoker. 'Zwart, toch?'

Hij ging in de keukendeur staan.

'De familie van de Roemeen en die van de Spanjaard hebben een *proof of life* gekregen', zei hij. 'In beide gevallen gaat het om een video-opname die rechtstreeks naar de verwanten is gemaild.'

Hij zei het met lichte stem en zonder omhaal van woorden, maar Annika merkte dat ze verkrampte.

'Ik heb mijn mail nog niet gecheckt vandaag', zei ze.

'Dat heb ik voor je gedaan', zei Halenius. 'Jij hebt niets gekregen.'

Ze nam niet de moeite om te vragen hoe hij dat voor elkaar had gekregen.

'En er is vanmorgen een Frans passagiersvliegtuig in de Atlantische Oceaan gestort', zei Halenius. 'Geen Zweden aan boord.'

'Terroristen?' vroeg Annika.

'Onweer', zei Halenius, waarna hij in de slaapkamer verdween, ze hoorde hem de computer aanzetten en met de mobiele telefoon rommelen.

Ze leunde een minuutje tegen het aanrecht en liet de informatie tot zich doordringen.

Proof of life. Teken van leven. Was er niet een film die zo heette? Met Meg Ryan en Russell Crowe? Ze meende zich te herinneren dat hij vrij goed was. En hadden Meg en Russell niet tijdens de filmopnames iets met elkaar gekregen? Dat zij na afloop van Dennis Quaid gescheiden was?

Ze zette de oven op 175 graden, legde een grote klont boter in de magnetron om te smelten, haalde een kom tevoorschijn, tikte een paar eieren kapot en mengde er suiker, vanillesuiker, een beetje zout, stroop, cacao, de gesmolten boter en ten slotte een flinke schep meel door.

Dus de Spanjaard en de Roemeen leefden nog. Ik vraag me af wat de Fransman verkeerd heeft gedaan, dacht ze.

Ze vette een springvorm in, goot het beslag erin en zette hem in de oven. Wachtte een kwartier tot de taart klaar was, haalde vanille-ijs uit de vriezer, warmde wat bramen

178

op en liep met de koffie, het ijs, de bramen en de taart naar de slaapkamer, of datgene wat tegenwoordig een ontvoeringscentrale was.

'Ik heb je woorden letterlijk opgevat en een taart in elkaar gedraaid', zei ze.

Halenius keek haar met grote verwarring in zijn ogen aan, hij was blijkbaar diep verzonken geweest in iets totaal anders dan haar bakactiviteiten. Opeens voelde ze zich vreselijk belachelijk. Er was nergens plek om het dienblad neer te zetten, het hele bureau was volgestouwd met opnameapparatuur, computeraccessoires en aantekeningen, en de andere stoel lag nog steeds vol met kleren (waarom ruimde ze nooit iets achter zich op? wat was er mis met haar?). Ze slikte gegeneerd en voelde de warmte naar haar hoofd stijgen.

'We gaan in de kamer zitten', zei Halenius en hij stond op.

Ze draaide zich dankbaar om en zette het dienblad in de woonkamer op tafel, kroop met haar nep Witte Huismok in het hoekje van de bank en liet haar haar voor haar gezicht vallen.

'Wat waren het voor video-opnames?' vroeg ze.

'Ik heb ze niet gezien', zei Halenius, terwijl hij zich in haar stoel liet zakken. 'De families willen ze niet openbaar maken, maar ik zal kijken of ik ze niet off the record kan krijgen. Het zijn klaarblijkelijk slechte video-opnames van de gijzelaars die in een donkere ruimte zitten, met een lamp in hun gezicht worden geschenen en zeggen dat ze goed worden behandeld en dat de families zo snel mogelijk het losgeld moeten betalen dat geëist wordt. Standaardverhaal.'

Annika hoorde het bloed in haar lichaam zingen, proof-of-life bonkte haar hart, proof-of-life ...

'Hoe zagen ze eruit?' vroeg ze.

'Zoals te verwachten was, onverzorgd en vuil, maar verder in goede gezondheid. Geen tekenen van mishandeling,

179

althans, voorzover dat te zien was.'

Ze haalde diep adem.

'Denk je dat wij ook zoiets krijgen?'

'Waarschijnlijk.'

'Wanneer?'

'In de loop van vandaag, of misschien morgen. Deze schurken lijken de dingen in een vaste volgorde te doen. Jij was de laatste die het eerste telefoontje kreeg. Misschien hebben ze Thomas als nummer zeven op hun lijst staan.'

Ze knikte en beet op de binnenkant van haar wang.

'Wat gaat er nog meer gebeuren?'

'Als ik mag gissen,' zei Halenius, 'dan denk ik dat ze vandaag niet zullen bellen. Ze weten dat je pas maandagochtend naar de bank kunt en ze willen ons een tijdje laten zweten.'

Ze blies in haar koffie.

'Op een telefoontje zitten wachten is veel erger dan er eentje krijgen?'

Hij knikte.

'De ontvoerders hebben twee wapens: geweld en tijd. Ze hebben al laten zien dat ze het eerste niet schuwen, dus zullen ze waarschijnlijk ook niet aarzelen om het tweede te gebruiken.'

Ze keek naar buiten, geweld en tijd. Hoelang had Halenius nog de mogelijkheid om alle wakkere uren van de dag in haar slaapkamer door te brengen? Hoelang zouden de media het opbrengen om belangstelling te blijven tonen?

'Ik moet Schyman vandaag spreken', zei ze.

'Dat is misschien een goed idee', zei Halenius.

'Is het bericht over de Fransman al naar buiten gelekt?'

'Niet dat ik weet, maar dat zal vast in de loop van de dag gebeuren.'

Ze moest aan haar eerdere gedachte denken.

'Ik vraag me af', zei ze, 'wat de Fransman verkeerd kan hebben gedaan.'

'Omdat hij gedood is? Misschien helemaal niets. Het kan aan de onderhandelaar hebben gelegen, of aan de familie, of aan beiden. Of hij heeft geprobeerd te vluchten. Of er is geen reden. Misschien wilden ze alleen maar een voorbeeld stellen.'

Ze schoof de taart naar hem toe.

'Eet nu maar', zei ze.

Hij leunde achterover in de stoel (háár stoel) en lachte even. Hij had zo'n gulle lach, zijn hele gezicht brak open waardoor zijn ogen tot spleetjes werden geknepen.

'Je bent echt heel anders dan ik dacht', zei hij.

Ze stond op.

'Is dat goed of slecht?'

Hij glimlachte, schudde zijn hoofd en dronk zijn koffie op. Ze ging naar de keuken om nog wat oploskoffie te maken, pakte een stapeltje servetten en liep weer terug naar de woonkamer.

'Wat betekent het voor ons als het bericht over de Fransman openbaar wordt gemaakt?' vroeg ze, terwijl ze de koffie en servetten bij de staatssecretaris neerzette.

'Dat de spanning in het verhaal stijgt', zei hij. 'De jacht op de ontvoerders zal worden geïntensiveerd, de yankees en de Britten zijn al met man en macht bezig.'

Hij sneed een flink stuk van het dampende gebak af. In het midden was het beslag nog bijna vloeibaar.

'Alle enthousiaste redacteurs die me gisteren hebben benaderd, zullen vandaag opnieuw om commentaar vragen', zei Annika.

Hij knikte met volle mond.

'Zo, da's lekker met ijs erbij', zei hij.

Ze keek naar het ijs en vroeg zich af of ze de bak weer in de vriezer zou zetten of dat hij daar nog wel even kon blijven staan zonder in zo'n vieze plasticachtige substantie te veranderen, en schrok opeens van het totaal absurde van de hele gedachtegang: dat ze er tijd en energie in stopte om over een bak ijs na te denken en probeerde te gissen of de man tegenover haar genoeg had gehad of niet, in plaats van het hem gewoon te vragen, dat haar man was verdwenen in Oost-Afrika en dat zij zich een beetje druk zat te maken of de taart die ze gebakken had wel gewaardeerd werd. Haar lichaam begon te schokken en ze sloeg haar handen voor haar gezicht. Halenius hield op met kauwen.

'Sorry', piepte ze. 'Sorry, het is gewoon ...'

'Je hoeft toch niet te antwoorden als je dat niet wilt?' zei hij.

Ze keek hem met knipperende ogen aan.

'Die enthousiaste redacteurs', zei hij.

Ze probeerde te glimlachen, pakte een servet en snoot haar neus.

'Het is zo ziek allemaal', zei ze.

Hij knikte en at verder van de taart. Ze keek naar het klokje op haar mobiele telefoon.

'Ik heb met Anne afgesproken, voordat ze om twaalf uur naar yoga moet.'

'Ga ook naar Schyman en spreek het voorstel goed met hem door', zei hij. 'Ik zal het gesprek van gisteren doornemen en er een uitdraai van maken. Daarna zal ik Q bellen, wil jij hem ook nog spreken?'

Ze pakte de bak met ijs en stond op.

'Waarom zou ik?'

Halenius haalde zijn schouders op. Ze ging naar de keuken, zette het ijs in de vriezer en liep door naar de hal om haar schoenen en jas aan te trekken.

'Je kinderen', zei ze, terwijl ze haar handschoenen aantrok. 'Wat zeggen die ervan dat je zo veel weg bent? Vinden ze het niet gek?'

'Jawel', zei Halenius. 'Maar ze vliegen vannacht naar Angie, de scholen daar hebben nu zomervakantie. Het is haar beurt om ze met Kerst te hebben.'

Ze bleef nog even in de deuropening dralen.

'Reizen ze helemaal alleen?'

Hij glimlachte even, met het gebaksschoteltje en de koffiemok in zijn hand stond hij op.

'Mijn vriendin vliegt met ze mee', zei hij en hij liep naar de keuken en zette het schoteltje en de mok in de afwasmachine.

Ze probeerde te glimlachen, draaide zich om, deed de voordeur van het slot en verliet het appartement.

Anne Snapphane zat in café Kafferepet aan de Klarabergsgatan met een glas jus d'orange en een volkoren stokbroodje met diverse soorten beleg te wachten. Kennelijk had ze alle kranten die ze onderweg naar het café te pakken had kunnen krijgen meegenomen, de stapel op het wankele tafeltje was nog hoger dan die van Schyman van gisteren.

'Vreselijk, dat met die seriemoordenaar', zei Anne, terwijl ze de *Kvällspressen* voor Annika omhooghield. 'En heb je gehoord van dat vliegtuig dat in de Atlantische Oceaan is gestort? Hemeltjelief, die terroristen zitten tegenwoordig ook overal ...'

Annika zette haar koffie op het enige vrije plekje op het tafeltje, liet haar tas op de grond vallen en wurmde zich uit haar donsjack.

'Was het geen onweer?' zei ze en ze pakte de krant.

Drie glimlachende vrouwen keken haar vanaf de voorpagina aan. Boven de fotootjes zweefden de indekkende woorden DE POLITIE VERMOEDT:, compleet met dubbelepunt en al, wat betekende dat de krant zo ongeveer alles in sensationele subkoppen eronder kwijt kon, zolang ze maar iemand binnen de politie hadden die iets dergelijks had gezegd.

Onder de fotootjes schreeuwde inderdaad het woord

SERIE-
MOORD

'Weer gelukt, evenveel letters per regel', zei Annika en ze bladerde door naar de zes en de zeven.

Elin Michnik, de getalenteerde invalkracht, had het artikel geschreven. Een anonieme bron binnen de politie zou de theorie van de *Kvällspressen* van gisteren hebben bevestigd en gezegd hebben dat de moorden in de buitenwijken van Stockholm 'gelijkenissen' vertoonden en dat het 'vooronderzoek zonder vooringenomenheid werd verricht'.

Dat betekende, schreef Elin Michnik, dat het heel goed mogelijk was dat de politie de onderzoeken naar de drie moorden zou samenvoegen om naar een gemene deler te zoeken.

'Lieve help', mompelde Annika. 'Over loze formuleringen gesproken.'

'Hoe bedoel je?' vroeg Anne Snapphane en ze werkte een paar garnalen naar binnen.

'Het lijkt me meer dan duidelijk dat de moorden gelijkenissen vertonen, het zijn allemaal vrouwen, ze zijn allemaal met messteken om het leven gebracht en ze komen allemaal uit de regio Stockholm, en noem mij eens een politieonderzoek dat níet zonder vooringenomenheid wordt verricht, ja, behalve het onderzoek naar de moord op Olof Palme, natuurlijk. En het spreekt voor zich dat het héél góéd mógelijk is dat de politie de onderzoeken misschien gaat samenvoegen, jéézez ...'

Anne Snapphane fronste haar voorhoofd.

'Wat heeft Olof Palme hiermee te maken?'

Annika slaakte een zucht en sloeg een pagina om.

'Het onderzoek naar de moord op Olof Palme is volledig vastgelopen omdat de politiechef in Stockholm op zijn werkkamer zat en besloot dat de minister-president door Koerden was vermoord. Dat bleek helemaal fout te zijn, maar toen was er al een jaar verstreken en was het te laat.'

Ze bladerde verder.

De acht en de negen richtten zich op de familie van de

dode vrouwen. MAMA IS DOOD luidde de kop over de volle lengte van de dubbele pagina. Thomas was doorgeschoven naar pagina tien. Met een andere foto, eentje uit de tijd dat hij nog ijshockeyde, die ze waarschijnlijk nog ergens in het archief hadden liggen, aangevuld met de zinloze tekst: 'De jacht gaat door'. De elf was een advertentie.

De volgende pagina was interessanter.

Een schattige, blonde vrouw zat op een bloemetjesbank en keek met betraande ogen en twee vlasblonde kindjes in haar armen in de camera, boven hen zweefde de kop PAPA, KOM NAAR HUIS! Eronder las ze 'Samen met de Zweedse Thomas gevangen bij de ontvoerders in Oost-Afrika'.

Annika zuchtte onhoorbaar en kneep haar ogen samen om het kleine onderschrift bij de foto te kunnen lezen. 'De vrouw van de Roemeen.' Ze sloeg de krant dicht en legde hem weg.

'Hoe is het met Miranda?'

Anne Snapphane had een dochter die ongeveer een jaar ouder was dan Ellen.

'Ik krijg niet zo veel hoogte van haar', zei Anne kortaf. 'Gaat het goed met haar, dan gaat het goed. Ze is echt dol op Mehmets nieuwe koters ...'

'Haar broertjes en zusjes, bedoel je?'

'... en dan wil ik geen spelbreker zijn. Het is rustiger als zij doordeweeks daar is, maar we kunnen het goed met elkaar vinden, Mehmet en ik, en met zijn nieuwe vriendin trouwens ook, we steunen en helpen elkaar als het nodig is. Altijd.'

Annika knipperde met haar ogen.

'Wauw', zei ze.

'Wat?' zei Anne Snapphane.

Annika schraapte haar keel.

'Je had nog iets spannends wat je wilde vertellen?'

Anne Snapphane leunde naar voren, waardoor een van haar borsten midden in de mayonaise van haar stokbroodje

185

terechtkwam. Een half jaar geleden had ze een borstvergroting ondergaan en het kostte haar nog steeds moeite om afstanden goed in te schatten met haar nieuwe D-cup.

'Ik heb een fantastisch idee voor een programma dat ik maandag aan de chefs van Media Time ga voorleggen.'

Annika had er geen idee van welke nieuwe digitale kanalen er allemaal bij waren gekomen tijdens haar afwezigheid.

'Het is een serieus tv-kanaal', zei Anne Snapphane. 'Ze hebben ook een nieuwsdienst op internet, mediatime.se. Mijn programma-idee is een interviewprogramma dat de diepte in gaat, geen vermaak, maar serieuze ernst, en daarom des te vermakelijker, als je begrijpt wat ik bedoel ...'

'Zoiets als Oprah of Skavlan?' vroeg Annika, terwijl ze haar koffie van zich af duwde.

'Exact!' zei Anne Snapphane en ze veegde de mayonaise van haar lamswollen trui. 'Denk je dat je mij daarbij kunt helpen?'

Annika veegde het haar uit haar gezicht.

'Anne,' zei ze, 'je weet toch wat er met Thomas is gebeurd ...'

Haar vriendin hief beide handen op in een afwerend gebaar.

'Zeker', zei ze. 'Het is echt afgrijselijk, en ik denk dat je je op het ergste moet voorbereiden. Ik bedoel, die kidnappers hebben vast niet de bewakers en tolken door het hoofd geschoten om daarna met de anderen naar Starbucks te gaan om uitgebreid koffie te drinken.'

Annika knikte en haalde vervolgens hoofdschuddend haar schouders op, wat viel daar nog aan toe te voegen?

'Zeg gewoon dat je met me meedoet', zei Anne. 'Dat je er voor me bent en me steunt.'

'Natuurlijk.'

Anne Snapphane reikte naar haar mobiele telefoon.

'Hoe weet je zo zeker dat het onweer was?' vroeg ze, terwijl ze ondertussen haar Facebookpagina bijwerkte.

Annika keek het kleine café rond. De tafeltjes stonden dicht op elkaar, er hing een geur van natte wol, de ramen aan de straatkant waren gestreept van het vuil. Niemand zag haar. Niemand had medelijden met haar. Ze was vierenvijftig kilo mens in een ruimte vol DNA en neurotransmitters, niets meer en niets minder, ze zat verscholen achter vieze ruiten in een ruimte met zanderige vloerkleden.

'Misschien was het een terrorist die het vliegtuig met lipgloss heeft opgeblazen', ging Anne Snapphane verder, toen ze haar mobieltje had weggelegd. 'Of met oogschaduw of met een van die andere levensgevaarlijke preparaten die je in zo'n doorzichtig plastic zakje moet stoppen voor je aan boord gaat.'

Annika schudde haar hoofd.

'Air France heeft eerder problemen gehad met vliegtuigen die neerstortten', zei ze. 'Er was iets mis met de snelheidsmeters, of waren het de hoogtemeters, ik weet het niet meer ...'

'Jij denkt altijd zo goed over iedereen', zei Anne. 'Al-Qaida wil de wereld vast alleen maar beter maken.'

'McDonald's heeft heel wat meer slachtoffers gemaakt dan Bin Laden, om nog maar te zwijgen van het verkeer. Of van de milieuverontreiniging ...'

'En kijk hoe het met Bin Laden is afgelopen', zei Anne. Ze pakte de kranten van het tafeltje en bood ze aan Annika aan.

'Wil jij ze hebben?'

Annika schudde haar hoofd. Anne Snapphane stopte de kranten in haar sporttas.

'Je gaat niet mee? Ashtangayoga, ademhalingstechniek, lichaamsbeheersing en concentratie. Zoiets zou je goed doen. Bandha's, drishti en vinyasa ...'

Annika keek op haar horloge.

'Ik ga naar de krant om met Anders Schyman te praten.'

Anne Snapphane verstijfde.

'Waarover dan?'

Annika maakte een hoofdbeweging naar de sporttas.

'De seriemoordenaar', loog ze en ze trok haar jas aan.

* * *

Ook al hadden ze de Deen weggehaald, de geur bleef in de golfplaten wanden en lemen vloer hangen. Op de plek waar hij gelegen had, meende ik een donkere vlek te zien. Misschien waren het sporen van lichaamssappen, of was de grond daar gewoon wat oneffener?

Ik bewoog me er verder vandaan, de tegenovergestelde hoek in, kronkelend op mijn zij terwijl mijn heup over de grond schoof. De insectenbeten jeukten, mijn ene ooglid was opgezwollen, het voelde prettig aan als het zand langs de wondkorsten op mijn armen schuurde.

Door de naden tussen de platen drong een zuchtje wind naar binnen.

De avond voor we voor onze inspectiereis op pad gingen, had ik wat met de Deen gebabbeld, hij kwam in de bar van het hotel naast me zitten en begon over zijn kinderen en kleinkinderen te praten, zijn zoon had net een dochtertje gekregen, hij liet foto's van hen zien, ik probeerde op alle mogelijke manieren van hem af te komen, want aan mijn andere zijde zat Catherine en wij hadden wel iets anders te bespreken ...

Sinds ze ons naar de golfplaten hut hadden verplaatst, had ik niets meer van Catherine of de Duitse gehoord, geen gebabbel, geen geschreeuw of andere geluiden. Ik keek de duisternis in, negeerde de vlek met de lichaamssappen en probeerde een beeld van haar gezicht op te roepen, maar het lukte niet, ik kon het niet vinden, ik kon me niet meer herinneren hoe ze eruitzag. In plaats van Catherine zag ik plotseling Ellen voor me, mijn lieve dochter die zo op me lijkt, mijn keel kneep dicht en ik had nauwelijks door dat de plaat voor het deurgat werd weggeschoven.

De Lange trok me van de grond omhoog en sleepte me naar de lichaamsvlek van de Deen. Instinctief verzette ik me, niet daarheen, niet naar dat donkere vocht, maar De Lange gaf me een oorvijg, waarna ik niet meer tegenspartelde. Hij zette me met mijn rug tegen de metalen wand, ik werd door de stank omsloten en voelde hoe het vocht door de lap die ze om mijn middel hadden gebonden heen trok.

'*Subiri hapa*', zei De Lange en hij liep weer naar buiten zonder het deurgat af te sluiten. De verblindende rechthoek vulde de hele hut, lichtflitsen schoten door mijn hersenen. De hele ruimte werd wit, ik richtte mijn gezicht naar het plafond en kneep mijn ogen dicht.

Daarna werd het deurgat gevuld, het hemelse verdween, een breed, gezet lichaam leunde naar binnen en trok zijn neus op.

'*You stink*', zei hij.

Het was de man met de machete, Kiongozi Ujumla. Hij kon in de hut rechtop staan, zo klein was hij. Zijn gezicht verdween in het stof onder het plafond, maar ik kon het wit van zijn ogen zien glimmen.

'*Who Yimmie?*' zei hij.

Ik begon sneller te ademen, hij stelde me een vraag, wat bedoelde hij? Yimmie? Wat was Yimmie? Een persoon? Ik kende geen Yimmie.

'Wie?' zei ik.

Hij trapte me tegen mijn borstkas, ik hoorde een rib kraken en boog me opzij.

'*Yimmie Allenius*', zei de man met de machete.

Yimmie Allenius? Bedoelde hij Jimmy Halenius?

'De secretaris?' vroeg ik. 'De staatssecretaris? Van mijn werk?'

Boven me zag ik een rij witte tanden oplichten.

'*Very good! Colleague at work. You secretary, research secretary.*'

Hij boog zich voorover en drukte op de plek waar hij me net getrapt had, ik hoorde mezelf kreunen.

'*You rich man?*' fluisterde hij in de richting van de wand achter me.

'Nee,' mompelde ik als antwoord, 'helemaal niet.'

Hij drukte zijn vingers dieper in mijn borst.

'*You rich man?!*' schreeuwde hij in mijn oor en de hele wereld gilde het antwoord.

'Ja!' zei ik. 'Ja ja, *I'm rich man.*'

Hij stond op en draaide zich in de richting van het deurgat, '*picha vifaa*', zei hij, waarop De Lange zich met een grote lamp en een videocamera de hut in wurmde; ik moest meteen aan die journalist denken over wie Annika in de vs geschreven had, die Amerikaan die op een video op internet werd onthoofd, en ik werd compleet door paniek bevangen.

* * *

De papieren editie van vandaag was geen topper, dat moest hij toegeven.

De mogelijke seriemoordenaar die ze voor de één hadden bedacht, was misschien ietwat ver gezocht, maar wat moest je anders als redacteur met de ambitie om hoge oplagecijfers te halen?

Bovendien had zich vanmorgen het Nachtmerriescenario met een hoofdletter N voorgedaan: de nieuwsflash over het neergestorte Franse passagiersvliegtuig was exact twee minuten te laat binnengekomen, toen het drukken al zo ver gevorderd was dat er geen nieuwe pagina's meer konden worden toegevoegd. Ze hadden weliswaar een nieuwe stadseditie kunnen maken, de kans was groot dat de Concurrent dat wel zou doen, maar Schyman had geoordeeld dat een seriemoordenaar in de buitenwijken van Stockholm, of die er nu wel of niet was, commercieel gezien minstens zo hoog zou scoren als een neergestort vliegtuig dat geen Zweden aan boord had gehad. In de interneteditie stond het vliegtuig uiteraard bovenaan, en in de blogwereld hadden alle zelfbenoemde experts hun analyses over het ongeluk al klaar: islamitische fundamentalisten hadden het vliegtuig in de lucht laten vliegen, of beter gezegd, in zee laten storten. Na Noorwegen hadden ze blijkbaar niets geleerd.

De webredactie van de krant had op die speculaties voortgeborduurd en naast het artikel over de vliegtuigcrash feitenkadertjes gepubliceerd waarin beroemde terreurdaden kort werden samengevat. Om zich van het gepeupel op internet te distantiëren hadden ze zowel Osama bin Laden als Anders Behring Breivik in het overzicht meegenomen.

Persoonlijk trok Anders Schyman de theorie dat het om terrorisme ging behoorlijk in twijfel. Hij had bij de luchtmacht gediend, bij regiment F21 in Luleå (weliswaar als administratieve kracht, maar toch), en bezat wat fragmentarische basiskennis over het onderwerp, al was het maar omdat hij door zijn diensttijd geïnteresseerd was geraakt in vliegtuigbouw en vliegtuigongelukken. Dit was de tweede keer in de eenentwintigste eeuw dat Air France door een soortgelijke ramp werd getroffen. Een paar jaar geleden stortte een Airbus A330 met 228 mensen aan boord tijdens een vlucht tussen Rio de Janeiro en Parijs in zee en verdween in de diepte. Pas afgelopen zomer had men de zwarte dozen op de bodem van de oceaan weten te lokaliseren. Nog steeds was niet bekend wat de precieze oorzaak was van de ramp, misschien een fout van de piloot, misschien onweer, turbulentie, bliksemflitsen of storm. Dat een verwarde moslim met springstoffen in zijn hakken of een of andere christelijke Noor deze keer het ongeluk zou hebben veroorzaakt, leek hem hoogst onwaarschijnlijk.

In zijn ene ooghoek zag hij op het tv-scherm aan de achterste korte wand een bekend gezicht verschijnen. Het was de Zweedse eurocommissaris, de getalenteerde jonge liberale politica die vijf talen vloeiend sprak en verantwoordelijk was voor de immigratie en binnenlandse veiligheid in Europa, ze werd geïnterviewd in de studio van Sky News. Hij pakte de afstandsbediening en zette het geluid harder.

'Zeker', antwoordde ze op een vraag die hij niet gehoord had. 'De conferentie in Nairobi was een groot succes. De akkoorden zijn weliswaar nog niet ondertekend, maar onze samenwerking met de Afrikaanse Unie is verdiept en het begrip voor onze respectievelijke behoeften en verplichtingen is groter geworden.'

'Er zijn dus geen plannen om gehoor te geven aan de eis van de ontvoerders om de grenzen naar Europa te openen?'

De eurocommissaris knakte even haar nek.

'Na de ongeregeldheden in Noord-Afrika en het Midden-Oosten is Frontex noodzakelijker dan ooit', zei ze. 'Niet alleen om de eigen bevolking van Europa te beschermen, maar ook om de vluchtelingen in de getroffen landen te helpen en te steunen. Frontex is er om levens te redden. Zonder Frontex zouden de vluchtelingenstromen ...'

'Levens te redden? Maar in dit geval dreigen de ontvoerders toch om de gijzelaars te doden?'

'De grensovergangen naar Somalië moeten worden versterkt, dat is een van onze absolute eisen ...'

De intercom rinkelde, een kort knarsend geluid waar hij altijd van opveerde.

'Er is bezoek voor u onderweg', zei de portier. Het was de nieuwe jongen die behoorlijk bij de pinken leek te zijn.

'Dank je', zei de hoofdredacteur en hij drukte op de knop die hij meende te moeten indrukken, pakte de afstandsbediening en zette de eurocommissaris uit.

Hij keek uit over de redactie en zag Annika Bengtzon in het kantoorlandschap opdoemen, met dezelfde schuchtere lichaamshouding als altijd, alsof ze een centimeter boven de grond zweefde. Misschien deed ze dat om niet op te vallen, maar het had juist het omgekeerde effect. Zodra zij de redactievloer betrad, ontstond er een gat in de tijd, een soort vacuüm rond haar verschijning, het licht werd intenser en iedereen keek op: even een snelle blik rondom om te zien wat de normale orde verstoorde, wat het geluidstapijt doorbrak.

Ze klopte op zijn glazen deur alsof hij haar nog niet gezien had.

Hij gebaarde haar binnen te komen.

'Zijn alle gemeentelijke sneeuwruimers in heel Zweden wegbezuinigd of alleen in Stockholm?' vroeg ze, terwijl ze haar donsjack uittrok en in een hoopje op de grond liet vallen.

'In een democratie leven betekent dat je slechts in de helft van de gevallen krijgt wat je wilt hebben', zei Schyman. 'Het is de bevolking die in al haar wijsheid deze politieke constellatie gekozen heeft.'

Ze liet zich op zijn bezoekersstoel zakken. Haar haar was als een soort eksternest op haar hoofd opgestoken.

'Ik heb erover nagedacht', zei ze. 'Ik geloof dat ik wat overhaast reageerde toen ik je aanbod gisteren afsloeg.'

Ze had kringen onder haar ogen, maar haar blik was helder en gefocust. Ze leek geconcentreerd. En ze had andere kleren aangetrokken: een rood vest en een zwarte spijkerbroek.

'Ik had toch gezegd dat je erover na mocht denken', zei hij.

Ze ging anders zitten.

'Het voelt zo akelig om in het openbaar hierover te moeten vertellen', zei ze. 'Alsof ik in m'n nakie de straat op moet, zodat de mensen iets hebben om aanstoot aan te nemen.'

Hij knikte en wachtte. Als daar iemand anders had gezeten, maakte niet uit wie, dan had hij deze repliek beschouwd als een openingsfrase van lange en moeizame onderhandelingen over bedragen en voorwaarden. Maar Annika had zelden een verborgen agenda. Ze was niet in staat om toneel te spelen en te manipuleren om iets abstracts te bereiken. Ze had meer de werkwijze van een tank: zo hard mogelijk recht op het doel af tot alle weerstand gebroken is.

'Ik weet nog niet of ik het geld nodig heb', zei ze. 'Hoeveel tijd heb ik om te beslissen?'

'Het bestuur wil het maandagochtend weten', antwoordde hij.

Dat was niet waar. Hij mocht zelf weten hoe hij het geld besteedde, hij hoefde het bestuur helemaal nergens over in te lichten. Het geld maakte deel uit van het budget (overige externe kosten) en het bestuur had er geen flauw idee van wat hij ermee deed. Maar hij had geen veertig miljoen dollar tot zijn beschikking. De bovengrens voor dergelijke onkosten was op drie miljoen kronen gesteld, het maximumbedrag voor exclusieve investeringen in nieuws van meer sensationele aard.

Annika's blik viel op de krant van vandaag, die met de voorpagina naar boven op zijn bureau lag.

'Geloof je dat zelf?' vroeg ze.

Hij voelde zijn humeur op slag verslechteren.

'Annika ...'

Ze wees naar de foto van Linnea Sendman.

'Wist je dat ze haar man vier keer heeft aangegeven wegens mishandeling? En dat ze twee keer een verzoek heeft ingediend om hem een bezoekverbod op te leggen, maar dat ze geen gehoor kreeg? Wist je dat?'

'Misschien was er een reden waarom de aangiften niet in behandeling zijn genomen', zei Schyman en hij hoorde zelf hoe bot hij klonk. Dat was niet de bedoeling, maar om de een of andere reden liet hij zich altijd door Bengtzon provoceren. Nu was ze op het puntje van haar stoel gaan zitten en leunde over zijn bureau naar voren, nu was ze echt op dreef.

'De officier van justitie vond haar een hysterische trut

die moest proberen samen te werken in plaats van zich over kleinigheden op te winden; kortom, precies hetzelfde liedje als altijd.'

'Wat hadden we dan moeten doen volgens jou? We kunnen die man toch niet aanklagen voor iets wat we niet kunnen bewijzen?' zei Schyman en hij merkte dat hij zich op glas ijs begaf. Bengtzon knipperde inderdaad met haar oogleden, zoals ze altijd deed wanneer ze zijn reusachtige domheid niet kon bevatten.

'Maar het neergestorte vliegtuig is door terroristen opgeblazen?' zei ze.

Hij stond geïrriteerd op, wat had dit te maken met zijn aanbod om een deel van het losgeld voor haar gekidnapte man te betalen?

'We wijzen geen personen aan, dat weet je', zei hij.

Ze leunde weer achterover tegen de rugleuning van de stoel.

'Heb je een paar jaar geleden het verslag van Europol over terrorisme in Europa gelezen?'

Schyman sloot even zijn ogen om kracht te verzamelen.

'In één jaar tijd werden er in Europa 498 terreurdaden gepleegd', maalde ze door. 'Honderden mensen werden opgepakt, verdacht van allerlei terroristische activiteiten. Het merendeel van hen was moslim. Maar weet je hoeveel van die 498 terreurdaden door islamitische terroristen waren gepleegd?'

'Annika ...'

'Eén.'

Hij keek haar aan.

'Eén?'

'Eén. De overige 497 terroristische aanslagen werden voornamelijk door groepen separatisten zoals de ETA en die dwazen op Corsica gepleegd, een paar door neonazi's, sommige door dierenrechtenactivisten, enkele door communisten en dan nog een paar door compleet geschifte idioten.

Maar elke keer als we over terroristen schreven dan bedoelden we moslims.'

'Dat gaat om ...'

'Kijk alleen maar naar wat er gebeurde na die bom in Oslo en de beschietingen op Utøya. Zelfs de keurigste ochtendkranten lieten hun correspondenten analyses maken hoe het internationale terrorisme naar Noorwegen was gekomen en lieten hen schrijven dat men niet verbaasd moest zijn, want als je betrokken bent bij Afghanistan kun je dit soort dingen verwachten.'

Schyman gaf geen antwoord, wat moest hij zeggen?

'We verspreiden mythes en angsten die voor het grootste deel volkomen ongegrond zijn,' ging ze verder, 'maar als het om een jonge, vermoorde moeder gaat, worden er opeens zulke hoge eisen gesteld aan de bewijsvoering dat we er geen stukje over kunnen schrijven voor het gerechtshof een vonnis heeft geveld. Tenzij het ons lukt om een fictieve seriemoordenaar in het leven te roepen, natuurlijk. Dan kunnen we flink uitpakken.'

Schyman ging weer zitten, plotseling helemaal lusteloos.

'Het laatste contact met het vliegtuig was een automatische foutmelding over elektrische kortsluiting', zei hij. 'Er is niets wat op een explosie of een terroristische aanslag wijst.'

Ze keek hem lange tijd zwijgend aan. Hij liet haar maar praten, bracht het niet op om te proberen te begrijpen wat er in dat onnozele hoofd van haar omging. Een paar jaar geleden had hij haar enige tijd als een van zijn mogelijke opvolgers gezien. Hij moest gek zijn geweest.

'De Fransman is dood', zei ze. 'In stukjes gehakt. Het lichaam is bij de ambassade van Djibouti in Mogadishu gevonden. Het hoofd ontbreekt nog.'

De haren in zijn nek gingen recht overeind staan.

'Geëxecuteerd?'

Ze gaf geen antwoord.

'Daar heb ik nog niets over gehoord', zei hij.

'Ik weet niet waarom het zo lang wordt stilgehouden', zei ze. 'Daar hebben ze vast een goede reden voor, een naaste verwant die ze nog niet te pakken hebben gekregen of iets dergelijks. Maar nu heb je een voorsprong. Ik heb een vraag.'

'Een vraag?'

'Over hoeveel geld gaat je aanbod?'

Voor hij zich had kunnen bedenken, antwoordde hij op dezelfde mannier als waarop zij begonnen was, recht op de man af en zonder onderhandelingstechnische omhaal van woorden: 'Drie miljoen.'

'Kronen?'

Ze klonk ongelovig en teleurgesteld.

'Hoogstens', antwoordde hij.

Ze kauwde even op de binnenkant van haar wang.

'Zou ik het geld als een lening kunnen krijgen?'

'En het terugbetalen door tot aan mijn pensioen belangeloos mijn ethische geweten te zijn?'

Hij zag haar op de stoel ineenkrimpen, waar was hij eigenlijk mee bezig? Waarom had hij de behoefte om een verslaggeefster wier man was ontvoerd en die nu op het punt stond om haar eer te verkopen, in het nauw te drijven?

'Sorry', zei hij. 'Dat was niet de bedoeling ...'

'Wanneer zouden de artikelen en de internetitems moeten worden gepubliceerd? Meteen? Of kan dat wachten tot alles achter de rug is?'

'Dat kan wachten', hoorde hij zichzelf zeggen, hoewel hij eigenlijk juist het tegenovergestelde had gewild.

'Moeten de kinderen meedoen?'

'Ja,' zei hij, 'dat is een eis.'

'Alleen als het goed afloopt', zei ze. 'Als hij doodgaat, gaat het alleen over mij.'

Hij knikte, dat leek redelijk.

'Ik schrijf zelf', zei ze. 'Een dagboek dat begint op het moment dat ik te horen krijg dat Thomas is verdwenen. Ik heb geen videocamera, dus die moet ik lenen. Ik schrijf en film onbevooroordeeld en dan redigeren we het materiaal samen als het allemaal voorbij is. Van mijn andere vaste werkzaamheden ben ik voorlopig vrijgesteld.'

Hij kon alleen maar blijven knikken.

'Ik verwijs Foto-Pelle door naar jou als hij vragen stelt als ik de videocamera bij hem ophaal', zei ze en ze raapte haar donsjack op van de vloer.

Ze stond op.

'Ik mail je mijn bankgegevens. Hoe snel kun je het geld overmaken?'

De onderhandelingen over de hoogte van het bedrag waren blijkbaar ongemerkt aan hem voorbijgegaan.

'Dat duurt waarschijnlijk een of twee bankdagen', zei hij.

Ze verliet zijn glazen kooi zonder om te kijken, en Schyman kon niet bepalen of hij zich nu tevreden of belazerd voelde.

* * *

Onderweg naar huis haalde ze Indiaas eten bij het Indian Curry House, met rode wangen en dampende tasjes kwam ze het appartement binnen. Terwijl ze haar jas en schoenen uittrok, ontfermde Halenius zich over het eten.

'Een video-opname?' vroeg ze.

'Nope. Hoe ging het?' vroeg hij vanuit de keuken.

'Schyman begrijpt me niet', zei Annika, terwijl ze haar donsjack aan een haakje hing. 'Hij denkt dat ik lichtelijk gestoord ben, zo impulsief en emotioneel als hysterische vrouwtjes kunnen zijn. Ik heb precies gekregen wat ik wilde.'

Hij ging in de deuropening staan.

'Gefeliciteerd. Hoeveel geld had hij te bieden?'

'Meer dan ik dacht', zei Annika. 'Drie miljoen.'

Halenius floot even.

'Heb je honger? Laten we maar meteen eten nu het nog

warm is', zei Annika en ze wurmde zich langs hem heen naar de keuken. Haar bovenarm beroerde zijn borstkas.

Het voelde zo eigenaardig dat hij bij haar thuis was, dat hij in haar keuken en badkamer rondliep terwijl zij de stad in was om koffie te drinken, dat hij in haar slaapkamer zat terwijl zij op de redactie was. Zijn aanwezigheid was zo tastbaar, alsof hij warmte uitstraalde, hij was net een petroleumkacheltje.

'Ik weet niet wat Schyman betaald heeft toen de minnares van de koning afgelopen jaar haar verhaal deed in de krant', zei ze zonder zijn kant op te kijken, terwijl ze twee borden uit het bovenste kastje pakte, 'maar het moet een soortgelijk bedrag zijn geweest.'

Halenius bleef staan, leunend tegen de deurpost, ze voelde dat zijn ogen haar volgden terwijl ze de tafel dekte.

'Denk je?' zei hij. 'Dat de krant voor dat interview heeft betaald?'

Ze stond even stil en keek hem aan.

'Ik weet het natuurlijk niet zeker,' zei ze, 'ik zat toen in Washington. Maar waarom zou ze anders hebben meegewerkt?'

'Aandacht?' stelde Halenius voor.

'Als het haar om de schijnwerpers te doen was geweest, had ze wel in alle praatprogramma's gezeten en in alle roddelbladen gestaan, niet alleen in de *Kvällspressen*. Het is een gewiekste dame. Kip Tandoori of Lam Korma?'

Hij boog zich over de zilverkleurige verpakkingen.

'Wat is wat?'

Ze betwijfelde of ze iets naar binnen zou kunnen krijgen, maar ging toch zitten en schepte wat van de kip op haar bord. Hij ging tegenover haar zitten, hun knieën sloegen onder de tafel tegen elkaar aan.

'Je had gelijk', zei hij. 'Thomas had zich vrijwillig voor de inspectiereis naar Liboi aangemeld. Hoe wist je dat?'

Ze kauwde een tijdje op een stukje kip dat steeds groter

werd in haar mond. De mededeling bracht haar niet van haar stuk, ze had het allang begrepen.

'Thomas is niet echt een avonturier', zei ze. 'Hij houdt van kwaliteitswijnen en ingewikkelde gerechten. Er zijn drie redenen denkbaar waarom hij met zo'n reis mee zou gaan: prestige, dwang of een vrouw.'

Prestige had Halenius al op het departement uitgesloten, en van dwang was dus ook geen sprake geweest. De staatssecretaris leek om de een of andere reden door het inzicht in verlegenheid gebracht.

'Wat is er?' zei ze en ze hapte in een stuk naan.

Hij schudde zijn hoofd zonder te antwoorden.

Ze liet het brood zakken.

'Het is niet jouw schuld', zei ze. 'Thomas is niet monogaam. Ik denk dat hij het probeert, maar het lukt niet.'

'Moet het iemands schuld zijn?' vroeg hij met een klein lachje.

Ze schudde haar hoofd, plotseling heel erg moe. Ze stopte het laatste stukje kip in haar mond, veegde de laatste rijstkorrels met een stukje brood van haar bord en stond op.

'Ik denk dat ik even ga liggen', zei ze.

Ze sliep een uur op Kalles bed. Toen ze wakker werd, was het buiten donker, een grauwe, maanloze duisternis zonder sterren. Haar hoofd was loodzwaar. Halenius zat in de slaapkamer zachtjes in zijn mobieltje te praten. In T-shirt en onderbroek sloop ze naar de badkamer, nam twee paracetamolletjes, plaste, poetste haar tanden en zat een tijdje op de toiletpot om wakker te worden en de werkelijkheid tot zich door te laten dringen. Toen ze de badkamer verliet, stond Halenius met warrig haar en een koffiemok in zijn hand in de hal.

'Kom', zei hij alleen maar en hij liep naar de slaapkamer. 'De ontvoerders hebben een nieuwe video op internet gezet.'

'Met Thomas?'

'Nee. Die jongen met de tulband.'

Ze haastte zich naar de kamer van de kinderen, trok haar spijkerbroek en vest aan en liep op blote voeten naar hem toe. Hij zat achter de computer met een bevroren video-beeld op het scherm.

'Het nieuws over de Fransman is openbaar gemaakt', zei Halenius. 'Ze lijken daarop te hebben gewacht, want deze video is maar een paar minuten na de nieuwsflash van AFP op het net gezet.'

Annika leunde over Halenius' schouder naar voren. Het beeld toonde een man met tulband in gevechtstenue, de-zelfde man als in de vorige opname, ook de donkerrode ach-tergrond en de rest van de omgeving leken hetzelfde.

'Hebben ze ook dezelfde server gebruikt?' vroeg Annika.

De staatssecretaris krabde zich op het hoofd.

'Dat moet je dus niet aan mij vragen, ik heb al moeite om op mijn eigen computer in te loggen ... Maar er zijn geloof ik twee of drie internetproviders in Somalië, de grootste heet Telcom, maar hun servers zijn niet gebruikt, eerder die van een van de kleinere providers ... Wil je de opname zien?'

'Is het te begrijpen wat hij zegt?'

'Dit is de link van de BBC, zij hebben de video ondertiteld. Misschien kun je een stoel pakken ...'

Ze rechtte haar rug, realiseerde zich dat haar haar over zijn schouder was gevallen. Snel greep ze de kleren op de stoel bij het raam, gooide ze op het bed en trok de houten stoel naar het bureau, waar ze hem op gepaste afstand van Halenius' (haar) bureaustoel neerzette. Halenius klikte op het scherm en met een schokje begon de film te lopen. An-nika moest haar nek uitrekken om hem te kunnen zien, Ha-lenius schoof een eindje op, waarna zij wat dichterbij ging zitten. De man met de tulband keek strak in de camera, zijn ogen waren erg klein. Hij verkondigde zijn boodschap in de-zelfde taal als de vorige keer, en net zo langzaam en duidelijk, de inhoud was ongeveer hetzelfde maar de eisen waren wat uitgebreid.

'Het kwaad en de desinteresse van de westerse wereld zullen niet ongestraft blijven. Het uur van de wraak heeft geslagen. Fiqh Jihad heeft de Franse hond gedood vanwege zijn zonden. Maar er zijn nog mogelijkheden om absolutie te verkrijgen. Onze eisen zijn simpel: open de grenzen naar Europa. Schaf Frontex af. Verdeel de rijkdommen van de aarde. Hef de invoerrechten op. Als de wereld niet luistert, zullen anderen hetzelfde lot ondergaan als de Fransman. Vrijheid aan Afrika! Allah is groot!'

Het beeld schokte even, zo'n schokje dat je krijgt als er wat kracht moet worden gezet om een videocamera uit te zetten. Het beeld werd zwart. Halenius klikte het Explorer-veld dicht.

'Ook deze duurt achtendertig seconden', zei hij.

'Is dat van belang?' vroeg Annika.

'Ik weet het niet', zei Halenius.

Ze zaten zwijgend naast elkaar naar de donkere monitor te staren.

'Dus wat betekent dit?' zei Annika.

'We kunnen een paar conclusies trekken', zei de staatssecretaris. 'De groep heeft de verantwoordelijkheid voor de moord op de Fransman opgeëist, zoveel is duidelijk. De reden, dat hij gezondigd zou hebben, is moeilijker te begrijpen.'

'Heeft hij zich binnen de EU sterk gemaakt voor Frontex?'

Halenius schudde zijn hoofd.

'Hij was helemaal nieuw in dit verband, de conferentie in Nairobi was zijn eerste actieve bijdrage aan de kwestie. Als privépersoon heeft hij ook geen racistische of extreem-nationalistische neigingen vertoond. Zijn vrouw is trouwens in Algerije geboren.'

Annika bracht haar gezicht dichter naar het scherm.

'Laat nog eens zien', zei ze.

Halenius klikte een paar keer verkeerd, maar uiteindelijk begon de video te lopen. Annika bekeek de ogen van de man terwijl hij sprak. Hij gluurde een paar keer naar de linkerbovenhoek, alsof hij steun zocht bij een geschreven tekst.

'Hij is opgeleid', zei Annika. 'Hij kan in elk geval lezen.'

Het beeld schokte even en doofde uit.

'Ze zijn op zijn minst met zijn tweeën', zei ze. 'Enerzijds de man met de tulband, anderzijds iemand die achter of naast de camera staat en hem uitzet. Kun je niet bij de provider nagaan wie de server gebruikt?'

'De juridische situatie is onduidelijk', zei Halenius. 'Internetproviders mogen niet zomaar informatie over hun gebruikers verstrekken. In dit geval zijn er weliswaar diverse misdaden gepleegd, maar het verzoek om gegevens te verstrekken moet van een of andere overheidsinstantie komen, en die zijn er nauwelijks in Somalië ...'

'Daar trekken Britten en Amerikanen zich toch meestal weinig van aan?' zei Annika.

Halenius knikte.

'Klopt. De yankees meenden dat Bin Laden aan het begin van de eenentwintigste eeuw voor geldtransacties Somalische servers gebruikte, en toen werd al het internetverkeer in het hele land zonder meer lamgelegd. Maandenlang lag het plat.'

Annika beet op haar lip.

'Hij heeft het over "honden" en "absolutie". Vrij hoogdravend, of niet? Misschien symbolisch bedoeld? Dat de zonden van de Fransman misschien voor iets anders staan? De zonden van Frankrijk, of van heel Europa?'

'Er is een ander aspect van de boodschap dat ernstiger is', zei Halenius.

Annika keek naar buiten, ja, ze had het begrepen.

'Hij dreigt de rest van de gijzelaars te doden als er niet op de eisen wordt ingegaan.'

Halenius knikte.

Annika stond op.

'Ik ga mijn mobiele telefoons op trilstand zetten.'

Het eerste telefoontje kwam vier minuten later op haar werktelefoon binnen. Het gesprek werd doorgeschakeld naar de voicemail. Het was het persbureau TT dat haar commentaar wilde op de laatste ontwikkelingen in het gijzelingsdrama in Oost-Afrika.

In plaats van de rest van de mediastormloop af te wachten, legde ze de telefoons in de hal en trok zich met haar laptop in de kamer van de kinderen terug. Ze had het best betaalde freelanceartikel van haar leven te schrijven: 'Hoe het was toen mijn man ontvoerd was'. Ambities om politiek correct te zijn had ze niet. Wel om waarheidsgetrouw te zijn, absoluut, en ook gedetailleerd en precies, maar ze besliste zelf in welke mate en in welke vorm. Ze besloot om in de tegenwoordige tijd te schrijven, een kunstgreep die in het algemeen streng verboden was binnen de tabloidjournalistiek, maar in dit geval kon het werken, al was het maar om de gangbare structuur te doorbreken. Ze schreef zonder begrenzingen, liet de woorden zonder beperkingen stromen, niemand wist immers of de tekst ooit gelezen zou worden en zo ja, door wie, er was geen enkele reden om zich op dit moment op iets specifieks te richten, ze vertelde gewoon maar door over wat er sinds afgelopen woensdag door haar heen was gegaan, deelde de stukken op in dagen en uren, en soms zelfs minuten.

Ze schreef uren achtereen, tot ze honger kreeg.

Vervolgens zette ze de videocamera op een driepoot, richtte hem op Ellens bed, drukte op 'record', kroop tussen de knuffeldieren en testte *one two, one two*. Ze liep terug naar de camera en bekeek de opname; ze zat te hoog in beeld, waardoor haar buik centraal kwam te staan. Ze boog de camera iets naar het plafond en kwam te laag in beeld terecht. Na een paar pogingen zat ze in het midden van het beeld, precies zoals de man met de tulband, en sprak recht in de camera.

'Het is zaterdag 26 november', zei ze tegen de zwarte lens, die haar als het oog van een cycloop of een buitenaards wezen of een oerdier kil en afwachtend aanstaarde.

'Ik heet Annika Bengtzon. Mijn man is ontvoerd. Thomas heet hij. We hebben twee kinderen. Hij is vier dagen geleden bij Liboi in Noordoost-Kenia verdwenen ...'

Voor ze het wist zat ze te huilen. Ze sloot haar ogen maar bleef in de richting van het glimmende oog kijken en liet de tranen stromen.

'Ik heb net te horen gekregen dat de gijzelaars worden gedood als er niet op de eisen van de ontvoerders wordt ingegaan', fluisterde ze.

Ze bleef een tijdje zitten en liet de camera lopen, daarna veegde ze de tranen met de achterkant van haar hand af. De mascara was uitgelopen en prikte in haar ogen.

'Dat Europa zijn grenzen moet openen voor de derde wereld,' vervolgde ze tegen de lens, 'dat we onze privileges moeten opgeven, iets aan het onrecht in de wereld moeten doen: dat zijn te hoog gestelde eisen. Dat begrijpt iedereen. De Europese regeringen zullen hun bunkerpolitiek niet veranderen omdat een paar lagere ambtenaren dreigen te worden vermoord.'

Ze had een loopneus gekregen, ademde door haar mond.

'Misschien is het onze beurt om te boeten', zei ze in de richting van het raam. 'Wij in de oude, vrije wereld, wij die aan de goede kant van de muur staan. Waarom moet voor ons alles gratis zijn?'

Ze keek in de lens, verward. Dit was waarschijnlijk niet wat Schyman verwachtte. Maar aangezien ze geen instructies of een taakomschrijving had gekregen, zou het haar vrij moeten staan om er naar eigen inzicht invulling aan te geven, ja toch?

Ze stond op van het bed en zette de camera uit, wat waarschijnlijk eenzelfde schokbeweging veroorzaakte als op de opname van de tulbandman.

In de hal ging de deurbel.

Ze keek op haar horloge, niet zo gek dat ze honger had.

Halenius opende de deur naar de kinderkamer op een kier.

'Verwacht je iemand?'

Annika veegde het haar uit haar gezicht.

'Zaterdagavond om half negen 's avonds? Om mee naar de volwassenendisco te gaan? Is er een video binnengekomen?'

'Antwoord: nee. Ik ga me verstoppen', zei Halenius en hij verdween naar de slaapkamer.

Annika haalde diep adem. De uitsluitingsmethode vertelde haar dat het de Concurrent was die daar in het trappenhuis voor de deur stond. Ze hadden een paar uur de tijd gehad om een tekst in elkaar te zetten over het feit dat de ontvoerders begonnen waren de gijzelaars in Oost-Afrika te doden, het enige wat ze nu nog nodig hadden was een foto van de wanhopige echtgenote van de ontvoerde Zweed. Zodra ze de deur opende, zou ze een flitslicht in haar gezicht krijgen. Hoeveel ze ook argumenteerde over privéleven en journalistieke ethiek, ze zou morgen geciteerd worden en met een grote foto in de krant staan. Als het tenminste de Concurrent was. En als ze opendeed.

Shit, waarom was het er nog steeds niet van gekomen om een spionnetje in de deur te plaatsen?

Ze liep naar de hal en legde haar oor tegen de deur. Als in een naaldwoud, zo ruiste en suisde het in haar hoofd.

De deurbel ging opnieuw.

'Annika?' hoorde ze Bosse in het trappenhuis zeggen.

Hij klopte op de deur, precies op de plek waar ze haar oor hield, ze deed een stapje achteruit.

'Annika? Ik zag dat er licht brandde. We willen alleen maar een kort commentaar. Kun je niet opendoen?'

Hoe wist hij welke ramen bij haar appartement hoorden? Begonnen Bosses ambities om met haar in contact te komen niet al te grote proporties aan te nemen?

'Annika? Ik weet dat je daar bent.'

Hij drukte op de bel, en hield hem ingedrukt en liet hem niet meer los. Het geluid sneed door de lucht en vulde de hele woning. Annika bleef staan en dwong zichzelf tot rust en kalmte. Ze wilden dat ze de deur zou openrukken om hun te vragen op te houden, ze wilden haar overstuur en met grote ogen en ontroostbaar op de foto proberen te krijgen.

Halenius stak zijn hoofd om de hoek, zijn haar stond recht overeind.

'Doe je niet open?' mimede hij.

Annika schudde haar hoofd.

'Waar zijn jullie mee bezig?' riep een basstem in het trappenhuis.

Het was Lindström, de buurman, een gepensioneerd politiecommissaris die je maar beter te vriend kon houden.

De bel viel abrupt stil.

Annika legde haar oor weer tegen de deur.

'Wij zijn van de krant ...' begon Bosse zachtjes.

'Waar jullie je schuldig aan maken valt onder wandordelijk gedrag volgens het Wetboek van Strafrecht hoofdstuk 16, paragraaf 16. Maak dat je wegkomt voor ik jullie inreken.'

Ze hoorde schoenen over de zanderige stenen vloer schrapen, de liftdeur open- en weer dichtgaan, en het huilerige geluid van de staalkabels toen de lift in beweging kwam. Lindströms deur werd dichtgetrokken.

Ze haalde opgelucht adem en keek naar Halenius.

'Hapje eten?' vroeg ze en ze liep naar de keuken.

* * *

Anders Schyman stond al in de deuropening, klaar om naar huis te gaan, toen het bericht over de dode Fransman bevestigd werd en de nieuwe video met de ontvoerder openbaar werd gemaakt. De spanning op de redactievloer schoot meteen omhoog, hij had rechtsomkeert gemaakt en zijn jas weer uitgetrokken. Eerlijk gezegd maakte dat niets uit. Zijn vrouw was met vriendinnen een weekendje naar een spa, het enige wat hem thuis wachtte was een diepgevroren visschotel en Henrik Berggrens Palme-biografie *A Wonderful Time Ahead*. Het boek was weliswaar een geweldig exposé over het Zweden van de twintigste eeuw, geïllustreerd met anekdotes over de familie Palme in het algemeen en Olof in het bijzonder, maar het leidde nergens naartoe.

Hij ging achter zijn computer zitten en nam de internationale reacties op de tweede verklaring van de ontvoerders door, terwijl hij ondertussen wachtte tot Sjölander terugkwam van een sterfgeval in Kungsholmen, een oudere vrouw die levenloos in een washok was gevonden. Het leek erg onwaarschijnlijk dat dat sterfgeval iets met hun seriemoordenaar te maken had, maar je won geen oplageoorlog door dingen aan het toeval over te laten.

Zodra hij de verslaggever bij de sportdesk zag opduiken, stond hij op en trok de glazen deur open.

'Sjölander? Kun je even hier komen?'

De verslaggever zette zijn computertas bij de desk, hing zijn jas over een stoel en kwam vervolgens naar de glazen kooi.

'Wordt lastig om een verband te leggen', zei hij, terwijl hij de deur achter zich dichtdeed. 'Een vijfenzeventigjarige dame, geen tekenen van uitwendig geweld, had al twee infarcten gehad. Toen we daar aankwamen hadden ze het lichaam verplaatst, maar we hebben een foto van de droogkast met een bezorgde buurvrouw op de voorgrond ...'

Schyman stak zijn hand op.

'Heb je gehoord dat de Somalische ontvoerders begonnen

zijn met het doden van de gijzelaars?'

Sjölander knikte en nam plaats op de bezoekersstoel.

'In Noord-Soedan en Nigeria zijn vanavond mensen de straat op gegaan om zich achter de eisen van de ontvoerders te scharen: open grenzen en geen of minder invoerrechten', zei Schyman en hij gebaarde naar de computer. 'De vluchtelingenkampen in Libië moeten worden ontruimd en Frontex moet worden opgeheven.'

'Jezus', zei Sjölander en hij ging staan om beter op Schymans computerscherm te kunnen kijken; Schyman draaide het naar hem toe, zodat de verslaggever het kon lezen.

'Voorlopig gaat het nog niet om ongeregeldheden, maar Joost mag weten waar dit eindigt', zei Schyman.

Sjölander las in stilte een paar telexberichten.

'Sinds de dood van Bin Laden hebben de rebellenbewegingen het zonder boegbeeld moeten stellen', zei hij, terwijl hij zich weer in de bezoekersstoel liet zakken. 'Deze vent kan misschien in diens voetsporen treden.'

Schyman snoof sceptisch.

'Denk je? Niemand lijkt te weten wie hij is, zelfs de jongens in Langley niet. Heilige strijders duiken meestal niet zomaar uit het niets op. Bin Laden was een leerling van Abdullah Azzam, hij leidde aanvallen in de oorlog tussen de Sovjet-Unie en Afghanistan voor hij Al-Qaida oprichtte ...'

Sjölander stopte een pluk tabak achter zijn lip.

'Deze vent kan best een strijder zijn', zei hij. 'Dat wij nog nooit van hem gehoord hebben, zegt helemaal niets, er zijn legio gewapende conflicten in Afrika waar geen hond in geïnteresseerd is. De retoriek heeft hij in elk geval ergens geleerd.'

'Ik zag onze eurocommissaris onlangs nog op tv', zei Schyman. 'Ze leek er erg weinig voor te voelen om Frontex af te schaffen.'

Sjölander grinnikte en duwde de tabak achter zijn lip iets aan.

'Maak je een grapje? Dat is haar fundament, en terecht. Moet je voorstellen wat voor chaos er tijdens het oproer in Noord-Afrika op de Middellandse Zee was ontstaan als de patrouilleschepen van Frontex er niet waren geweest, man, dan had je over de vluchtelingenstroom naar Libië kunnen lopen zonder natte voeten te krijgen. We mogen met zijn allen van geluk spreken dat ze zo hardvochtig is.'

Een kreet op de redactievloer deed Sjölander en Schyman tegelijk opkijken.

Patrik kwam naar de glazen kooi gerend, hij hield een uitdraai in de lucht, die als een vaandel in de strijd boven zijn hoofd wapperde.

'*Holy shit!*' riep hij, terwijl hij de glazen deur opende. 'We hebben een vermoorde moeder met jonge kinderen op een voetpad in Sätra, met een mes in haar nek gestoken.'

* * *

Mijn eerste herinnering is de zee. Ik deinde erop mee, rustte erin als in een wieg. Boven mij gleden witte schapenwolkjes voorbij, ik lag op mijn rug in een mand en keek naar de lucht, ik vond dat ze er zo grappig uitzagen, en ik wist dat ik op zee was. Ik weet niet hoe oud ik kan zijn geweest, maar ik wist dat ik in een boot lag, vraag me niet hoe. Misschien door de geur van het brakke water, het geluid van de golven die tegen de romp sloegen, het licht dat door het wateroppervlak werd gereflecteerd.

Het licht drong helemaal tot hierbinnen door, tot in de duisternis van de golfplaten hut. De branding daverde en de algen kleefden aan mijn benen.

Ik was vergeten hoeveel ik van de zee hield.

Om de een of andere reden bracht de gedachte me aan het huilen.

Ik had zo veel verwaarloosd, zo veel liefde en blijdschap verspild.

Zo veel mensen die ik had bedrogen, niet alleen mezelf, zoals ik me vaak wijsmaakte, maar iedereen die me dierbaar was.

En ik heb over het geld verteld, Annika, ik weet dat je er een appartement van wilde kopen, maar ik was zo bang, en de rechterkant van mijn borstkas waar hij me getrapt heeft doet zo'n pijn, ik weet dat je voor ons samen van het verzekeringsgeld een toekomst wilde creëren, maar je moet me helpen, Annika, o god, ik hou dit niet meer vol, help me, help me ...

En plotseling was ik weer op zee, in de boot op weg naar Gällnö, in de oude sloep die mijn vader van oom Knut had geërfd, het zeil dat naar zeep rook en in de wind klapperde. Achter me lag de steiger met de steenslagweg die naar het dorp voerde, de ongeverfde schuur, het roestige boothuis. De lage, rood met grijze huisjes die tegen elkaar aan stonden geleund, steun zoekend tegen de harde wind. De grijze rotsen, de magere dennen, het gekrijs van de meeuwen in de wind. Söderbygård, de boerderij, de akkers en de weilanden, de koeien die er graasden, de vliegen die de lucht zwart maakten. Ik deinde naar de horizon, zacht en eindeloos, en voelde de tranen op mijn kaakbeen opdrogen.

Voor de hut ging het vuur van de bewakers langzaam uit. Ik hoorde een van hen snurken. Het was erg koud, ik had het zo koud dat ik bibberde. Kreeg ik koorts? Had de parasiet van de malariamug *Anopheles gambiae* zich in mijn lever genesteld? Waren dit de eerste symptomen?

Ik begon weer te huilen.

Ik had zo'n honger.

Ze hadden me vanavond ugali gegeven, met een stuk vlees erbij, maar in het vlees kropen witte maden en ik kon het niet eten, De Lange schreeuwde tegen me en dwong me om een stuk vlees in mijn mond te stoppen, maar ik klemde mijn kaken op elkaar, hij kneep mijn neus dicht tot ik flauwviel, toen ik weer bijkwam was hij weg en had hij de ugali meegenomen.

De honger kronkelde als een vette slang in mijn maag.
Ik haalde diep adem en proefde brak water in mijn mond.

* * *

Op TV-Zweden werd een romantische komedie uitgezonden, met Meg Ryan uit de tijd dat ze nog erg knap was en er normaal uitzag, vóór haar rol in *Proof of Life*, voordat ze in de hele Hollywoodmythe was meegegaan, haar lippen had laten opblazen en was afgevallen tot ze een lopend skelet was. Annika zat naast Jimmy Halenius op de bank televisie te kijken, zonder echt wat van de film te zien. De staatssecretaris leek alles echter redelijk te volgen, hij grinnikte en proestte en wiebelde af en toe met zijn hoofd als het droevig werd en de strijkers begonnen te spelen.

De ontvoerders hadden niet van zich laten horen. Geen video, geen telefoontje.

De gehele Zweedse media, en een deel van de buitenlandse, hadden daarentegen onafgebroken naar haar mobiele telefoon gebeld nadat het nieuws over de Fransman zich explosief had verspreid. Eerst lag de telefoon op het kastje in de hal geluidloos te trillen, maar na een uurtje was hij van het kastje getrild en nu lag hij waarschijnlijk ergens tussen de schoenen op de grond.

Ze gluurde naar Halenius. Hij zat nu voorovergebogen naar de tv te kijken, waarschijnlijk gebeurde er iets spannends. Het was ongelofelijk dat hij zich zo voor haar en Thomas inzette, echt fantastisch. Zou een van haar bazen hetzelfde hebben gedaan? Schyman, of Patrik Nilsson? Ze snoof even.

Ze vroeg zich af hoe hij als vader was. Ze had hem nog nooit door de telefoon met zijn kinderen horen praten. Waarschijnlijk deed hij dat als hij in de slaapkamer zat met de deur dicht. Ze wist dat het vliegtuig naar Kaapstad eerder op de avond vertrokken was, maar hij had er niets over gezegd en ze had niet nieuwsgierig willen zijn. Ze vroeg zich af wie zijn vriendin was. Waarschijnlijk een van de juristen op het ministerie. Waar anders zou een alleenstaande vader met twee kinderen en zo'n superbaan als die van hem iemand kunnen ontmoeten dan op zijn werkplek?

Ik vraag me af of ze mooi is of intelligent, dacht Annika, de combinatie van die twee was volgens haar zeer zeldzaam.

Blijkbaar was de film afgelopen, want Halenius stond op en zei iets. Vragend trok ze haar wenkbrauwen op.

'Koffie?'

Ze schudde haar hoofd.

'Is het goed als ik een kop maak?'

Ze vloog overeind.

'Zit!' zei ze. 'Ik doe hier de logistiek.'

Ze haalde een kop koffie, zette een schaal met kaneelbroodjes van het bliksembezoek aan de supermarkt van gisteren op tafel, ging stilletjes zitten en bekeek hem terwijl hij kauwde en dronk. De tv stond zonder geluid aan. Er werd een herhaling van een Britse detective uitgezonden.

'Ben jij niet ontzettend jong om staatssecretaris te zijn?' zei ze.

Hij slikte een hap van het broodje door.

'Je vraagt je af met wie ik naar bed ben geweest om deze baan te krijgen?'

Ze sloeg haar ogen ten hemel. Hij grijnsde een beetje.

'Er is maar één persoon denkbaar: de minister zelf. Hij kiest persoonlijk zijn staatssecretaris, niet de partij.'

Ze glimlachte terug.

'En wat doe je dan eigenlijk? Als het personeel niet ontvoerd is?'

'Simpel geformuleerd zou je kunnen zeggen dat de minister het gezicht naar buiten is en dat de staatssecretaris het ministerie aanstuurt. Je moet als het ware twee handen op één buik zijn, er zijn werkelijk schrikvoorbeelden van tweetallen bij wie het voor geen meter werkte ...'

213

'Jullie moeten echt met elkaar vergroeid zijn. Nu klink je precies zoals hij. Maar wat dóé je nou eigenlijk?'

Hij lachte even en nam nog een hap van het broodje.

'Soms beantwoord ik vragen uit de media, maar alleen als er iets heel lastigs en vervelends moet worden opgelost.'

Hij glimlachte breed.

'En de minister heeft jou uitgekozen omdat ...?'

Hij spoelde de rest van het broodje met een flinke slok koffie weg.

'Ik kende hem niet zo goed, we hadden elkaar op een feestje ontmoet en we hadden een paar keer samen gevoetbald, blijkbaar had hij iemand met mijn vaardigheden nodig.'

'En dat zijn ...'

'Ik ben op mijn achtentwintigste op het gebied van bestuursrecht gepromoveerd, en toen zijn secretaresse belde om te vragen of ik op gesprek wilde komen, werkte ik bij de Hoge Raad.'

Ze keek hem aan en kneep haar ogen half dicht, probeerde zich hem als jurist bij de Hoge Raad voor te stellen. Dat was niet zo makkelijk. Ze dacht dat dat stoffige mannen waren, die tot op de draad versleten pakken droegen en roos hadden, geen punkhaar en een versleten spijkerbroek.

'Als jullie de verkiezingen volgend jaar verliezen, dan moet je aftreden?'

'Yep.'

'En dan word je directeur-generaal van een of andere eigenaardige dienst?'

Halenius verstijfde, hij strekte zijn nek en keek in de richting van de hal.

'Stopte de lift hierboven?' zei hij zacht.

Annika stond op, gespannen als een veer. Ze hield haar adem in en liep op kousenvoeten naar de haldeur. Het klonk inderdaad alsof daar iemand was, ze hoorde geschuifel en gemompel. De lift ging weer naar beneden. Het volgende moment werd er aangebeld. Ze ging bij de deur staan en luisterde naar de geluiden in het trappenhuis.

'Ankje?'

Van pure verbazing deed ze een stap achteruit.

'Wie is het?' fluisterde Halenius.

Annika staarde naar de deur.

'Mijn zusje', zei ze. 'Birgitta.'

De deurbel ging weer. Iemand trok aan de deurknop.

'Ik trek me in de kidnapcentrale terug', zei Halenius.

Annika wachtte tot hij verdwenen was voor ze opendeed.

Haar zusje, een aantal maatjes groter dan zij, stond wankelend in het donkere trappenhuis, samen met een grote kerel in een spijkervest.

'Dag, Ank', zei Birgitta. '*Long time no see*. Mogen we binnenkomen?'

Haar zusje en de man, die waarschijnlijk haar echtgenoot Steven was die Annika nog nooit had ontmoet, waren allebei flink aangeschoten. Ze aarzelde.

'Of moet ik hier op de trap pissen?' zei Birgitta.

Annika deed een stap achteruit en wees naar de deur van de badkamer. Birgitta glipte daar snel naar binnen en plaste zo hard dat het klaterde. Annika deed de voordeur achter hen dicht. De grote man vulde de hele hal, hij wiebelde alle kanten op. Annika liep om hem heen, ging in de deuropening naar de keuken staan en legde haar armen over elkaar, een defensief en wantrouwend gebaar, maar ze kon niet anders. Ze zeiden niets tot Birgitta weer naar buiten kwam. Ondanks het schemerduister in de hal kon ze zien dat het haar zusje niet gelukt was om de overtollige kilo's van de zwangerschap kwijt te raken. Haar haar was langer dan ooit, het kwam tot onder haar taille.

'Dit is wat onverwachts', zei Annika. 'Wat verschaft mij de eer?'

'We zijn naar een concert geweest', zei Birgitta. 'Rammstein. In Globen. Echt fantastisch.'

215

Ze heeft dezelfde stem als ik, schoot het door Annika's hoofd. We klinken precies hetzelfde. Zij is blond en ik ben donker, maar we zien er hetzelfde uit. Ik ben haar donkere schaduw.

'Ik dacht dat je dit weekend moest werken', zei Annika. 'Mam zei dat ze voor ... je dochter moest zorgen.'

Ze was opeens onzeker over de naam, was het Destiny? Of Crystal? Of Chastity?

'Ik werk toch nooit 's avonds? En toen Steven twee goedkope tickets had geregeld via internet moesten we die kans natuurlijk grijpen ...'

De man, Steven, liep naar de woonkamer. Annika schrok en haastte zich achter hem aan, zou je net zien dat hij zo haar slaapkamer binnenkloste en daar Halenius aantrof met alle computers, opnameapparatuur en de grote hoeveelheden Post-itbriefjes aan de wanden met daarop kernwoorden die als geheugensteuntje dienden voor als de ontvoerders zouden bellen: voorstellen voor de hoogte van het losgeld, verschillende onderhandelingsalternatieven, feiten die Halenius de ontvoerders had verteld, uitdraaien van de gesprekken met de ontvoerders ...

'Wat willen jullie eigenlijk?' vroeg Annika, terwijl ze de grote man de weg blokkeerde. Hij was een kop groter dan zij, was wat kalend en had levervlekken op zijn voorhoofd. Hij had nog steeds geen woord gezegd.

'We vroegen ons af of we hier konden slapen', zei Birgitta. 'De laatste trein naar Flen is al weg en we hebben geen geld voor een hotel.'

Annika keek haar zus aan en probeerde haar eigen reactie te definiëren. Hoelang hadden ze elkaar niet gezien (drie jaar? vier?) en nu kwam ze opeens midden in een gijzelingsdrama binnengeklost omdat ze de tréin had gemist?!

'Ik weet niet of je het gehoord hebt,' zei Annika en ze merkte dat haar stem stokte, 'maar mijn man is ontvoerd. Hij wordt ergens in Oost-Afrika gevangengehouden. Hij dreigt te worden geëxecuteerd.'

Birgitta liet haar blik door de woonkamer gaan.

'Mam zei dat al. Echt afgrijselijk. Arme ziel.'

De man liet zich met een bons op de bank vallen. Zijn bovenlichaam helde meteen bedenkelijk over, hij was bezig ter plekke in slaap te vallen. Annika dacht dat haar hersenen ontploften.

'Jullie kunnen hier niet blijven', zei ze luid. 'Niet nu, niet vannacht.'

De man ging languit op de bank liggen, hij legde zijn geschoeide voeten op de armleuning en duwde een sierkussentje onder zijn hoofd. Birgitta ging naast hem zitten.

'Wat maakt het uit als wij ...'

Annika drukte haar handen tegen haar oren, hard, erg hard, een paar seconden lang.

'Jullie moeten hier weg', riep ze vervolgens en ze greep de man bij zijn arm. 'Eruit jullie!'

'Rustig', zei Birgitta en ze klonk opeens klein en bang. 'Trek niet zo aan hem, hij kan boos worden.'

'Hebben jullie dan geen enkel fatsoen in je lijf?' zei ze met een stem die brak. 'Midden in de nacht mijn huis binnendringen omdat jullie het geld voor de terugreis hebben opgezopen? Eruit!'

'Praat niet zo tegen Steven, dat is niet goed', piepte Birgitta.

De man opende zijn ogen en richtte zijn blik op Annika.

'Jij vuile tering...' begon hij.

Annika voelde de luchtstroom toen de deur van de slaapkamer openging en Jimmy Halenius vlak achter haar kwam staan, ze voelde zijn borstkas tegen haar rug.

'Heb je een vent in de slaapkamer?' zei Birgitta.

'Andersson, van de recherche', zei Halenius, terwijl hij een pasje van het regeringsgebouw omhooghield. 'Dit appartement wordt als plaats delict beschouwd, er is hier een onderzoek gaande naar aanleiding van een zwaar misdrijf.

Ik moet jullie verzoeken onmiddellijk deze woning te verlaten.'

Het effect op de grote man was frappant. Hij was meteen broodnuchter en stond vrij soepel van de bank op.

'Steven, kom', zei Birgitta en ze pakte zijn arm.

Dit is niet de eerste keer, dacht Annika. Hij is eerder op een dergelijke wijze door de politie aangesproken en dat heeft diepe indruk op hem gemaakt, zo diep dat zelfs zijn benevelde brein de herinnering niet in de weg staat.

'Deze kant op', zei Halenius en hij pakte de andere arm van de man beet.

Annika zag hen naar de hal verdwijnen, ze hoorde de voordeur open- en weer dichtgaan en de lift rammelend op gang komen. Ze bleef in het licht van de tv staan en voelde haar hart tekeergaan.

Birgitta, de lievelingsdochter, het favoriete kind, het blonde snoesje. Mama's schattebout, de matig begaafde prinses die op school altijd Lucia mocht zijn.

Zelf was ze papa's meisje, als kind al donker en mager, maar ze had vroeg borsten en grote ogen en ze haalde in alle vakken de hoogste cijfers zonder zelfs maar een leerboek open te slaan.

Halenius kwam terug naar de woonkamer.

'Andersson van de recherche?' zei Annika.

Hij slaakte een zucht en ging in haar stoel zitten.

'Onrechtmatig voordoen als politieagent', zei hij. 'Ik beken. Een flinke geldboete als ik word veroordeeld. Dus dat waren je zusje en je zwager?'

Ze merkte dat haar knieën het begaven en liet zich op de bank vallen.

'Bedankt voor je hulp', zei ze.

'Ik kan me haar van de schoolfoto's herinneren', zei de staatssecretaris. 'Ze zat een klas lager dan jij, of niet? Rolle was ook een beetje verliefd op haar, maar niet zoals op jou.'

'Iedereen was verliefd op Brit', zei Annika, terwijl ze haar hoofd tegen de muur legde. 'Ik geloof dat ze op de middelbare school zelfs even iets met Rolle heeft gehad.'

'Klopt', zei Halenius. 'Omdat hij jou niet kon krijgen.'

'Dat is haar echte haarkleur', zei Annika. 'Verschillende blonde nuances door elkaar. Mensen betalen een vermogen om er zo uit te zien als zij.'

'Hoe oud is ze? Zevenendertig? Ze lijkt ouder.'

Annika strekte haar nek en keek Halenius aan.

'Hoe kun jij je in godsnaam herinneren dat Brit iets met Rolle heeft gehad? Ik denk niet eens dat ze dat zelf nog weet.'

Hij glimlachte en schudde zijn hoofd.

Ze boog zich naar hem toe.

'Hoe goed kende je Rolle eigenlijk?' vroeg ze. 'Hoeveel gingen jullie met elkaar om?'

'Veel.'

'En hij had het over ons, over Brit en mij?'

'Vooral over jou. Eigenlijk de hele tijd.'

Annika keek Halenius aan. Hij liet haar blik niet los.

'Ik ben opgegroeid met jou', zei hij. 'Jij was een utopie, een fata morgana, het droommeisje dat je nooit kon krijgen. Waarom denk je dat ik destijds naar dat etentje bij jou thuis in Djursholm ben gekomen?'

Haar mond was opeens kurkdroog geworden.

'Ik wilde zien wie jij was', zei hij zacht. 'Zien hoe je er als volwassene uitzag.'

'En het droombeeld aan gruzelementen slaan?' zei ze hees.

Hij keek haar een paar tellen aan, daarna stond hij op.

'Tot morgen', zei hij en hij trok zijn jas en schoenen aan en verliet het appartement.

DAG 5

ZONDAG 27 NOVEMBER

Ik werd wakker van De Lange die de hut binnenkwam. Zijn geur overspoelde me als de golven rond Gällnö. Er volgden een paar seconden pure paniek, tot ik begreep wat hij wilde.

Hij had thee, water, ugali en een verse tomaat bij zich. Hij glimlachte en praatte ongewoon veel, '*kula ili kupata nguvu, siku kubwa mbele yenu.*' Hij boog zich over me heen om het stevige touw waarmee mijn handen op de rug gebonden waren, los te maken. Het was een zegen om mijn polsen te kunnen masseren en wat bloed naar mijn vingers te krijgen. Toen ik voorzichtig naar de tomaat reikte, knikte hij waarderend. '*Kula vizuri*', zei hij, waarna hij wegging. Hij liet me met losse handen achter, maar dat deden ze altijd als ik mocht eten.

De thee was sterk en zoet en smaakte naar munt. Het was het lekkerste wat ik gekregen had sinds ik hier was. Het water was koel en smaakte fris, de ugali was nog warm.

Misschien deed ik iets goed. Misschien hadden ze begrepen dat ik hen niet tot last wilde zijn, dat ik echt wilde samenwerken, en dit was de beloning, vanaf nu zou ik veel beter behandeld worden.

Die gedachte vulde me met vertrouwen.

Misschien had Annika er iets mee te maken. Ik had begrepen dat ze contact hadden gehad met haar, ik wist dat ze alles zou doen om mij vrij te krijgen. Misschien was het losgeld al betaald. Binnenkort zouden ze de grote Toyota voorrijden en me terugbrengen naar het vliegtuig op de landingsbaan in Liboi.

Ik moet toegeven dat ik van opluchting moest huilen.

Als ik erover nadacht hadden de bewakers me niet echt

pijn gedaan. Kiongozi Ujumla, de stevige man met de tulband, had me een flinke trap gegeven, maar dat was omdat ik loog, in hun ogen ben ik natuurlijk een rijke man, het is onredelijk om iets anders te beweren. Het deed behoorlijk pijn aan de rechterkant van mijn borstkas, elke keer als ik wat dieper inademde voelde ik een steek, maar zo gaan die dingen. De Deen was niet hun schuld, hij had immers astma, en de Fransman, tja, wat moet ik over de Fransman zeggen? Er zijn momenten geweest waarop ik hem zelf de kop had willen afhakken.

De Spanjaard en de Roemeen had ik niet meer gezien of gehoord sinds ze uit de hut waren verwijderd. Misschien zouden ze met me meegaan in de Toyota op weg naar de landingsbaan? Misschien hadden onze regeringen de handen ineengeslagen en onze vrijheid bedongen in ruil voor een of andere politieke verplichting?

De tomaat had ik als eerste verslonden. Nu at ik het laatste restje van de ugali, ik dronk het water op en likte de binnenkant van de theemok schoon, om ook het laatste beetje suiker binnen te krijgen. Mijn maag was gevuld. Als de jeuk van de insectenbeten en die bonkende pijn in mijn rechterzij er niet waren geweest, had ik het echt goed gehad.

Ik ging in de hoek zitten, leunde tegen de metalen wand, schuin tegenover de donkere vlek waar de Deen gestorven was. Feit was dat ik die hoek van de hut tot toilet had gemaakt. Niet om respectloos te zijn, maar om puur hygiënische redenen.

Het metaal voelde nog koel aan tegen mijn rug. In de loop van de dag zou de wand loeiheet worden.

Plotseling hoorde ik geluiden en stemmen in de manyatta, zowel van mannen als van vrouwen, ja, het was Catherine die sprak, ze sprak Engels met luide stem, smekend.

Ik ging kaarsrecht zitten en scherpte mijn zintuigen. Waren er niet ook andere stemmen? Die van de Spanjaard? En van de Roemeen?

Misschien zou Catherine ook met ons meegaan in de Toyota op weg naar het vliegtuig.

'*Please, please*', hoorde ik haar zeggen, het klonk alsof ze huilde.

Ik ging rechtop staan, voorzover dat mogelijk was in de lage hut, en drukte mijn hoofd tegen het plafond.

Helemaal boven aan de wand, vlak onder het dak, zat een vrij grote kier. Ik kneep één oog dicht, hield het andere voor de kier en schermde mijn gezicht met beide handen af om het beter te kunnen zien. De wind blies zand en damp van koeienpoep in mijn oog, ik moest knipperen en het opnieuw proberen. Drie hutten zag ik, niet van golfplaat maar van leem, ik rook schimmel en vuur. De zon stond nog laag, de schaduwen waren lang en diep. De mensen die bij de stemmen hoorden zag ik nergens, maar ze moesten ergens buiten zijn, hun woorden werden door de wind meegevoerd, ze moesten zich achter een van de andere hutten bevinden. Ik tuurde in het rond maar zag helemaal niemand. Ik ging weer zitten en luisterde, probeerde te horen wat Catherine zei, wat ze wilde, was er niet ook een man aan het woord? Die antwoord gaf? En opeens riep ze '*no no no*' en daarna begon het gegil.

* * *

De vrouw was met vier messteken in de nek om het leven gebracht. Ze lag aan de rand van een bosje, naast een voetpad, achter de flats aan de Kungsätravägen in Zuid-Stockholm. Niet ver ervandaan was een speelplaats. Ze was zaterdagavond om een uur of zes gevonden door een man die zijn hond uitliet. De gelijkenissen met de moord op Linnea Sendman waren opvallend, aldus de *Kvällspressen*, die ze voor de zekerheid puntsgewijs en met grote foto's erbij opsomde:

* Het moordwapen: een mes (educatieve foto van een dolk-mes, uit het onderschrift bleek dat het mes op de foto niet het moordwapen was).
* De doodssteek: van achteren, in de nek (geïllustreerd met een anonieme vrouwennek, waarschijnlijk die van de verslaggeefster, Elin Michnick).
* De plaats van het delict: vlak bij een speelplaats (foto van een verlaten schommel).
* De buitenwijk: de moordplaatsen lagen maar vijf kilometer van elkaar (kaartje met pijlen).

De vermoorde vrouw heette Lena Andersson, ze was twee-enveertig jaar oud, een alleenstaande moeder met twee tienerdochters. Met haar rode haar wapperend in de wind keek ze Annika vanaf de krantenpagina lachend aan.

Het idee dat er in de buitenwijken van Stockholm een seriemoordenaar actief was leek nu ook wortel te hebben geschoten bij de politie. Twee met naam genoemde rechercheurs bevestigden dat de twee onderzoeken naar Lena en Linnea (de krant was al zover om de vermoorde vrouwen bij hun voornaam te noemen) zouden worden samengevoegd.

'Waar halen jullie al die foto's van vermoorde mensen vandaan?' vroeg Halenius, kauwend op een volkoren boterham. 'Ik dacht dat we al die archieven gesloten hadden.'

Annika vouwde de krant op en legde hem weg, ze bracht het niet op om aan de twee tienermeisjes te denken die waren achtergebleven. Waren ze zaterdagavond opgebleven om op hun moeder te wachten, luisterend of ze haar voetstappen al hoorden in het trappenhuis? Of waren ze met vrienden de stad in geweest, zonder ook maar een moment aan hun moeder te denken, en realiseerden ze zich pas dat ze weg was toen de politie aan de deur kwam en zei 'het spijt ons vreselijk'.

'In zekere zin is het moeilijker geworden sinds jullie de

archieven gesloten hebben,' zei Annika, 'maar in de nieuwe digitale wereld zijn er oneindig veel meer bronnen waaruit eenieder kan putten.'

'Zoals ...?'

'Blogs, Twitter, onlinekranten, discussieforums, informatiepagina's van bedrijven en overheidsinstanties, en Facebook natuurlijk. Zelfs de zelfmoordterrorist van de aanslag bij de Drottninggatan zat op Facebook.'

'En het auteursrecht dan?' zei Halenius. 'Ik dacht dat jullie daar waarde aan hechtten?'

'Grijs gebied', zei Annika en ze probeerde wat te eten.

De foto van de roodharige vrouw zweefde voor haar ogen boven de ontbijttafel. Volgens Elin Michniks artikel woonde ze nu drie jaar alleen met haar dochters, ze werkte als fysiotherapeut in een groepspraktijk in het centrum van Skärholmen. Ze was van een yogaklas op weg naar huis geweest toen ze haar moordenaar in de winterse duisternis tegenkwam.

Annika dronk wat sinaasappelsap en nam een hap van haar boterham.

Halenius' kleren waren vandaag niet zo netjes gestreken. Dat sterkte haar vermoeden dat zijn vriendin voor hem de was deed.

'Zijn je kinderen aangekomen?' vroeg ze.

Hij draaide wat bezwaard op zijn stoel en wierp een blik op zijn horloge.

'Ze zijn een uur geleden geland. Mag ik de krant?'

Ze schoof de krant over de tafel en stond op, als hij niet over zijn kinderen wilde praten dan maar niet.

'Ik ga de mijne bellen', zei ze en ze pakte haar mobieltje, liep naar de kamer van de kinderen en trok de deur geruisloos achter zich dicht.

Ze deed geen lamp aan.

Het was grauw en schemerig buiten, het licht drong niet tot in de hoeken door. Ze ging in foetushouding op Kalles sprei liggen, nam zijn kussen in haar armen en snoof zijn geur op. Eerlijk gezegd was die wel erg sterk. Ze moest het beddengoed nodig verschonen, dat was twee weken geleden voor het laatst gebeurd. Minstens. En ze zou hun kleren moeten uitzoeken, dat had ze nog steeds niet gedaan sinds ze weer thuis waren, ze had de kleren uit de koffers gewoon samen met alle te klein geworden spullen uit de opslag in de kast gegooid. Ze ging rechtop op het bed zitten.

En ze moest kijken of ze niet uit hun Luciakleren waren gegroeid, wat gegarandeerd het geval was; de dag vóór 13 december zou er in heel Zweden geen Luciajurk of kabouterpak meer te krijgen zijn, ze moest dus niet vergeten om zo snel mogelijk nieuwe te kopen. Hoewel Kalle misschien geen kabouter meer wilde zijn. En op hun nieuwe, Amerikaanse school werd Lucia misschien heel anders gevierd dan op Zweedse scholen.

Ze pakte haar mobieltje en belde naar Berits vaste telefoon. Thord, haar man, nam op.

'Je moet ze niet te vroeg komen halen, hoor', zei hij. 'We gaan zo vissen.'

Daarna kwam Kalle aan de lijn.

'Weet je of jullie dit jaar een Lucia-optocht gaan houden op school?' vroeg Annika.

'Mama,' zei Kalle, 'papa heeft al honderd keer beloofd dat we een keertje naar Noorwegen zouden gaan om zalmforel te vissen in de Randsfjord. Als hij niet meer thuiskomt, mag ik dan met Thord mee?'

Ze haalde diep adem.

'Natuurlijk', zei ze.

'Jáááá!' gilde de jongen en hij gaf de hoorn aan Ellen.

'Mama, mag ik een hond? Een gele, die Soraya heet?'

'Hebben jullie het fijn bij Berit en Thord?' vroeg Annika.

'Ah toe? Een klein hondje maar?'

'Ik kom jullie later op de dag halen. Ga nog maar even

lekker met Soraya spelen. We kunnen haar best wat vaker opzoeken.'

'We gaan nu vissen', zei het meisje en ze legde de hoorn met een klap neer.

Annika hoorde voetstappen dichterbij komen en daarna geritsel toen de telefoon werd opgepakt.

'Het is een dolle boel hier', zei Berit.

'Hoe kan ik je ooit bedanken?' zei Annika mat.

'Hoe gaat het bij jullie?'

'Ik weet het niet', zei Annika. 'We hebben niets meer gehoord. Ik heb met Schyman afgesproken alles op te schrijven en te filmen, en dan moeten we maar zien wat er gepubliceerd kan worden als het allemaal achter de rug is.'

'Klinkt als een goede deal', zei Berit. 'Laat maar weten als ik je ergens bij kan helpen.'

Ze zag dat iemand met krijt op het behang had getekend.

'Waar gaan ze vissen? Is het meer niet dichtgevroren?'

'Thord heeft op het baarswater een gat in het ijs gemaakt dat hij de hele winter openhoudt ...'

Ze hingen op, Annika bleef een tijdje met de telefoon in haar hand zitten. Vervolgens stond ze met zware benen op, liep naar de kleerkasten, opende de eerste en keek naar de chaos. Alle baby- en peuterkleren waren verbrand, maar Kalle en Ellen waren sinds die tijd alweer behoorlijk gegroeid. Helemaal vooraan lag een Batmanpakje, ze pakte het en hield het omhoog – jeetje, dat het er nog was. Ze legde het op Kalles bed, op een hoop die ze tot 'bewaren' doopte. Het volgende kledingstuk was een trui met een trein erop, die Birgitta voor Kalles derde verjaardag had gebreid, Birgitta was ontzettend handig. Die trui had bij hun oma in Vaxholm gelegen en zodoende de brand overleefd, ook die kwam op de bewaarhoop terecht. Een prinsessenjurkje dat Sophia Grenborg had gekocht, gooide ze weg. Oude pyjama's, losse sokken en verschoten T-shirts gingen ook richting vuilnis, een enkel stuk mocht weer terug in de kast.

Ze was halverwege de eerste kleerkast toen Halenius op de deur klopte.

'Hij is er', zei hij.

Hij zette haar in de bureaustoel op de slaapkamer, de computer stond voor haar op het bureau. Het beeldscherm was zwart. Een driehoekje in een cirkel midden op het scherm gaf aan dat er een video was gedownload maar stopgezet.

'Er staat niets schokkends op', zei Halenius. 'Ik heb hem al bekeken. Standaardverhaal, kort en bondig. Niets raars of onaangenaams. Je zult zien dat het gisteren is opgenomen.'

Annika hield zich aan het bureaublad vast.

'Dit is precies wat we verwachtten', vervolgde hij, terwijl hij naast Annika op zijn knieën ging zitten. 'Onze schurken hebben les gehad in kidnappen. Ze hebben dit eerder gedaan. Thomas heeft bijna een week in de buitenlucht of onder zeer primitieve omstandigheden geslapen, en dat is te zien. Niet schrikken hoe onverzorgd hij eruitziet. De boodschap is eigenlijk niet van belang, wat belangrijk is, is dat hij leeft en dat het hem vrij goed lijkt te gaan. Zal ik hem aanzetten?'

Ze knikte.

De film schokte even, een lichtkegel schoof door het beeld, daarna verscheen er een angstig gezicht op het scherm.

Annika hapte naar lucht.

'Mijn god, wat hebben ze met hem gedaan?' zei ze, wijzend naar zijn linkeroog. Dat zat helemaal dicht, het ooglid was zo dik als een knakworst en helemaal rood.

Halenius klikte op het scherm en zette het beeld stil.

'Lijkt een insectenbeet', zei hij. 'Misschien muskieten of een ander gevleugeld insect. Zijn gezicht vertoont geen sporen van mishandeling. Zoals je ziet heeft hij zich niet kunnen scheren.'

Annika knikte weer. Ze stak haar hand uit en beroerde

het beeldscherm, aaide hem over zijn wang.

'Hij heeft zijn homohemd aan', zei ze. 'Hij wilde echt indruk op haar maken.'

'Zal ik verdergaan?'

'Wacht', zei Annika.

Ze schoof de stoel naar achteren en holde naar de kamer van de kinderen, pakte de videocamera van de krant en haastte zich terug naar de slaapkamer.

'Film me terwijl ik naar de video kijk', zei ze tegen Halenius en ze reikte hem de camera aan. 'Wil je dat doen?'

Halenius knipperde met zijn ogen.

'Waarom?'

'Drie miljoen redenen. Of moet ik het statief halen?'

'Geef maar hier.'

Ze ging weer goed voor de computer zitten, streek haar haar glad en staarde in Thomas' angstige ogen. Hij leek doodsbang. Zijn haar was donker van het zweet, zijn gezicht glom, zijn ogen waren bloeddoorlopen en stonden wijdopen. De achtergrond was een donkerbruine wand, een beetje gestreept. Behang? Vochtschade?

'Hij moet aan Daniel Pearl denken', zei Annika. 'Hij denkt dat ze hem gaan onthoofden. Heb je de camera aangezet?'

'Eh, ik weet niet zo goed hoe dat moet ...'

Annika pakte de camera en drukte op 'record'.

'Gewoon richten en opnemen', zei ze en ze draaide zich weer naar het computerscherm.

Ze ontmoette Thomas' blik.

Ik doe dit, dacht ze, voor ons.

'Zondagochtend', zei ze hardop voor zich uit. 'We hebben net een videofilm van de ontvoerders ontvangen, een zogeheten proof of life, een teken van leven, waaruit blijkt dat mijn man nog in leven is. Ik heb de opname nog niet gezien. Nu zet ik hem aan ...'

Ze boog naar voren en klikte op het scherm.

Het beeld schokte even. Thomas knipperde naar het felle

licht dat in zijn gezicht scheen. Hij gluurde omhoog, naar rechts, misschien stond daar iemand, misschien hielden ze een wapen op hem gericht. In zijn handen had hij een briefje. Zijn polsen leken rood en gezwollen.

'Het is vandaag 26 november', zei Thomas in het Engels. Ze boog zich naar voren en zette het volume op zijn hardst. Het geluid was slecht, het was nauwelijks te horen wat hij zei. Het knetterde en kraakte, alsof het hard waaide. Ze hoorde de videocamera naast zich zoemen.

'Vanmorgen is er een Frans vliegtuig in de Atlantische Oceaan gestort', ging Thomas verder.

Halenius zette het beeld stil.

'De ontvoerders hebben niet de beschikking over dagbladen', zei hij. 'Dat is anders de gebruikelijke manier om te bewijzen dat een gijzelaar op een bepaald tijdstip in leven is. In plaats daarvan hebben ze ervoor gekozen om hem iets te laten vertellen wat hij anders niet had kunnen weten.'

'Film je?' vroeg Annika.

'O ja, shit', zei Halenius.

De video ging verder.

'Ik voel me goed', zei Thomas met hese stem. 'Ik word goed behandeld.'

Annika wees naar een stipje op Thomas' voorhoofd.

'Daar kruipt iets, ik denk dat het een spinnetje is.'

Thomas friemelde aan het briefje terwijl het spinnetje naar zijn haargrens kroop, hij las een paar seconden in stilte.

'Ik wil alle Europese regeringen oproepen om gehoor te geven aan de eisen van ... (hij bracht het briefje dichter bij zijn gezicht en kneep zijn ogen half dicht vanwege het felle licht) Fick ... Fiqh Jihad, om gehoor te geven aan hun eisen ... over het openen van de grenzen en het verdelen van de natuurlijke rijkdommen. Het is tijd voor een nieuwe tijd.'

'Dat was de politieke boodschap', mompelde Halenius.

'En het is van groot belang om snel over het losgeld te

onderhandelen. Als de Europese leiders niet luisteren, sterf ik. Als jullie niet betalen, sterf ik. Allah is groot.'

Hij liet het briefje zakken en keek vanuit gehurkte houding omhoog, naar rechts. Het beeld werd zwart.

'Daar staat iemand', zei Annika, naar Thomas' rechterkant wijzend.

'Mag ik nu stoppen met filmen?'

'Nog even', zei Annika en ze draaide zich naar Halenius.

Ze voelde zich op een eigenaardige manier gesterkt door de cameralens, ze werd door het zwarte gat naar binnen gezogen en kwam in een parallelle werkelijkheid terecht, waar de afloop niet in handen was van een paar geschifte Somalische piraten, maar in die van haarzelf, waar haar eigen vermogen tot focus en concentratie de doorslag gaf.

'Hij zegt dat hij goed wordt behandeld,' zei ze zacht, 'maar ik geloof hem niet. Ze hebben hem gedwongen om dat te zeggen. Ik denk dat hij door een hel gaat.'

Ze keek Halenius aan.

'Nu mag je stoppen.'

Hij liet de camera zakken. Annika zette hem uit.

'De Britten zullen de opname analyseren', zei Halenius, 'en proberen er dingen uit te halen die je in eerste instantie niet ziet of hoort. Achtergrondgeluiden, details in het beeld, dat soort zaken.'

'Wanneer kwam hij binnen?' vroeg Annika.

'Om 11.27 uur. Twintig minuten geleden. Ik heb hem eerst bekeken, toen doorgestuurd naar de Britten en daarna jou gehaald.'

Ze legde de camera weg.

'Ik ga de kinderen halen', zei ze.

* * *

De vergadering van elf uur was bijna afgelopen. De stemming was naar Schymans smaak iets te opgewekt geweest, iets te veel schouderklopjes, iets te veel slechte grappen, maar dat kreeg je als ze het idee hadden dat ze werkelijk iets groots hadden gecreëerd, en dan bedoelde hij niet de gedegen verslaggeving van grote wereldgebeurtenissen of tragische natuurrampen, maar het soort nieuws dat op de redactievloer was bedacht, in het hoofd van de nieuwschef of tijdens brainstormsessies op vergaderingen als deze. De reden tot de uitgelatenheid was uiteraard de steeds concreter wordende seriemoordenaar. Niet omdat er vrouwen werden vermoord natuurlijk, maar omdat de krant er vol voor was gegaan en gelijk had gekregen. De Concurrent was nog steeds niet aangehaakt, maar dat was slechts een kwestie van tijd. Op dit moment zaten ze zich daar aan de andere kant van de stad de haren uit het hoofd te trekken, wanhopig op zoek naar een ingang om het verhaal op te pakken, zonder door te laten schemeren dat ze hopeloos achterop waren geraakt.

'Oké', zei hij en hij probeerde streng te klinken. 'Even herhalen. Waar openen we mee?'

Sport en Amusement waren aanwezig, en het web en webtv, Opinie en Feature en de nieuwschef en zijn assistent. Hij wees naar Amusement.

'Het gerucht dat Benny Andersson hoofd wordt van het Eurovisiesongfestival', zei het meisje, wier naam hij zich met de beste wil van de wereld niet kon herinneren.

Schyman knikte en zuchtte inwendig; waarom zou Benny van Abba die functie in godsnaam op zich nemen? Die op dit moment overigens bekleed werd door de voormalig sportchef van de *Kvällspressen*.

Hij keek de sportjongen, Hasse, bemoedigend aan.

'Milaan ontmoet vanavond Juventus en Zlatan Ibrahimovic speelt mee, dus daar gebeurt wel wat.'

Slap, maar oké.

'Nieuws?'

Patrik rekte zich uit.

'Naast de seriemoordenaar hebben we de man die drie jaar dood in zijn appartement lag zonder dat iemand het merkte of de man miste. En de tip dat de minister van Financiën zijn luxeappartement door zwartbetaalde illegale arbeidskrachten heeft laten renoveren.'

Hij gaf een high five aan zijn plaatsvervanger en assistent, een jong talent dat Brutus heette. Schyman klopte op de tafel.

'We moeten ook de ontwikkelingen rond het gijzelingsdrama in Oost-Afrika volgen', zei hij. Patrik kreunde.

'Daar gebeurt helemaal niets,' zei hij, 'ze houden alles voor zich, geen foto's, geen info, zo dood als een pier.'

Schyman stond op, verliet de vergaderkamer en liep naar zijn glazen kooi.

Het verhaal van de vermoorde vrouwen zat hem niet lekker.

Direct toen hij vanmorgen op zijn werk kwam, nog voor hij zijn jas uit had, was zijn telefoon gegaan: het was de moeder van de vermoorde Lena. Ze was boos, gechoqueerd en aangeslagen, ze huilde maar was niet hysterisch, ze sprak met trillende stem maar klonk duidelijk en samenhangend.

'Dit was geen seriemoordenaar', zei ze. 'Het was Gustaf, die luie hond met wie ze ooit iets heeft gehad. Vanaf het moment dat ze het uitmaakte, en dat is nu al maanden geleden, sinds juli, eind juli, heeft hij haar gestalkt.'

'Dus de vader van de meisjes heeft ...'

'Nee, nee, niet Oscar, Lena heeft altijd een uitstekende relatie gehad met Oscar, dit was een jongen die bij haar in de praktijk kwam, hij zat al jaren in de ziektewet, problemen met zijn rug ... Hij begreep het niet toen ze er genoeg van had. Hij weigerde in te zien dat hun relatie voorbij was. Wat moest Lena met hem? Nog een kostenpost, dat was het enige wat hij was ...'

'Sloeg hij haar?' vroeg Schyman, die zich ondanks alles in

het onderwerp vrouwenmishandeling verdiept had.

'Dat had hij eens moeten wagen', zei de moeder. 'Dan had Lena hem gelijk aan de dijk gezet. Lena was niet iemand die met zich liet sollen.'

'Heeft ze de man aangeven?'

'Waarvoor?'

'U zei toch dat hij haar stalkte?'

De moeder snikte even.

'Dat wuifde ze gewoon weg, ze zei dat hij er wel genoeg van zou krijgen, dat het niet iets was om je druk over te maken. En kijk nou hoe het gelopen is!'

De moeder huilde ontroostbaar. Schyman luisterde. Wanhopige mensen raakten hem niet noemenswaardig. Empathie voor de getroffenen was mogelijk een eigenschap die hij in de loop der jaren bij zichzelf had uitgewist, een beroepsdeformatie na jarenlang mensen te hebben belaagd en de oren te hebben gewassen, te hebben uitgebuit en uitgekleed.

'Wij geven alleen maar de verdenkingen van de politie weer', zei hij. 'Uiteraard zal het onderzoek zonder vooringenomenheid worden verricht. Als deze man schuldig is ...'

'Gustaf heet hij.'

'... dan wordt hij zeker opgepakt en aangeklaagd, maar als het een ander is, dan wordt die persoon veroordeeld ...'

De moeder snoot haar neus.

'Denkt u?'

'Veruit de meeste moorden worden opgelost', zei Schyman met een zelfverzekerde stem en hij hoopte dat hij gelijk had.

En daarmee rondden ze het gesprek af, maar het gevoel van onbehagen had hem niet losgelaten.

Stel dat het bij al deze vrouwenmoorden om gewone doorsneeverhalen ging? De statistieken wezen toch wel in die richting. Het slachtoffer, het wapen, de handelwijze, het motief: de man mag niet langer beslissen over zijn vrouw en steekt haar in of in de directe omgeving van het huis met een broodmes dood. Hij had Annika Bengtzons journalistiek-ethische gezeur niet nodig om aan het twijfelen te slaan.

Om de een of andere reden moest hij aan een citaat van de bekende en debatminnende politicoloog Stig-Björn Ljunggren denken: 'Een van de meest gehoorde klachten in het politieke debat is dat de media de werkelijkheid verdraaien. Een jeremiade die gestoeld is op het idee dat de media als een soort spiegel van de samenleving moeten fungeren. Dat is echter een verkeerd uitgangspunt. De media maken deel uit van de amusementsindustrie en dienen ons veeleer te amuseren dan te informeren ... Het is niet hun taak om de werkelijkheid te beschrijven maar om deze te dramatiseren ...'

Hij keek op zijn horloge.

Als hij nu naar huis ging, zou hij tegelijk met zijn vrouw thuiskomen, die terugkwam van de spa.

* * *

De oprit was sneeuwvrij gemaakt en op het hele erf was zand gestrooid. Annika parkeerde naast het woonhuis, ze zette de motor af en bleef nog een minuutje in de auto zitten. Op het bevroren meer, heel in de verte in zuidelijke richting, zag ze drie stippen: een grote en twee kleinere. Ze hoopte dat ze een paar baarzen hadden gevangen. Ze zouden ze in boter bakken en met knäckebröd erbij opeten, ongelofelijk lekker, maar een hels karwei om te ontgraten.

Ze liep het trappetje bij de voordeur op en klopte aan, er was geen deurbel.

Ze draaide zich om en keek nogmaals uit over het meer.

Berit en Thord hadden hun villa in Täby verkocht en deze boerderij gekocht toen de kinderen uit huis waren. Annika wist dat er nog een reden was voor hun vertrek: Berit had een affaire gehad met commissaris Q en deze verhuizing was hun laatste kans geweest om het huwelijk te redden. Blijkbaar had het gewerkt.

Berit deed open.

'Wat sta je daar te staan? Waarom kom je niet binnen?'

Annika glimlachte flauwtjes.

'Te stads geworden?'

'Ze zijn nog buiten aan het vissen. Jullie kunnen straks een week lang baars eten. Koffie?'

'Ja graag', zei Annika en ze stapte de grote, landelijke keuken binnen, die zo uit het interieurmagazine *Sköna Hem* of uit het tijdschrift *Gods & Gårdar* leek te zijn geplukt: voetbrede vloerplanken van geloogd grenen, een houtfornuis, kraallatten, een klaptafel, een rustieke, staande klok, een Ilve-gasfornuis en een koelkast met ijsmachine.

Annika ging aan de tafel zitten en volgde Berit met haar blik terwijl ze met de percolator in de weer was. Ze liep in dezelfde kleren als op het werk: zwarte broek, bloes en gebreid vest. Haar bewegingen waren rustig en bescheiden, afgewogen en efficiënt, nooit bedoeld om te imponeren.

'Jij doet je nooit anders voor dan je bent', zei Annika. 'Je bent altijd zo ... compleet.'

Berit keek haar verbaasd aan, hield het maatschepje stil in de lucht.

'O, jawel hoor', zei ze. 'Ik doe weleens alsof. Maar op het werk niet meer zo vaak, dat ben ik ontgroeid.'

Ze vulde de percolator met koffie, zette hem aan en ging met lepels en twee schone mokken aan de tafel zitten.

Op tafel lagen de kranten van vandaag, zowel de *Kvällspressen* en de Concurrent als de twee grote ochtendbladen met hun dikke zondagbijlagen. Annika gleed er met haar vingers overheen, niet in staat ze open te slaan.

'We hebben een video gekregen', zei ze zacht. 'Een proof of life. Hij zag er vreselijk uit.'

Ze sloot haar ogen en zag zijn gezicht voor zich, het opgezwollen oog, de doodsbange blik, het donkere, bezwete haar. Haar handen begonnen te trillen en ze voelde de paniek opkomen, *als de Europese leiders niet luisteren, sterf ik, als jullie niet betalen, sterf ik*, hij sterft, hij sterft, hij sterft en ik kan niets doen.

'O god,' zei ze, 'o god ...'

Berit liep om de tafel, trok een stoel bij en nam Annika in haar armen, hield haar stevig vast.

'Het zal overgaan', zei Berit. 'Op een dag is het voorbij. Je redt het wel.'

Annika dwong zichzelf rustig te ademen om te voorkomen dat ze ging hyperventileren, ze wilde geen tintelingen in haar handen en hoofd, niet duizelig worden en geen hartkloppingen krijgen.

'Het is zo weerzinwekkend', fluisterde ze. 'Ik voel me zo machteloos.'

Berit gaf haar een stuk keukenpapier, ze snoot luidruchtig haar neus.

'Misschien kan ik het me voorstellen,' zei Berit, 'maar begrijpen doe ik het niet.'

Annika drukte haar knokkels tegen haar ogen.

'Ik ga kapot', zei ze. 'Ik zal nooit meer dezelfde worden. Ook al kom ik er misschien bovenop, ik word nooit meer de oude.'

Berit stond op en liep naar het koffieapparaat.

'Weet je,' zei ze, 'in het Nationaal Museum in Cardiff, Wales, bevindt zich een Japans bord dat opzettelijk kapot is geslagen en gelijmd is. De oude Japanse theemeesters sloegen vaak kostbaar porselein kapot, omdat ze vonden dat het veel mooier werd als het was gerepareerd.'

Ze schonk koffie in de mokken en ging tegenover haar zitten.

'Ik zou wensen dat je dit nooit had hoeven meemaken, maar je zult er niet aan doodgaan.'

Annika warmde haar handen aan de koffiemok.

'Thomas misschien wel.'

'Misschien', zei Berit.

'Hij is daar uit zichzelf heen gegaan', zei Annika. 'Hij heeft zich vrijwillig aangemeld om mee te gaan naar Liboi.'

Ze keek door het raam naar buiten. Hiervandaan kon ze het meer niet zien.

'De aanleiding heet Catherine. Een Britse.'

Ze had foto's van haar gezien op internet. Blond, aantrekkelijk, lange, slanke ledematen, zoals Eleonor en Sophia Fucking Hell. Exact zijn type, het verschil met haar kon niet groter zijn.

Ze richtte haar blik weer op Berit.

'Ik weet dat een mens verder kan, ik weet het ...'

Berit glimlachte even. Annika roerde met de lepel in haar koffie.

'We waren van plan geweest om te verhuizen, maar nu raken we al het verzekeringsgeld kwijt. Misschien is dat maar goed ook. Het geld was immers niet van mij, het was van Ragnwald ...'

Toen ze de Rode Wolf ontmaskerde, had Annika in een elektriciteitskastje bij Luleå een zak vol eurobiljetten gevonden. Het vindersloon van tien procent had haar in de gelegenheid gesteld om zowel de villa in Djursholm als een appartement voor Anne Snapphane te kopen, die nu beide tot het verleden behoorden (afgebrand respectievelijk verkocht).

'Wil je met hem verder?' vroeg Berit. 'Als hij terugkomt?'

Annika legde haar hand op haar mond en voelde de tranen weer over haar wangen stromen. Berit scheurde nog een stuk keukenpapier af en droogde Annika's wangen.

'Rustig maar', zei ze. 'Treur niet over wat er nog niet is. Je kunt altijd nog verdrietig worden als het tot een breuk komt. Wil je wat eten? Ik was van plan hamburgers te maken met gebakken ui.'

Het lukte haar om een glimlach te produceren.

'Klinkt goed.'

Berit liep naar de koelkast, haalde aardappelen en een schaal met aangemaakt gehakt tevoorschijn. Ze schilde de aardappelen, legde ze in een pan, stak een gaspit aan en zette de aardappelen op het vuur. Ze stak nog een gaspit aan en pakte een koekenpan.

Annika bleef zitten, niet in staat zich te verroeren. Buiten rukte de wind aan een kale berk, een koolmeesje pikte zaadjes van een voedertafel. Het zou spoedig donker worden. De boter in de koekenpan op het fornuis begon te sissen. Annika trok de *Kvällspressen* naar zich toe.

'Heb je over die nieuwe moord gelezen? Twee tienerdochters had ze.'

'Begint akelig te worden', zei Berit. 'Ik geloof nog steeds niet dat het om een seriemoordenaar gaat, maar deze laatste was klaarblijkelijk geen relationele moord. Haar ex was voor zijn werk in Duitsland, ik meen in Düsseldorf. Hij heeft zijn reis onderbroken en komt naar huis om voor zijn dochters te zorgen. Geen verleden met bedreiging of geweld.'

Annika las de tekst nogmaals door en schudde haar hoofd.

'Het klopt niet', zei ze. 'Ze is niet willekeurig uitgekozen. Vroeg op de avond, vlak bij een woonwijk, krachtige steken in de nek. Het is te brutaal, te persoonlijk.'

Berit waste haar handen onder de kraan en begon platte schijven te maken van het gehakt.

'De Hagaman die jarenlang in Umeå vrouwen verkrachtte, koos zijn slachtoffers willekeurig. Dat ging er zowel gewelddadig als brutaal aan toe. En het gebeurde soms ook vlak bij een woonwijk ...'

Ze zette de afzuigkap aan en legde de eerste burgers in de pan.

'Of het is een copycat', zei Annika. 'Iemand die door Patrik Nilssons idee geïnspireerd is geraakt en het in praktijk is gaan brengen.'

'Als ik het me goed herinner was het jouw idee', zei Berit, glimlachend over haar schouder.

Annika krabde zich op het voorhoofd.

'Het was alleen maar spottend bedoeld', zei ze. 'Moet je al je grapjes op een goudschaaltje wegen?'

'Ik geloof dat daar een groepje vissers aan komt', zei Berit en ze maakte een hoofdbeweging naar de voordeur.

De wangen van de kinderen waren zo rood als kerstappeltjes en hun ogen straalden. Ze hadden veertien baarzen en een snoek gevangen, met zorg aan een berkentak opgehangen. Ze praatten door elkaar en zwaaiden zo uitbundig met het bundeltje vissen dat Annika ten slotte een staartvin in haar oog kreeg. Ze werden het erover eens om de vangst te verdelen, zeven baarzen voor Kalle en Ellen en zeven voor Thord, en hij mocht de snoek hebben omdat hij voor de hengels en maden had gezorgd.

De hamburgers waren goddelijk.

Tegen de avond sloeg het weer om, het werd zacht en vochtig buiten. Er hing regen in de lucht.

De kinderen keken samen met Thord en Soraya in de woonkamer naar een film. Berit loste een kruiswoordpuzzel op en Annika viel op het logeerbed in de meidenkamer in slaap.

Toen ze wakker werd, motregende het.

'Het zal de hele weg naar de stad spekglad zijn', waarschuwde Thord toen ze afscheid nam en door het opengedraaide zijraampje naar buiten zwaaide.

Mazzel dat ik een asobak heb, dacht Annika. Toen ze terugkwamen uit de vs had Thomas een iets verouderde Jeep Grand Cherokee gekocht, een grote Amerikaanse stadsjeep die levensgevaarlijk was voor het overige verkeer maar voor de inzittenden zo veilig als maar enigszins mogelijk was.

'Mama, mag ik een hond?'

Ze negeerde de vraag en concentreerde zich op het rijden, om de auto op de weg te houden.

Ze stopte bij de McDonald's in Hägernäs, kocht twee Happy Meals en twee Big Macs & Co en reed door naar Stockholm. Ze bereikte Norrtull zonder noemenswaardige problemen en kon zelfs op de Bergsgatan vlak bij haar huis parkeren, vermoedelijk omdat er vannacht geveegd zou worden en dan zou ze een fikse boete krijgen als ze de auto niet voor middernacht had verplaatst.

Toen ze het appartement binnenkwamen, zat Halenius in zijn mobieltje te praten. Ze mimede 'heeft er iemand gebeld?' en hij schudde zijn hoofd, ze zette een van de Big Macs boven op zijn computer en ging zelf met de kinderen in de keuken eten. Ze waren allebei doodop en konden hun patat nauwelijks naar binnen krijgen.

Kalle huilde voor hij in slaap viel.

'Komt papa nog een keertje thuis?'

'We zijn ermee bezig', zei Annika en ze aaide hem over zijn haar. 'Zodra ik het weet, ben jij de eerste aan wie ik het vertel.'

'Gaat hij dood in Afrika?'

Ze kuste hem op zijn voorhoofd.

'Ik weet het niet', zei ze. 'Ik denk het niet. De mensen die hem gevangenhouden, willen geld hebben voor ze hem laten gaan en wij hebben nog wat geld op de bank staan, ik ben van plan om zo snel mogelijk te betalen. Wat dacht je daarvan?'

De jongen draaide zich van haar af.

'Moet het licht aan blijven?'

Hij knikte naar de wand.

'Dit was echt een smerige hamburger', zei Halenius toen hij met het in de papieren zak gepropte afval naar buiten kwam.

'O ja?' zei Annika. 'Is er nog iets gebeurd?'

'Heel wat', zei de staatssecretaris.

'Niet zo hard praten', riep Kalle vanuit de kinderkamer.

Ze gingen naar de slaapkamer en deden de deur achter zich dicht. Halenius ging op zijn vaste plek zitten (de bureaustoel), Annika zette het raam open om wat frisse lucht te krijgen en ging daarna in kleermakerszit op het bed zitten. Buiten regende het zachtjes, een winters buitje dat de stad nog grauwer maakte en de duisternis nog dichter. Halenius zag er moe uit. Zijn haar stond alle kanten op en zijn overhemd stond tot halverwege zijn navel open.

'De man met de tulband is geïdentificeerd', zei hij. 'Grégoire Makuza, een Tutsi, geboren in Kigali, Rwanda. We hadden gelijk, hij is hoogopgeleid, hij heeft biochemie gestudeerd aan de universiteit van Nairobi. Zodoende konden ze hem identificeren.'

Annika beet op haar onderlip.

'En?'

'De Britten hebben deze gegevens achterhaald. Feitelijk stelt het niet zo veel voor, maar uit deze beknopte informatie kunnen een aantal conclusies worden getrokken, en die roepen nog meer vragen op ...'

'De volkerenmoord in Rwanda', zei Annika. 'Waar was hij toen? Hoe heette hij ook weer, Gregorius ...'

'Grégoire Makuza', zei Halenius met een knikje. 'Precies. Een Tutsi-jongen in Kigali in 1994 ...'

'Als hij daar toen nog was', zei Annika. 'Misschien woonde hij al in Kenia.'

'Klopt.'

Annika rilde even, ze stond op van het bed en deed het raam dicht.

'Een biochemicus', zei ze. 'Wat bewoog hem om kidnapper te worden?'

Ze ging op de houten stoel zitten.

'Hij heeft nooit examen gedaan', zei Halenius. 'Om de een of andere reden heeft hij zijn studie afgebroken toen hij nog maar een half jaar te gaan had. Hij was geen hoog-vlieger, maar had goede cijfers en referenties. Er was al een loopbaan als onderzoeker in de geneesmiddelenindustrie voor hem uitgestippeld.'

Annika stond op en liep naar Halenius' computer.

'Laat eens een foto van hem zien', zei ze.

Halenius klikte in het rond, zocht in mailtjes en mappen. Annika stond achter zijn rug, keek neer op zijn kruin. Hij had grijze haren gekregen, en een paar witte. Zijn schou-ders waren echt enorm, breed en stevig, ze vroeg zich af of hij met gewichten trainde. Ze balde haar vuisten om een impuls te bedwingen ze aan te raken, om te voelen of ze inderdaad zo hard waren als ze onder het overhemd leken te zijn.

'Hier', zei de staatssecretaris en hij zette de film aan. An-nika trok de houten stoel bij en ging naast hem zitten.

Het was de eerste van de twee video's die op internet waren geplaatst. Het gezicht van de man verscheen op het scherm, onduidelijk en vrij schokkerig. Halenius zette het beeld stil.

'Begin jaren tachtig geboren', zei hij.

'Nu zo'n dertig jaar dus', zei Annika.

'Zou ouder kunnen zijn', zei Halenius, terwijl hij zijn hoofd onderzoekend schuin hield.

'Of jonger', zei Annika.

Ze staarden zwijgend naar de grove gelaatstrekken van de man.

'Tutsi's', zei Annika. 'Die andere bevolkingsgroep waren Hutu's, toch? Wat is het verschil tussen die twee?'

'Niemand weet dat nog, de definities zijn steeds weer ver-anderd. Het is min of meer een klassenindeling.'

'En de Tutsi's hadden een bevoorrechte positie?'

'De Belgen, die Rwanda in 1916 als protectoraat hadden ingelijfd, versterkten de verschillen door een paspoort in te voeren waarin "ras" werd vermeld en door de Tutsi's betere banen en een hogere status te geven.'

Hij liet de film weer lopen. De lichte stem kwam piepend op gang.

'Fiqh Jihad heeft zeven EU-afgevaardigden gegijzeld als straf voor het kwaad en de desinteresse van de westerse wereld ...'

Annika sloot haar ogen. Zonder de Engelse ondertiteling betekenden de woorden niets. Het was een lied in een Bantoetaal dat ze waarschijnlijk nooit van haar leven meer zou horen, een ode aan een misdrijf dat haar eeuwig zou blijven achtervolgen. '*Allahu Akbar*', eindigde het lied, gevolgd door een stilte.

'Dat laatste is geen Kinyarwanda maar Arabisch', zei Halenius.

'Allah is groot', zei Annika.

'Eigenlijk "de grotere" of "de grootste". Dat is de openingszin van alle islamitische gebeden, voorgeschreven door de profeet Mohammed zelf.'

Annika tuurde naar het zwarte scherm.

'De mensen in Rwanda zijn toch niet islamitisch?'

Halenius rolde zijn stoel naar achteren en krabde zich op het hoofd.

'Voor de volkerenmoord waren er niet veel moslims, maar de christelijke leiders hebben ervoor gezorgd dat dat veranderd is. Talloze priesters, monniken en nonnen hebben deelgenomen aan de slachting van de Tutsi's, terwijl de moslims de Tutsi's juist beschermden.'

'Die christelijken zijn toch veroordeeld?' zei Annika.

'Sommigen, maar dat hielp weinig om het vertrouwen in het christendom te herstellen. Veel mensen hebben zich tot de islam bekeerd, tegenwoordig is ongeveer vijftien procent van de bevolking van Rwanda moslim.'

'Spoel de film eens een eindje terug', zei Annika.

'Hm', zei Halenius. 'Ik weet niet hoe dat moet ...'

Annika boog zich naar voren en pakte de muis van hem

af, hij trok zijn hand terug alsof hij zich gebrand had. Ze klikte een beeld tevoorschijn, van vlak voor het einde van de video, waarop de man met kleine, uitdrukkingsloze ogen recht in de camera keek.

Was het woede wat ze zag? Pure, ongeveinsde woede? De woede die een wapen was om macht en onderwerping af te dwingen en door vrouwenmishandelaars, dictators en terroristen werd gebruikt die in hun grootheidswaanzin meenden dat ze het recht hadden om invloed uit te oefenen op anderen: je doet wat ik zeg en als je dat niet doet, vermoord ik je. Of zag ze iets anders, een onverschilligheid ten opzichte van het leven, iets te doen te hebben bij gebrek aan iets anders? Zoals bij Osama bin Laden, de tengere zoon van een rijke man die eindelijk erkenning kreeg toen hij vlak voor het einde van de oorlog tegen de Sovjet-Unie in de Afghaanse bergen een slag won. Hij werd een oorlogsheld zonder oorlog en was daarom genoodzaakt een nieuwe te verzinnen, en dat deed hij, hij begon een zelfgeproclameerde oorlog tegen een vijand waar hij niet bijster veel over wist en die hij tot 'De Grote Satan' doopte, en andere jongemannen zonder doel in het leven kregen opeens een reden om 's ochtends uit bed te komen, iets om zich voor in te zetten, ze zouden vechten voor een god die ze zelf hadden verzonnen, zodat ze een houvast hadden.

'Stond deze film ook op een server in Mogadishu?'

'Nee', zei Halenius. 'Hij komt uit Kismayo, een Somalische stad aan de Indische Oceaan. Zo'n tweehonderd, tweehonderdvijftig kilometer van Liboi.'

'Hoe kan dat? Wat is het verschil? Wat betekent dat, puur praktisch? Zaten de ontvoerders op verschillende plekken toen ze de opnames op het net plaatsten? Of kun je zoiets vanaf afstand doen? Wat voor communicatiemiddelen gebruiken ze, satelliettelefoons of mobiele telefoons of een of andere vorm van draadloos internet?'

Halenius krabde zich weer op het hoofd.

247

'Het is me uitgelegd, maar eerlijk gezegd kan ik het niet reproduceren ...'

Ze moest glimlachen.

'Vertel maar gewoon wat we weten.'

'De ontvoerders zijn niet te lokaliseren door te achterhalen welke servers ze gebruiken. Het is ook niet gelukt om de telefoongesprekken te traceren, althans, volgens de informatie die ik gekregen heb. Eerlijk gezegd denk ik niet dat de yankees alles vertellen wat ze weten, ze hebben immers de gewoonte om dingen voor zichzelf te houden ...'

Hij werd onderbroken door het aanhoudende geluid van de deurbel in de hal. Annika veegde het haar uit haar gezicht.

'*Filmtime*', zei ze.

Halenius keek haar vragend na.

Ze liep naar de hal, de deurbel hield niet op met rinkelen. Er waren slechts twee soorten mensen die zich op een zondagavond om half elf zo arrogant en opdringerig konden gedragen: een onderzoeksjournalist van een kritisch televisieprogramma of een journalist van een boulevardkrant, en ze betwijfelde of de eerstgenoemde groep het vanavond op haar gemunt had. De bel bleef maar gaan. Ze gluurde naar de kamer van de kinderen, het was slechts een kwestie van tijd voor hij hen beiden wakker zou maken. Ze haalde diep adem, draaide de deur van het slot en stapte het trappenhuis in. Er flitste een licht in haar gezicht waarna ze allemaal sterretjes zag.

'Annika Bengtzon,' zei Bosse, 'we willen je alleen maar in de gelegenheid stellen om commentaar te geven op een artikel in de krant van morgen over ...'

'Flikker toch op, Bosse', zei ze. 'Je hoeft niet de schijn op te houden. Het gaat er helemaal niet om dat jullie mij in de gelegenheid willen stellen om commentaar te geven, jullie willen een verse foto van mij waarop ik er wanhopig uitzie.'

Ze richtte zich tot de fotograaf, die ergens achter de flitser zweefde.

'Zag ik er wanhopig genoeg uit?' vroeg ze.

'Eh,' zei de fotograaf, 'mag ik nog eentje proberen?'

Ze keek Bosse aan en voelde zich eigenaardig kil van binnen, zijn kaken zagen wit van de stress.

'Ik wil helemaal niets becommentariëren', zei ze. 'Ik wil dat jij en je krant me met rust laten. Vrijheid van meningsuiting betekent dat ik het recht heb om te zeggen wat ik vind, én dat ik het recht heb om daarvan af te zien. Oké?'

Ze draaide zich om om naar binnen te gaan, terwijl achter haar rug nog meerdere keren werd geflitst.

'Journalisten hebben de plicht om te onderzoeken', zei Bosse verontwaardigd.

Ze bleef staan, keek over haar schouder naar achteren en kreeg nog een flitslicht in haar smoel.

'Journalisten zijn de enigen die tegenwoordig nog andere mensen mogen achtervolgen en kwellen. Moet je me niet ook stiekem filmen? Voor de politie en ieder ander is dat verboden, maar voor jou is het vast geen probleem.'

Hij knipperde verward met zijn ogen. Nu heb ik hem op een idee gebracht, dacht ze. Dat ik ook nooit mijn mond kan houden.

Ze ging naar binnen en deed de deur achter zich dicht.

Halenius kwam de hal in. Hij zag spierwit. Annika voelde alle bloed uit haar hoofd wegtrekken en naar haar voeten zakken.

'Wat is er?' zei ze terwijl ze zich aan de wand vasthield. 'Wat?!'

'De Britse', zei hij. 'Catherine Wilson. Ze is dood gevonden, bij een vluchtelingenkamp in Dadaab.'

Haar hart ging als een razende tekeer, was dat waarop Bosse haar commentaar had gewild?

'Hoe ...?'

Halenius verborg zijn gezicht in zijn handen, liet ze naast zijn lichaam vallen.

'Ze is opengesneden. Van binnenuit.'

* * *

's Nachts waren de geluiden doordringender dan overdag. Ze weergalmden tussen de metalen wanden, het geritsel en geschraap, het gehuil en geknaag. Het vuur van de bewakers bulderde als een waterval, de vouwen in hun kleren knarsten, hun voetstappen deden de aarde trillen. Ik zocht koortsachtig naar een hoekje waar ik eraan kon ontkomen, waar de geluiden me niet konden bereiken, ze hadden mijn handen en voeten weer samengebonden, maar ik sleepte me in het rond, tijgerde en kroop, maar de geluiden kwamen achter me aan, ze achtervolgden me, ik kon er niet aan ontkomen. Ten slotte belandde ik uitgeput op de donkere vlek waar de Deen was gestorven, ik werd door de stank van drek omsloten, maar hier waren de geluiden wat minder luid, de afstanden waren groter, het was verder van het deurgat vandaan, van de hutten van de manyatta en van het bloed dat onmiddellijk door de aarde werd opgezogen en bruin en hard was geworden.

De aarde was zo droog dat hij als steen aanvoelde, maar het was geen steen, want de aarde leefde, hij slokte alles op wat er op hem terechtkwam, bloed, pis en braaksel. Hij slikte alles door en verborg het in zijn binnenste, niets ontkwam eraan, hij bewaarde alles in zijn binnenste en zette het om in gif en gal. Ze probeerden me te dwingen om te eten, maar ik spuugde het eten op de grond, ze moeten me nergens meer toe dwingen, tot niets meer. Niets meer. Niets meer. Ik gaf het eten en het water aan de aarde terug, aan zijn stinkende binnenste, ik zal nooit meer in hun vuiligheden meegaan, aan hun schanddaden meedoen. Haar ogen achtervolgden me, glazig van de pijn, maar toch verachtend en veroordelend. Die ogen zagen me in elke hoek.

En de geluiden waren zo hevig, ik kon er niet aan ontkomen.

250

DAG 6

MAANDAG 28 NOVEMBER

Annika stond in de hal toen de vaste telefoon ging. Ze wilde net de voordeur opendoen, maar verstijfde en luisterde naar de geluiden die uit de slaapkamer kwamen.

'Mama, gaan we niet weg?'

Ze voelde het rusteloze gedraal van de kinderen rond haar benen, ze begonnen het al warm te krijgen in hun dikke jassen, waarom wachtte hij altijd zo lang voor hij opnam?

De telefoon ging een tweede keer.

'Jawel, natuurlijk, we gaan zo ...'

Was het een zorgvuldig beproefde strategie onder ontvoeringsonderhandelaars: wacht tot de telefoon minstens drie keer is overgegaan voor je opneemt, dan wordt het losgeld lager en verloopt de afwikkeling sneller?

'We gaan vandaag naar het zwembad, mama, moet ik dan geen badpak mee?'

Shit. Zwemles. Ze liet de deurknop los.

Daar was-ie al; de telefoon rinkelde een derde keer.

'Tuurlijk', zei ze en ze holde terug naar de kamer van de kinderen, trok de kleren uit Ellens kleerkast en vond het badpak tussen de kousen.

Een vierde keer. Halenius nam op. Ze bleef midden in de kamer staan terwijl het bloed in haar oren suisde.

Ze had vannacht slecht geslapen, wat ongewoon was voor haar en haar een onbestemd gevoel gaf. Ze was een paar keer wakker geworden, was naar de kinderen gegaan, had stilletjes in het donker gezeten en naar hun ademhaling geluisterd, had in de woonkamer bij het raam gezeten en geprobeerd een paar sterren te onderscheiden. Er was er geen

een. De vermoeidheid golfde als een soort grillige onevenwichtigheid door haar lijf.

'Kan ik deze pakken, mama?'

Het meisje had een plastic zak van de Konsum bij Rådhuset gevonden. Ze stond bezweet en drammerig voor haar, een tijdneurootje dat er een hekel aan had om te laat te komen. Kalle stond in het trappenhuis ongeduldig tegen de liftdeur te schoppen.

'Natuurlijk', zei Annika en ze propte het badpak en een handdoek uit de badkamer in de zak en hoopte maar dat er geen menstruatiebloed op de handdoek zat en dat er geen kleverige etensresten onder in de plastic zak zaten.

Halenius sprak zachtjes Engels door de telefoon. Ze sloot de woorden buiten door de voordeur achter zich dicht te trekken en draaide haar gezicht naar het licht.

Het weer was net zo grijs en zwaar als graniet. De sneeuw op de trottoirs was aangestampt en ijs geworden. Een groot aantal winkeliers in de Hantverkargatan had de ijslaag op eigen initiatief weggehakt en sommige hadden zand gestrooid, wat de wandeling iets minder levensgevaarlijk maakte.

'We hebben vandaag aardrijkskunde', zei Kalle. 'Wist je dat Stockholm op 59 graden noorderbreedte en 18 graden oosterlengte ligt?'

'Precies', zei Annika. 'Op dezelfde breedtegraad als Alaska. Maar waarom is het klimaat hier beter?'

'De Golfstroom!' riep de jongen en hij sprong met twee voeten tegelijk door de vieze sneeuwbrij.

Liboi lag op breedtegraad nul. Het zou daar vandaag achtendertig graden worden, dat had Annika tijdens haar slapeloze nacht op internet opgezocht.

Bij het oversteken van de straten hield ze de handen van de kinderen stevig vast. Het hele eind liep de weg omhoog en hadden ze wind tegen. Toen ze bij het hek van de school waren, ging ze door haar knieën en trok de kinderen tegen zich aan. Kalle stribbelde gegeneerd tegen, maar ze hield hem vast.

'Als iemand jullie iets over papa vraagt, hoeven jullie niet te antwoorden', zei ze. 'Willen jullie erover vertellen, dan mag dat natuurlijk, maar het moet niet. Oké?'

Kalle wurmde zich los maar Ellen gaf haar een knuffel. Annika rekte zich uit om ze in het oog te houden terwijl ze samen met de andere kinderen het schoolgebouw in werden geperst, maar vlak achter de poort verdwenen ze in een woud van mutsen en rugzakjes. De blikken van de andere ouders werden niet op haar gevestigd, ze gleden als de wind langs haar heen.

Ze holde terug naar de Agnegatan, de lift was bezet dus rende ze de trappen op. Met een tekort aan zuurstof en kramp in haar bronchiën kwam ze het appartement binnen. Halenius zat achter het bureau in de slaapkamer met een oortje in zijn oor en zijn blik op oneindig. Toen ze de kamer binnenkwam klikte hij op het scherm, hij trok het snoertje uit zijn oor en draaide zich naar haar toe. Ze liet zich hijgend op het bed zakken en bestudeerde zijn ernstige gezicht.

'Ze hebben een opening geboden om het losgeld naar beneden bij te stellen', zei Halenius. 'Dit is absoluut een doorbraak.'

Ze sloot haar ogen.

'Leeft hij nog?'

'Ze hebben geen proof of life gegeven.'

Ze liet zich achterovervallen en belandde op haar rug tussen de kussens en de sprei. Het plafond zweefde ver boven haar, in de ochtendschemering grauw van kleur. Het was zo heerlijk om gewoon te liggen, je benen over de rand van de matras te laten bungelen en naar de ademhaling van het huis te luisteren.

Wanneer hadden ze eigenlijk voor het laatst gevreeën? Het was in dit bed, dat stond in elk geval vast, de avontuurtjes onder de douche, op de bank of op de keukentafel behoorden tot het verre verleden.

'Je zou uit moeten zoeken hoe je een groot geldbedrag kunt overmaken naar een bank in Nairobi,' zei Halenius, 'ik denk dat het slim is om dat vandaag te doen.'

Ze tilde haar hoofd een eindje op en keek hem vragend aan.

'Zowel de onderhandelaars van de Duitse als die van de Roemeen en de Spanjaard zeggen dat ze bijna een overeenkomst hebben gesloten. Dat is snel gegaan, maar niet belachelijk snel.'

Annika ging weer rechtop zitten.

'Het duurt meestal tussen de zes en zestig dagen', zei ze.

Hij keek haar aan alsof hij het opmerkelijk vond dat ze dingen die hij zei hoorde en nog onthield ook.

'Bij die anderen liggen de bedragen rond de één miljoen dollar', zei hij. 'Daar komen we waarschijnlijk niet onder.'

'Denk je dat het de man van de video is? Die belt en onderhandelt?'

'De yankees hebben de stemmen op een of andere digitale manier geanalyseerd. Ze zeggen dat het om een en dezelfde stem gaat.'

'Welke techniek hebben ze dan gebruikt?'

Halenius trok zijn wenkbrauwen op.

'En dat vraag je aan mij?'

'Waarom spreekt hij op de video's geen Engels?'

Halenius stond op en liep naar de vensterbank, waar hij een kleine laserprinter had geplaatst.

'Het gesprek was vrij kort', zei hij. 'Negen en een halve minuut. Ik heb het vertaald en uitgeprint. Wil je het lezen?'

Hij stak haar een uitdraai van twee A4'tjes toe. Ze schudde haar hoofd. Hij legde de papieren op het bureau en ging weer zitten.

Annika keek uit over de boomtoppen.

'De Britse is dood', zei ze. 'De Fransman is dood. De Roemeen, de Spanjaard en de Duitse zijn aan het onderhandelen, en wij zijn aan het onderhandelen. Maar er was er toch nog één, een Deen?'

'De Denen zijn ook aan het onderhandelen, zij zijn net zo ver als wij.'

Hij leek vandaag gestrest, vermoeider dan anders. Hij was vannacht maar een paar uur thuis geweest, en moest bovendien alleen slapen. Zijn vriendin zat immers in Zuid-Afrika. Misschien had hij moeite om in slaap te komen als zij niet naast hem lag. Misschien rolde hij naar haar kant van het bed en wikkelde hij zich in haar dekbed, zijn hoofd op haar kussen, haar geur en losse haren. Misschien vreeën ze elke nacht, of misschien 's ochtends, misschien voelde hij zich fysiek slecht als hij niet elke ochtend klaarkwam.

'Hoe voel je je?' vroeg ze.

Hij keek haar verbaasd aan.

'Goed', zei hij. 'Prima. En jij dan?'

Ze voelde het bed deinen.

'De bank is open', zei ze en ze liep naar de woonkamer en pakte de videocamera en de driepoot.

Ze had geen afspraak gemaakt voor een gesprek met een financieel adviseur, wat de vrouw van de klantenservice van de Handelsbank de wenkbrauwen deed fronsen. Annika moest blijven wachten terwijl het mens rondliep om te vragen of er iemand was die zich over haar kon ontfermen, wat volgens Annika niet al te ingewikkeld hoefde te zijn. Ze was de enige klant in het gebouw. Ze friemelde aan de videocamera en merkte wederom op hoe voorzichtig alle werknemers zich bewogen, hoe hun discrete gouden sieraden glommen en hoe markant de gebreken in het oog sprongen: kreukels in overhemden, een ladder in een kous. De man met de vermoeide ogen die haar laatst geholpen had, zag ze nergens. Misschien waren haar vragen voor hem de nekslag geweest, misschien was hij in een zware uitputtingsdepressie beland vanwege haar onwil om enthousiast op zijn voorstellen in te gaan.

Haar benen deden pijn van vermoeidheid, ze stampte op de grond om de pijn te verdrijven.

De vrouw verscheen weer en wenkte haar, Annika zigzagde door het banklandschap naar een hoek waar een andere vermoeide man met een metalen bril achter een vrij rommelig bureau zat. Hij was wat jonger dan zijn collega van afgelopen vrijdag.

'Trekt u zich hier maar niets van aan', zei Annika, terwijl ze het statief naast de bezoekersstoel plaatste, de camera erbovenop zette, hem op de verblufte bankemployé richtte en op 'record' drukte.

'Eh?' zei de bankemployé. 'Waar is dat voor?'

Annika ging recht tegenover hem zitten.

'Ik wil er zeker van zijn dat ik niets mis', zei ze. 'U hebt er toch niets op tegen, of wel?'

De man keek haar met een stalen gezicht aan.

'Het is niet toegestaan om hier zonder overleg beeld- of geluidopnames te maken. Doe dat ding weg. Oké?'

Ze slaakte een zucht, stond weer op, draaide de camera van het statief en stopte hem in haar tas.

'Ik moet misschien geld overmaken naar Nairobi', zei Annika. 'Ik wil weten hoe dat in zijn werk gaat.'

'Nairobi? In Kenia?'

'Zijn er nog andere?'

'En wat is de reden voor de overboeking?'

Annika boog zich naar de bebrilde man toe en liet haar stem dalen.

'Of ik hef al mijn rekeningen bij de Handelsbank op óf u beantwoordt mijn vragen. Oké?'

De man haalde diep adem en klikte op zijn computerscherm, het licht weerkaatste in zijn bril.

'Ik ben verplicht dat te vragen', zei hij. 'Afhankelijk van de hoogte van het bedrag dient de transactie bij de Zweedse belastingdienst te worden gemeld. Er moet een code worden ingevuld waaruit blijkt om wat voor soort betaling het gaat, bijvoorbeeld om iets te importeren. Als de code niet wordt ingevuld, kan de betaling geen doorgang vinden. Met een code krijgt de belastingdienst automatisch een melding door als de betaling wordt verricht ...'

Ze leunde achterover tegen de rugleuning van de stoel, plotseling doodmoe.

'Vertel maar gewoon hoe het in zijn werk gaat', zei ze.

'U hebt het IBAN-nummer en de BIC-code nodig van de bank waar het geld naartoe moet, en een rekeningnummer natuurlijk.'

'Een rekeningnummer? Bij een bank in Nairobi?'

'U kunt er uiteraard ook voor kiezen om het geld naar een bepaalde persoon te sturen, als de codes maar op de juiste manier worden ingevuld. Het geld wordt als buitenlandbetaling overgeboekt. Een normale betaling duurt drie dagen en kost honderdvijftig, tweehonderd kronen. Een spoedbetaling duurt één dag maar is duurder.'

'Hoeveel kan ik versturen?'

Hij glimlachte grimmig.

'Dat hangt ervan af hoeveel geld u tot uw beschikking hebt.'

Ze boog zich weer over het bureau en legde haar rijbewijs onder de neus van de bankemployé.

'Ik wil het geld van mijn internetkapitaalrekening naar Nairobi sturen, maar ik heb daar geen bankrekening. En in Nairobi wil ik onmiddellijk over het geld kunnen beschikken, in Amerikaanse dollars, kleine biljetten.'

De man voerde haar persoonsnummer in op de computer en knipperde een paar keer met zijn ogen, waarschijnlijk niet voorbereid op de grootte van het bedrag. Schymans geld was er in de ochtenduurtjes bij gekomen, hetgeen betekende dat er nu zo'n negen en een half miljoen kronen op haar rekening stond.

'En dit wilt u naar Kenia sturen? Het hele bedrag?'

'Hoeveel is dat in dollars?' vroeg ze.

'Amerikaanse? 9.452.890 Zweedse kronen, inclusief de opgebouwde rente ...'

Zijn vingers ratelden over het toetsenbord.

'1.494.314,80 dollar. Als u dollars tegen de dagkoers koopt, die is zes kronen en drieëndertig öre.'

Bijna anderhalf miljoen dollar. Het duizelde in haar hoofd.

'Maar als ik geen bankrekening heb in Kenia, hoe kan ik het geld dan daar opnemen? Kunnen jullie het ergens anders naartoe sturen, naar zo'n Western Unionkantoor?

De bankemployé had rode wangen gekregen.

'Het is niet mogelijk om geld van de Handelsbank naar Western Union in Kenia te sturen. Wilt u het geld daarheen sturen, dan dient u gebruik te maken van een van hun agentschappen, maar voor geldbedragen van deze omvang is dat niet zo handig. U mag vijfenzeventigduizend kronen per keer versturen, hoogstens twee keer per dag ...'

Ze hield zich aan het bureau vast om niet omver te kieperen.

'Dus ik moet een rekeningnummer hebben', zei ze. 'Bij een bank in Nairobi.'

Hij keek haar met een lege blik aan.

'Kan ik het ook meenemen?' vroeg ze. 'In een koffer?'

'Een dollarbiljet weegt één gram, ongeacht de waarde. Eén miljoen dollar in biljetten van twintig weegt dus vijftig kilo.'

Hij had het uit zijn hoofd uitgerekend, indrukwekkend.

'En u mag niet zo veel geld uit de EU uitvoeren zonder aangifte te doen bij de douane', zei de bankemployé. 'U moet een speciaal EU-formulier invullen, waarop u aangeeft wat de reden is van de uitvoer, wie de eigenaar is van het geld en wie het uitvoert, waar het geld vandaan komt, om wat voor soort contanten het gaat en wat de waarde ervan is ...'

'Vijftig kilo', zei Annika. 'Wordt lastig om mee te nemen als handbagage.'

De laatste keer dat ze gevlogen had, was het mens achter de incheckbalie onvermurwbaar geweest, ze mocht maar zes kilo in haar handbagage meenemen, en die van haar woog zeven. Volgens de glasheldere logica van de vliegtuig-maatschappij kreeg ze echter toestemming om een roman van Jonathan Franzen uit haar tas te pakken en in haar jas-zak te proppen, en dan was het goed.

'Ik zou u niet aanraden om het geld in te checken', zei hij. 'Alle bagage wordt met röntgen doorgelicht. Maar er is nog een andere manier.'

Annika leunde naar voren.

'*Cash cards*', zei hij luid, haast minachtend. 'Dat is het-zelfde als prepaidkaarten voor mobiele telefoons, maar dan voor geld.'

Annika meende dat de vrouwelijke bankemployee naast hen naar hen gluurde.

'Zoals een prepaidkaart,' herhaalde hij, 'een nummer, maar niet op naam. U zet het geld op de kaart en kunt het vervolgens waar ook ter wereld bij gewone geldautomaten opnemen.'

'Geldautomaten?'

'Ja,' zei hij, 'er zal dan wel een paar keer moeten worden gepind. Lichtschuwe individuen die gewoonlijk van deze dienst gebruikmaken, hebben meestal een groepje mensen tot hun beschikking die de geldautomaten afgaan en een paar honderd keer pinnen. Wil men niet door de camera's van banken worden gefilmd en geregistreerd, dan is dit een alternatief ...'

Een lichtschuw individu, was ze daarin veranderd? Een schaduwfiguur die zich aan de rand van de werkelijkheid bewoog en correcte mensen en hun levens probeerde na te bootsen? De correcte, oprechte mensen die bij deze bank werkten, bijvoorbeeld, die zorg besteedden aan hun kleren en sieraden, waarschijnlijk met goede vrienden uit eten gingen en er een redelijk geprijsde rode wijn bij dronken?

Ze stond zwaaiend op haar benen op, greep het statief vast om haar evenwicht te hervinden, schoof hem in elkaar en hing haar tas over haar schouder.

'Nou, hartelijk bedankt,' zei ze, 'het was ontzettend informatief.'

Ze voelde de beglaasde blik van de bankemployé in haar rug branden toen ze zich op onvaste benen naar de uitgang begaf. Ergens onderweg stootte het statief per ongeluk tegen een kopje koffie aan, waardoor het op de grond viel, maar ze deed net alsof ze het niet merkte.

* * *

Schyman sloeg de laatste krant van deze ochtend dicht en leunde achterover in zijn bureaustoel. Het ding kraakte verontrustend, maar had dat altijd al gedaan.

Hij bekeek de aanzienlijke stapel kranten voor zich, al die publicaties die hij elke dag van het jaar, zomer en winter, in het weekend en doordeweeks, op kantoor en in de vakantie las. De laatste jaren was het tempo steeds hoger geworden en de intensiteit lager, dat moest hij wel toegeven. Hij las niet meer zo precies. In feite bladerde hij ze haast alleen nog maar door, vooral de ochtendkranten.

Vandaag had hij alle reden om na het bladeren tevreden te zijn.

Hun seriemoordenaar was nu door alle media van het land opgepikt, ook al werd de moordenaar afhankelijk van de hoogdravendheid van de verschillende kranten min of meer hypothetisch gebracht. Dat de politie de onderzoeken had samengevoegd was in elk geval een feit, en de hoofdredacteur vond dat hij daarmee tevreden kon zijn. Ook vandaag had hij zijn lezers niet voor de gek gehouden.

Het kidnapverhaal was al bijna tot stilstand gekomen.

Dat de ontvoerder naar buiten was getreden en nog iets onbegrijpelijks in het Kinyarwanda had gezegd, was natuurlijk nieuws, maar zou niet tot hoge verkoopcijfers leiden. De Concurrent had het nieuws over de video aangevuld met een vrij vreselijke foto van Annika Bengtzon, die met halfopen mond, verward haar en grote ogen voor de deur van haar appartement in de camera staarde. 'Ik heb geen commentaar', zou ze hebben gezegd.

Informatief, zeker. Een triomf voor de onderzoeksjournalistiek.

Hij slaakte een zucht.

De mediaoogst van vandaag bestond echter niet alleen uit speculatief en oppervlakkig geneuzel. Er stond ook een verhaal in de kranten dat hem diep raakte, de kwestie van de oude man die jarenlang dood in zijn appartement had gelegen zonder dat iemand hem gemist had. Hij was pas gevonden toen er in het pand waar hij woonde breedband zou worden aangelegd. De voordeur zat niet op slot, de installateur was zo over de berg post naar binnen gestapt en had de man op de vloer van de badkamer gevonden.

Aan de hand van het eten in de koelkast, de poststempels op de brieven in de hal en de verregaande staat van ontbinding van het lichaam had de politie vastgesteld dat de man al minstens drie jaar dood was. Zijn pensioen was gewoon op zijn bankrekening gestort en alle rekeningen waren automatisch betaald. Niemand had hem gemist, de buren niet, zijn zoon niet, zijn oud-collega's niet. De politie ging niet uit van een misdrijf.

De deur drie jaar niet op slot, dacht Schyman. Hij was het niet eens waard geweest om een inbreker op bezoek te krijgen.

Er werd op de glazen deur geklopt, hij keek op.

Berit Hamrin en Patrik Nilsson stonden achter het glas en keken verre van blij. Dat beloofde niet veel goeds. Hij wenkte hen naar binnen, waarna ze met papieren, prints en aantekeningen in hun handen voor zijn bureau gingen staan.

'We hebben advies nodig over een bepaalde kwestie', zei Berit.

'Tegenwoordig moet overal moeilijk over worden gedaan', zei Patrik.

Schyman wees naar de bezoekersstoelen.

'De renovatie van het luxeappartement van de minister van Financiën, die door zwartbetaalde, illegale arbeidskrachten is uitgevoerd', zei Berit. 'Dat zou iets goeds kunnen zijn als het klopt, maar inhoudelijk zijn er wat probleempjes.'

Patrik legde zijn armen over elkaar. Schyman knikte dat ze door moest gaan.

'Ten eerste', zei Berit, 'was het niet de minister zelf die een luxeappartement liet renoveren maar een adviesbureau waar hij mede-eigenaar van was.'

'Wat maakt dat nou uit?' zei Patrik.

Berit negeerde hem.

'Ten tweede ging het niet om een luxeappartement maar om een kantoor voor de vijf werknemers van het adviesbureau.'

'Nou en?' zei Patrik.

'Ten derde ging het niet om een renovatie maar om het vervangen van de leidingen in het hele pand. In zesendertig kantoren werden in één moeite door de afvoerbuizen vervangen.'

'Dat zijn alleen maar details', zei Patrik.

'Ten vierde had het adviesbureau een contract gesloten met een aannemer die wit werd betaald. De aannemer had op zijn beurt een sloopkarweitje uitbesteed aan een onderaannemer en heeft deze wit betaald. De onderaannemer is zowel door de vakbond als door de aannemersvereniging en de belastingdienst gecontroleerd en goedgekeurd.'

'Dat is een kwestie van formuleren', zei Patrik.

Berit legde haar schrijfblok op haar schoot.

'Nee, Patrik', zei ze. 'Dit is gewoon flauwekul.'

'Maar mediatime.se heeft een gozer geïnterviewd die zegt dat hij zwart betaald kreeg toen hij in het luxeappartement van de minister had gewerkt!'

Schyman greep naar zijn voorhoofd.

'Mediatime.se! Maar Patrik, we hebben het toch over die roddelsites gehad ...'

'Stél dat die bron van mediatime.se de waarheid spreekt, dan hebben we hier een verhaal', zei Berit. 'Hoe komt het dat mensen gedwongen worden om buiten het sociale stelsel om te werken, hoewel alle betrokken aannemers wit betalen? Wie verdient er aan die wantoestanden? En wie zijn die zwartwerkers? Zijn het Zweden, en worden in dat geval ook de sociale lasten omzeild? Of zijn het illegale immigranten die in kelders wonen en voor een slavenloon werken?'

Patrik kauwde koortsachtig op een balpen.

'Hoe kan hij tegelijkertijd een adviesbureau runnen en minister zijn?' zei hij vervolgens. 'Hoe kan dat samengaan? Dan moeten er toch de hele tijd belangenconflicten ontstaan? We zouden moeten checken of hij opdrachten van het ministerie aan zijn eigen bedrijf heeft uitbesteed. We hebben hier een schandaal, als we maar diep genoeg graven ...'

Berits blik was helemaal leeg.

'De renovatie is zeven jaar geleden uitgevoerd, dus drie jaar voordat Jansson minister werd. Toen hij de ministerspost aanvaardde, heeft hij zijn aandeel in het bedrijf verkocht.'

'Maar misschien trekt hij hen toch voor? Besteedt hij opdrachten uit aan zijn oude vrienden ...'

Schyman stak zijn hand op en leunde over het bureau naar voren.

'Patrik', zei hij. 'We moeten dit maar loslaten. Er is geen story over Janssons luxueuze renovatie. Een artikelenreeks over de fraude in de bouw is daarentegen geen dom idee. Hoeveel wordt er bijvoorbeeld met subsidies gesjoemeld?'

Patrik gooide de natgesabbelde pen op Schymans bureau en stond op. De stoel vloog achter hem tegen de muur. Hij verliet de glazen kooi zonder een woord te zeggen.

'Soms lukt het niet om de werkelijkheid aan de tabloid aan te passen', zei Berit. 'Was dat een serieus voorstel, een artikelenreeks over de bouw?'

Schyman wreef over zijn gezicht.

'Een goed idee is het zeker,' zei hij, 'maar we hebben niet de middelen om het uit te voeren.'

Berit stond op.

'Ik ga op pad om te kijken of ik iemand met het alienhandsyndroom kan vinden', zei ze en ze verliet zijn kantoor.

Schyman bleef zitten en keek hen na.

Als zijn vrouw eerder zou komen te overlijden dan hij, bestond dan het risico dat hij drie jaar dood in zijn badkamer zou liggen voor iemand hem vond? Of was er iemand die hem zou missen? Misschien een oud-collega?

* * *

Annika zette het statief weg en gooide haar tas met de videocamera op de bank in de woonkamer. Het was zowaar wat lichter geworden buiten, ze meende de zon achter het witte wolkendek te ontwaren. Op haar tenen sloop ze naar de slaapkamer.

Halenius was op haar bed in slaap gevallen. Hij lag op zijn zij, met één been opgetrokken en zijn handen onder een van de sierkussentjes. Hij ademde geruisloos en regelmatig.

Opeens sloeg hij zijn ogen open en keek haar verward aan.

'Nu al terug?' zei hij en hij ging rechtop zitten.

Hij wreef over zijn voorhoofd, er miste een knoop aan zijn overhemd.

'Er is maar één manier om het geld daar te krijgen', zei Annika. 'Een buitenlandbetaling naar een rekening in Nairobi. Alle andere alternatieven kosten klauwen met geld.'

Halenius kwam wat wankel overeind.

'Goed,' zei hij en hij verliet de kamer, 'dan regelen we dat.'

Ze ging op het bed zitten, hoorde hem naar de badkamer gaan en de wc-bril omhoog doen. Het geluid van de straal was zo duidelijk dat hij de deur moest hebben opengelaten. Op de grond naast het bed lag een stapel kranten, hij had liggen lezen en was in slaap gevallen. Het kraantje van de wastafel liep voordat de wc werd doorgespoeld, hij waste dus eerst zijn handen.

Toen hij terugkwam, stond zijn haar niet meer zo recht overeind, hij moest een poging hebben gedaan om het voor de spiegel glad te strijken. Waar de knoop ontbrak stond zijn overhemd open.

'Hoe moet dat dan?' zei Annika. 'Ik heb geen Keniaanse bankrekening.'

Hij ging naast haar op het bed zitten, niet op de bureaustoel.

'Of je zult daarheen moeten gaan om een rekening te openen, of we vinden iemand naar wie we het geld kunnen overmaken.'

Annika bestudeerde zijn gezicht. Zijn blauwe, blauwe ogen waren roodomrand.

'Je kent iemand', zei ze. 'Je hebt iemand in je achterhoofd.'

'Frida Arokodare', zei hij. 'Zij was Angies kamergenote op de universiteit. Nigeriaanse, werkt in Nairobi voor de VN.'

Hij had de blauwste ogen die ze ooit had gezien, haast lichtgevend. Waarom waren ze roodomrand? Had hij gehuild? Waarom zou hij dat gedaan hebben? Of was hij misschien allergisch? Maar waarvoor dan? Ze stak haar hand uit en raakte zijn wang aan. Hij verstijfde, een reactie die door de matras onder haar werd voortgeplant. Ze trok haar hand terug.

'Zouden we dat echt kunnen?' zei ze.

Hij keek haar aan.

'Wat?' zei hij zacht.

Ze wilde antwoorden maar verstomde. Niet omdat ze het niet wist, ze wist precies wat ze niet konden doen, ze voelde in haar buik en onder haar venusheuvel wat ze niet konden doen, ze wist het exact.

O nee, dacht ze. O nee, gaat het die kant op?

Hij stond op en liep naar de computer, ze meende dat hij zijn kruis achter zijn hand probeerde te verbergen.

'Grégoire Makuza heeft vijf jaar geleden een opiniestuk geschreven in *The Daily Nation*. In die tijd stond hij nog ingeschreven aan de universiteit. Het was een ongelofelijk kritisch artikel over Frontex, waarin hij uiteenzette hoe de afzonderlijke landen de kwestie van hun eigen bord veegden en de gesloten grenzen tot een van bovenaf opgelegd, alomvattend gebod maakten en dat de schijnheiligheid ervan afdroop, omdat illegalen in West-Europa als nooit tevoren in de wereldgeschiedenis worden uitgebuit ...'

'*Daily Nation*?'

'De grootste krant van Oost-Afrika. Feitelijk heeft hij met dat artikel een punt. Zijn argumenten worden vandaag de dag door veel critici gedeeld, ook in Europa. Hij zou een goede toekomst hebben gehad als debattant, als hij die richting gekozen had.'

Halenius ging op de bureaustoel zitten en rolde hem achteruit, tot hij bij de drempel tot stilstand kwam.

'Maar in plaats daarvan besloot hij om de nieuwe Bin Laden te worden', zei Annika en ze reikte naar de stapel kranten op de grond en hield de krant van vandaag van de Concurrent omhoog. Op de voorpagina prijkte een frame van een van de video's waarop de man met de tulband strak in de camera keek.

'Een vergelijking die wat mank gaat', zei Halenius. 'Bin Laden kwam uit een steenrijke familie. Grégoire Makuza's familie waren Tutsi's, maar ze lijken geen belangrijke posities te hebben bekleed. Zijn vader was leraar op een dorpsschool en zijn moeder deed het huishouden. Hij was de jongste van vier kinderen, beide ouders en twee broers zijn tijdens de volkerenmoord verdwenen. Ze liggen waarschijnlijk ergens in een massagraf.'

'Dus ik moet met hem te doen hebben?' zei Annika.

Halenius' ogen waren wat minder roodomrand.

'Het is geen excuus, maar misschien een verklaring. Hij is knettergek, maar niet dom.'

Hij stak haar de uitdraai met het gesprek van die ochtend toe, ze pakte de papieren voorzichtig en aarzelend beet, alsof ze in brand stonden.

'Hier heb je zijn woorden. Je moet het gesprek nemen voor wat het is. Ik heb hem nu een paar keer gesproken en zo is het gelopen, we hebben deze dialoog een paar keer gevoerd.'

Ze wierp een blik op het papier.

'Wat zijn "O" en "K"?'

'De Ondervrager en de Kidnapper. Vergeet niet dat het mijn doel is om het losgeld omlaag te krijgen en om zo snel mogelijk tot een akkoord te komen. Aan het eind geeft hij plotseling wat toe. Begin hier maar met lezen.'

Hij wees ergens onder in de tekst.

K: Zijn jullie bij de bank geweest?
O: Eerst willen we een proof of life.
K: Stel mijn geduld niet op de proef. Wat zeggen ze bij de bank?
O: Annika, Thomas' vrouw, is daar op dit moment. Maar hoe weten wij dat Thomas nog leeft?

K: Je moet me domweg vertrouwen. Wat zegt de bank?

O: Ze is nog niet terug. Het is nog vroeg hier in Zweden. Maar als we geen nieuwe proof of life krijgen, kunnen we helemaal niets betalen, dat begrijp je wel ...

K (schreeuwt): Veertig miljoen dollar, of we hakken die klootzak zijn kop er af (hij gebruikte het woord *asshole*).

O (luide zucht): Je weet dat ze geen mogelijkheid heeft om zo veel geld bij elkaar te krijgen, die eis is ontzettend onredelijk. Ze heeft een gewone baan, ze werkt en heeft twee kleine kinderen en woont in een huurappartement ...

K (rustiger): Ze heeft verzekeringsgeld van een brand.

O: Ja, dat klopt. Maar dat geld is lang niet toereikend. Hoe zou ze de rest bij elkaar moeten krijgen?

K: Ze moet maar een beetje haar best doen.

O: Hoe bedoel je?

K: Ze heeft toch een kut net als alle andere wijven? Ze hoeft alleen maar de straat op te gaan en hem te gebruiken. Hoe graag wil ze haar man eigenlijk terug?

O (luide zucht): Ze is achtendertig. Heb je gezien hoe ze eruitziet?

K (hikkende lach): Je hebt gelijk, vriend, dat zal niet zo veel geld opleveren. Het is maar goed dat ze een baan heeft, anders zouden de kinderen vast honger lijden ...'

Ze stopte met lezen en keek Halenius aan.

'Heb je gezien hoe ze eruitziet?!'

Hij keek heel ernstig.

'Ik vind je mooi', zei hij. 'Dat heb ik altijd al gevonden.'

Ze kreeg het benauwd, richtte haar blik weer op de tekst.

O: Ze wil hem heel graag terug. Ze is verdrietig en ontdaan omdat hij weg is. En de kinderen missen hun vader. Als je het mij vraagt, is ze absoluut bereid om losgeld te betalen, zo veel als ze maar kan, maar ze heeft dus een beperkt vermogen.

K (snuift): Dat is niet mijn probleem. Hebben jullie met de politie gepraat?

O: Nee, je weet dat we niet met de politie praten. Ik begrijp je dilemma, maar misschien kun je proberen ook dat van haar te begrijpen. Ze heeft geen veertig miljoen dollar. En ze heeft geen enkele mogelijkheid om zo'n groot bedrag bij elkaar te krijgen.

K (verontwaardigd): Of ze zorgt dat ze het geld krijgt of die klootzak sterft. Dat is haar keuze.

O: Je weet wel beter. Als jullie het bedrag niet naar beneden willen bijstellen, krijgen jullie geen cent. We willen tot een overeenkomst komen. We willen dit opgelost hebben. We zijn bereid om aan jullie tegemoet te komen, maar jullie moeten de eis van veertig miljoen dollar loslaten.

(stilte)

K (heel zakelijk): Hoeveel is ze bereid te betalen?

O: Zoals ik al zei, ze is een vrouw met een gewone baan, zonder vermogen ...'

K: Hoeveel heeft ze op de bank?

O: Niet zo heel veel, maar ze is bereid om jullie alles te geven wat ze heeft. Ze is niet bepaald succesvol geweest, om het zo maar te zeggen.

K: Kan ze niets lenen?

O: Wat zou ze in onderpand kunnen geven? Je weet hoe het kapitalistische banksysteem werkt. Ze heeft geen huis, geen aandelen, geen dure auto, ze is een gewone, Zweedse, werkende vrouw, ze komt uit de arbeidersklasse, ze behoren allebei tot de arbeidersklasse ...

K: De regering, kan de Zweedse regering niet betalen? Hij werkt immers voor de Zweedse regering.

O (gesnuif): Jawel, als wetenschappelijk medewerker. Je moet weten dat de Zweedse regering zich niet om haar onderdanen bekommert, of ze nu voor haar werken of op haar stemmen. De regering zorgt alleen maar voor zichzelf, ze bekommeren zich alleen om hun eigen macht en hun eigen geld.

K: Dat is overal hetzelfde. Die rotzakken verkrachten voortdurend het eigen volk.

O: Regeringen zal het een zorg wezen als er mensen doodgaan.

K: Ze pissen op hun graven.

O: Helemaal waar.

(stilte)

K: Hoeveel heeft ze? Een paar miljoen?

O: Dollar? Nee, god nee, veel minder.

K: Die klootzak zegt dat ze een paar miljoen heeft.

O: Zweedse kronen, ja. Dat is iets heel anders. Een kroon is meer dan een Keniaanse shilling, maar geen dollar.

(korte stilte)

K: Wat was het voor een brand?

O: Waar ze het geld voor kreeg? Ze hadden een klein huis, ze kreeg het geld van de verzekering toen dat was afgebrand. Het is niet veel, maar het is alles wat ze heeft. En dat is zoals gezegd niet zo veel ...

(stilte)

K: Je hoort nog van ons.

(einde van het gesprek)

Ze liet de papieren op haar schoot zakken en merkte dat ze misselijk werd. Ze wist niet waar ze moest kijken. Het voelde alsof hij haar had verkocht, haar had vernederd en gekleineerd, alsof hij zijn baas had verloochend en de regering en eigenlijk heel Zweden. Hij was een verbintenis aangegaan met de zwijnen en had haar tot een lelijk oud wijf gemaakt dat nauwelijks geld had en geen mogelijkheid had om zich geld te verschaffen, een echte loser die alleen maar kon zitten jammeren en erop kon hopen dat die zwijnen een beetje menselijk mededogen zouden tonen, wat niet erg waarschijnlijk leek.

'Vergeet niet wat het doel is van dit gesprek', zei Halenius. 'Je weet waar we naartoe willen.'

Ze kon haar blik niet opslaan, haar handen begonnen koortsachtig te trillen. De papieren vielen op de stapel kranten. Hij stond op van de stoel en ging naast haar op het bed zitten, legde zijn arm om haar schouders en trok haar tegen zich aan. Haar lichaam veranderde in een stalen veer, ze sloeg hem in zijn zij, hard.

'Hoe kón je?' zei ze met verstikte stem en ze merkte dat ze brak. De tranen stroomden over haar wangen en ze probeerde hem van zich af te duwen. Maar hij hield haar vast.

'Annika,' zei hij, 'Annika, luister naar me, luister ...'

Ze snotterde tegen zijn schouder.

'Het is allemaal gelogen', zei hij. 'Ik meen geen woord van wat ik gezegd heb, dat weet je toch. Annika, kijk me eens aan ...'

Ze boorde haar gezicht in zijn oksel, hij rook naar wasmiddel en deodorant.

'Het is alleen maar strategie', zei hij. 'Ik zou echt alles zeggen om jou te helpen.'

Ze ademde met open mond.

'Waarom heb je mij die uitdraai laten zien?' vroeg ze, de woorden werden door de stof van zijn overhemd gesmoord.

'Ik ben hier in opdracht van jou. Het is belangrijk dat je weet wat ik doe, wat ik zeg. Zo gaan die gesprekken. Annika ...'

Hij leunde wat opzij en ze gluurde naar hem omhoog. Hij veegde een haarstreng uit haar gezicht en glimlachte voorzichtig.

'Hallo', zei hij.

Ze sloot haar ogen en moest even lachen. Hij liet haar los en schoof een eindje op, het werd licht en koud om haar heen.

'Ik haat dit', zei ze.

Hij stond op en liep naar de computer, ging achter het scherm zitten en begon te lezen. De stilte in de kamer werd groot, te groot voor haar om te kunnen dragen. Ze pakte de stapel kranten van de vloer en stond op.

'Ik ga eens kijken wat er in de wereld gebeurd is', zei ze en ze verliet de kamer.

De vrouwenmoorden in de buitenwijken van Stockholm vulden de dagbladen, en nu lag de focus opeens op het geweld, dat tot in de kleinste details werd uitgelicht.

Linnea Sendmans moordenaar had naast het wandelpad achter het kinderdagverblijf achter een spar staan wachten, las ze. Het slachtoffer was waarschijnlijk de heuvel opgejaagd en met grof geweld van achteren in haar nek gestoken. De wervelkolom was bij de tweede halswervel doorgesneden.

Annika probeerde zich de scène voor te stellen, maar het lukte niet, haar eigen herinneringen drongen zich aan haar op: de laars in de sneeuw, de hak die in de lucht stak.

Sandra Eriksson (54) uit Nacka vluchtte een parkeerterrein over toen ze van achteren belaagd werd en met een mes in haar hart werd gestoken. Het mes drong maar een paar centimeter tussen de ribben door naar binnen, maar raakte het hart, binnen enkele tellen was ze dood. Vier kinderen had ze, het jongste meisje was dertien.

Eva Nilsson Bredberg (37) uit Hässelby was met veertien messteken om het leven gebracht, de meeste gingen dwars door haar lichaam heen. Het moordwapen zou lang en groot zijn geweest. Het slachtoffer probeerde waarschijnlijk haar rijtjeshuis in te vluchten, maar viel en werd vlak voor haar deur van achteren neergestoken.

Voor de zekerheid werden de overeenkomsten opgesomd: de moordwapens, de handelwijze, de nabijheid van kinderen en speelplaatsen, en het feit dat er geen getuigen waren. Het werd niet met zoveel woorden gezegd, maar intelligente lezers begrepen dat er hier jacht werd gemaakt op een bijzonder doortrapte en meedogenloze dader.

Annika pakte haar mobiele telefoon, liep naar de kamer van de kinderen en deed de deur achter zich dicht. Ze belde Berits nummer op het werk, er werd meteen opgenomen.

'Dat wil je niet weten', zei Berit toen Annika vroeg wat er op de redactie gebeurde. 'Ik ben de helft van de dag bezig geweest met een onzinverhaal van mediatime.se over de minister van Financiën die zijn luxeappartement door zwartbetaalde, illegale arbeidskrachten zou hebben laten renoveren.'

'Klinkt als iets geweldigs', zei Annika.

'Als het waar was geweest, ja', zei Berit. 'Nu hebben ze me weer op jouw seriemoordenaar gezet.'

'Sorry', zei Annika. 'Dat is de reden waarom ik bel. Heb je toevallig de adressen van de vijf vermoorde vrouwen?'

'Hoezo?'

'De plaatsen delict zijn het probleem', zei Annika.

'Hoe bedoel je?'

'De vrouwen in Sätra, Hässelby en Axelsberg zijn vlak bij hun huis vermoord. Maar hoe was dat in Nacka en Täby? Zijn die moorden ook vlak bij hun woning gepleegd?'

Berit ritselde met een papier.

'In Nacka is dat inderdaad het geval, zij stierf zo ongeveer voor haar deur. Maar bij het meisje uit Täby niet.'

Annika ademde diep in.

Voor een man die zijn vrouw wilde vermoorden was het het veiligst en eenvoudigst om dat binnenshuis te doen. Daar was ze makkelijker te pakken en waren er minder getuigen. Maar als de man niet langer bij zijn vrouw woonde, kon het nodig zijn om de aanval naar buiten te verplaatsen.

Dat had Sven gedaan. Zij liet hem niet meer binnen, dus wachtte hij haar in het bos op. Hij joeg haar naar het industrieterrein in Hälleforsnäs, naar de hoogoven, waar hij haar inhaalde en waar haar kat in de weg liep, lieve Whiskas ...

Ze veegde het haar uit haar gezicht en herinnerde zich de gele vacht van de kat, zijn snorrende gemiauw en zijn zachte gespin.

'Hoe verder ze van haar eigen huis sterft,' zei Annika, 'hoe verder ze, puur relationeel gezien, van de dader af staat ...'

'Ik weet het', zei Berit. 'Ik heb de statistieken bekeken. Er zijn weliswaar enkele factoren die, puur wetenschappelijk, de theorie ondersteunen dat het om een gestoorde seriemoordenaar zou gaan, maar zoals je al zei, en afgaand op de overweldigende kennis die over het onderwerp vergaard is, lijkt het eerder om misdrijven in de relationele sfeer te gaan.'

'Mikael Ryings wetenschappelijke rapport?'

'De ontwikkeling van dodelijk geweld tegen vrouwen in intieme relaties', bevestigde Berit. 'De cijfers zijn een paar jaar oud, maar ze zijn eenduidig. Vanaf 1990 en de jaren daarna was het vrouwelijke slachtoffer in vierennegentig procent van alle opgeloste zaken een bekende van de dader.'

Annika's mobieltje piepte, ze had een sms'je gekregen. Ze negeerde het berichtje, leunde achterover tegen de kussens op Ellens bed en trok haar voeten onder zich op. Ze kende die cijfers uit haar hoofd. In bijna de helft van de gevallen was de moordenaar de ex van het slachtoffer. Door de jaren heen had ze dit soort kwesties gevolgd, wat meer dan eens tot ongegeneerd gekreun en rollende ogen bij de redactieleiding had geleid. In achtendertig procent van de gevallen was het moordwapen een mes. Gevolgd door wurging, vuurwapens, bijlen en andere hakwapens, pure mishandeling zoals schoppen en slaan, en ten slotte obscure methodes zoals stroomstoten en slachtmaskers.

'Slachtoffers van gestoorde moordenaars vallen onder

drie categorieën', zei Berit. 'Massamoord, lustmoord en moord ten gevolge van een ander misdrijf, meestal een overval.'

'Dat is op geen van hen van toepassing', zei Annika.

Ze pakte de Keurige Ochtendkrant en bestudeerde de foto's van de vijf dode vrouwen: Sandra, Nalina, Eva, Linnea en Lena. Gewone, doodnormale pasfoto's van vrouwen van verschillende leeftijden die zich hadden opgemaakt en uiteenlopende kapsels hadden, die waarschijnlijk allemaal met diëten hadden geworsteld om op gewicht te blijven en gestrest waren geweest vanwege hun studie, de kinderen en relaties die op de klippen waren gelopen.

Konden ze het slachtoffer zijn van een gestoorde moordenaar? Stel dat ze het met haar spottende commentaar tegen Patrik bij het juiste eind had gehad?

'Wat ga je schrijven?' vroeg Annika.

Berit zuchtte.

'Ik heb de opdracht gekregen om de exen van de vrouwen te interviewen, behalve die ene die in hechtenis zit, vanuit de invalshoek dat de politie zich nu eindelijk op de werkelijke moordenaar richt.'

'Zou niet zo moeilijk moeten zijn', zei Annika.

'Klopt. Tot nu toe heb ik zowel de ex van de vrouw uit Nacka als die van de vrouw uit Hässelby gesproken, en ze waren allebei buitengewoon spraakzaam.'

'Waarom ben ik niet verbaasd?' zei Annika.

'Ze schromen niet om te vertellen wat voor sloerie hun ex-vrouw wel niet was. Ze zijn er natuurlijk kapot van dat ze dood is, maar zoals ze zich gedroeg was er eigenlijk niets anders te verwachten.'

'Al die idioterie dat de vrouwen eerder zouden zijn geslagen en bedreigd, was natuurlijk onzin en gelogen', zei Annika.

'Uiteraard. De man die voor mishandeling was veroordeeld was eigenlijk geheel onschuldig, en als hij haar al toevallig een paar keer geslagen had, dan was het lang niet zo erg als ze zei.'

'Eigenlijk was het gewoon haar eigen schuld', zei Annika.

Haar mobieltje piepte weer, nog een sms'je. Buiten werd het langzaam donker, omdat het wolkendek dikker werd óf omdat de dag al bijna voorbij was. Ze kon niet zeggen welke van de twee de oorzaak was.

'Het is eigenlijk de vraag wat ik kan schrijven. Ik kan de mannen niet alleen maar laten vertellen hoe onschuldig ze wel niet zijn. Dan moet ik de hele problematiek uitleggen en daar is geen ruimte voor.'

'Het hoofdprobleem bij alle moordzaken', zei Annika. 'Dat we slechts één versie van het verhaal tot onze beschikking hebben.'

'Ik moet de lezers maar zelf conclusies laten trekken', zei Berit.

'Het merendeel van de lezers zal de mannen geloven', zei Annika en ze sloeg de krant open. 'Hoeveel zei je dat er in hechtenis zitten?'

'Alleen Barham Sayfour, Nalina Barzani's neef. Als hij wordt vrijgelaten wordt hij uitgewezen, de familierelatie die hij eerder had is nu immers verdwenen.'

'Oeps', zei Annika. 'Had ik nog niet aan gedacht.'

Annika hoorde een piepje in de telefoon, er kwam nog een gesprek binnen.

'Er is iemand die me probeert te bellen', zei Annika. 'Ik moet hem nemen.'

'En ik moet weer verder schrijven', zei Berit. 'Dansen op een slap koord ...'

Ze drukte Berit weg en liet het andere gesprek doorkomen.

Het was Anne Snapphane.

'Ik sta voor je huis. Mag ik boven komen?'

Anne Snapphane schitterde en fonkelde toen ze de hal binnenkwam, ze had een glitterhemdje aan, een strasarmband om en een heleboel glansspray in haar haar.

'Het is gelukt!' jubelde ze en ze omhelsde Annika. 'Eindelijk is het gelukt!'

Annika omhelsde haar terug en glimlachte.

'Gefeliciteerd. Wat is er gelukt?'

'Nu zou ik een borrel kunnen gebruiken, maar een kopje koffie is ook wel goed.'

Anne Snapphane was al jaren een nuchtere alcoholist.

Annika liep naar de keuken en zette de waterkoker aan.

'Als ik de eerste factuur voor mijn nieuwe interviewserie heb verstuurd, zal ik een echt koffiezetapparaat voor je kopen', zei Anne Snapphane, terwijl ze aan de keukentafel ging zitten.

Annika keek haar verbaasd aan.

'Kijk niet zo sceptisch', zei Anne. 'Ze hebben mijn pitch met enthousiasme ontvangen.'

Annika zocht koortsachtig in haar geheugen, had Anne zoiets niet eerder verteld?

Haar vriendin gooide haar armen in de lucht.

'Je bent zo verstrooid als een ouwe geit. Media Time! Je hebt beloofd me te helpen. Ga nou niet zeggen dat je het niet meer weet.'

'Natuurlijk niet', zei Annika en ze kieperde wat oploskoffie in de mokken.

Anne pakte haar handtas, een veelkleurig geval met een gouden sluiting en een heel duur logo, diepte er een spiegeltje en een lippenstift uit op en zette de kleur op haar lippen nog wat dikker aan. Annika goot water in de mokken en zette ze op tafel.

'De chefs van Media Time waren laaiend enthousiast. Ze willen dat ik meteen begin. Is dat wat jou betreft oké?'

Annika glimlachte naar haar en pakte de melk uit de koelkast, Anne volgde het GI-dieet en nam geen gebak en ook geen suiker.

'Klinkt hartstikke goed. Wat is het voor een bedrijf?'

'Een modern mediaconcern, ze hebben een digitaal tv-kanaal op internet, een digitaal radiokanaal met muziek en nieuws, en een nieuwsdienst op het net.'

Annika bleef met de melk in haar hand midden in de keuken staan.

'Mediatime.se?'

'Ze hebben de journalistiek werkelijk vernieuwd, ze durven dingen te publiceren waar niemand anders zich aan waagt.'

'Hebben ze geschreven dat de minister van Financiën zijn luxeappartement door zwartbetaalde arbeidskrachten heeft laten renoveren?'

Anne wierp opnieuw haar armen in de lucht.

'Dat heb ik altijd al gezegd, deze socialistische regering doet niets anders dan zichzelf verrijken en sjoemelen.'

Annika ging voorzichtig op een houten stoel aan de keukentafel zitten. Zich plotseling bewust van de aanwezigheid van een olifant in haar keuken, iets groots en grijs dat alle zuurstof wegnam.

'Anne,' zei ze, 'wat voor pitch heb je eigenlijk verkocht?'

'De interviewserie', zei ze. 'Serieuze verhalen met interessante mensen. *Anne ontmoet* gaat de serie heten. Klinkt goed, of niet? Dat ik mensen ontmoet en ze interview. Jij bent mijn eerste gast.'

Annika hield haar handen rond de mok en voelde het kokendhete water in haar handpalmen branden.

'Hoe bedoel je?' zei ze, hoewel ze het wel wist.

'Je vertelt over de ontvoering', zei ze. 'We hebben volop de tijd, vijfentwintig minuten. Je vertelt alleen maar dat wat je aankunt, ik zal je niet pushen.'

Anne boog zich over de tafel naar voren en legde haar handen om die van Annika.

'Het gebeurt geheel en al onder jouw voorwaarden', zei ze. 'Ik pas me aan jou aan. Het hoeft niet in een anonieme tv-studio, we kunnen het gewoon hier bij je thuis doen.

Hier, aan de keukentafel, of op de kamer van de kinderen ...'

Annika trok haar handen terug. De olifant vulde de hele ruimte, alle kastjes en lades, de koelkast, de vriezer, de magnetron, hij dreigde haar tegen de wand te verpletteren en het raam aan de kant van de Bergsgatan te verbrijzelen.

'Anne,' zei ze, 'dit kun je niet menen.'

De olifant stopte met ademen. De stilte was om te snijden.

'Dit is toch ook hartstikke goed voor jou?' zei Anne Snapphane met een licht stemmetje, maar de ongedwongenheid klonk benauwd en geforceerd. 'Je kunt geen betere voorwaarden krijgen, je mag het eindresultaat zien en goedkeuren, gevoelige vragen of antwoorden waar je spijt van hebt knip ik eruit ...'

Annika legde haar hand op haar voorhoofd.

'Ik kan niet geloven dat je dit hebt gedaan.'

Anne sperde haar ogen wijdopen.

'Het is toch geen straf om te worden geïnterviewd? Het is juist een erkenning. Bedenk eens hoeveel landen en culturen er zijn waar je niet kunt zeggen wat je denkt en vindt. Wees blij dat er mensen zijn die het iets kan schelen. Stel je voor dat er niemand was die zich voor jou en Thomas en voor jullie problemen interesseert?'

Jullie problemen? Jullie próblémen?!

Plotseling was Annika weer terug in Anne Snapphanes trappenhuis in Östermalm, met haar twee zwartberoete kinderen naast zich, toen ze vroeg of ze binnen mocht komen; haar huis was zojuist afgebrand, ze had geen geld en kon nergens naartoe, ze had de kinderen met behulp van de lakens uit het brandende huis naar beneden laten zakken en was zelf van de bovenverdieping naar beneden gesprongen, de taxi stond beneden aan de weg te wachten en ze wilde bij Anne overnachten, maar Anne zei nee. Anne had een nieuwe man ontmoet, Anne kon niet begrijpen dat Annika zo meedogenloos was dat ze eiste om onder zulke delicate omstandigheden binnen te mogen komen, wenste ze Anne dan geen goede toekomst toe?

'Je bent echt geschift', zei Annika. 'Je hebt mij verkocht om een beroemde tv-persoonlijkheid te worden.'

Anne Snapphane schrok op alsof ze een oorvijg had gekregen. Haar ogen werden donker en de hand die naast de koffiemok lag beefde.

'Laat je me in de steek?' fluisterde ze. 'Nu ik eindelijk een kans heb?'

'Ik pak werkelijk alles van je af, hè?' zei Annika met stijgende verbazing. 'Je mannen, je succes, en je dochter misschien ook? Dat Miranda bij Mehmet woont, is dat ook mijn schuld?'

Anne Snapphane zat ademloos van verbijstering aan de andere kant van de keukentafel.

'Jouw egocentrisme kent geen grenzen', zei ze. 'Maar ditmaal kom je er niet onderuit. Je hebt me beloofd om mee te werken, je hebt beloofd om me te helpen. Ik ga dit hoe dan ook doen, met of zonder jou.'

Annika schoof haar koffiemok van zich af.

'Je doet maar wat je wilt', zei ze. 'Ik ben een groot voorstander van democratie en vrijheid van meningsuiting.'

Anne Snapphane stond op, haar koffie klotste over de rand en haar stoel schraapte over de houten vloer. Ze haastte zich naar de hal, met trillende handen trok ze haar jas aan. Ze hield haar blik op Annika gericht.

'Zoals ik jou gesteund heb', zei ze met verstikte stem. 'Zoals ik naar je geluisterd heb en je heb geholpen en getroost. Als ik niet zo veel tijd en energie in jou had gestopt, was ik zelf veel verder gekomen, ik heb me terughoudend opgesteld om jou te kunnen helpen, en dit is wat ik als dank terugkrijg?'

Annika slikte.

'Dit heb je al eens eerder gezegd, dus waarschijnlijk geloof je het zelf. Het is bijna zielig.'

'Hier zul je nog spijt van krijgen', zei Anne en stampvoetend verliet ze het appartement.

Annika bleef aan de keukentafel zitten en luisterde, naar de lift die door het hart van het gebouw naar beneden verdween. Een knagend gevoel van onbehagen draaide in haar maag rond en werd steeds groter. Haar handen en voeten werden gevoelloos. Meende Anne het echt serieus? Zou ze haar werkelijk, doelbewust, schade toebrengen?

Ze sloot haar ogen, dwong haar hersenen tot rationelere gedachten.

Anne had geen macht. Niemand trok zich iets van haar aan. Ze klampte zich vast aan de rand van de mediamaatschappij, zonder ook maar ooit enige invloed te krijgen. Ze vormde geen bedreiging.

Annika haalde opgelucht adem en liet haar schouders zakken, bracht wapperend haar handen tot leven.

Opnieuw hoorde ze de lift en haar schouders trokken weer samen. Was Anne iets vergeten? Wilde ze haar excuses aanbieden?

Het waren Kalle en Ellen, die thuiskwamen van de naschoolse opvang.

'Mama, ik heb mijn puppydiploma gehaald! Gaan we nu een badge kopen?'

Ze sloot hen in haar armen en hield hen vast, stevig.

'Hoe was het vandaag?'

'Goed', zeiden beide kinderen automatisch.

'Heeft er nog iemand naar papa gevraagd?'

Ellen schudde haar hoofd.

'Mag ik een puppybadge? Die zijn op internet te koop.'

'Alleen die ene man', zei Kalle en hij trok zijn muts af en gooide hem in de hal op de grond.

Het gevoel van onbehagen kwam weer boven.

'Welke man?'

'Van een krant. Hij had een megagrote camera.'

Halenius verscheen in de deuropening naar de kamer.

Kalle spande zijn kaken.

'Hallo', zei hij tegen de kinderen en daarna keek hij Annika aan. 'Kun je even komen?'

Ze kon zich niet verroeren.

'Zeg het', zei ze. 'Zeg het, nu.'

Halenius wierp een blik op de kinderen.

'De Spanjaard', zei hij. 'Hij is vrij.'

* * *

Schyman klikte als een bezetene tussen de verschillende vertaalprogramma's heen en weer. Voor het eerst in zijn leven speet het hem dat hij zijn vrouw niet vergezeld had op haar eeuwige cursussen Spaans. In de loop der jaren had ze zowel aan de volksuniversiteit als aan het Institutio Cervantes en bij Enforex lessen gevolgd, maar hij had altijd naar zijn werk verwezen, hij had er geen tijd voor, en nu zat hij hier en probeerde hij *El Pais* te lezen met behulp van Babel Fish. Dat ging niet zo goed. Hij testte Google Vertalen en dat ging wat beter, 'de man de Spanjaard is te ontdekken in de stad Kismayo vanmiddag' was in elk geval in de juiste tijd.

Het leek flink mis te gaan met de gijzelaars daar in Afrika. De Fransman was in stukjes gehakt, en de Britse was ook dood gevonden. Dat de Spanjaard was vrijgelaten was het eerste goede nieuws in alle ellende.

Terwijl hij met de vertaalprogramma's worstelde, hield hij de persbureaus vanuit zijn ooghoeken in de gaten, en toen er een *Urgent – Hostage Free In Kismayo* van Reuters binnenrolde, stopte hij met vertalen en klikte het bericht open.

Hij las de droge, zakelijke tekst vluchtig door.

Alvaro Ribeiro (33) was maandagmiddag uitgedroogd en uitgeput bij de universiteit in de Somalische havenstad Kismayo aangetroffen. Hij had twee gebroken ribben en vertoonde ondervoedingsverschijnselen, maar verder was hij in vrij goede gezondheid. Hij had een mobieltje mogen lenen van een student en had zowel zijn familie als een vriend die verslaggever was bij *El Pais* gebeld. Het bericht van Reuters leek een directe vertaling van het Spaanse artikel te zijn (gelukkig waren er anderen die wel alle cursussen hadden gevolgd). Na een korte samenvatting van wat er gebeurd was (een delegatie van de Frontexconferentie in Nairobi was bij een wegversperring op de grens met Somalië tegengehouden) werd het verhaal van de Spanjaard in zijn geheel weergegeven. Er werd verteld hoe ze werden aangehouden en afgevoerd, hoe ze rond werden gereden en gedwongen werden om een hele nacht te lopen, hoe ze gevangen werden gezet in een hut van koeienstront en geen eten en water kregen en niet naar de wc mochten.

Schyman draaide onrustig op zijn stoel, hij had altijd wat moeite met ontlasting en dat soort dingen.

De gevangenschap in de hut werd als ondraaglijk beschreven, de gijzelaars hadden het warm en leden honger, ze waren gedwongen om toe te kijken toen de Franse afgevaardigde gedood werd en in stukken werd gehakt.

Wat grotesk, dacht Schyman, waarna hij de ellende in de hut vluchtig doornam.

De Spanjaard was naar een andere hut overgeplaatst, daarna had hij de Deen en de Duitse afgevaardigde, Helga Wolff, niet meer gezien. De overige gijzelaars zag hij op zondagochtend 27 november terug, toen ze naar de open plek tussen de hutten werden gebracht. De Britse vrouw, Catherine Wilson, lag voor een van de lemen hutten naakt op de grond. Ze hadden lange spijkers door haar handen en voeten geslagen en haar zo aan de aarde gekruisigd. Eerst werd ze door de drie bewakers verkracht, maar niet door de leider, de Grote Generaal. Daarna werden de mannelijke gijzelaars een voor een naar voren gehaald en gedwongen om de vrouw te verkrachten. Als ze weigerden zouden hun handen worden afgehakt. Alle mannelijke gijzelaars besloten toen om zich aan de Britse te vergrijpen, maar hem lukte het niet om haar te misbruiken, hij deelde zijn leven met een man en had zich nooit tot vrouwen of sadisme aangetrokken gevoeld, maar uit angst voor zijn eigen leven deed hij net alsof hij gemeenschap met haar had. Daarna doodde de Grote Generaal de vrouw door haar met zijn machete te verkrachten.

Hierop volgde een verslag van de vrijlating van de Spanjaard, hoe hij in een grote auto was rondgereden en uiteindelijk eruit was gegooid.

Schyman schoof het scherm van zich af en keek in de richting van de nieuwsdesk.

De feiten over de Britse vrouw waren zo wreed dat ze onwerkelijk aandeden. Kon hij zulke details wel publiceren? Ze zouden de Zweedse kleutervader Thomas immers in een verkrachter veranderen. Tegelijk waren de feiten al naar buiten gebracht en via Reuters over de hele wereld verspreid. En iemand tot een verkrachting dwingen was toch ook een gewelddaad?

Hij krabde zich in zijn baard. Er kwam niet uit het stuk naar voren of er losgeld was betaald, maar hij ging ervan uit dat dat wel gebeurd was. De dood van de Britse was werkelijk beestachtig, maar wie was hij om doodsoorzaken in gradaties in te delen? Was het 'beter' geweest als ze aan een wespensteek of een hartinfarct was overleden?

Alle kwaad in de wereld was noch zijn fout noch zijn probleem. Hij had juist de plicht om te vertellen hoe de werkelijkheid eruitzag, hoe de wereld in elkaar zat.

Hij las het bericht nogmaals door. Het was opmerkelijk smaak- en reukloos, mechanisch, haast steriel. In deze staat kon het onmogelijk in de *Kvällspressen* worden gepubliceerd. Ze moesten de stelling van de goede Stig-Björn maar ter harte nemen en het geheel wat dramatiseren om het verhaal wat meer vaart te geven.

Hij hoorde Patrik een kreet slaken bij de nieuwsdesk en begreep dat de nieuwschef de tekst ook gevonden had.

Hij klemde zijn kiezen op elkaar.

De één en de nieuwsposter voor morgen waren in elk geval geregeld.

* * *

Thomas vree altijd zo voorzichtig. In het begin had Annika het fantastisch gevonden dat hij zo teder en gevoelig was, vooral omdat het zo volstrekt anders was dan met Sven en zijn ruwe, gewelddadige gedrag. Maar met de jaren deden zijn vederlichte aanrakingen haar steeds minder, ze merkte dat ze de wens koesterde dat hij haar eens flink zou pakken, haar stevig zou vastgrijpen, haar eens echt zou willen.

Ze haalde diep adem en drukte op 'bellen' op het display van haar mobiele telefoon. In de villa in Vaxholm ging de telefoon, lange belsignalen galmden over de parketvloer en deden de prisma's in de kristallen kroonluchter dansen.

'Doris Samuelsson', zei Thomas' moeder. Ze klonk zwakker dan normaal, wat aarzelender, alsof de vanzelfsprekende hooghartigheid die Doris Samuelsson eigen was een deuk had opgelopen.

'Hallo, met Annika', zei Annika. 'Stoor ik?'

Doris schraapte haar keel.

'Dag Annika', zei haar schoonmoeder. 'Nee hoor, je stoort niet. We hebben net gegeten, dus het komt gelegen. Heb je nog iets van Thomas gehoord?'

'Niet na de videofilm waar ik zaterdag over heb verteld', zei Annika. 'Maar we hebben wel nieuws dat met hem te maken heeft. Een van de andere gijzelaars, de Spanjaard Alvaro Ribeiro, is door de ontvoerders vrijgelaten en redelijk gezond.'

Doris haalde opgelucht adem.

'Het is een goede zaak dat die mensen eindelijk hun verstand gebruiken. Je kunt onmogelijk mensen op die manier gevangenhouden. Wat goed dat ze dat hebben begrepen ...'

Annika drukte haar hand tegen haar voorhoofd.

'Doris,' zei ze, 'Alvaro Ribeiro's beschrijving van de omstandigheden waarin de gijzelaars verkeren is erg moeilijk te bevatten. Ze zijn blootgesteld aan honger en aan vergrijpen en geweld. Thomas ... is ook bedreigd en gedwongen om gruwelijke dingen te doen.'

Doris deed er een paar seconden het zwijgen toe.

'Vertel', zei ze.

Geruisloze ademhaling.

'Ze hebben gedreigd zijn handen af te hakken als hij niet deed wat ze zeiden.'

Er werd naar lucht gehapt.

'Hebben ze dat gedaan? Hebben ze hem verminkt?'

'Nee', zei Annika. 'Niet dat wij weten. De Spanjaard heeft er niets over gezegd. Ik weet niet hoeveel details de kranten morgen publiceren, maar ...'

Ze zweeg, bracht het niet op om verder te gaan met 'je zoon heeft een gekruisigde vrouw verkracht, in feite de vrouw voor wie hij naar Liboi was gereisd en die hij had willen versieren.'

'Ze zijn tot seksuele handelingen gedwongen', zei ze. 'Ze zijn mishandeld, de Spanjaard had twee kapotgetrapte ribben. Ze hebben eten vol met maden moeten eten ...'

'Genoeg', zei Doris zacht. 'Ik begrijp het. Sorry, maar ik moet ...'

'Nog één ding', haastte Annika zich te zeggen. 'Ik kan de kinderen niet hier in de stad houden. Ze worden niet door de journalisten met rust gelaten, en ik wil niet dat ze op school zijn als het verhaal van de Spanjaard openbaar wordt gemaakt.'

'Ahurm', zei Doris op haar onnavolgbare, ontevreden manier.

'Bovendien hopen we het snel eens te zijn over de hoogte van het losgeld,' zei Annika, 'en dat betekent dat we naar Kenia moeten reizen ...'

'Losgeld? Meen je dat serieus? Ga je die moordenaars geld betalen?'

Annika slikte.

'De partner van de Spanjaard is nu in Kenia. Gisteravond heeft hij aan de rand van Nairobi één miljoen dollar in een vuilniscontainer achtergelaten. Daarom is de Spanjaard vrijgelaten. We moeten er rekening mee houden dat ook wij daarheen moeten, hopelijk deze week al ...'

'We hebben het erg druk', zei Doris. 'We hebben op woensdag en vrijdag een lunch en ik moet het huis schoonmaken. Ik hoop dat je dat begrijpt.'

Annika kneep haar ogen stijf dicht.

Voor Eleonors kinderen had je graag gezorgd, dacht ze, maar Eleonor wilde er geen, Eleonor wilde haar lichaam en haar carrière niet verpesten, maar dat heeft ze jou nooit verteld, of wel? Ze glimlachte alleen maar een beetje droevig voor zich uit toen je vroeg hoe het met kinderen zat, of zij en Thomas van plan waren om er een paar te krijgen, toen dacht je dat ze ze niet kon krijgen en toen voelde je zo'n medelijden, toch? En daarom zei je zo subtiel tegen Thomas: 'Kinderen krijgen, dat kan een hond, maar voor ze zorgen is een andere zaak'. Dat is hoe je mij ziet, als een teef, ja toch? En je eigen kleinkinderen zijn niet deftig genoeg om op je Perzische tapijten te spelen ...'

'Zeker', zei Annika. 'Ik begrijp het helemaal. Ik bel wel als er weer nieuws is.'

Trillend van woede drukte ze het gesprek weg.

'Niet gelukt bij Doris?' vroeg Halenius vanuit de slaapkamer.

Iemand had luistervinkje gespeeld.

'En raad eens of we verbaasd zijn?' zei Annika en ze belde het nummer van haar moeder.

Barbro klonk nuchter maar moe.

'Ik moet de hele week lange dagen maken,' zei ze, 'van negen tot zes.'

Lange dagen? Gewoon fulltime? Ze ging er maar niet op in.

'Mam, zou ik je wat mogen vragen?'

'Niet dat ik klaag, hoor, je hebt altijd geld nodig zo vlak tegen de Kerst.'

Vlak voor de Kerst, heet dat.

'We hebben nieuws over Thomas', zei ze. 'De gijzelaars worden ontzettend slecht behandeld. We moeten proberen om hem zo snel mogelijk thuis te krijgen, en daarom wilde ik vragen of je een paar dagen voor Kalle en Ellen zou kunnen zorgen?'

'En 's avonds moet ik op Destiny passen, want Birgitta heeft extra uren gekregen in de supermarkt, de avonddienst ...'

Ze sloeg haar voorhoofd drie keer tegen de salontafel, wat had ze zich in haar hoofd gehaald?

'Oké', zei Annika. 'Heb je Birgitta's telefoonnummer?'

'Ga je eindelijk je excuses aanbieden?'

Ze ging rechtop op de bank zitten en ademde stilletjes diep in.

'Ja', zei ze.

Haar moeder gaf het nummer, daarna was het gesprek afgelopen.

Ze huiverde even. De kou in de kamer had haar hele lichaam doordrongen, ze had ijskoude vingers en voeten en begon te rillen. Halenius kwam naar de woonkamer.

'Is het erg koud hierbinnen?' vroeg ze.

'Misschien moeten we morgen of woensdag al op reis', zei hij.

Ze stak haar hand op.

'Ik weet het', zei ze. 'Ik doe mijn best. Ik ben bereid om me tot het uiterste te vernederen om kinderoppas te vinden. Oké?'

Hij keerde zich om en ging weer terug naar de slaapkamer.

Ze draaide het mobiele nummer van haar zus. Birgitta nam meteen op.

'Allereerst', zei Annika en ze keek in de videocamera, die naast de tv stond opgesteld en alles registreerde wat ze deed en zei. 'Allereerst wil ik je mijn excuses aanbieden omdat ik niet op je bruiloft ben geweest. Het was fout van me om mijn werk op de eerste plaats te zetten. Mensen zijn altijd belangrijker dan artikelen, dat weet ik nu.'

En toen ze het gezegd had, wist ze dat het waar was.

'Wauw', zei Birgitta. 'Mevrouw Onfeilbaar is tot inzicht gekomen. Waar ben je op uit?'

Het had geen zin om om de hete brij heen te draaien.

'Ik heb hulp nodig', zei Annika. 'Iemand moet voor de kinderen zorgen als ik naar Oost-Afrika moet om te proberen Thomas thuis te krijgen. Kun jij me helpen?'

'Net zoals jij mij afgelopen zaterdag geholpen hebt, bedoel je?'

Ze legde haar hand op haar ogen.

'Birgitta,' zei ze, 'we hebben een kidnapcentrale in mijn huis. Er lopen hier mensen van het ministerie van Justitie rond die met de kidnappers proberen te onderhandelen zodat Thomas weer vrijkomt. We hebben hier computers en opnameapparatuur staan en God weet wat nog meer, en we houden contact met de andere onderhandelaars en hun respectievelijke regeringen ...'

'Moet ik nu onder de indruk zijn dat je zo slim en interessant bent?'

Dat kreeg haar stil. Daar had Birgitta heel duidelijk een punt. De afgelopen dertig jaar had ze consequent geprobeerd om Birgitta de loef af te steken door slimmer en interessanter te zijn dan zij, en dat was gelukt, o ja, wat was dat goed gelukt, eerst Sven, toen de School voor Journalistiek, daarna alle goede banen, bekroond met een correspondentschap in de vs, een echtgenoot die voor de regering werkte en twee kinderen op een particuliere internationale school.

De statusrace had zij gewonnen, daar was geen twijfel over mogelijk.

Maar Birgitta had al haar vrienden nog. Birgitta was degene die naar hun moeder ging om samen naar het songfestival te kijken, zij was degene die het oude pachtboerderijtje bij Lyckebo had gekocht en erin geslaagd was om eigen appelbomen te kweken.

'Sorry', zei Annika. 'Sorry dat ik belde. Dat was verkeerd van me. Ik verdien geen hulp, niet van jou.'

'Ach', zei Birgitta. 'Het is dat ik deze en de volgende week van twaalf tot sluitingstijd moet werken, anders hadden ze wel hier kunnen zijn.'

Het werd wat minder koud in de kamer. Haar schouders zakten een beetje.

Anders hadden ze wel hier kunnen zijn. Anders. Hadden ze wel hier kunnen zijn.

'De stormloop voor de Kerst?' zei Annika.

'Precies. En al het extra geld dat ik verdien, zal naar kerstcadeautjes gaan, dus alles gaat alleen maar rond en rond ...'

Annika lachte even, dat het zo simpel was.

'Op zich kunnen ze natuurlijk bij Steven zijn, maar hij is niet zo goed met kinderen ...'

Annika keek naar de bekleding van de bank en hoorde Birgitta's stem klein en wanhopig worden toen Steven zaterdagavond niet van de bank wilde opstaan. Trek niet zo aan hem, hij kan boos worden. Praat niet zo tegen Steven, dat is niet goed.

Nee, dan konden de kinderen net zo goed ergens anders zijn.

'Het is al goed', zei Annika. 'Ik vind wel iemand anders. In elk geval bedankt ...'

'Wat doen jullie met Kerst? Komen jullie naar Hälleforsnäs?'

Birgitta klonk opgewekt en verlangend.

'Dat hangt ervan af', zei Annika. 'We moeten eerst zien of Thomas ...'

'Je moet Destiny toch een keertje zien. Ze is het schattig-ste meisje van de hele wereld.'

Ze rondden het gesprek af en Annika liet het mobieltje op haar schoot zakken. Berit kon ze niet nog een keer vragen, er waren nu eenmaal grenzen, zij en Thord werkten allebei fulltime en pendelden elke dag naar Stockholm.

Halenius stak zijn hoofd weer om de hoek.

'Mag ik?' zei hij.

Ze gaf geen antwoord.

'Kun je de camera uitzetten?' vroeg hij en hij ging naast haar op de bank zitten.

'Waarom dat? Ik moet toch achter de schermen filmen?'

'Alsjeblieft', zei hij.

Ze stond op en drukte op 'pauze'.

'Ik denk dat het tuig vanavond van zich laat horen', zei Halenius. 'Ze willen dit nu rond hebben. Hoe gaat het bij jou?'

Ze slikte.

'Nog niemand gevonden', zei ze.

'Dit is belangrijk', zei Halenius en hij boog zich naar haar toe. 'Je moet de gemakszone verlaten. Een leraar op school, een van de buren, personeel van de naschoolse opvang?'

Ze zat onrustig te draaien.

'Dus er is een universiteit in Somalië?' zei ze.

Hij zei een paar seconden niets.

'Het gaat klaarblijkelijk om een kleine, particuliere universiteit waar medisch personeel en leraren worden opgeleid. In hoeverre het allemaal functioneert, weet ik niet.'

'Denken ze dat Thomas daar is? In Kismayo?'

Halenius leunde achterover en sloot zijn ogen.

'Dat hoeft niet. Van Liboi naar Kismayo is het zo'n tweehonderd, tweehonderdvijftig kilometer. De Spanjaard denkt dat hij minstens acht uur in de auto heeft gelegen, dus moeten ze hem een heel eind hebben vervoerd. En we hebben het natuurlijk niet over snelwegen ...'

'Waar is hij nu?'

'De Spanjaard? In de basis van de yankees in Zuid-Kenia. Ze hebben hem met een Black Hawk opgehaald.'

Ze vroeg maar niet of het Amerikaanse leger toestemming had gekregen om met een gevechtshelikopter het Somalische luchtruim binnen te vliegen om een buitenlandse burger op te halen. Vermoedelijk niet.

Annika schraapte haar keel.

'Ik moet nog een telefoontje plegen', zei ze.

Halenius stond op en liep terug naar de slaapkamer.

Ze haalde een paar keer diep adem, ze kende het nummer uit haar hoofd, haar vingers brandden toen ze de cijfers indrukte.

Drie keer ging hij over, vier keer, vijf.

Daarna werd er opgenomen.

'Hallo, met Annika. Annika Bengtzon.'

* * *

Toen ik klein was vliegerde ik achter de boerderij Söderbygård, op het weiland waar in het najaar de koeien graasden. Op het stevige plastic van mijn vlieger stonden de contouren van een arend afgebeeld, de vleugels en de kop en de geelbruine snavel. De vogels die in het weiland broedden, werden gek van de vlieger, ze verlieten het nest, fladderden weg en probeerden de aandacht te trekken om hun kroost te beschermen, want ze dachten dat mijn vlieger een echte arend was.

Het was een fantastische vlieger. Hij vloog hoog, hoog tussen de wolken, soms was er alleen nog maar een stipje aan de blauwe hemel te zien, en ik kon het goed, ik kon hem een duikvlucht laten maken naar de grond en hem dan net op het laatste moment weer omhoog sturen. Hij was soepel en sterk als een groot, krachtig dier, maar gehoorzaamde altijd en volgde mijn kleinste bewegingen.

Holger zeurde altijd dat hij mijn vlieger wilde lenen, maar ik had hem voor mijn verjaardag gekregen en was er erg zuinig op, ik rolde de lijnen zorgvuldig op en maakte hem na afloop altijd schoon.

Op een keer, toen ik met mazelen ziek in bed lag, had Holger mijn vlieger gewoon gepakt. Hij liep ermee naar het bos achter de jeugdherberg, want daar was hij vanuit ons huis niet te zien. De vlieger raakte verstrikt in de top van een den, het plastic scheurde kapot en de lijn knapte.

Ik heb het Holger nooit vergeven dat hij mijn vlieger had gepakt.

Ik heb me nooit zo vrij gevoeld als toen ik vliegerde. De hemel was licht en wit en liep tot in het oneindige door, ik zie hem nog steeds, ik zie mijn vlieger tussen de dunne bewolking, hij buitelt en danst en komt steeds dichterbij. Het is donker op aarde, maar de vlieger wordt omringd door stralende sterren, ze schitteren en fonkelen, hij opent de deur naar de waarheid, en binnenkort is die hier.

DAG 7

DINSDAG 29 NOVEMBER

DE HEL
OP AARDE
'Een inferno van geweld, honger en verkrachting – gevoelige lezers worden gewaarschuwd'

Anders Schyman knikte tevreden, de afweging wat er wel en niet geplaatst moest worden, was geslaagd. Sjölander en de jonge Michnik hadden elk gruwelijk detail uit het verhaal van de Spanjaard meegenomen, zonder in de ellende te zwelgen (in elk geval zonder dat dat er al te dik bovenop lag).

'Alvaro Ribeiro (33) is tot het leven teruggekeerd. Hij heeft de hel bezocht maar is nu weer terug. Samen met de overige gijzelaars in Oost-Afrika, onder wie ook de Zweedse kleutervader Thomas Samuelsson, heeft hij niet te bevatten wreedheden moeten doorstaan ...'

Hij krabde even in zijn baard, het was wellicht geen artikel waarmee ze de Pulitzerprijs zouden winnen, maar de opzet was goed. Een zeer geslaagde kunstgreep was de waarschuwing aan gevoelige lezers voor de inhoud van de tekst, dat wekte vertrouwen en belangstelling. De groepsverkrachting en de moord op de Britse werden beschreven als 'een sadistische daad, die tot in de grofste en wreedste details was uitgewerkt'. Zelfs de foto's waren goed: er waren een technisch ondermaatse foto van het vieze en door muggenbeten opgezwollen gezicht van de Spanjaard, die waarschijnlijk met een mobieltje was genomen (ze hadden de Zweedse rechten van *El Pais* gekocht), en een persfoto van een stoffige straat in Kismayo (die daarentegen nagenoeg gratis was).

Het artikel besloeg vier pagina's: de zes, de zeven, de acht en de negen.

De tien en de elf werden gedomineerd door een bevroren videobeeld van de ontvoerder, Grégoire Makuza.

DE SLACHTER
VAN KIGALI

luidde de kop.

Het artikel bevatte geen feiten over de man als persoon (om de doodeenvoudige reden dat men niets over hem wist, behalve dat hij uit een buitenwijk van de Rwandese hoofdstad kwam) maar focuste vooral op de volkerenmoord in het Centraal-Afrikaanse land van bijna twintig jaar geleden. Dat betekende dat op deze pagina's het opsommen van wreedheden verderging, wat onvermijdelijk was. Om mogelijkerwijs aan de lezers te kunnen uitleggen hoe deze man zo'n monster was geworden, moest zijn leven in een sociale en historische context worden geplaatst, was het idee.

Schyman las de tekst voor de tweede keer. Hij werd er nog even onpasselijk van als gisteravond toen hij hem in de pre-print (de uitdraai van de voltooide krantenpagina) las.

Tussen 6 april en het begin van juli 1994 waren er 937.000 mensen, hoofdzakelijk Tutsi's, door Hutumilities vermoord. Het merendeel was met machetes doodgestoken. Verkrachtingen waren eerder regel dan uitzondering. Zo'n half miljoen vrouwen en meisjes (ook heel kleine) waren tijdens het conflict verkracht, en niet alleen door de milities. Familieleden ertoe dwingen om elkaar te verkrachten maakte deel uit van de terreur van de milities. Daarom wisselden buren vaak 's nachts van plaats, zodat de meisjes in elk geval niet door hun eigen broers en vaders verkracht hoefden te worden (een Googlezoekopdracht op '*rwanda forced incest*' gaf meer dan 5,6 miljoen treffers). Familieleden werden ook gedwongen om elkaar op te eten (dit zogeheten *forced cannibalism* gaf met de toevoeging 'rwanda' erbij 2,7 miljoen treffers). Vaak werden er lichaamsdelen afgehakt, niet alleen handen, voeten, armen en benen, maar ook borsten en penissen werden geamputeerd, vaginawanden werden weggesneden, zwangere vrouwen werden opengesneden. Verkrachte vrouwen werden op speren gespietst tot ze doodbloedden ...

Hij schoof de krant van zich af, had genoeg verschrikkingen gelezen. Hij pakte de eerste editie van de Concurrent en bladerde die snel door.

Ze hadden ongeveer dezelfde opzet met gelijksoortige koppen (ze noemden Grégoire Makuza 'De beul van Rwanda'), maar helemaal achter in het pakket zag hij iets dat alleen zij hadden: een foto van Annika's kinderen op een schoolplein (de geringe scherptediepte verried dat er een grote telelens was gebruikt) en de tekst dat ze zo verdrietig waren omdat hun papa weg was. Volgens het artikel zou Kalle (11) hebben gezegd: 'Ik hoop dat hij met Kerstmis thuis is', wat ook de kop was van het stuk. (De jongen had zoiets natuurlijk nooit gezegd, maar de verslaggever had gevraagd: 'Hoop je dat papa met Kerstmis thuis is?' en daarna had de jongen instemmend geknikt.)

De hoofdredacteur streek over zijn baard. Dit zou een hoop stof doen opwaaien. Dat Afrikaanse vrouwen bij duizenden op machetes werden gespietst ging meestal vrij onopgemerkt aan het publieke debat in Zweden voorbij, maar dat twee (Zweedse) kinderen op een stiekem genomen foto werden getoond, zou de voorvechters van Goede Journalistiek woedend maken. Weliswaar was hij niet degene die een fout had begaan, maar zowel debattanten als gewone lezers hadden enorme moeite om de twee grote tabloids uit elkaar te houden. Na een paar weken zou de helft van de lezers zweren dat het de *Kvällspressen* was geweest die de foto had gepubliceerd. Daarom had het ook nooit zin om de Concurrent te bekritiseren. Dat zou hetzelfde zijn als jezelf

in de voet schieten, iets wat hij doorgaans probeerde te vermijden.

Wat mogelijk de aandacht van de stiekem genomen
kinderfoto kon afleiden, was het feit dat de jongen klaarblijkelijk had gezegd dat 'Jimmy van papa's werk' bij hen
thuis was om te helpen om papa weer vrij te krijgen. De
verslaggever verwittigde de lezers er vervolgens van dat
er op het hele ministerie van Justitie maar één Jimmy
rondliep en dat was de staatssecretaris, Jimmy Halenius,
de rechterhand van de minister, en het was de vraag of de
sociaal-democratische minister van Justitie zich niet schuldig maakte aan ongewenste ministeriële bemoeienis door
zijn hoogstgeplaatste ambtenaar met terroristen te laten
onderhandelen ...

Schyman leunde achterover tegen de rugleuning.

Waarschijnlijk zou een conservatief parlementslid vanmiddag al naar de Parlementaire commissie voor grondwettelijke aangelegenheden stappen om een aanklacht in
te dienen tegen de minister, en de niet-socialistische leden
in de commissie zouden een hoop stampij maken over de
kwestie, tot men duidelijk had gemaakt dat een groep ontvoerders geen overheidsinstantie was en dat er daarom
nooit sprake kon zijn van ongewenste ministeriële bemoeienis ...

En op dat moment, net toen hij de hoogrode gezichten
van de commissieleden voor zich zag, brak de rugleuning
van zijn bureaustoel en viel hij achterover in de boekenkast.

* * *

De lift gleed geruisloos door het gemarmerde trappenhuis
en stopte met een schokje op de bovenste verdieping, bij het
'penthouse', zoals de eigenares van het appartement haar
woning pleegde te noemen.

Annika had niet gedacht dat ze ooit nog een voet zou zetten in dit gebouw, in deze lift, en dat ze bij die deur zou aanbellen. Hoewel ze hier al meer dan drie jaar niet was geweest, kwam de stijlvolle koelte van het trappenhuis haar op een akelige manier bekend voor: de witte stenen vloer, de geaderde houten deuren, de dikke deurmat.

'Mama', zei Ellen terwijl ze aan haar hand trok. 'Waarom moeten we naar Sophia?'

GRENBORG las Annika op het messingbordje op de voordeur. De gaatjes van het weggehaalde bordje waarop de naam SAMUELSSON had gestaan, waren nog te zien.

Ze aaide het meisje over haar hoofd.

'Sophia heeft zo vaak naar jullie gevraagd', zei ze. 'Ze heeft jullie gemist toen we in Washington woonden en wilde heel graag dat jullie een keertje langs zouden komen.'

'Ik noem haar altijd Sofie', zei Kalle.

Annika opende de harmonicadeur van de lift en trok de kinderen met hun logeertasjes mee naar het trappenhuis. Het waren dezelfde tasjes die ze hadden gebruikt in het jaar dat ze tussen Thomas en haar heen en weer hadden moeten reizen. Alleen al de aanblik ervan bezorgde haar maagkramp.

'Hoelang moeten we hier blijven?' vroeg Ellen.

'Waarom mogen we niet naar school?' zei Kalle.

Ze klemde haar kaken op elkaar en belde aan. Voetstappen kwamen snel dichterbij en de deur werd opengedaan.

Sophia Grenborg was naar de kapper geweest. Het blonde pagekopje was nu nog korter, haast een jongenskapsel, ze was in het zwart gekleed en had zich niet opgemaakt. Haar hand trilde een beetje toen ze de pony uit haar gezicht streek.

'Kom binnen', zei ze, terwijl ze een stapje achteruit deed in het appartement (het penthouse) om hen binnen te laten.

De kinderen kropen achter Annika's benen, ze moest hen een zetje geven om hen naar binnen te laten gaan. Sophia

Grenborg ging door haar knieën, Annika zag dat haar ogen zich met tranen vulden.

'Wat groot', zei ze verwonderd, ze bracht haar hand naar Ellen omhoog zonder haar aan te raken. 'Wat zijn jullie groot geworden ...'

Daarna stapte Kalle recht in haar armen, hij hield haar stevig vast, Ellen liet haar tas op de grond vallen en liep eveneens naar Sophia toe, ook zij werd omhelsd, en zo stonden ze daar, alle drie, ze wiegden elkaar langzaam heen en weer en Annika hoorde Sophia huilen.

'Ik heb jullie zo gemist', zei Sophia Grenborg met verstikte stem tegen de borstkassen van de kinderen.

Annika ademde zachtjes door haar mond en voelde haar handen en voeten groter worden, ze werden lomp en zwaar en dreigden tegen wanden en telefoontafeltjes aan te stoten zodra ze in beweging zouden komen.

Thomas had haar en de kinderen in een brandend huis achtergelaten om hiernaartoe te gaan, naar dit ijspaleis, hij had hier met vrij uitzicht over de daken geresideerd, terwijl zij tijdelijk in een kantoor had moeten wonen waar de zon nooit binnenkwam, maar ze wist dat het niet alleen zijn schuld was.

'Ik ben je ontzettend dankbaar', zei Annika.

Sophia keek haar met tranen tussen haar wimpers en snot onder haar neus aan.

'Ik ben ...' zei ze. 'Ik ben degene die dankbaar moet zijn.'

Ergens achter de witte wolken scheen een bleek zonnetje. Annika liep langzaam door Stockholm terug naar haar appartement aan de Agnegatan, vanaf Östermalm volgde ze de Kungsgatan tot aan het Hötorgetplein. Had Abba niet in deze straat een videoclip opgenomen? Die van 'I Am the Tiger'? Waarop Agneta in een open Amerikaan rondrijdt en Anni-Frid met een zakdoek om haar hoofd naast haar zit?

Als kind was ze dol op die song, hij ademde een sfeer uit

van de grote stad en gevaar, asfalt en avontuur. Misschien was hij daarom niet in de musical *Mama Mia* opgenomen, omdat hij niet in de Griekse idylle paste?

Ze stapte van het trottoir om de straat over te steken toen een bus plotseling remde en de chauffeur zich op de claxon wierp; ze schrok en sprong terug op het trottoir en stootte per ongeluk tegen een kinderwagen aan, de moeder schreeuwde iets onduidelijks tegen haar.

Ze wachtte tot de bus voorbij was en stak daarna voorzichtig over, alsof de straat van glas was.

Ze nam vaak deze route, ook al was het om. Ze vermeed het warenhuis NK aan de Hamngatan, want daar begon de grond altijd te deinen.

Dat was de plek waar ze voor het eerst Thomas Sophia Grenborg had zien kussen. Toen was alles net als nu in kerstsfeer gebracht, met rode kerstmannen en knipperende ledverlichting, die in de tochtige straten een valse warmte verspreidde.

De rest van de weg legde ze snel en zigzaggend af, tussen caffèlattemoeders en zwervers en zakenlieden door laverend.

Toen ze de flat binnenkwam, stond Halenius haar in de hal op te wachten. Hij reikte haar een uitdraai aan, ze zag de hoofdletters O en K en schudde haar hoofd.

'Vertel maar wat erin staat', zei ze en ze liep door naar de woonkamer.

Ze wilde de pieperige stem van de ontvoerder niet horen, zelfs niet in geschreven en vertaalde vorm.

'We zijn er bijna', zei Halenius. 'Ik denk dat hij in de loop van de dag met één miljoen dollar akkoord gaat.'

Ze ging op de bank zitten, legde haar hoofd op de rand van de rugleuning en sloot haar ogen.

'Ik heb Frida gesproken', zei hij. 'We mogen haar bankrekening gebruiken. Je kunt het geld nu meteen overmaken.'

Ze drukte haar handpalmen tegen haar oogleden.

'Eén miljoen dollar, naar een Nigeriaanse die in Nairobi woont? En jij denkt dat we dat geld ooit nog terugzien?'

Ze hoorde dat hij in haar stoel ging zitten.

'Haar oom is een oliebaron in Abuja. Zacht uitgedrukt heeft de familie geen gebrek aan geld. Als ik haar niet zou vertellen wanneer het geld eraan komt, zou ze het niet eens merken. En stuur voor alle zekerheid maar iets meer dan een miljoen.'

Ze tilde haar hoofd op van de rugleuning en keek Halenius vragend aan. Hij reikte haar een andere uitdraai aan.

'Veel Afrikanen wonen in hutten, maar niet alle. Hier heb je haar rekeningnummer en het IBAN-nummer en de BIC-code van de bank.'

Ze nam het papier in ontvangst, stond op, pakte haar laptop en liep naar de kamer van de kinderen. Buitenlandbetalingen konden via internetbankieren worden verricht.

Ze stuurde het hele bedrag dat op haar rekening stond, 9.452.890 Zweedse kronen, naar de Kenya Commercial Bank, rekeninghouder Frida Arokodare. Ze vulde alle nummers, adressen en codes in, koos 462 (de code voor Overige Diensten) voor de belastingdienst, ging akkoord met de transactiekosten en drukte op 'Uitvoeren'.

Het geld verdween ogenblikkelijk van haar spaarrekening.

Het saldo lichtte in rode cijfers op: 0,00 kronen.

Ze knipperde naar het scherm, probeerde zich voor te stellen hoe haar afgebrande huis door cyberspace ronddwarrelde, als enen en nullen door de elektronische smog zweefde. Ze probeerde bij zichzelf na te gaan of ze iets voelde bij het zien van die lege getallen, maar ze voelde helemaal niets.

'Gelukt?' vroeg Halenius vanuit de deuropening.

'Ja', zei Annika en ze stond op en verliet de kamer.

De hele procedure had minder dan tien minuten geduurd.

Achtervolgd door dromen sliep ze een tijdje op Ellens bed. Ze werd onrustig en bezweet wakker, nam een vrij koude douche en bleef er lange tijd onder staan. Ze bereidde een lunch voor Halenius en zichzelf (vegetarische pastasaus van verse tomaten, paprika, ui, knoflook, pesto en honing met fettucine).

Na het eten sloot ze zich op in de kamer van de kinderen om een paar uur aan het freelanceartikel te werken, ze filmde zichzelf (ditmaal op Kalles bed), liep vervolgens met zware benen naar de woonkamer en liet zich op de bank vallen.

Het was al donker buiten. De straatlantaarns wierpen schaduwen op het plafond.

Halenius zat in haar stoel met een pak kranten en tijdschriften op schoot. Hij zwaaide met het bovenste blad.

'Hier staat een goed artikel in over Kibera', zei hij. 'Een buurt midden in Nairobi. Volgens sommigen zou het de grootste sloppenwijk ter wereld zijn, maar dat wordt hier weerlegd.'

'Mag ik je iets vragen?' zei ze, terwijl ze hem in het halfdonker opnam.

Hij trok zijn wenkbrauwen op.

'Het is een beetje persoonlijk', zei ze.

Hij legde het tijdschrift weg. Ze bekeek de omslag, het was een Afrikaans businessmagazine.

'Als je had mogen kiezen, had je er dan voor gekozen om geboren te worden?'

Hij deed er een tijdje het zwijgen toe.

'Moeilijk te zeggen', zei hij. 'Is waarschijnlijk geen voor de hand liggend antwoord op te geven.'

Ze richtte haar blik op hem.

'Vind je het een rare vraag?'

Hij keek haar bedachtzaam aan, maar leek niet boos.

'Waarom vraag je dat?'

Ze balde haar vuisten.

'Ik heb me vaak afgevraagd wat ik zou hebben gedaan, en ik ben tot de conclusie gekomen dat ik er liever vanaf had gezien. Dat is heel provocerend om te zeggen. Mijn moeder werd hartstikke boos, ze noemde me een ontevreden, verwend en ondankbaar schepsel. Thomas werd kwaad en beschuldigde me ervan niet van hem en de kinderen te houden, maar daar gaat het helemaal niet om, natuurlijk hou ik van hen, dit gaat om iets anders, om de vraag of je het leven de moeite waard vindt ...'

Hij knikte.

'Ik begrijp ongeveer wat je bedoelt.'

Ze ging rechtop op de bank zitten.

'Ik weet dat het geen zin heeft om je af te vragen waarom we hier zijn. Als het de bedoeling was geweest dat we dat zouden weten, dan hadden we de antwoorden al wel gehad, of niet soms? Dus heeft het geen zin om te piekeren. We mogen het niet weten.'

Ze zweeg.

'Maar ...?' zei hij.

'Het voelt in elk geval niet als een beloning', zei ze. 'Eerder als een beproeving. Je moet je overal doorheen slaan en ondertussen proberen er het beste van te maken, en er zijn natuurlijk dingen die fantastisch zijn, de kinderen, mijn werk, sommige zomerse dagen, maar als ik had mogen kiezen ...'

Ze veegde het haar uit haar gezicht.

'Vind je dat ik verwend ben?'

Hij schudde zijn hoofd.

'Ik snap dat het zo kan lijken', zei ze. 'Vooral als je weet hoe andere mensen het hebben.'

Ze wees naar een van de kranten op de tafel, ze nam aan dat het de *Kvällspressen* was, maar het kon net zo goed de Concurrent zijn. DE SLACHTER VAN KIGALI luidde de kop en op de foto stond Thomas' ontvoerder, Grégoire Makuza.

Halenius reikte naar de krant.

'De Britten hebben zijn achtergrond ontrafeld', zei hij.

Ze keek door het raam naar buiten. De lucht was grijs en donkerrood.

'Het International Criminal Tribunal for Rwanda, een internationaal gerechtshof in Arusha, Tanzania, heeft verscheidene getuigenverklaringen waarin verteld wordt over een slachting die in mei 1994 in een buitenwijk van Makuza heeft plaatsgevonden.'

Ze liet zich dieper in de bank wegzakken.

'Duizenden mensen werden gedood, vrouwen en kleine meisjes werden verkracht, tienerjongens werden gedwongen om hun eigen testikels op te eten ...'

Ze legde haar hand op haar mond en draaide zich naar de muur.

'Dat zou zijn onnatuurlijk hoge stem kunnen verklaren', zei Halenius zacht.

'Ik wil het niet weten', zei Annika.

'Hij had een zus in Frankrijk. Zij was de oudste van de kinderen en had Kigali al in het najaar van 1992 verlaten, ze werkte illegaal in een textielfabriek bij Lyon en verdiende blijkbaar wat geld. Zij was degene die zijn opleiding aan de universiteit van Nairobi betaald heeft, tot het op een na laatste semester.'

'Wat jammer dat ze daar niet mee door is gegaan', mompelde Annika.

Halenius' gelaatstrekken waren in het donker niet meer te onderscheiden.

'De fabriek vatte vlam en zij is omgekomen bij de brand. De nooduitgangen waren geblokkeerd, er waren geen brandblussers. Makuza zag zich genoodzaakt om zijn studie af te breken. In plaats van terug te keren naar Rwanda, ging hij naar Somalië.'

Annika stond op, deed de plafondlamp en alle sfeerlampjes in de vensterbanken aan.

'Wanneer was die brand?' vroeg ze en ze haalde haar laptop uit de kamer van de kinderen.

Het netwerkkabeltje kronkelde als een slang achter haar aan.

'Dat zal zo'n vijf jaar geleden zijn geweest', zei Halenius.

Ze googelde '*factory fire lyon*' en moest even zoeken voor ze het gevonden had. Het was niet een gebeurtenis die veel aandacht had gekregen. Een tekst van de External Service van de BBC wist te vertellen dat er zes naaisters waren omgekomen bij de brand, achtentwintig hadden het gered. In de fabriek werden merktassen genaaid die voor tienduizend Zweedse kronen per stuk en gelabeld met 'Made in France' in chique winkels verkocht werden. De zus en de anderen lagen in de fabriekshal te slapen. Ze konden niet op tijd wegkomen. Alle doden waren illegale immigranten, zes van de honderdduizenden in West-Europa die onder slaafachtige omstandigheden leven, mensen die gevlucht zijn om een beter leven te krijgen en in een uitzichtloze financiële situatie belanden omdat de schuld voor de reis naar de oude, vrije wereld nog moet worden afbetaald.

Er zaten geen foto's bij het artikel.

'Het is geen excuus,' zei Halenius, 'maar een verklaring.'

Zijn mobiele telefoon ging, Annika verstijfde, alsof ze het voorvoeld had. Hij verdween naar de slaapkamer, sloot de telefoon op de opnameapparatuur aan en praatte zachtjes, wat hij deed als hij een belangrijk telefoontje kreeg van het JIT-team in Brussel, de betrokken inlichtingendiensten, de andere onderhandelaars of de contactpersonen van de Rijksrecherche. Nu sprak hij Zweeds, wat vermoedelijk betekende dat hij een van de laatstgenoemden aan de lijn had.

Of misschien was het iemand van het ministerie? Rond lunchtijd had een conservatief parlementslid (een vrouw) een aanklacht ingediend bij de Parlementaire commissie voor grondwettelijke aangelegenheden vanwege ongewenste ministeriële bemoeienis van de minister van Justitie, misschien dat ze het daarover hadden? Of was het de ambassade in Nairobi die ergens naar wilde informeren? Het konden een hoop verschillende betrokkenen zijn die belden ...

Ze liep naar de keuken en maakte twee grote mokken koffie.

Toen ze met de koffie de woonkamer binnenkwam, stond Halenius daar, met een lijkbleek gezicht.

Ze zette de mokken op de salontafel.

'Annika ...'

'Is hij dood?'

Hij liep naar haar toe en pakte haar bij haar schouders.

'Voor het politiebureau in Liboi is een doos gevonden', zei hij. 'Er zat een afgehakte linkerhand in.'

Haar knieën begonnen te knikken, ze liet zich op de bank zakken.

Halenius ging naast haar zitten, hij nagelde haar blik met de zijne vast.

'Annika, hoor je me? Ik moet je dit vertellen.'

Ze hield zich aan de rand van de bank vast.

'Het is de hand van een blanke man', zei hij. 'Aan de ringvinger zat een gladde gouden ring.'

De hele kamer begon te draaien, ze merkte dat ze begon te hyperventileren. Ze waren eigenlijk veel te laat geweest om de ringen te laten graveren, het was vlak voor Kerst en alle goudsmeden zaten tot over hun oren in het werk, maar ze vonden een grote kerel met een leren schort voor aan de Hantverkargatan die het deed terwijl ze wachtten, dat gaf als het ware een extra dimensie aan hun verloving, dat ze elkaar op het laatste moment gevonden hadden.

'De gravure aan de binnenkant van de ring luidde "Annika" en een datum, 31/12 ...'

Ze duwde de staatssecretaris van zich af, strompelde naar de hal en door naar de badkamer, de wc-pot kwam op haar af en sloeg tegen haar voorhoofd, een gigantische krampaanval zorgde ervoor dat haar hele maag zich binnenste buiten keerde, elk stukje fettucine en verse tomaat dat nog in haar maag zat, spoot er met een enorme kracht uit. De etensresten spatten tegen de porseleinen wanden van de wc-pot omhoog en in haar gezicht, ze jankte als een hond, het rioolwater kolkte, haar handen brandden en haar oren suisden.

Hijgend boven de wc-pot kwam ze weer bij zinnen, ze voelde Halenius' handen op haar schouders.

'Heb je hulp nodig?'

Ze schudde haar hoofd.

'De datum, oudejaarsdag, 31/12 ...?'

'Onze verlovingsdag', fluisterde ze.

Hij ging op de wc-vloer zitten en trok haar tegen zich aan. Ze klappertandde alsof ze koorts had, huilde stilletjes en ingehouden, tot de stof van zijn overhemd bij de schouder helemaal donker en plakkerig was. Hij wiegde haar zachtjes heen en weer, ze hield zich aan zijn schouders vast. Toen ze wat gekalmeerd was en oppervlakkig en hijgend tegen zijn hals ademde, hielp hij haar op de been.

'Is hij dood? Gaat hij nu dood?' vroeg ze, haar stem klonk hees.

'Kom, we gaan op de bank zitten', zei Halenius.

Ze scheurde een stuk wc-papier af, snoot haar neus en droogde haar gezicht.

Gek genoeg zag de woonkamer er nog precies zo uit als daarstraks. De plafondlamp en de sfeerlampjes brandden en de kranten lagen op een stapel op de salontafel. De mokken stonden er nog, op de koffie had zich een vel gevormd.

Ze gingen naast elkaar op de bank zitten.

'Het is niet helemaal zeker dat het Thomas' hand is', zei Halenius. 'De ring is van hem, maar dat hoeft nog niet te betekenen dat de hand dat ook is. Het waren de jongens van de Rijksrecherche die belden, ze wachten op de uitslag van de analyse van de vingerafdrukken. Daarna weten we het zeker.'

Ze haalde een paar keer geruisloos diep adem.

'Analyse?'

'Iedereen die naar Kenia reist, moet bij de douane zijn vingerafdrukken afgeven.'

Ze sloot haar ogen.

'Maar al zou het Thomas' hand zijn, dan hoeft het nog geen tragedie te zijn', zei Halenius. 'Is hij rechtshandig?'

Annika knikte.

Hij aaide haar over haar hoofd.

'Thomas redt het wel', zei hij. 'Je gaat niet dood aan een geamputeerde hand.'

Ze schraapte haar keel.

'Maar bloedt het niet verschrikkelijk? Misschien bloedt hij dood?'

'Het bloedt flink, er lopen klaarblijkelijk twee arteriën naar je hand, maar de bloedvaten trekken zich in een soort reflex samen. Als je wat helpt, de hand hoog houdt en afbindt, dan stopt het bloeden na tien, vijftien minuten. Het gevaar schuilt in de kans op infectie.'

'Doet het geen pijn?' fluisterde ze.

'Jawel, je kunt flauwvallen van de pijn, en het doet twee, drie dagen flink zeer.'

Ze keek hem met knipperende ogen aan.

'Wisten de contactpersonen van de politie dit allemaal? Over arteriën en reflexen?'

'Ik heb ook even een vriend gebeld die arts is in het Söderziekenhuis.'

Ze bekeek zijn gezicht, hij dacht werkelijk aan alles. Nu waren zijn ogen weer zo roodomrand, alsof ook hij gehuild had. Ze veegde een plukje haar uit zijn gezicht, hij glimlachte naar haar. Ze trok haar benen onder zich op, kroop als een bolletje in elkaar en legde haar hoofd op Halenius' schoot. Het schijnsel van de sfeerlampjes werd door de ruit weerspiegeld, rood en groen tegen de koude winterlucht, de franje van de lampenkapjes bewoog door een onzichtbare luchtstroom zachtjes heen en weer en ze viel in slaap.

Ons kantoormeubilair is van dezelfde kwaliteit als onze journalistiek en ons vermogen om op tijd te komen, dacht Anders Schyman, voorzichtig aan het verband om zijn hoofd voelend.

De vergadering van zes uur was al verder opgeschoven en begon tegenwoordig om half zeven, en soms zelfs nog later, maar werd om puberale redenen nog steeds de vergadering van zes uur genoemd. Nu was het al kwart voor zeven. Schyman tilde zijn hoofd op en keek om zich heen. Hij had het gevoel dat hij al eeuwen aan deze tafel zat, met de redacteuren van Amusement, Feature, Opinie en Sport, het web, de fotodesk en de nieuwsdesk, die stommelend en koffiemorsend de kamer binnenkwamen, op weg naar hun eeuwig dezelfde vaste zitplaatsen.

Schyman slaakte een diepe zucht.

'Doe de deur dicht en ga zitten, zodat we eindelijk kunnen beginnen ...'

Alle redacteuren gingen zitten, verstomden en keken hem verwachtingsvol aan, alsof hij ieder moment een konijn uit zijn hoed zou toveren, alsof hij degene was die hier de dagorde bepaalde.

Hij knikte naar Patrik, het nieuws was het belangrijkste, hij zorgde ervoor dat zo veel mogelijk te benadrukken. De nieuwschef sprong van opwinding op van zijn stoel.

'De politie heeft een verdachte voor de wijkmoorden', zei Patrik Nilsson triomfantelijk. 'Het is nog niet formeel bevestigd, maar Michnik en Sjölander gaan daar vanavond mee bezig.'

Schyman knikte bedachtzaam. 'De wijkmoorden', dat was geen gekke benaming, die konden ze goed als algemene tagline gebruiken.

'Hebben we wat details?' vroeg hij, klikkend met zijn balpen.

'Er zijn getuigen die hem in elk geval aan een van de moorden kunnen koppelen, en bij minstens een van de andere heeft zijn mobieltje elektronische sporen achtergelaten. Hier hebben we de één en de nieuwsposter voor morgen.'

Patrik Nilsson gaf een high five aan zijn assistent.

Schyman friemelde aan zijn verband. Vier hechtingen had hij gekregen in zijn achterhoofd. Op het laatste jaarverslag was bloed terechtgekomen.

'Nou ja', zei hij. 'We moeten maar afwachten en zien waar het heen gaat. We moeten ook de belangstelling voor het kidnapverhaal vasthouden. Daar staan dingen te gebeuren.'

Jimmy Halenius had hem vlak voor de vergadering gebeld en verteld dat waarschijnlijk de linkerhand van Thomas Samuelsson was afgehakt, maar de hoofdredacteur was niet van plan om dat hier te gaan vertellen.

'De Spanjaard van gisteren was goed,' zei Patrik, 'maar nu staat het weer helemaal stil.'

'We hebben foto's waarop hij met zijn partner en moeder herenigd wordt', zei Foto-Pelle.

'Heeft hij nog iets gezegd? Iets over die Thomas Bengtzon?' vroeg het webmeisje.

Schyman sloot gelaten zijn ogen, Patrik kreunde.

'Geen woord. Via iemand van de pers heeft hij laten weten dat hij met rust gelaten wil worden. Hebben we nog wat over die gozer met die badmuts?'

Schyman knipperde niet-begrijpend met zijn ogen.

'Of badhanddoek', zei Patrik. 'De slachter van Caïro.'

Anders Schyman zag Thomas Samuelssons elegante verschijning voor zich, in colbertjasje maar zonder stropdas, en probeerde zich hem voor te stellen zonder linkerhand.

Halenius wist niet of de verminking een pressiemiddel was om het geld los te krijgen of dat het een uiting van gewone, sadistische wreedheid was. Beiden waren het erover eens dat het waarschijnlijk een combinatie was van die twee.

'Ik wil een dubbele pagina over de ontvoering', zei Schyman. 'Misschien foto's van de slachtoffers, met vetgedrukte koppen cursief over de onderrand geplaatst: VERMOORD, GE-GIJZELD, VRIJGELATEN. Som de basisgegevens nogmaals op, wie de gijzelaars zijn, hoe ze zijn omgekomen, al dat soort dingen ...'

Hij was niet van plan om het item nu los te laten, het zou dit weekend heel goed de nieuwsposters kunnen gaan domineren. Het overhandigen van het losgeld en de vrijlating van de gijzelaar vormden de meest kritieke fase in het hele gijzelingsdrama, aldus Jimmy Halenius. Als het geld eenmaal was afgeleverd, had het slachtoffer geen enkele functie meer en was die persoon alleen nog maar een last. De meeste doden vielen nadat het losgeld betaald was. Of de gijzelaar dook nooit op óf hij of zij werd ergens vermoord aangetroffen.

Patrik leek niet onder de indruk.

'Maar jezus, dan moet er toch op zijn minst iets gebeurd zijn? Dit is alleen maar gebakken lucht.'

'Haal de koekenpan dan maar vast tevoorschijn', zei Schyman. 'Nog meer?'

Patrik keek ontstemd in zijn papieren.

'Het is weer hoog tijd voor een dieet', zei hij. 'Ik heb een van mijn stagiaires erop gezet.'

Schyman maakte een aantekening en knikte tevreden, goed idee.

Vroeger werden artikelen meestal geschreven omdat mensen de redactie hadden benaderd met verhalen of tips over allerlei verschijnselen, dat ze met behulp van een nieuwe, fantastische afslankmethode waren afgevallen, bijvoorbeeld. Dat was echter allang verleden tijd. Tegenwoordig werden de nieuwsposters en voorpagina's van de krant met een vooraf bepaalde en door oplagecijfers gestuurde regelmaat gepland (mits er natuurlijk niets uitzonderlijks gebeurde, zoals Zweedse kleutervaders die ontvoerd werden, seriemoordenaars die in de buitenwijken van Stockholm actief waren). Als het tijd werd voor een afslankverhaal, werd eerst de nieuwsposter gemaakt:

VAL AF
MET
NIEUWE
SUCCES-
METHODE

Daarna ging men op zoek naar die nieuwe methode, er was altijd een overvloed aan diëten en methodes waaruit gekozen kon worden. Vervolgens werd er een professor gezocht die het wonderbaarlijke van juist deze ene methode kon bevestigen. Ten slotte hoefde er alleen nog maar een sprekend voorbeeld met foto's van vóór en na uit de mouw te worden geschud, liefst een vrij jonge vrouw die in drie maanden tijd van maat 48 naar maatje 36 was gegaan.

'Nog iets anders?' vroeg Schyman.

'Het is morgen de sterfdag van Karel de Twaalfde, dus de neonazi's gaan waarschijnlijk hun hakenkruisen uitlaten. Daar hebben we al mensen op gezet. Verder is het morgen vijfentwintig jaar geleden dat reactor één van de kerncentrale in Tsjernobyl gesloten werd, het is de geboortedag van Winston Churchill en Billy Idol, en jouw naamdag.'

De hoofdredacteur probeerde een gaap te verbergen.

'Kunnen we verdergaan?'

'Mediatime.se heeft gebeld', zei Patrik. 'Ze vroegen of je commentaar wilt geven op je hersenletsel.'

Anders Schyman leunde voorzichtig achterover tegen de rugleuning van de vergaderstoel en voelde in heel zijn wezen dat het tijd werd om iets anders te gaan doen.

'We zijn naar Skansen geweest,' zei Ellen, 'en weet je, mama, we hebben een eland gezien! Een hele bruine! Hij had hele grote horns op zijn hoofd, en weet je, hij had een klein calf bij zich, echt supercute ...'

Annika slikte een zucht in, misschien was het toch niet zo goed dat de kinderen naar een Amerikaanse school gingen.

'Was het echt een eland met hoorns, of een gewei, die een kalf bij zich had?' zei ze pedagogisch door de telefoon (ze had ergens gelezen dat je een kind niet op gemaakte taalfouten moest wijzen maar de woorden gewoon op de juiste manier moest herhalen). 'Meestal dragen de elandstieren een gewei, en zijn de kalfjes bij hun moeder, dus bij de koe ...'

'Weet je, mama, Sophia heeft prik voor ons gekocht. Kalle heeft een cola gehad en ik een citroenfanta.'

'Wat fijn dat jullie het leuk hebben ...'

'En vanavond gaan we een film kijken, *Ice Age 2 – The Meltdown*. Heb je die gezien, mama?'

'Nee, ik geloof het niet ...'

'Hier komt Kalle.'

Het meisje gaf de hoorn aan haar broer.

'Dag mannetje, hoe gaat het?'

'Ik mis je, mama.'

Ze glimlachte in de hoorn en voelde hoe haar ogen zich met tranen vulden. De jongen was zo ongelofelijk loyaal. Waarschijnlijk had hij de hele dag nog geen moment aan haar gedacht, maar uit solidariteit verzekerde hij haar automatisch dat zij voor hem het belangrijkste was van iedereen.

'Ik mis jou ook,' zei ze, 'maar ik ben dolblij dat jullie een paar dagen bij Sophia kunnen zijn terwijl wij proberen om papa weer thuis te krijgen.'

'Hebben jullie met de kidnappers gepraat?'

Waar leerde hij al die termen?

'Jimmy heeft met ze gesproken. We hopen dat ze hem snel vrijlaten.'

'Ze hebben die vrouw doodgemaakt', zei hij.

Ze sloot haar ogen.

'Ja,' zei ze, 'dat klopt. We weten niet waarom. Maar gisteren hebben ze een van de mannen vrijgelaten, een Spanjaard die Alvaro heet, en de laatste keer dat hij papa zag ... ging het goed met hem.'

Ze was niet in staat om te zeggen 'leefde hij nog'.

De jongen snikte even.

'Ik mis papa ook', fluisterde hij.

'Ik ook', zei Annika. 'Ik hoop dat hij gauw thuiskomt.'

'Maar als dat nou niet gebeurt? Stel dat ze hem ook doodmaken?'

Annika slikte. Op het consultatiebureau was haar vroeger al verteld dat je nooit tegen een kind moest zeggen dat iets geen pijn deed als het dat wel deed.

'Weet je, lieverd, soms worden er mensen ontvoerd, maar meestal komen ze weer bij hun familie terug. We hopen dat dat nu ook zo zal zijn.'

'Maar stél?'

Ze droogde haar ogen af.

'In dat geval hebben we elkaar', fluisterde ze. 'Jij en ik en Ellen, en Sophia.'

'Ik hou van Sophia', zei Kalle.

'Ik ook', zei Annika, en misschien was dat nog waar ook.

Ze bleef met de telefoon in haar hand in de woonkamer op de bank zitten en liet zich langzaam wegzakken. Ze had eten gekookt maar zelf geen hap naar binnen kunnen krijgen. Ze had aan haar artikel gewerkt en geprobeerd het gevoel te verwoorden hoe het is om onvoorstelbare berichten te krijgen. Ze had naar het nieuws gekeken en naar *Tussen*

Kunst & Kitsch, zonder te begrijpen wat er gezegd werd.

Halenius zat in de slaapkamer Engels te praten, ze wist niet met wie.

Ze kon zich aan dit alles overgeven. Ze kon hier op de bank blijven zitten en zich naar de kelderverdieping laten afzakken en nog verder dalen, door de holtes in de rotsgrond heen, langs metrosporen en rioolschachten. De onderwereld van Stockholm was net een Zwitserse kaas, vol gangen en gaten. Iemand zonder oriënteringsvermogen zoals zij kon daar tot in alle eeuwigheid ronddwalen, hopeloos verloren tussen tunnels en door vocht aangetaste elektriciteitskabels.

Ze haalde diep adem, stond op en ging naar de kamer van de kinderen. Ze streek met haar hand over hun knuffels en beddengoed, raapte Kalles pyjama op van de grond. Het resultaat van de laatste poging om hun kleren uit te zoeken, lag in hoopjes langs een van de wanden.

Ze bleef midden in de kamer staan, zoog de aanwezigheid van de kinderen in zich op, voelde hun ademhaling als een polsslag in haar buik.

Het kon, het kon, het kon.

Een mens was niet zijn handicap. Een mens werd niet gedefinieerd door zijn of haar linkerhand of benen of ogen. Een handicap was een omstandigheid, een toestand, niet een eigenschap.

'Annika? Kun je even komen?'

Ze liet de pyjama op de grond vallen en liep naar Halenius in de slaapkamer. Hij had zijn mobieltje aan de kant gelegd, had dopjes in zijn oren en typte iets uit op de computer.

'Ik hoorde dat je de naam van de Duitse noemde', zei ze en ze ging op het bed zitten.

Hij sloot het geluidsbestand, trok de dopjes uit zijn oren en draaide zich naar haar toe.

'Ze is vrijgelaten,' zei hij, 'bij de wegversperring waar ze ontvoerd waren. Ze heeft de weg richting Liboi gevolgd en is even buiten de stad door een militaire patrouille gevonden.'

Annika stopte haar handen onder haar dijen en zocht naar een gevoel: opluchting? Krenking? Onverschilligheid? Ze vond er geen.

'Ze is net als de Britse door de bewakers verkracht en de overgebleven mannelijke gijzelaars werden gedwongen om ... maar Thomas heeft geweigerd. Toen heeft de leider zijn linkerhand er met een machete afgehakt.'

Annika keek naar het raam. Ze zag alleen maar haar eigen spiegelbeeld.

'Vanmorgen is ze in een auto gezet, ze hebben haar een paar uur rondgereden en vervolgens bij de wegversperring eruit gegooid.'

'Wanneer is het gebeurd?'

'De verkrachting? Gisterochtend.'

Thomas miste dus al anderhalve dag zijn linkerhand.

Annika stond op, liep naar de woonkamer en haalde de videocamera.

'Kun je dat nog een keer vertellen, alsjeblieft?'

Halenius keek haar aan. Ze bracht de camera omhoog, ving Halenius' gezicht op het uitgeklapte display en stak haar duim omhoog dat hij kon beginnen.

'Ik heet Jimmy Halenius', zei hij terwijl hij recht in de lens keek. 'Ik zit in de slaapkamer van Annika Bengtzon en probeer haar te helpen om haar man thuis te krijgen.'

'Ik bedoelde wat je net over die Duitse vertelde', zei Annika.

'Ik heb mezelf vaak voorgesteld dat ik hier was,' zei hij, 'in haar slaapkamer, maar niet onder deze omstandigheden.'

Ze bleef de camera vasthouden, afwachtend.

Hij draaide zijn hoofd even weg, maar keek weer terug, hun blikken ontmoetten elkaar via het display.

'Helga Wolff is vanavond in de buurt van Liboi gevonden,

uitgeput en uitgedroogd, maar verder in redelijk goede gezondheid. Het is nog niet duidelijk of er losgeld is betaald om haar vrij te krijgen. Waarschijnlijk wel.'

'Je klinkt als een houten klaas', zei Annika en ze liet de camera een eindje zakken.

Halenius zette de computer uit.

'Ik denk dat ik naar huis ga om een tukje te doen', zei hij.

Ze liet de camera langs haar zij omlaag vallen.

'Maar', zei ze, 'als ze bellen, wat dan?'

'Ik schakel je vaste lijn door naar mijn mobiele telefoon.'

Hij stond op en begon zijn spullen te verzamelen. Ze draaide zich om en liep naar de woonkamer, zette de camera uit en legde hem op de tafel.

'Heb je vandaag je kinderen gesproken?' vroeg ze.

Hij kwam de kamer in en wurmde zich in zijn colbertje.

'Twee keer. Ze hebben bij Camps Bay gezwommen.'

'Je vriendin,' zei Annika, 'wie is zij?'

Hij bleef voor haar staan.

'Tanya? Ze is analyticus op het Instituut voor Internationale Betrekkingen, hoezo?'

'Wonen jullie samen?'

In het halfduister kon ze zijn ogen niet zien.

'Ze houdt haar flat nog even aan.'

Hij straalde warmte uit, als een kachel. Ze bleef staan, hoewel ze zich brandde.

'Hou je van haar?'

Hij deed een stap opzij om langs haar te glippen, ze deed hetzelfde en legde haar hand op zijn borst.

'Niet weggaan', zei ze.

Zijn borstkas ging onder haar vlakke hand op en neer.

'Ik wil dat je blijft', zei ze.

Ze legde haar andere hand tegen zijn wang, voelde de ruwheid van zijn baardstoppels, deed een stap in zijn richting en kuste hem. Hij stond doodstil, maar ze voelde zijn snelle hartslag. Ze ging vlak bij hem staan, legde haar wang tegen zijn hals en haar armen rond zijn schouders.

Als hij haar nu wegduwde, zou ze doodgaan.

Maar zijn handen vonden haar onderrug, hij drukte haar met zijn ene hand tegen zich aan terwijl de andere onder haar haar omhooggleed en haar nek pakte; ze zette haar nagels in zijn schouders en merkte dat ze hijgde. Zijn sterke arm lag dwars over haar rug en hield haar stevig vast, ze liet haar vingers door zijn haar gaan en kuste hem opnieuw, nu beantwoordde hij haar kus, hij smaakte naar zout en hars en had scherpe tanden. Ze haalde diep adem en ontmoette zijn blik in het halfduister, donker en zwaar. Hij veegde het haar uit haar gezicht, zijn vingers waren droog en warm. Ze knoopte zijn overhemd open en trok hem zijn colbertje uit, dat boven op de videocamera belandde.

'Dit kan eigenlijk niet', zei hij zacht.

'Jawel', zei ze.

Als er iets was dat ze zeker wist, dan was het dit wel. Ze trok haar trui uit, maakte haar beha los en liet hem op de grond vallen, ze legde haar ene hand tegen zijn wang en streelde met de andere zijn onderrug, zijn huid was droog en heet. Ze voelde dat hij zijn hand om haar ene borst legde, hij kneep in haar tepel, het werd zwart voor haar ogen, Jimmy Jimmy Jimmy van de Himmelstalundsvägen in Norrköping, de neef van Roland die altijd een foto van haar bij zich had. Hij trok haar spijkerbroek uit, legde haar op de bank en streelde haar dijen en kruis met stevige, warme handen, en toen hij bij haar binnendrong, dwong ze zichzelf om te ontspannen en met open mond te ademen om zichzelf niet te verliezen, ze liet zich op zijn ritme meedeinen, tot het niet meer lukte om te blijven zweven en ze voelde dat ze klaarkwam, klaarkwam, klaarkwam, tot het in haar hoofd begon te zingen en de duisternis oploste en verdween.

DAG 8

WOENSDAG 30 NOVEMBER

De man werd om 06.32 uur opgepakt in zijn woning aan de Byälvsvägen in de wijk Bagarmossen. Hij had net een bord havermoutpap met vossenbessenjam en halfvolle melk, twee boterhammen met gerookte metworst en een kop versgezette koffie met drie suikerklontjes op tafel gezet, toen de politie bij hem aanbelde. De arrestatie verliep weinig dramatisch. Het enige bezwaar dat de man aanvoerde om mee te gaan, was dat zijn ontbijt koud zou zijn voor hij terug was.

Het zal vast niet alleen koud zijn, dacht Anders Schyman en hij legde de uitdraai van het artikel aan de kant. Dit had de *Kvällspressen* grondig en systematisch aangepakt: zowel het creëren van de seriemoordenaar zelf als het verslag van zijn arrestatie. De hoofdredacteur had al bevolen om een nieuwe editie voor het centrum en de randgemeenten te maken, de rest van het land moest de details over de boterhammen en de suikerklontjes maar via het web tot zich nemen.

Hij pakte de uitdraai van de foto op de voorpagina: Gustaf Holmerud (48) werd door zes geüniformeerde en zwaarbewapende politieagenten afgevoerd. Het gezicht van de seriemoordenaar kon nog het best als verbaasd worden omschreven. De gespannen kaken van de agenten moesten eerder aan de fotograaf van de *Kvällspressen* worden toegeschreven dan aan het gevaar dat er van de arrestant uitging.

Schyman had geen moment getwijfeld. De arrestant werd met naam, leeftijd, woonplaats en volledige details over zijn onbeduidende levenswandel (middelbare school niet afgemaakt, rugklachten, in de ziektewet) in de krant genoemd.

Ook dat zou natuurlijk tot een discussie leiden, dat ze iemand die nog niet veroordeeld was als dader aanwezen en details vrijgaven, maar hij had de tegenargumenten paraat.

Als misdadigers niet bij naam en toenaam mochten worden genoemd voor het tot een definitieve veroordeling was gekomen, zouden we tot op de dag van vandaag niet geweten hebben hoe de man heette die door de rechtbank schuldig werd bevonden aan de moord op premier Olof Palme. Anders Schyman zag het gegroefde gezicht van Christer Pettersson voor zich, die oude junk werd later in hoger beroep vrijgesproken en er werd nooit een vonnis voltrokken.

Bovendien had de technische ontwikkeling de gevestigde en gewetensvolle media allang ingehaald; kort nadat iemand was opgepakt en gearresteerd, gonsde het op internet al van de geruchten en werden er beschuldigingen en pure leugens verspreid. De *Kvällspressen* controleerde in elk geval nog zijn bronnen voor het ter perse gaan van de krant, bovendien hadden ze een uitgever die ter verantwoording kon worden geroepen voor eventueel gemaakte fouten. Hijzelf dus. En de krant zorgde ervoor op verschillende plaatsen te benadrukken dat de man nog slechts een verdachte was.

Hij bestudeerde het gezicht van de (vermoedelijke) seriemoordenaar en herinnerde zich het gesprek met de moeder van de vermoorde Lena.

'Het was Gustaf ... Vanaf het moment dat ze het uitmaakte, heeft hij haar gestalkt.'

Hij leunde voorzichtig achterover tegen de rugleuning van zijn nieuwe bureaustoel. De bedrijfsverpleegkundige had beloofd dat het grote verband er vanmiddag af mocht en vervangen kon worden door een gaasje. Zijn hoofd deed nog steeds een beetje zeer, terwijl hij anders nooit hoofdpijn had. Hij voelde aan de wond en meende de knoopjes van de hechtingen onder het verband te kunnen voelen.

Zijn blik viel op de beschrijving van de man die bij het bosje in Sätra was gesignaleerd: ongeveer 175 centimeter lang, normaal postuur, donkerblond haar, gladgeschoren gezicht, donker jack en donkere broek.

Als hij heel eerlijk was, sloeg die beschrijving op ongeveer tachtig procent van alle mannen van middelbare leeftijd in Zweden.

De gedachte dat de krant misschien te hard van stapel was gelopen, landde in zijn pijnlijke hoofd en bleef net lang genoeg hangen om door hem te worden weggewuifd, waarop de gedachte weer verder dwarrelde.

De politie deed het onderzoek. De media rapporteerden en dramatiseerden.

En terwijl hij wachtte tot het kidnapverhaal in Oost-Afrika in een stroomversnelling zou komen, ging hij verder met zijn brief aan het bestuur en las het begin opnieuw: 'Met dit schrijven bied ik u mijn ontslag aan als hoofdredacteur van de *Kvällspressen*.'

* * *

Een bleek en aarzelend zonnetje wekte haar van achter de wolken en ze wist meteen dat ze te lang hadden geslapen. In Kenia was het twee uur later, er kon vanochtend al van alles zijn gebeurd.

Iets was definitief te laat, maar ze wist niet wat.

Haar lichaam was nog steeds zwaar en warm, ze voelde de aderen onder het dekbed kloppen. Ze draaide haar hoofd opzij, haar blik belandde op het bruine krulhaar op het kussen naast haar. Ze stak haar hand uit en haalde haar vingers erdoorheen, het was zo ongelofelijk zacht, als van een baby.

Te laat, of misschien nog te vroeg? Ze wist het niet.

Ze kroop tegen hem aan, wikkelde haar benen rond de zijne, liet haar hand liefkozend over zijn schouders gaan. Hij werd wakker en kuste haar. Ze lagen doodstil en keken elkaar aan.

'Het is acht uur', fluisterde ze tegen zijn ogen.

Hij trok haar tegen zich aan, stevig, ze hijgde en voelde hoe hij weer in haar gleed, nog een keer, ze was nog steeds nat en opgezwollen en kwam bijna meteen klaar, maar bij hem duurde het wat langer, ze voelde dat hij groter werd en beantwoordde zijn bewegingen, tot zijn schouders zich spanden en hij luid en hijgend kreunde.

'Jezus,' zei hij, 'wat moet ik nodig pissen.'

Ze lachte, misschien een beetje beschaamd.

Ze ontbeten samen aan de keukentafel, yoghurt met walnoten en mueslibrood met leverpastei, koffie en bloedsinaasappelsap. Hij had zijn spijkerbroek aangetrokken en ook zijn overhemd, maar de knoopjes waren nog los, hij zat in haar keuken en las de krant *Dagens Nyheter*, terwijl hij naar zijn koffiekop tastte en kruimels op de grond liet vallen.

Ze keek in haar yoghurt. Het was zo broos, zo breekbaar als kristal, ze durfde het niet aan te raken want dan kon het breken: zijn haar in het ochtendlicht, de stevige ronding van zijn borstkas, de concentratie waarmee hij het redactioneel commentaar las, dat hij hier was, dat hij haar zo dichtbij had gelaten.

Ze ademde door haar mond om niet te stikken.

Hij sloeg de krant dicht en legde hem op de vensterbank.

'Ik ga maar weer aan de slag.'

Hij stond op en liep langs haar zonder haar aan te raken.

Ze stond lang onder de douche, alleen. Haar lichaam voelde groter dan eerst, verzadigd, op de een of andere manier trager. De waterdruppels raakten haar huid als naalden.

Ze maakte van de gelegenheid gebruik om de badkamer schoon te maken, ze boende de braakresten uit de wc-pot, poetste de spiegel, reinigde de wasbak en dweilde de tegels op de vloer. In de slaapkamer hoorde ze Halenius Engels praten in zijn mobiele telefoon.

Ze kleedde zich aan, een schone, lichtblauwe spijkerbroek en een zijdeachtige trui. Halenius rondde een telefoongesprek af en koos een nieuw nummer. Ze liep naar de kamer van de kinderen en ging verder met het uitzoeken van hun kleren.

Om tien over negen ging de vaste telefoon. Haar hart sloeg over.

Ze haastte zich naar de slaapkamer, glipte langs Halenius en kroop op het onopgemaakte bed. Halenius bewoog schokkerig en geconcentreerd, hij zette de opnameapparatuur aan, controleerde sleutelwoorden, aantekeningen en pennen, sloot zijn ogen, haalde twee keer diep adem en nam op.

'Hallo? Yes, met Jimmy.'

Rond zijn mond had zich een bleke ring gevormd, zijn ogen schoten heen en weer.

'Ja, we hebben het bericht over de hand ontvangen.'

Hij zweeg en kneep zijn ogen dicht, stevig, haalde zijn hand door zijn haar. Zijn schouders waren zo stijf als een plank.

'Ja, ik weet dat we moeten betalen, dat is ...'

Hij werd onderbroken en zei een tijdje niets, ze hoorde het piepstemmetje van de ontvoerder in de hoorn schetteren.

'Het is haar gelukt om een bedrag bijeen te krijgen, maar dat ligt dus ver onder ...'

Opnieuw stilte.

'Ik begrijp wat je zegt,' zei Halenius, 'maar probeer het eens vanuit haar perspectief te bekijken. Ze heeft elke öre van het verzekeringsgeld bijeengeschraapt en zo veel mogelijk van familie en vrienden geleend, maar nu is er niet meer ...'

Wederom stilte, geschetter.

'Eerst willen we een proof of life. Ja, dat is een absolute voorwaarde.'

Ze zag dat het zweet hem op het voorhoofd stond, ze had

zich niet gerealiseerd hoe inspannend en akelig hij deze gesprekken vond. Ze voelde een enorme, overweldigende tederheid over zich komen, hij hoefde het niet maar deed het toch, hoe zou ze hem ooit kunnen bedanken?

'Je hebt zijn hand afgehakt. Hoe weet ik dat je niet ook zijn hoofd er af hebt gehakt?'

Halenius' stem klonk neutraal, maar zijn vingers trilden. Ze kon horen dat de ontvoerder hard lachte en vervolgens iets antwoordde.

Halenius keek naar haar op.

'Haar mail? Nu?'

Hij knikte naar haar en maakte een hoofdbeweging naar zijn computer, haar vingers begonnen te tintelen, ze sleepte zich over de matras naar het bureau, draaide zijn computer naar zich toe, opende haar mailaccount van de krant en klikte op 'verzenden/ophalen'.

Er kwamen vier berichten binnen, bovenaan stond een mailtje waarvan de afzender *unknown* was. Haar hart bonkte in haar keel en ze klikte het mailtje open.

'Het is leeg', fluisterde ze.

'Leeg? Maar ...'

'Wacht, er zit een attachment bij.'

'Maak het open', zei hij zacht.

Het was een foto, onscherp en donker. Thomas lag op zijn rug, tegen een donkere achtergrond, zijn hoofd was opzij gedraaid waardoor zijn fijngesneden profiel zich duidelijk aftekende, hij had zijn ogen dicht alsof hij sliep. Annika voelde opluchting en raakte van warmte vervuld, even ging er iets van een schuldgevoel door haar heen, toen zag ze de stomp. Waar de linkerhand had moeten zitten, vloeide de onderarm samen met de grond. Ze hoorde zichzelf naar adem happen, een korte, krachtige luchtstoot, en deinsde instinctief achteruit.

'Dit is geen proof of life', zei Halenius in de hoorn. 'Hij lijkt zo dood als een pier.'

De ontvoerder lachte, hartelijk en lang, zijn hoge gekwetter vulde haar hele slaapkamer, ze stond op en zette het raam open om het geluid eruit te laten.

Het was frisjes buiten, maar niet ijskoud. Besluiteloze sneeuwvlokken hingen in de lucht, niet wetend of ze zouden vallen of wegvliegen. De dageraad had het opgegeven, het was nu donkerder dan toen ze wakker werd.

Ze draaide zich om en werd van achteren door de kou omsloten.

Halenius luisterde weer in de hoorn, voorovergebogen.

'Het is haar gelukt om één miljoen honderdduizend dollar bijeen te schrapen. Inderdaad, 1,1 miljoen.'

Er volgde een stilte. Ook de ontvoerder wachtte aan de andere kant van de lijn.

Daarna zei hij iets, een hoog geschetter.

Halenius wachtte met open mond.

'Dat gaat niet', zei hij. 'Stockholm ligt bij de Noordpool en Nairobi ligt midden op de evenaar ... Nee, we kunnen het geld niet vandaag afleveren. We ... Nee, we ... Ja, we kunnen zo snel mogelijk naar Nairobi vliegen, misschien vannacht al ... Mijn mobiele nummer?'

Hij gaf zijn telefoonnummer, de ontvoerder zei iets en de verbinding werd verbroken. Annika hoorde de klik toen er werd opgelegd.

'We hebben vierentwintig uur de tijd', zei Halenius en hij legde de telefoon neer.

Hij zette haar op de bank, ging tegenover haar in de stoel zitten en nam haar handen in de zijne.

'Dit wordt een beproeving', zei hij.

Ze knikte, alsof ze het begreep.

'Hij heeft mijn bod van 1,1 miljoen geaccepteerd. Hij wilde het geld over twee uur in Nairobi hebben, terwijl hij natuurlijk wist dat dat nooit zou lukken.'

'Waarom 1,1?' vroeg ze.

'Dat laat zien dat je werkelijk je best hebt gedaan, dat er niets meer te halen valt. Ik weet niet op wat voor manier, maar hij laat in de loop van de dag van zich horen om te vertellen hoe het geld moet worden afgeleverd.'

Ze trok haar handen terug, maar hij pakte ze opnieuw.

'We moeten naar Nairobi vliegen, op zijn laatst vannacht. Regel jij de tickets?'

Ze knikte weer.

'Kom eens hier zitten', zei ze.

Hij ging naast haar op de bank zitten, maar raakte haar niet aan. Ze keek naar haar spijkerbroek.

'Denk je dat hij nog leeft?'

Halenius krabde zich op het hoofd.

'Volgens het handboek zou dat zo moeten zijn, anders hadden de ontvoerders de foto niet opgestuurd. Maar met deze vent weet ik het niet. De Française heeft betaald, maar haar man is toch vermoord, dus haar hebben ze bedrogen.'

'Wat gaat er nu gebeuren?'

Hij dacht een paar seconden na.

'Volgens het boekje? Heel algemeen zijn er bij commerciële ontvoeringen zes verschillende scenario's mogelijk. Bij het eerste sterft de gijzelaar nog voor er betaald is.'

'Klinkt als slechte business', zei Annika.

'Klopt. Een gijzelaar kan omkomen bij een ontsnappingspoging of een bevrijdingspoging, of ten gevolge van een hartinfarct of een andere ziekte. Het is weleens voorgekomen dat ontvoeringsslachtoffers zijn verhongerd. Bij het tweede scenario wordt er losgeld betaald, maar wordt de gijzelaar toch gedood.'

'Zoals bij de Fransman', zei Annika.

'Precies. Dat kan gebeuren als de ontvoerders denken dat ze het risico lopen geïdentificeerd te worden, of als de leider van de groep een gewetenloze sociopaat is. Het laatste lijkt voor onze jongen op te gaan. Scenario drie: het losgeld wordt betaald, maar de gijzelaar wordt niet vrijgelaten. In plaats daarvan komen de schurken bij je terug om meer geld te eisen, en dan beginnen de onderhandelingen opnieuw. Dat gebeurt meestal als het om een hoog bedrag gaat en als dat te snel wordt uitbetaald, dan trekken ze de conclusie dat er meer te halen valt.'

'Kan dat in ons geval spelen?'

'Niet erg waarschijnlijk, we hebben het hele traject afgelegd. Scenario vier: het losgeld wordt betaald, de gijzelaar wordt vrijgelaten, maar wordt op een later tijdstip opnieuw ontvoerd. Dat zal hier vast niet gebeuren. Scenario vijf: het losgeld wordt betaald en de gijzelaar wordt vrijgelaten. Scenario zes: de gijzelaar ontsnapt of wordt bevrijd zonder dat er geld is betaald.'

Ze zei een hele tijd niets. Hij wachtte en verroerde zich niet.

'Je kunt niet zeggen welk scenario het wordt, of wel?' zei ze zacht.

'Hij heeft gezegd dat hij morgenochtend contact opneemt met ons. Misschien doet hij dat, maar het kan net zo goed pas eind van de middag worden. Dan moeten we klaarstaan, met geld, een volgetankte auto met chauffeur, opgeladen mobiele telefoons, water en proviand, want het afleveren van het geld kan soms vrij veel tijd in beslag nemen.'

Ze schraapte haar keel.

'Wat doet de politie?'

'Het JIT-team in Brussel leest mijn sms'jes en houdt alle betrokkenen op de hoogte, maar het is van cruciaal belang dat de criminelen zien dat wij alleen zijn. Ze hebben niet de ambitie om te worden opgepakt. Ik zal eisen om het geld face to face te mogen overhandigen, maar de kans is klein dat ze daarmee akkoord gaan.'

'En de plek zelf, de plaats van aflevering, zal dat ergens in Nairobi zijn?'

Hij stond op, liep naar de slaapkamer en kwam met een schrijfblok in zijn handen terug.

'De partner van de Spanjaard heeft het geld in de Somalische wijk in het zuiden van de stad in een container gelegd', las hij. 'De zoon van de Duitse heeft het geld in een greppel aan de voet van Mount Kenya achtergelaten, zo'n honderd kilometer in noordelijke richting. De vrouw van de Roemeen zal vandaag in de loop van de dag 800.000 dollar afleveren in Mombasa, aan de kust. De Française heeft het geld ook ergens in Nairobi achtergelaten, maar wist na afloop niet meer waar.'

'Ze proberen het risico te spreiden', zei Annika.

Hij ging weer naast haar zitten en bladerde in zijn schrijfblok.

'Gewoonlijk wordt het losgeld in de buurt van de plek waar de ontvoering heeft plaatsgevonden overhandigd, maximaal zo'n honderd kilometer ervandaan. Maar in dit geval gaat dat dus niet op.'

'En dan?' zei Annika.

'Dan kan het zo'n achtenveertig uur duren voor de gijzelaar opduikt', zei Halenius.

Ze legde haar hand op zijn dij en slikte.

'En dan?' zei ze zacht en ze keek hem aan.

Hij draaide zijn gezicht weg, ze trok haar hand terug.

'Ik heb er geen spijt van', zei ze.

Hij stond op en liep naar de slaapkamer zonder haar aan te kijken. Ze bleef zitten, met stomheid geslagen en een loodzwaar gevoel van binnen, een gigantische leegte vulde haar buik- en borstholte, waardoor ze nauwelijks nog kon ademen. Moeizaam kwam ze overeind en liep naar de slaapkamer. Hij zat achter zijn computer te typen, met rode ogen en diep geconcentreerd.

Plotseling voelde ze zich een volslagen idioot, kwispelend als een puppy, aanstellerig en dom.

'Ik regel de vliegtickets', zei ze. 'Nog bepaalde wensen?'

'Niet met Air Europa', zei hij en hij keek op, 'en niet over Charles de Gaulle.'

Hij wierp haar een glimlachje toe.

Het lukte haar om terug te lachen en daarna ging ze naar de kamer van de kinderen.

De enige vlucht naar Nairobi die diezelfde avond vertrok en waarop nog plaats vrij was, was met Air France via Parijs.

'En de hele reis is met Air France?' vroeg Annika. 'Niet met Air Europa?'

De vrouw van het reisbureau waar de *Kvällspressen* zijn reizen boekte, liet haar vingers over het toetsenbord ratelen.

'Jawel,' zei ze, 'de vlucht naar Parijs, naar vliegveld Charles de Gaulle is *operated by* Air Europa.'

'Is er geen andere?'

'Jawel, via Brussel, maar dan moeten jullie over twintig minuten vanaf Bromma vertrekken.'

Ze boekte de vlucht van 16.05 uur van Arlanda naar Parijs en dan om 20.10 uur verder met Air France (operated by Kenya Airways). Het vliegtuig zou morgenochtend vroeg om 06.20 uur Oost-Afrikaanse tijd in Nairobi landen. De terugreis werd opengelaten.

De tickets zouden naar haar mailadres worden gestuurd, zodat zij ze kon uitprinten.

Ze hing op. Het was midden op de dag maar het schemerde al, ze bevond zich in een gewichtloos vacuüm tussen nu en straks.

Halenius ging naar huis om kleren, een tandenborstel en scheergerei te halen. Annika schreef veertig minuten intensief aan haar artikel, pakte haar laptop, wat kleren en de videocamera in, maar voor het statief had ze geen plaats omdat ze alleen met handbagage zouden reizen. Ze keek in de koelkast en gooide al het eten dat bijna over datum was weg, leegde de vuilnisbak en deed alle lampen uit, vervolgens bleef ze even in het donker in de hal staan om naar de geluiden van het huis te luisteren.

Iets was definitief te laat, of veel te vroeg.

Ze ging naar het trappenhuis, deed de deur op het nacht-slot en liep naar beneden om bij de buitendeur op Halenius te wachten, die haar in een taxi zou komen halen.

Terwijl ze wachtte, belde ze Sophia Grenborg.

'We gaan nu', zei ze. 'We zijn het eens geworden over het losgeld. Het vliegtuig vertrekt over twee uur.'

'Wil je de kinderen spreken?'

Een glimmend zwarte Volvo met getinte ruiten gleed door de opstuivende sneeuw en stopte voor haar deur. Een van de achterportieren ging open, waarna Halenius zijn hoofd boven het autodak uitstak.

'Ik bel nog een keer vanaf Arlanda', zei ze en ze brak het gesprek af.

Ze stapte de sneeuwstorm in en glimlachte naar zijn sprietige haar, in haar ooghoek zag ze een fotograaf een camera met een grote telelens op haar richten. De chauffeur in grijze overjas stapte uit, ze herkende hem, het was een van de mannen die Hans heetten, hij pakte haar computertas en legde hem in de kofferbak. Terwijl de fotograaf haar door zijn telelens volgde, nam ze naast Halenius op de achterbank plaats. De staatssecretaris hield zijn mobiele telefoon omhoog.

'Het geld moet in Amerikaanse dollars worden afgele-verd, in briefjes van twintig, in stevig plastic verpakt en bij-eengebonden met duct tape', zei hij.

'Wat doet Enkele-Hasse hier?' vroeg Annika.

De Volvo rolde met een zacht spinnend geluid weg.

'Regeringsauto', zei Halenius. 'Ik moet nog een heleboel telefoontjes plegen. Het is niet de bedoeling dat daar mor-gen op mediatime.se over gelezen kan worden.'

Ze herinnerde zich de bankemployé met de bril bij de Handelsbank.

'In briefjes van twintig? Dan gaat het vijfenvijftig kilo we-gen.'

'Ik heb Frida gevraagd om twee grote sporttassen te kopen.'

Hij pakte haar hand.

'Hij wil dat jij het geld afgeeft', zei hij en daarna liet hij
haar weer los.

Ze keek door het raampje naar buiten. De stenen gevels
van de stad gleden achter de stuifsneeuw voorbij.

Hij pakte zijn mobieltje en toetste een enorm lang nummer in dat met 00254 begon, ze legde haar achterhoofd tegen de zachte leren bekleding van de regeringsauto en liet
de stad achter zich verdwijnen.

De vertrekhal van vliegveld Arlanda zag zwart van de mensen.

'Ik kan jullie niet voor de hele reis inchecken', zei de
dame achter de balie, terwijl ze haar vingers over het toetsenbord van haar computer liet gaan. 'Het computersys-
teem van Air Europa is niet compatibel met dat van de andere maatschappijen, dus moeten jullie je boarding pass
voor de Nairobivlucht bij de transferbalie in Parijs afhalen.'

Halenius leunde over de balie naar voren.

'Er is geen transferbalie op Charles de Gaulle,' zei hij, 'en
we hebben geen tijd om in de rij te gaan staan om in te checken.'

De dame ratelde op het toetsenbord.

'Jawel,' zei ze, 'jullie hebben in Parijs een uur de tijd.'

Halenius begon te zweten.

'Bent u weleens op Charles de Gaulle geweest?' vroeg hij
op zachte toon. 'De vliegtuigen stoppen ergens halverwege
de landingsbaan, dan moet je met de bus naar het terminalgebouw worden gebracht, en de verschillende terminals
liggen een paar kilometer uit elkaar, er zijn geen bussen of
treinen en wij moeten van 2B naar 2F overstappen, dat gaat
niet werken.'

'Jawel,' zei de dame, 'jullie gaan naar terminal F en ...'

'Daar komen we niet in. Niet zonder boarding pass.'

Annika slikte. Beide wensen die hij kenbaar had gemaakt had ze genegeerd.

'Dit betreft een doorgaande vlucht', zei de incheckdame. 'Als jullie het vliegtuig missen, zijn jullie verzekerd van een plaats op een latere vlucht.'

'We mogen deze vlucht niet missen', zei Halenius. 'Het is erg belangrijk.'

De dame keek hem met een scheef hoofd aan en glimlachte.

'Dat zeggen ze allemaal.'

Annika, die een halve stap achter Halenius had gestaan, wurmde zich naar voren, ging op haar tenen staan en leunde over de balie.

'Ik heb de vlucht geboekt', zei ze. 'Het reisbureau garandeerde dat we voor de hele reis konden inchecken, anders hadden we hier niet gestaan.'

De dame glimlachte niet meer.

'Het spijt me vreselijk,' zei ze, 'maar het zit zo dat ...'

'Ik heb de luchtverkeersleiding op Charles de Gaulle en het hoofdkantoor van Air Europa in Amsterdam gesproken. Ze hebben ons allemaal gegarandeerd dat dit kon.'

De lippen van de dame waren een smal streepje geworden.

'Ik snap niet hoe ...'

'Ik stel voor dat u de telefoon pakt en iemand belt, of dat u iemand haalt die hier verstand van heeft', zei Annika en ze haalde pen en papier tevoorschijn. 'Mag ik uw volledige naam noteren?'

De hals van de dame begon rode vlekken te vertonen. Ze stond op en verdween door een deur aan de linkerkant.

Halenius keek Annika verbaasd aan.

'Ik dacht dat het hoofdkantoor van Air Europa op Mallorca lag.'

'God mag weten waar het ligt', zei ze.

340

Ze liet haar blik over de rammelende bagageband gaan die rechts in een opening verdween. Golftassen, Samsonite-koffers en in plastic zakken verpakte kinderwagens werden in een eindeloze stroom door het donkere gat opgeslokt. Boven hun hoofden welfde zich de overkapping als ware het een hemel, de reizigers in de rij achter hen begonnen ongeduldig te worden en keken op hun horloges, Thomas lag op een lemen vloer dood te bloeden en zij zorgde voor de logistiek. Het was haar verantwoordelijkheid.

De dame kwam terug samen met een oudere vrouw.

'Wat is het probleem?' zei de oudere dame.

'Mij is gegarandeerd dat we de hele reis naar Nairobi hier konden inchecken,' zei Annika, 'maar blijkbaar is er ergens een misverstand ontstaan. Fijn dat we het nu meteen kunnen oplossen.'

De oudere dame glimlachte.

'Helaas is het zo dat ...'

Thomas' opgezwollen gezicht sprak haar vanaf het computerscherm monotoon toe. Ze hoorde de schelle stem van de ontvoerder vanaf de bagageband opklinken. Halenius' diepe, aardse gekreun steeg op en bleef onder de overkapping hangen.

Ze leunde over de balie heen, en toen ze sprak, spuwde ze vuur.

'Nu', zei ze. 'Meteen.'

De oudere vrouw boog zich over de terminal en typte een paar commando's, reikte naar een printer en legde twee tijdelijke boarding passes op de incheckbalie.

'Zo dan,' zei ze, 'nu is het geregeld.'

* * *

Anders Schyman merkte dat er een schok door hem heen ging toen hij het persbericht van TT las: verdomme, we hadden toch gelijk.

De voorgeleiding van Gustaf Holmerud had achter gesloten deuren plaatsgevonden, dus de reden voor zijn arrestatie was niet openbaar gemaakt, maar het besluit van de
rechtbank sprak boekdelen: de man werd op aanwijsbare
gronden – de zwaardere verdenkingsgraad – in voorlopige
hechtenis genomen, op verdenking van twee moorden.

Dat moet om Lena Andersson en Nalina Barzani gaan,
dacht Schyman en hij pakte de intercom.

'Patrik? Kun je even komen?'

De nieuwschef kwam over de redactievloer aangestuiterd
met die eeuwige balpen in zijn hand.

'Op aanwijsbare gronden!' zei hij toen hij de glazen deur
had opengerukt en op de bezoekersstoel was beland. 'Yes,
we zitten helemaal goed!'

'Wat weten we niet?' zei Schyman.

Een vaag signalement en enkele gegevens van een netwerkoperator zouden voldoende zijn om iemand op redelijke gronden in hechtenis te nemen, maar niet op aanwijsbare gronden.

Patrik kauwde op zijn pen.

'Q doet het onderzoek, dus hebben we Berit erop gezet.'

Iedereen wist dat Berit Hamrin en commissaris Q van
de Rijksrecherche een goede en nauwe band hadden met
elkaar, maar niemand, behalve Schyman zelf, en mogelijk
Annika Bengtzon, wist hoe goed en nauw die band eigenlijk
was, of beter gezegd, was geweest. Berit had jarenlang met
de politieman gescharreld, en blijkbaar was het haar gelukt
om een constructief contact met haar voormalige minnaar
te behouden, want hij bleef haar van informatie voorzien
die hij verder met weinig anderen deelde.

Dat Schyman wist dat die twee iets hadden kwam doordat hij er ooit rechtstreeks naar had gevraagd; hij wilde weten hoe het kwam dat ze zulke goede bronnen had binnen
de politie en toen had ze zonder aarzeling of gêne geantwoord dat ze elke dinsdagmiddag om vijf uur in een van de

appartemententen van de politie met de commissaris naar bed ging. Schyman wist eigenlijk niet of ze daar nu mee gestopt was of niet.

'Ze moeten een duidelijke aanwijzing hebben', zei Schyman. 'Technisch bewijs, getuigen, het moordwapen of een bekentenis. Ik wil weten wat die aanwijzing is.'

Patrik Nilsson liet zijn blik over de redactievloer gaan.

'Het voelt verdomd goed', zei hij, 'dat we het bij het juiste eind hadden.'

Hij gluurde naar de hoofdredacteur, Schyman voelde een rillinkje langs zijn ruggengraat gaan.

'Hoe bedoel je?' vroeg hij.

Patrik klikte een paar keer met zijn pen.

'Eigenlijk was het Annika Bengtzons idee', zei hij. 'Ze zei het alleen maar om mij te jennen, dat weet ik, ik vond die wortelkluit in Skärholmen niet de moeite waard om te plaatsen en toen somde ze al die dode vrouwen voor me op, ze zei dat we misschien een seriemoordenaar misliepen, en toen heb ik Berit en Michnik erop gezet ...'

Schyman leunde over zijn bureau naar voren; dat Patrik Nilsson bij tijd en wijle door morele wroeging werd overvallen, was een onverwacht maar gezond teken.

'Wij hebben de wijsheid niet in pacht', zei de hoofdredacteur. 'De samenleving is voortdurend in beweging en wij volgen de ontwikkelingen, wij beschrijven en rapporteren, maar wij staan niet garant voor de ultieme waarheid. Situaties wisselen van dag tot dag, en als dat gebeurt, doen wij daar verslag van.'

Patrik stond opgelucht op.

'Zoek uit wat de reden is van de arrestatie', zei Schyman.

Toen de nieuwschef de deur achter zich had dichtgedaan, trok hij de aan de bestuursvoorzitter Herman Wennergren geadresseerde envelop tevoorschijn, hij haalde twee keer diep adem en belde vervolgens naar de portiersloge.

'Ik heb een brief voor het bestuur, is er iemand die hem kan bezorgen?'

Hij keek op zijn kalender en omcirkelde de datum van vandaag, 30 november.

Volgens het aanstellingscontract had hij een opzegtermijn van een half jaar, gerekend vanaf de dag van opzegging, wat betekende dat hij de laatste dag van mei volgend jaar kon stoppen, met Pinksteren dus.

De nieuwe jongen van de portiersloge kwam over de redactievloer aanstuiven, Schyman woog de envelop in zijn hand.

Zouden ze zijn ontslagverzoek accepteren? Of zouden ze hem overhalen om te blijven, zijn loon en pensioen verhogen, hem met mooie woorden en smeekbeden overspoelen?

Hij overhandigde de envelop aan de portier.

'Het hoeft niet op stel en sprong,' zei hij, 'maar de brief moet wel vandaag bezorgd worden.'

'Ik breng hem meteen', zei de jongen.

* * *

Het vliegtuig stopte inderdaad ergens midden op de landingsbaan, misschien wel tien, twintig kilometer van het terminalgebouw vandaan. Eerst moesten ze op een bus wachten die hen naar de terminal zou brengen, vervolgens op een volgende omdat de eerste meteen al vol zat, en daarna werden ze in een klein kwartier hortend en stotend naar het terminalgebouw gebracht.

Toen ze eindelijk in terminal 2B waren, zag Annika nog maar één ding: de mensen, de stenen muren en de croissanteries gingen totaal aan haar voorbij, ze zag alleen nog maar het grote bord met alle vertrektijden, waarop de vlucht naar Nairobi knipperde met FINAL CALL. Halenius begon als een idioot te rennen, zijn tas danste op zijn rug op en neer, Annika vloog achter hem aan, ze stoven langs corridors en lopende banden, langs vertrekhallen met cijfer- en lettercombinaties waar geen enkele logica in zat, en bereikten 2F toen er al *GATE CLOSED* stond bij de nachtvlucht van Kenya Airways naar Nairobi. Er stond een enorm lange rij bij de beveiligingscontrole, die ze voorbijvlogen alsof ze over de grond zweefden, Annika zei iets met haar vuurspuwende stem, er werd haar gevraagd of ze haar tas mochten controleren en haar tandpasta werd eruit gehaald, ze wisten de gate te bereiken en schoten een ouder vrouwelijk personeelslid aan, die de glazen deuren ontgrendelde en hen aan boord van het vliegtuig liet gaan, hoewel ze eigenlijk veel te laat waren.

'Zo gaat het hier nu altijd', zei Halenius toen hij zich op zijn stoel liet zakken, 36L. 'Het is altijd hetzelfde op dit klotevliegveld.'

Annika gaf geen antwoord. Haar knieën drukten tegen de stoel voor haar, na vijf seconden begonnen ze al pijn te doen. Hij zat vlak naast haar, hun ellebogen kwamen op de korte armleuning tegen elkaar, ze meende dat ze hem kon ruiken. Op het schermpje op de stoel voor haar las ze:

KARIBU!
Welcome on board!

Naast de tekst stonden drie leeuwen afgebeeld, een mannetje en twee leeuwinnen, en het logo van Kenya Airways, met de slogan: *The pride of Africa*.

Het beeld veranderde. Het schermpje toonde nu de tekst: UMBALI WA MWISHO WA SAFARI 4039 MAILI.

Er verscheen een wereldkaart met een vliegtuig zo groot als West-Europa op het scherm. De route van de ophanden zijnde vlucht was erop aangegeven en liep met een lichte kromming naar een vierkantje aan de oostkust van Afrika. De vlucht zou acht uur en tien minuten gaan duren.

Ze keek door het raampje naar buiten. Een man met gehoorbeschermers op en een dik jack aan stond vlak onder haar op de grond aan een slang te rukken en trekken. Ze vroeg zich af of hij ooit in Afrika was geweest.

Het vliegtuig zat helemaal vol. Het werd al benauwd in de cabine.

Ze sloot haar ogen en legde haar handen op haar oren. De motoren begonnen te draaien en het vliegtuig taxiede naar de startbaan, ze voelde hoe de trillingen van het metaal zich in haar lichaam voortplantten.

Zijn knie stootte tegen de hare.

Twaalf uur geleden lag ze nog in haar eigen bed aan de Agnegatan met hem naast zich, in zich, en met een gevoel dat het allemaal te vroeg was of veel te laat.

Ze wist nog steeds niet welke van de twee het was.

DAG 9

DONDERDAG 1 DECEMBER

Om de zoveel tijd werd ze met een stijve nek en speeksel in haar mondhoek wakker. Elke keer wierp ze dan even een blik op Halenius naast zich, soms sliep hij met halfopen mond, soms zat hij geconcentreerd, met de oortelefoontjes van de luchtvaartmaatschappij diep in zijn gehoorgangen gedrukt, naar een film op het schermpje te kijken.

's Ochtends om twintig over vier (Keniaanse tijd) weigerde haar lichaam om zich nog te ontspannen en stortte ze zich op het entertainmentsysteem van de vliegmachine. Ze zocht net zo lang tot ze een film had gevonden met een jonge, rechtenstuderende Julia Roberts. Om de vijftien seconden stokte de film, verdween het geluid en trok er een band met ruis over het scherm. Telkens als dat gebeurde, raakte ze de draad kwijt en kwam Julia terug als een heel andere Julia, die het over dingen had die ze niet begreep. Na tien minuten gaf ze het op en schakelde over op een film met een verouderde Adam Sandler. Daar dezelfde ellende. Ze zette het scherm uit.

Buiten zag ze een grote, zwarte ruimte. Er waren geen sterren te zien, alleen het knipperende lampje op het puntje van de vleugel. In de cabine was het licht gedempt, de meeste mensen sliepen, een enkeling las een boek of maakte een sudoku in het schijnsel van de leeslamp onder de bagagevakken.

Ze boog zich voorover naar haar tas en pakte de uitdraai over Kenia van landguiden.se, de internetsite van het Instituut voor Internationale Betrekkingen over alle landen van de wereld. Het stuk was negenentwintig pagina's lang en behandelde alles van de geografie en het klimaat tot de vroegste geschiedenis, de buitenlandse politiek en het toerisme aan toe.

Misschien had Jimmy's Tanya het stuk geschreven? Of misschien had ze eraan meegewerkt en de inhoud geanalyseerd, met deskundige uitspraken over de actuele politiek haar bijdrage geleverd?

Ze was vast ontzettend belezen en begaafd.

De wieg van de mensheid stond in Oost-Afrika, las Annika. Miljoenen jaren geleden leefden er al menselijke wezens bij het Turkanameer in Noordwest-Kenia.

Volgens de volkstelling in 2010 had het land ruim negenendertig miljoen inwoners, in tien jaar tijd was de bevolking met dertig procent gegroeid.

Ruim de helft van de mensen leefde in armoede, en dat aandeel nam toe. Het meeste werk werd door vrouwen verricht. In 2005 waren 1,3 miljoen Kenianen met hiv besmet. In datzelfde jaar stierven 140.000 mensen aan aids, en nog meer aan malaria. Bij tijd en wijle was tien procent van de bevolking afhankelijk van voedselhulp van de VN.

Na de presidentsverkiezingen in december 2007 braken er op verscheidene plaatsen in het land onlusten uit, niet alleen in de sloppenwijken van Nairobi, maar ook in steden als Eldoret en Kisumu in het westen. 1100 mensen vonden daarbij de dood, bijna 600.000 mensen werden van huis en haard verdreven. Het moorden had ten dele een etnische ondertoon. Vooral Kikuyu's, de stam die vroeger de politieke macht in handen had gehad, moesten het ontgelden.

Ze liet de papieren zakken, het klonk als een variant op de volkerenmoord in Rwanda, machetes die lichaamsdelen afhakten en mensen verminkten, maar er was een wezenlijk verschil: ditmaal besloot de internationale gemeenschap om in te grijpen. Kofi Annan bemiddelde, waardoor een bloedbad werd voorkomen.

Ze sloot haar ogen en zocht naar Thomas, waar was hij in dit geheel? Zijn handen en zijn gezicht, zijn blonde haar en zijn brede schouders, hij was daar ergens ver onder hen, maar de beelden gleden weg, gingen verloren in het oorverdovende geruis in de cabine, het lawaai van de metalen kist die door de luchtlagen voortraasde.

Ze moest weer in slaap zijn gevallen, want toen ze wakker schrok, hoorde ze de gezagvoerder door de luidsprekers zeggen dat ze op Nairobi aanvlogen.

Het schermpje was opnieuw tot leven gewekt, de kaart met het reusachtige vliegtuig was terug. Buiten was het nog steeds pikkedonker. Volgens de kaart kwamen ze net over een plaats die Nouakchott heette.

Ze wreef in haar ogen en keek door het raampje naar buiten. Er was nergens een lichtje te bekennen, maar ze wist dat er mensen waren daarbeneden, mensen in de stad Nouakchott die in een maanloze duisternis leefden.

'Je hebt het ontbijt gemist', zei Halenius. 'Ik wilde je niet wakker maken, je sliep zo lekker.'

Ze maakte haar ooghoeken schoon.

'Kwarteleitjes met gekoelde champagne, neem ik aan?' zei ze. Ze stond op en stapte over Halenius' knieën.

'Ze hebben de lampjes FASTEN YOUR SEATBELTS net aangedaan.'

'Ik denk niet dat ze het op prijs stellen als ik hier op de stoel zou plassen', zei ze en ze liep door naar de wc.

Daarbinnen rook het naar urine en een ontsmettingsmiddel. Ze bleef net zo lang op de wc-pot zitten tot een stewardess op de deur klopte om te vragen of ze terug wilde gaan naar haar plaats en de veiligheidsgordel om wilde doen, ze gingen landen.

Zich aan de leuningen van andere stoelen vasthoudend liep ze terug, het vliegtuig schudde en schokte, ze had dorst en was misselijk.

'Gelukt?' vroeg Halenius, toen ze zich over zijn benen wurmde.

Ze gaf geen antwoord.

351

'Hoe gaat-ie? Voel je je beroerd?'

'Ik weet niet of ik het kan', zei ze zacht, zo zacht dat het misschien niet boven het lawaai van het vliegtuig uitkwam.

De terminal op Jomo Kenyatta International Airport bestond uit een slecht verlichte gang met een heel laag plafond. De lucht was dik van het zweet en de uitademingsgassen van alle mensen. Op de vloer lagen grijze plastic platen die rood werden en daarna geel. Het plafond drukte op haar nek, de muren tegen haar armen. Ze werd in een golf van mensen voortgestuwd. Thomas was bij haar, als een gevoel van onbehagen duidelijk aanwezig, vlak achter haar of helemaal vooraan. Halenius liep naast haar.

Ze vulde zowel de gele als de blauwe visumformulieren in, maar kreeg te horen dat dat verkeerd was. Ze moest de witte hebben.

Bij de douane werden haar vingerafdrukken genomen.

Buiten het gebouw was de lucht verbazingwekkend helder en koel. Er hing een ondefinieerbare geur van gebrande kruiden in de straat. Het had 's nachts geregend, de banden van de auto's ruisten over het natte wegdek. De dageraad gloorde als een roze gloed in het oosten.

'Moeten we een auto huren?'

Halenius schudde zijn hoofd.

'We hebben concrete aanwijzingen gekregen wat voor type wagen we moeten gebruiken. Ik geloof dat het Frida gelukt is om er een te regelen. Wacht hier met de spullen ...'

Ze bleef op de stoep voor het terminalgebouw staan. Overal waren mensen, ze verloor Halenius meteen uit het oog. Zwarte gezichten gleden aan haar voorbij, aan de overkant van de straat meende ze lage huizen te ontwaren. Aan weerszijden van de ingang waren cafés.

'*Taxi, madame, you want taxi?*'

Ze schudde haar hoofd en keek de duisternis in, probeerde de gebouwen aan de overkant te onderscheiden, witte, gele, blauwe auto's raasden links van haar langs, nog meer mensen, gezichten met witte ogen, 'taxi, madame, you want taxi?'

'Oké', zei Halenius opeens naast haar. 'Die zilveren bak daar.'

In de chaos van auto's en mensen zag ze een vrouw met lang haar en zwarte kleren naast een grote, zilverkleurige auto. Annika pakte haar tas en begon te lopen.

Toen ze dichterbij kwam, zag ze dat het haar van de vrouw in ontelbare dunne vlechtjes gevlochten was die tot aan haar onderrug kwamen. Ongeveer de helft ervan was paars. Ondanks de schemering had de vrouw een goudkleurige zonnebril op, het hippe logo schitterde in het glas. Ze glimlachte niet.

'*I'm Frida. Nice to meet you.*'

Dus dit was Angela Sisulu's kamergenote, de steenrijke Nigeriaanse Frida Arokodare, die voor de VN werkte. Ze was lang en superslank, langer dan Halenius. Ze droeg een riem met studs en een heleboel armbanden, had een piercing in haar neusvleugel. Annika stak haar hand uit en kon zich in de gauwigheid niet herinneren of ze haar handen had gewassen nadat ze in het vliegtuig naar de wc was geweest, ze voelde zich klein, bleek en vies.

'*I appreciate your help so much*', zei ze en ze hoorde zelf hoe knullig en Zweeds ze klonk.

'*Glad to contribute*', zei Frida en ze nam plaats achter het stuur. Ze bewoog zich efficiënt, met kleine bewegingen. Annika's onbeholpen stunteligheid werd steeds groter. Ze opende het achterportier, dat net als bij een Volkswagenbusje opzij opengleed. Het voertuig telde acht zitplaatsen, een soort bus in de vorm van een schoenendoos: ze zat erbij alsof ze een hark had ingeslikt.

Halenius sprong voorin.

'Wat is dit voor auto?' vroeg ze.

'Een Toyota Noah, worden eigenlijk alleen in Azië verkocht. Frida had geluk, ze mocht hem van een collega lenen. Ik snap wel waarom de schurken deze hebben uitgekozen, hij valt op in de menigte en is makkelijk te vinden.'

Hij richtte zich tot Frida.

'Alles klaar?'

'Mijn eigen monteur heeft gisteren de remblokken vervangen,' antwoordde Frida Arokodare, 'dus de auto moet in uitstekende staat zijn.'

Ze haalde nerveus een hand door haar haar.

'Ik heb gedaan wat je gevraagd had', zei ze wijzend naar de kofferruimte. 'Een volle tank, en twee extra jerrycans met benzine helemaal achterin.'

Vervolgens wees ze naar een koeltas en twee dozen op de zitplaatsen achter Annika.

'Eten en water, EHBO-doos, wc-papier, twee extra mobiele telefoons en een satelliettelefoon. Ik heb ook een *vehicle tracking device system* laten installeren, zodat de afgelegde route naderhand door jullie politiemensen kan worden bestudeerd. Ik heb het nog niet kunnen testen, dus ik weet niet of het werkt. Wat gaan we eerst doen?'

'Heb je het geld gehaald?'

Frida startte de motor.

'De bank gaat om half negen open', zei ze, terwijl ze zich in het verkeer voegde. 'Hebben jullie al ontbeten? Mijn bank zit aan Moi Avenue, we kunnen in het Hilton wachten tot ze opengaan.'

Halenius ging wat beter zitten, Annika maakte uit zijn bewegingen op dat hij nerveus was.

Ze kwamen op een vierbaanssnelweg, een groot bord verkondigde dat de weg door Chinezen was aangelegd.

'China is heel Afrika aan het opkopen', zei Frida. 'Zowel grond als bossen, mineralen, olie, allerlei bodemschatten ... Maar vertel eens, werk je nog steeds voor die minister? Hoelang ben je van plan om daar te blijven slaven?'

Halenius lachte even.

'Macht corrumpeert', zei ze. 'En de kinderen zijn bij Angie?'

'Ze zijn zondag vertrokken. Tanya is met hen meegereisd. Ze hebben vreselijk weer gehad in Cape Town, maar nu is het kennelijk wat rustiger geworden.'

'Hoe is het met Tanya? Werkt ze nog op het Instituut?'

'Yep. Hoewel ze naar een nieuwe baan heeft gesolliciteerd, bij de VN in New York.'

Frida knikte enthousiast.

'Wat goed! Daar hebben ze haar hard nodig.'

Annika slikte, ze was niet alleen achter geplaatst maar voelde zich ook achtergesteld. Ze liet het gesprek op de gewichtige en hoogopgeleide voorbank maar langs zich heen gaan en pakte de videocamera. Ze richtte hem door het zijraampje naar buiten en zag de stad door het display, een benzinepomp met de naam Kenol, enorme reclameborden met voor haar compleet onbekende producten (koop Mouida-ananasfrisdrank! netwerkoperator Airtel! supermarkt Chandarana! een Tuskerbiertje!), een flatgebouw van vijf verdiepingen in aanbouw met steigers van bamboe, waterauto's, een benzinepomp met de naam Total, een andere die Oillibya heette, lees het dagblad *The Star!* (*Fresh! Independent! Different!*), Citi Hoppers die over het wegdek raasden, hopen met aarde, een geur van gebrande kruiden. De Chinese snelweg eindigde en ging over in een smalle geasfalteerde weg, nog donker van de nachtelijke regen. Geen trottoirs, geen berm, alleen lange rijen met mensen die te voet op weg waren, ergens of nergens naartoe, op slippers, tennisschoenen, gympies, pumps of glimmende leren schoenen. Vrouwen met kleurrijke kapsels, in slecht zittende jurken, met kinderen op de rug, jonge jongens in T-shirts met reclame voor exotische toeristische bestemmingen of Amerikaanse dranken.

Ze legde de camera weg, overladen met indrukken.

Het daglicht kwam snel, maar de zon bleef achter dikke wolken verscholen.

De begroeiing was groots, overweldigend.

Het Hilton Hotel in Nairobi was een hoog, rond gebouw midden in het centrum van de stad. Frida parkeerde in de garage. Zowel bij de ingang als bij de uitgang en in de garage zelf stond beveiligingspersoneel.

De lobby was gigantisch, met een als een ruimteschip ogende kristallen kroonluchter. Ze zeilden over de spiegelgladde marmeren zee naar een gedeelte van het hotel dat Traveller's Restaurant heette. Ze gingen in een hoek zitten, Halenius bestelde voor haar koffie en een croissant. Tot haar eigen verbazing kon ze eten.

'Wat gaat er nu gebeuren?' vroeg Frida, terwijl ze met haar koffiekopje speelde.

Halenius at zijn mond leeg voor hij antwoord gaf.

'De schurk laat om een uur of negen van zich horen', zei hij. 'Waarschijnlijk krijgen we dan instructies waar het losgeld moet worden afgeleverd, en ik moet hem vertellen dat jij rijdt. Dat kan wat problematisch worden.'

Frida liet haar kopje los en leunde achterover tegen de rugleuning van haar stoel.

'Waarom dat?'

Hij nam een grote slok koffie.

'De ontvoerders willen altijd dat degene die het losgeld brengt alleen komt. Als je met zijn tweeën bent, denken ze automatisch dat de ander een agent is. Nu weten ze dat Annika en ik samen komen ... Hij zal je misschien niet eentwee-drie als chauffeur accepteren, maar het moet lukken. We redden dit niet zonder jou.'

Annika keek in haar koffiekopje, Frida rechtte haar rug.

'Hij heeft het type auto al bepaald, maar als we pech hebben zal hij ook nog speciale herkenningstekens eisen, op de auto, of op onszelf, bepaalde kleding of stickers op de autoruiten.'

Annika liet haar blik door het restaurant gaan, boven de bar lagen oude leren koffers opgestapeld. Waarschijnlijk was het de bedoeling om de sfeer van een oude trein op te roepen. Ze herinnerde zich wat Halenius gezegd had, was het gisteren of vorig jaar? 'Als de ontvoerders eisen dat je je kaal scheert, zit er niets anders op dan het scheermes te pakken.'

Zou ze haar haar afscheren om Thomas naar huis te krijgen? Zou ze haar linkerhand opofferen? Zou ze met de onderhandelaar naar bed gaan?

Frida speelde met haar gouden armbanden.

'Je weet waar de Somalische piraten het losgeld voor gebruiken?' zei ze tegen Halenius.

'Voorzover ze niet met buit en al verdrinken, bedoel je?'

'Ze onderhouden hele dorpen ermee, hele landstreken', zei Frida.

'Nou ja,' zei Halenius, 'niet allemaal.'

'Meer dan je denkt. Ze runnen de economie in de hele kustregio.'

Annika ging rechter op haar stoel zitten, Halenius dronk zijn kopje leeg.

'Klopt', zei hij. 'Sinds de piraten zich op ontvoeringen hebben toegelegd, zijn de prijzen daar met meer dan honderd procent gestegen. Dat geldt werkelijk voor alles, van de grondprijs tot de prijs van herenschoenen aan toe, wat een hoop sociale ellende heeft veroorzaakt, naast de problemen waar de bevolking sowieso al mee te kampen had, zoals misoogsten en burgeroorlogen ...'

Frida wees met haar arm in de richting van de kust.

'Elke dag komen er olietankers van honderd miljoen dollar langs de Somalische kust, en het enige wat de hongerige mensen kunnen doen is op het strand gaan staan om ze langs te zien varen.'

'Dat geeft hun nog niet het recht om te roven en mensen te ontvoeren', zei Halenius.

357

Annika zette haar koffiekopje neer en merkte dat haar hand trilde.

'Ik begrijp je robinhoodgedachten', zei ze. 'Maar mijn man is geen olietanker, hij is gewoon blootgesteld aan geweld. Wilde je dat ook verdedigen?'

Frida zette haar zonnebril af en draaide zich naar Annika toe, ze had lichte ogen, haast grijs.

'Hoe komt het', zei ze, 'dat geweld altijd zo veel erger is zodra het op blanken gericht is?'

Ze zei het rustig en op neutrale toon, zonder ook maar enige emotie te laten blijken.

Annika dacht aan Rwanda en wist niet wat ze moest zeggen.

'Jullie zijn zo strikt met jullie arbeidswetgeving, vakbondsafspraken en loononderhandelingen in de eerste wereld, maar alleen als het om jullie eigen mensen gaat. De arbeidsvoorwaarden voor de naaisters in de textielfabrieken in Azië die jullie kleren naaien, of voor de oliearbeiders in Soedan die ervoor zorgen dat jullie in jullie auto's kunnen rondrijden, kunnen jullie geen bal schelen. Jullie hebben altijd de mond vol over democratie en mensenrechten, maar eigenlijk gaat het alleen maar om jullie eigen comfort.'

Ze zette haar zonnebril op en glimlachte even, een kort lachje dat snel weer verdween.

'Niet schrikken', zei ze tegen Annika. 'Ik wil de redenering alleen maar omdraaien. Niet alles in de wereld is zwart-wit.'

Ze keek op haar horloge.

'Als jullie klaar zijn, denk ik dat we maar eens naar de bank moeten gaan. Zullen we de koffer nu halen of komen we later nog terug?'

Halenius richtte zich tot Annika en wachtte tot ze haar tas op haar schouder had gehesen.

'Tijdens de conferentie logeerde Thomas hier', zei hij met zachte stem. 'Ze hebben zijn spullen verzameld en zijn kamer schoongemaakt, en ze weten dat jij zou komen ...'

Ze bleef verbaasd staan.

'Hier? Zijn zijn spullen hier?'

Plotseling vulde zijn aftershave heel Traveller's Restaurant.

'We kunnen ook vragen of ze de koffer naar de Agnegatan willen sturen, als je hem niet mee wilt nemen', zei Halenius.

Ze stond midden in het restaurant, niet in staat zich te verroeren. Zijn spullen waren volstrekt onbelangrijk, het scheerapparaat, de dassen en de verschillende jasjes.

'Ik neem hem wel mee', hoorde ze zichzelf zeggen, niet wetend waarom.

Frida gleed over de marmeren vloer naar de conciërge, die naar een achterkamertje verdween en even later met Thomas' aluminiumkleurige Rimowakoffer terugkwam. Annika moest haar handtekening zetten en daar stond ze dan in de lobby, met die logge koffer in haar hand.

Ze herinnerde zich dat hij hem inpakte, dat ze zag dat hij het roze overhemd meenam. Dat zat er nu niet in, dat wist ze, hij had het aan en de linkermouw was donker van het bloed.

Ze trok de koffer achter zich aan en volgde Frida en Halenius in de richting van de liften en de garage.

Het grote kantoor van de Kenya Commercial Bank aan Moi Avenue lag maar een paar straten van het Hilton vandaan, Frida reed de garage van het hotel uit en vrijwel meteen de garage van de bank in.

'Het zal niet lang duren', zei ze. 'Ik heb de bankdirectie van tevoren op de hoogte gesteld van mijn komst. Het plastic, de tassen, de duct tape en al het andere dat je wilde hebben, vinden jullie achter in de auto.'

Halenius knikte. Annika kon zich niet verroeren. Frida sprong uit de auto, passeerde met een klein handgebaar een beveiligingsmedewerker en verdween in een lift omhoog.

De stilte in de auto was om te snijden. De gelige verlichting van de parkeergarage wierp bruine schaduwen in de auto. Halenius had zijn gezicht afgewend en keek door het raampje naar buiten, in het halfdonker zag ze de contouren van zijn sprietige haar. Het stilzwijgen bezorgde haar maagkramp.

'Gisternacht ...' begon ze.

'Daar hebben we het nog wel over', onderbrak hij haar.

Ze hapte naar lucht alsof ze een oorvijg had gekregen, haar wangen werden vuurrood.

De Rimowakoffer in de bagageruimte vulde opeens de hele auto.

'Frida', zei Annika met droge mond, 'is heel anders dan ik had gedacht.'

Halenius wierp haar een blik toe via de achteruitkijkspiegel.

'Frida is speciaal', zei hij. 'Ze had geen opleiding hoeven volgen noch hoeven te gaan werken, maar ze heeft ervoor gekozen om dat wel te doen.'

'Paars haar', zei Annika.

'Ze verricht ongelofelijk goed werk voor de UNHCR, de vluchtelingenorganisatie van de VN. Ze is niet bang om vieze schoenen te krijgen.'

Moet ik nu in mijn handen gaan klappen? dacht Annika, maar ze zei niets.

Frida kwam terug met twee beveiligingsmedewerkers, die ieder een doos droegen. Ze opende het portier waar Annika zat. De dozen met het geld (haar geld) werden op de bank geplaatst, waarna de beveiligingsmedewerkers naar de lift terugliepen. Twee van hun collega's, een bij de lift en een bij de uitgang, stonden er nog en namen hen op.

'En nu?' zei Frida.

'Kunnen we hen vertrouwen?' vroeg Halenius met een

hoofdbeweging naar de bewakers.

De Nigeriaanse krabde zich nerveus op het hoofd.

'Ik denk niet dat het een goed idee is om het geld nu over te pakken, niet hier, niet in een parkeergarage.'

'Kunnen we naar jou toe gaan?' vroeg Halenius.

'Naar Muthaiga? Met dit verkeer duurt het een paar uur om daar te komen.'

Het zweet stond op zijn voorhoofd ondanks de vochtige kou in de betonnen garage.

'We kunnen het niet op straat doen.'

'Zullen we een kamer huren in het Hilton?'

Halenius keek op zijn horloge.

'Hij belt over een kwartier, dan moeten we gereedstaan om te vertrekken.'

Annika stapte uit, liep om de auto heen, opende de achterdeuren en rukte het plastic, de tassen, de duct tape en twee grote scharen tevoorschijn.

'De inhoud van één doos in elke tas', zei ze, terwijl ze een van de scharen beetpakte.

Halenius klemde zijn kaken op elkaar en trok de eerste gelddoos naar buiten. Annika staarde naar het geld, bankbiljetten op zo'n manier verpakt kende ze alleen uit films.

Haar huis aan de Vinterviksgatan, daar lag het, in stapeltjes van vijfduizend dollar.

Halenius zette de doos op de grond en vouwde een van de pas gekochte tassen open. Het prijskaartje zat er nog aan, 3900 shilling. Het was een sporttas, zwart, met een rood logo op de zijkant, ongeveer een halve meter lang, circa dertig centimeter breed en hoog.

Annika dwong zichzelf om niet naar het geld te blijven kijken en rolde het plastic uit op de grond, het was twee meter breed, dik en onhandig, het soort plastic dat gebruikt wordt om een huis tijdens de bouw tegen vocht te beschermen. Ze pakte de schaar en mat op het oog een brede strook af terwijl Halenius het geld uit de doos begon te halen.

'Dat is waarschijnlijk wat te groot', zei hij met een hoofdbeweging naar het plastic.

'Ik wilde er net een stuk afknippen', zei ze.

Halenius gaf haar bundeltjes bankbiljetten aan, grijsgroene bakstenen door bandjes bijeengehouden, die ze in rijen midden op het plastic legde, dicht opeen, negen bundeltjes achter elkaar.

'Dat worden honderd en tien stapeltjes per tas', zei Halenius.

'Ik weet het', zei Annika.

Ze stapelde de bundeltjes op elkaar, laag voor laag, tot de stapel vijfenveertig centimeter lang, twintig breed en ruim dertig hoog was. Ze sloeg het plastic eromheen, eerst de lange zijden, scheurde met haar tanden een stuk duct tape af en plakte de uiteinden bovenop vast, vouwde vervolgens het plastic langs de korte zijden omhoog, op dezelfde manier waarop ze de kerstcadeautjes voor de kinderen inpakte.

Het was vandaag 1 december, over drie en een halve week was het Kerst. Zou ze dan thuis zijn? En Thomas ook?

'Kun je me helpen met de tape?' zei ze tegen Halenius, die de andere gelddoos losliet, de duct tape pakte en deze rond het hele pakket begon te wikkelen. Het blok werd verbazingwekkend zwaar, ze hielpen elkaar om het in de sporttas te krijgen. Het paste er precies in.

Annika keek naar de tas.

'Wat zegt de Keniaanse wet over het invoeren van losgeld?' zei ze.

Frida en Halenius keken haar allebei aan.

'Die Britten die afgelopen zomer met een hoop geld in Somalië zijn opgepakt,' zei Annika, 'hebben tien jaar gevangenisstraf gekregen. Gelden hier dezelfde wetten?'

'Eigenlijk vijftien jaar', zei Frida. 'En het waren niet alleen Britten, twee van hen waren Kenianen.'

'Maar kan dat ook hier gebeuren?' zei Annika.

Frida en Halenius wisselden een blik, Annika merkte dat

de haren in haar nek overeind gingen staan.

Het mocht niet gebeuren dat ook zij hier moest blijven, niet vijftien jaar in een Keniaanse gevangenis, wat moest er dan met de kinderen gebeuren? Waarom had ze geen briefje achtergelaten hoe ze het wilde hebben als ze niet terugkwam? Wie zou er dan voor hen zorgen? Niet Doris, die dacht alleen maar aan zichzelf, en haar eigen moeder had geen geld. Anne Snapphane? Nauwelijks.

Frida tilde de volgepakte tas met enige moeite op en zette hem bij Annika's zitplaats op de vloer. Het logo lichtte in het schemerduister op.

Annika rolde nog een stuk plastic uit en begon te knippen.

Frida keek op naar het betonnen plafond.

'Is hier wel ontvangst?' zei ze.

Halenius haalde zijn mobieltje tevoorschijn en vloekte tussen zijn tanden door.

'Ik moet naar de straat', zei hij en hij holde naar de uitgang.

Frida opende het portier aan de bestuurderskant en ging zitten. Ze was blijkbaar niet van plan om te helpen met het geld.

Annika legde het nieuwe stuk plastic op de grond, knipte het bij en begon bundeltjes bankbiljetten erop te leggen. Ze vulde haar armen met groene geldblokken en kieperde ze op het plastic, een van de bandjes schoot los, waardoor de biljetten over het beton vlogen. De bewaker bij de uitgang stond nerveus te trappelen, hoeveel had hij gezien? Met trillende vingers legde ze de stapeltjes op dezelfde manier als zonet, laag voor laag, negen bundeltjes per keer. Daarna pakte ze het pakket snel in. Ten slotte deed ze net als Halenius en wikkelde ze het hele blok met tape in. Ze tilde de geldbundel in de andere tas, trok de zijkanten goed en deed de ritssluiting dicht. De tas was zwaar, ze moest hem met twee handen tillen om hem in de auto te krijgen.

Waarschijnlijk was het het beste als de kinderen bij

Sophia Grenborg zouden blijven.

In haar ooghoek zag ze Halenius met de telefoon in zijn hand vanaf de uitgang aan komen rennen.

'Langatakerkhof', zei hij. 'We moeten het geld op het Langatakerkhof achterlaten, de ingang bij Kungu Karumba Road.'

De tassen met geld dansten aan Annika's voeten toen ze met hoge snelheid de garage uitreden.

'En hij vond het goed dat ik rij?' vroeg Frida, terwijl ze de auto tussen het nagenoeg stilstaande verkeer wurmde.

'Hij had niet veel keus. Ik heb gezegd dat we het alleen niet zouden redden, dat we de weg niet kenden.'

'Heb je hem mijn naam gegeven?'

'Je voornaam, niet je achternaam.'

Frida slaakte een kreetje.

'Verdomme, Jimmy, je zou hem mijn naam niet geven! Dat had je beloofd!'

Halenius keek door het raampje naar buiten, Annika zag dat hij wit was weggetrokken.

'Die klootzak werd helemaal gek, hij weigerde ons een proof of life te geven.'

Annika staarde naar Halenius' achterhoofd.

'Maar', zei ze, 'je zei toch ... Je zei dat we niet zouden betalen als we geen ...'

'Ik weet het', zei hij.

Frida mompelde iets in een onbekende taal en manoeuvreerde de auto zigzaggend door het stroperige verkeer. Ze remde bij een bijna volledig verroest stopbord af en sloeg Ngong Road in. De bovengrondse leidingen hingen als spinrag boven de straat, er waren geen witte strepen, alleen maar stof en asfalt.

Annika sloot haar ogen voor de gezichten die voorbij zoefden. Wat zou ze doen als hij doodging? Als hij nooit meer opdook?

En wat zou ze doen als hij het overleefde?

Als hij terugkwam, verminkt en getraumatiseerd?

Ze hadden geen geld meer om een nieuw appartement te kopen en hij gruwde van haar driekamerflat, zou hij terug kunnen komen op zijn werk? Waren er protheses die als echte handen fungeerden?

Hoe zou het voelen om met hem te vrijen?

Ze haalde diep adem.

'Waar moet ik het geld achterlaten?' vroeg ze.

'We krijgen de laatste instructies ter plaatse', zei Halenius met gesmoorde stem.

Het begon weer te regenen. Frida zette de ruitenwissers aan. De ene piepte. Langata Road slingerde als een rafelig touw de heuvels op en langs de berghellingen omlaag. Golfplaten bushokjes, betonnen muren met prikkeldraad. Bomen waarvan de stam al bij de wortel splitste en die als daken naar de hemel groeiden. Het rook naar uitlaatgassen en bruinkool.

Frida sloeg rechts af, de auto schommelde en schokte. Ze nam gas terug.

'Is het hier?' vroeg Halenius. Annika volgde zijn blik naar een roestig bord:

CITY COUNCIL OF NAIROBI
AREA COUNCILLOR WARD MANAGER
MUGUMOINI WARD
WELCOME

De regen viel geruisloos op de voorruit. Frida schoof haar zonnebril boven op haar hoofd en zette de motor af. Ze stonden naast een hek van kippengaas dat aan de bovenzijde van prikkeldraad was voorzien. Er stonden verscheidene auto's in de buurt, ondefinieerbare voertuigen in verschillende stadia van verval, maar er stond ook een grote, glimmend zwarte Mercedes.

De stilte in de auto was voelbaar.

'Wat gaat er nu gebeuren?' vroeg Annika.

'We wachten', zei Halenius.

'Weet hij dat we hier zijn?' vroeg ze.

'Zeker weten', zei Halenius.

Annika keek snel achterom, alsof de handlanger van de ontvoerders zich achter haar rug had verstopt. Twee mannen liepen achter de auto langs, een vrouw met een kind, een jongen op een fiets. Wie van hen, wie van hen, wie van hen? Er was bijna geen zuurstof meer in de auto, ze greep instinctief naar haar keel.

'Mag ik eruit?'

'Nee.'

Met haar hand op de deurknop bleef ze zitten.

Seconden vlogen voorbij. Minuten. Niemand zei iets.

Ze zou zo dadelijk naar buiten gaan, met in elke hand een tas, als ze die tenminste kon tillen. Ze wogen bijna dertig kilo per stuk. Ze zou zo dadelijk door het dal der schaduw des doods gaan, en alle kwaad vrezen.

'Hoeveel tijd is er verstreken?' vroeg Frida.

Halenius keek op zijn horloge.

'Bijna een kwartier.'

Ze stikte zowat.

'Ik moet eruit', zei ze.

'Annika, je moet ...'

Ze gooide het portier open en stapte op de modderige grond.

'Ik ga niet ver.'

Het toegangshek van het kerkhof was van kippengaas en werd bijeengehouden met een touw.

Ze zigzagde tussen waterplassen door, dook onder het touw door en liep de begraafplaats op. De stilte werd meteen compacter. Het lawaai van Langata Road stierf weg. Een vliegtuig kwam laag over, ze volgde het toestel met haar blik.

Dode mensen konden naar huis worden gevlogen, zoveel wist ze. Moest je het reisbureau bellen of werd het lijk als goederentransport vervoerd? Misschien dat de ambassade dat wist, of een begrafenisonderneming?

Het regende haast niet meer.

Waar zou ze het geld moeten achterlaten? Achter een houten kruis? In een open graf?

Aan de linkerkant, achter een hek van prikkeldraad, lag een veld met verse graven, de aarde was nog bruin, de kruisen waren wit. Verderop lagen nog meer graven, maar daar was de aarde al met gras overgroeid en enkele kruisen waren omgevallen.

Ze zag nergens een natuurlijke plek om twee zwarte sporttassen met rode logo's neer te zetten, ze zouden te veel opvallen, mensen zouden nieuwsgierig worden en op onderzoek uitgaan. Ze speurde de omgeving af.

Aan de rechterkant zag ze een officieel gebouw, een grijs betonnen huisje met een roestig golfplaten dak en tralies voor de ramen, MUGUMOINI WARD stond er boven de deur.

Het huisje had iets bekends over zich. De deur in het midden van de lange zijde, met aan weerszijden ervan een raam, symmetrisch geplaatst. Twee schoorstenen die door het metalen dak omhoogstaken.

Lyckebo, dacht ze. Oma's huisje aan het Hosjönmeer. Een traditioneel Zweeds pachtboerderijtje.

De deur ging open, drie vrouwen kwamen naar buiten en staarden haar aan. Ze mochten dan net uit een klassiek voorbeeld van Zweedse architectuur zijn gestapt, maar in Annika zagen ze niets bekends, ze zagen iemand die daar niet thuishoorde en die veel te grote ogen had.

Ze wendde haar blik af.

Midden op het groene gedeelte van het kerkhof was een begrafenis gaande. Een groep mensen had zich verzameld rond een graf dat ze niet kon zien. Een man sprak in een krakende luidspreker. Hij klonk toegewijd.

Ze bleef staan en luisterde. De stem van de man steeg en daalde. Verscheidene begrafenisgasten hadden een grote paraplu bij zich.

Ze keek achterom in de richting van het toegangshek, zag de silhouetten van Frida en Halenius in de auto. Ze zaten roerloos naast elkaar, geen van hen leek te praten.

Verderop op de begraafplaats waren een paar grotere graven, met eigen mausoleumpjes van steen of metaal. Daar zou je misschien twee sporttassen kunnen verstoppen.

Ze liep naar het eerste praalgraf; rode dakpannen, turkoois geschilderde wanden van opengewerkt smeedijzer, een graf met witgeglazuurde tegels.

Blessed are the pure in heart for they shall see God.

De man was in 1933 geboren en in 2005 gestorven. Op de grafsteen zag ze een verbleekte foto van hem. Annika meende dat hij glimlachte. Tussen de witte tegels was rood zand gewaaid.

De man was tweeënzeventig geworden, hij moest bemind en welgesteld zijn geweest.

Toen ze zich omdraaide om verder te gaan, ontdekte ze dat ze op een lege petfles had gestaan. Hij lag ingebed in het gras, half in de aarde begraven, en maakte een klikkend geluid toen ze haar rechtervoet optilde. Naast het graf zag ze sporen van een vrij groot vuur, verbrande stokjes en afvalresten, paars plastic en geruit textiel, een kapotte autoband. Misschien was de fles onder haar voet het vuur ontvlucht en erin geslaagd te ontkomen, om samen met de man met het reine hart begraven te worden.

Halenius had zich niet verroerd.

Eigenlijk hield ze van begraafplaatsen. Ze zou vaker naar haar oma moeten gaan.

Ze liet zich tussen twee graven op de grond zakken. Charles was op twaalfjarige leeftijd overleden. Ook Lucy had een foto op haar kruis gehad, maar die was zo verbleekt dat je alleen nog de contouren van haar haar zag. Gezichtsloze

Lucy, het onkruid groeide welig op haar graf.

Ze keek in de wind. Hadden Charles en Lucy ervoor gekozen om geboren te worden als ze de keus hadden gehad? Ze wou dat ze het aan hen kon vragen, zij hadden immers de hele reis gemaakt en waren reeds teruggekeerd, zij wisten het antwoord.

Oma had absoluut ja gezegd. Zij hield van het leven. Ze genoot van kleine dingen, om paddenstoelen te zoeken, een kaars aan te steken of op vrijdagavond naar amusements-tv te kijken.

En zijzelf?

Ze haalde diep adem, beelden dwarrelden langs. Oma, die haar uit het wak viste toen ze als zevenjarige op het Hosjönmeer door het ijs was gezakt (ze wilde alleen maar kijken of het al hield). Oma, die een ladder haalde toen ze boven in de lariks bij de hoek van het huis was geklommen en niet meer naar beneden durfde. Oma, die haar aanspoorde om zich op te geven voor de opleiding journalistiek, hoewel niemand in de familie aan de universiteit had gestudeerd: 'Hoe weet je nou of je het kunt als je het niet probeert?'

Annika slikte. Dus als ze bij de poort naar het land der levenden stond en de vraag kreeg of ze het wilde proberen, wat zou ze dan antwoorden? 'Nee, ik denk dat het me wat te moeilijk lijkt.' Zou ze, voor de eerste en enige keer ooit, uit pure gemakzucht, iets onbekends en mogelijk moeilijks uit de weg gaan?

Ze legde haar hoofd in haar nek, keek naar de regenwolken.

Dus ze had een keus gemaakt.

Ze had ervoor gekozen om hier te komen. Misschien was dat van cruciaal belang. Misschien kwam je alleen maar hier als je je vrijwillig had aangemeld. Charles en Lucy hadden het ook beiden gewild.

Ze keek met half dichtgeknepen ogen naar Langata Road,

haar blik viel op een graf dat nog bruin was, een geliefde echtgenote, moeder en grootmoeder.

SUNRISE: 1960. SUNSET: 2011.

May the Lord rest her in peace.

Zonsopgang. Zonsondergang. Wat mooi.

Haar foto was nog erg scherp. Ze had krullend haar en een grote, witte hoed op.

'Annika!'

Ze verstijfde en keek in de richting van het toegangshek. Halenius was uitgestapt en gebaarde met zijn arm.

Het begrafenisgezelschap was er nog, maar de snijdende luidsprekerstem was verdwenen.

Er kwam nog een vliegtuig laag over.

Ze rende naar het hek.

'Waar?' zei ze buiten adem.

'Niet hier', zei Halenius. 'We moeten verder.'

Ze hijgde, de adrenaline raasde door haar lijf.

'Wat is er gebeurd?'

'Nieuwe orders, via sms. We moeten langs Lifespring Chapel en het geld op het plateau boven Kibera achterlaten. Spring erin.'

De stemming in de auto was gespannen. Frida beet op haar onderlip, haar ogen dansten achter het montuur van haar zonnebril heen en weer. Ze had het over plaatsen en mogelijke straten, terwijl ze de versnellingspook alle kanten op duwde, 'er is een Lifespring Chapel bij het vliegveld, maar dat is aan de andere kant van de stad, misschien bedoelen ze de keerplaats boven Mashimoni, achter Ngong Forest Road, vlak bij de rivier ...'

Annika draaide zich om en keek door de achterruit naar het kerkhof. Precies op de plek waar ze geparkeerd stonden, had de vegetatie het hek overwoekerd en het roestige prikkeldraad met groene bladeren en ranken omwonden, maar door de openingen in het gebladerte zag ze dat de begrafenisgasten hun paraplu's dichtklapten en naar de andere uitgang begonnen te lopen.

Waarom hadden ze nieuwe instructies gekregen? Had ze iets verkeerd gedaan? Hadden de ontvoerders een handlanger onder de begrafenisgasten?

Frida schakelde en de auto schoot naar voren, de mensen op de begraafplaats verdwenen achter het groen.

Ze sloegen een klein weggetje in, het asfalt hield op. Frida nam gas terug. Algauw hobbelden ze met vijf kilometer per uur voort, zij aan zij met ezelkarren en mannen op zwaarbeladen fietsen.

Annika ging midden op de bank zitten, zo ver mogelijk bij de portieren vandaan.

De afstand tussen de hutjes en de auto werd steeds kleiner, ze zag golfplaten en gebarsten leem, platgetrapt afval langs de onverharde weg, een geit die van een vuilnishoop stond te eten.

Eén komma één miljoen dollar hadden ze in de auto, naast haar voeten op de vloer. Was dat van buitenaf te zien? Wat zou er gebeuren als de mensen daarbuiten erachter kwamen? Waar zouden ze hier ergens geld kunnen verstoppen?

Een man die tafelzeiltjes verkocht gleed in haar gezichtsveld voorbij, vrouwen met kinderen op de rug. Ogen die hen over de lemen weg vol gaten volgden.

Plotseling schudde de auto na een doffe klap, Annika schrok en greep de bank vast, Frida remde af.

'Wat gebeurde er?' vroeg Annika. 'Wat was dat?'

Frida trok de handrem aan, zette haar zonnebril af en keek Halenius met grote ogen aan.

'Doe precies wat je zou hebben gedaan als wij niet bij je in de auto hadden gezeten', zei hij zacht.

Frida haalde een paar keer snel achter elkaar adem en opende het portier, ze stapte uit en schreeuwde: '*Acha! Msipige mawe!*'

371

Gezichten bewogen in het stof, Annika boog zich instinctief naar Halenius toe.

'Wat doet ze?'

'Ze zegt dat ze geen stenen naar de auto moeten gooien.'

Frida stapte weer in, trok de handrem los, zette de auto in de versnelling. Het zweet stond op haar bovenlip. Annika controleerde of de achterportieren op slot zaten.

Aan de linkerkant ontvouwde zich een vallei, ze liet haar blik over het weelderige groen gaan en zag dat de kleur aan de horizon veranderde en overging in bruin. Een stenen landschap? Een maankrater? Een uitgestrekte lemen vlakte?

Ze hoorde zichzelf naar lucht happen. Kibera, een van de meest dichtbevolkte plaatsen op aarde, een van de grootste sloppenwijken van dit continent, hutjes van golfplaat en leem zo ver het oog reikte, rioolgreppels en modder en vuilnis, een tapijt van bruine nuances dat tot in het oneindige doorliep. Ze wilde iets zeggen, maar was met stomheid geslagen.

'Hierbeneden ligt Mashimoni', zei Frida, terwijl ze een keerplaats op reed die zo'n twintig, dertig meter boven een opgedroogde rivierbedding lag. Ze stopte, zette de motor af en trok de handrem weer aan.

Ze bleven een minuut zwijgend in de auto zitten.

'Stond er ook waar ik het geld moest achterlaten?'

Halenius schudde zijn hoofd.

Zowel links als rechts strekte het monotone landschap zich uit zo ver ze kon kijken. Er hing wasgoed aan de lijn. Rook steeg tussen de daken op. Het krioelde er van de mensen. Aan de andere kant van de vallei staken zendmasten in de lucht omhoog.

'Ik hoef daar toch niet naartoe?' zei ze met een hoofdbeweging naar de wirwar van golfplaten hutjes.

'Ik weet het niet', zei Halenius.

Minuten verstreken.

Ze pakte de videocamera om door het raampje te filmen. Mensen passeerden hen op weg naar de sloppenwijk.

'Mag ik het raampje openen?'

'Ik denk dat we wel naar buiten kunnen', zei Halenius en hij opende het portier en stapte uit.

Annika en Frida deden hetzelfde.

Het leek wel de rots uit *The Lion King* waar ze op stonden, een plateau boven de savanne. In de verte klonk het geroezemoes van stemmen.

'Er wonen hier niet zo veel mensen als vroeger werd gedacht', zei Halenius. 'Eerst zei men dat er zo'n twee miljoen mensen woonden, maar nu denkt men dat het eerder om een paar honderdduizend gaat.'

Ze had erover gelezen en het op tv en in een film gezien, *The Constant Gardener*, die speelde zich toch hier af? Maar ze had het niet begrepen.

Halenius' mobiele telefoon piepte.

Hij las met rode ogen, Annika hield haar adem in.

Het maakte niet uit waar, als het maar gauw achter de rug was. Als het moest zou ze de tassen over de rivierbedding dragen en zich tussen de krotten begeven, vrouwen in kleurrijke kleren en jongens in grijze schooluniformen passeren en de tassen in een afvalcontainer gooien of in een groentewinkeltje achterlaten, ze was er klaar voor.

'Het losgeld moet bij de ingang worden achtergelaten, Langata Women's Prison.'

Annika knipperde met haar ogen, ze begreep het niet.

'De vrouwengevangenis', zei Frida. 'Is niet zo ver van het kerkhof.'

'Dus we moeten dezelfde weg terug?' zei Halenius.

Frida sprong voorin en startte de motor. Annika en Halenius haastten zich achter haar aan. Annika had het portier nog maar nauwelijks dicht of Frida reed al achteruit, recht een kuil in. Annika sloeg met haar hoofd tegen het dak van de auto.

'Sorry', zei Frida met een snelle blik op de achterbank.

Ze mag me niet, schoot het door Annika's hoofd. Ze wil me hier niet hebben. Ze wil met Halenius alleen zijn.

Kon dat kloppen? Was dat de reden waarom ze meewerkte aan deze waanzinnige actie? En als dat zo was, hoelang voelde ze dan al iets voor hem? Al toen ze met Angela Sisulu een kamer deelde? Lag ze in haar eigen bed naar hen te luisteren?

En nu, hoe was het nu? Begreep ze het? Wist ze het? Keek ze dwars door hen heen?

Annika keek naar buiten. Ze reden door stoffige straten met winkeltjes zo groot als kleerkasten. Ze zag een glazenmaker, een moskee, een slager. De auto hotste en stootte over de onverharde weg, Annika hield zich goed vast en beschermde haar hoofd in de ergste kuilen.

Aan het eind van de weg stopte Frida bij iets wat aan een carport deed denken, met een ijzeren hek ervoor dat in de felle kleuren van Kenia was geverfd – groen, zwart, geel en rood – en een bord erboven: LANGATA WOMEN'S MAXIMUM SECURITY PRISON. De zon aarzelde om tevoorschijn te komen. Het was doodstil.

Annika keek snel om zich heen, moest ze het geld hier achterlaten? Of was dit opnieuw een dwaalspoor?

Ze draaide het raampje open en keek over de glazen rand. Het complex zag er niet angstaanjagend uit, alleen maar triest. Aan de rechterkant prikkeldraad, aan de linkerkant een woonwijk met nieuwe flats van vier hoog.

Frida maakte een hoofdbeweging naar de bezoekersingang.

'Een vriendin van me zit hier', zei ze. 'Ze had een goede baan, stewardess, maar een slechter bijbaantje. Heroïnekoerier. Ze hebben haar met een halve kilo gepakt. Ze heeft inmiddels tien van de veertien jaar uitgezeten.'

Halenius staarde naar zijn mobiele telefoon.

'Denk je dat het hier is?' vroeg Annika.

Hij krabde zich op het hoofd.

Frida stapte uit en liep naar het huisje van de bewaker om te groeten.

'Blijf je zitten?' vroeg Halenius.

Annika knikte.

Hij stapte uit en deed het portier dicht. Een jonge vrouw met twee kleine kinderen zat naast een golfplaten hutje met drie wanden. Een met de hand geschilderd bord met de tekst VISITOR'S WAITING LODGE gaf aan dat ze daar als bezoekers waren. Annika bracht de camera omhoog en filmde hen. De vrouw en de kinderen droegen allemaal kleurige kleren, hoe lukte het hun om er zo fris uit te zien? Een vrouw in een rode spijkerbroek en een krijtwit T-shirt liep door het zand naar de ingang, ze trok een grote koffer achter zich aan. Moest ze daar blijven? Wat had ze gedaan? Annika volgde haar door de lens.

Een windvlaag voerde een geur van rubber en zure melk de auto in. Ze liet de camera zakken, sloot haar ogen tegen de wind. Ergens klonk de stem van een man uit een luidspreker, ze begreep noch de woorden, noch welke taal het was. Er passeerde een auto. De zon kwam tevoorschijn en viel op haar oogleden, haar gezichtsveld werd rood en warm.

Thomas had in dat hotel gelogeerd. Hij had in Traveller's Restaurant ontbeten en in de bar ernaast met die Britse vrouw geflirt, daar durfde ze vergif op in te nemen. Hij had met de bus een rondrit gemaakt door Nairobi, dat had hij verteld toen hij de tweede dag van de conferentie naar huis belde, maar ze betwijfelde of hij Kibera of Langata Women's Maximum Security Prison had gezien. Thomas leefde in een wereld waarin rode wijn op een das een ramp was. Vrouwen in rode spijkerbroeken en witte T-shirts zag hij als een kostenverslindend integratieprobleem. In de vs zag Annika onrecht en discriminatie op grond van klasse en ras. Thomas zag individuele vrijheid en economische mogelijkheden.

375

Ze wist heel goed dat ze geen van beiden gelijk hadden, of misschien wel allebei. Maar voor Thomas bestond er geen twijfel. Wie sterk en vrij was en verantwoordelijkheid nam, redde het altijd. Als hij terugkwam, zou zijn wereldbeeld dan nog hetzelfde zijn?

Ze opende haar ogen. Een groot aantal mensen was rond de auto in het gras gaan zitten. Ze bracht de camera omhoog en legde vast hoe ze in de zon zaten te wachten, meegenomen brood aten, kinderen in hun armen wiegden. Een man en een vrouw zaten een eindje verderop op een boomstronk. Zij had een paars sjaaltje om haar hoofd gebonden, hij had een mobieltje in zijn hand. Annika zoomde met de camera op de man in, was hij een van hen? Sms'te hij nu naar Halenius, omschreef hij waar het geld moest worden achtergelaten?

De mannenstem in de luidspreker begon te zingen.

Frida rukte Annika's zijportier open.

'Leg die camera weg', siste ze. 'Dit is een overheidsinstelling. Ze arresteren ons als ze zien dat je filmt.'

Halenius opende het portier en hield zijn mobieltje omhoog, zijn mond was een smal streepje geworden.

'Het is ook niet hier', zei hij. 'Ze sturen ons naar Eastleigh.'

Haar ogen traanden in de wind, Frida smeet het portier dicht, Annika liet het raampje omhooggaan en knipperde met haar ogen. Om de een of andere reden wilde ze huilen.

'Dit klopt waarschijnlijk', zei Halenius. 'Eastleigh wordt ook wel "Little Mogadishu" genoemd. Daar huizen de Somaliërs.'

Frida startte de auto.

De vrouw met het paarse sjaaltje was verdwenen.

De man met het mobieltje zat er nog. Hij keek hen niet na toen ze wegreden.

* * *

'Drie miljoen kronen? Dríé miljóén?!'

Bestuursvoorzitter Herman Wennergren kreeg rode wangen van opwinding.

'Het was niet een besluit dat louter op oplagecijfers was gebaseerd', zei Anders Schyman. 'Het ging er ook om levens te redden, om onze humanitaire verantwoordelijkheid te nemen.'

'Maar drie miljoen? Van de winst van de krant? Naar dat labiele mens?'

Herman Wennergren was geen groot fan van Annika Bengtzon (en terecht), maar haar labiel te noemen vond Schyman persoonlijk iets te ver gaan.

In stilte was hij echter dankbaar dat de bestuursvoorzitter niet met het meest controversiële argument aankwam, dat de *Kvällspressen* hiermee het internationale terrorisme ondersteunde.

'Ze is nu in Nairobi om het losgeld te overhandigen', zei Schyman. 'Het gaat overigens om een veel groter bedrag dan die drie miljoen, dus het grootste deel komt van haarzelf. En ik denk dat het geld een winstgevende investering kan zijn.'

Herman Wennergren mompelde iets onverstaanbaars. Met dezelfde onplezierige blik in zijn ogen als altijd keek hij Schymans glazen kooi rond.

'Hebben jullie de boel weer verbouwd?' vroeg hij, terwijl hij wat gemakkelijker in de bezoekersstoel ging zitten en aan zijn aktetas naast de stoelpoot en aan zijn lange jas over de armleuning frunnikte.

Er was al jaren geen budget om de redactieruimte te renoveren of verbouwen, hetgeen de bestuursvoorzitter heel goed wist.

'Hoezo?' zei Anders Schyman, achteroverleunend in zijn nieuwe bureaustoel.

'Ik heb het idee dat je kantoor wat ... kleiner lijkt.'

'Het is altijd al zo klein geweest', zei Schyman.

Met het perspectief van deze man is serieus iets mis, dacht hij. Wennergren was net een volwassen man die terugkwam op een plek waar hij als kind gespeeld had en het idee had dat alles kleiner geworden was. De voorstelling die de man van zijn eigen ondernemingen had (in totaal vier stuks, en daarnaast had hij een aantal externe bestuurstaken) was altijd en eeuwig hetzelfde: veel grootser dan de bedrijven in werkelijkheid waren. In Wennergrens wereld waren uitgaven altijd uit den boze. Na een bestuursdiner waarbij de kwaliteitswijn rijkelijk vloeide, had hij ooit eens gezegd dat 'de *Kvällspressen* een goed beheerd bedrijfje zou zijn geweest, als de redactie er niet geweest was.'

De bestuursvoorzitter schraapte zijn keel.

'Je opzegging kwam niet geheel als een verrassing', zei hij. 'We hadden begrepen dat je er al een tijdje mee bezig was.'

Anders Schyman nam de bestuursvoorzitter op en deed zijn best om zo neutraal mogelijk te kijken. De bewering verbaasde hem ten zeerste. Het bestuur had er geen benul van dat hij al een tijdje bezig was om de krant te verlaten, hij had er nooit met een woord over gerept. Integendeel, de bestuursleden hadden recentelijk nog laten doorschemeren dat ze hem grotere bevoegdheden wilden geven binnen het bedrijfsimperium en uitlatingen gedaan die hij in alle bescheidenheid aanvaard had en waarvoor hij zogenaamd zijn waardering had laten blijken.

'Het doet me deugd om dat te horen', zei hij. 'Dan wordt het een stuk makkelijker om mijn opvolger te vinden.'

Wennergren trok zijn wenkbrauwen op.

'Als jullie al een lijst met namen hebben, bedoel ik', zei Schyman, friemelend aan het gaasje dat over de hechtingen op zijn achterhoofd zat.

'We dachten dat jij ons daar misschien bij kon helpen', zei de bestuursvoorzitter. 'Als laatste opdracht voor je vertrekt.'

Anders Schyman vouwde zijn handen op het bureau, erop lettend dat ze niet trilden. Dit had hij niet verwacht. Niet deze totale ontkenning van zijn jarenlange inzet voor de krant, geen enkel woord, geen enkele poging om hem te houden. Hij wist niet wat te zeggen.

Herman Wennergren wreef met zijn hand over zijn kale hoofd.

'Daar ben je immers goed in', vervolgde hij enigszins bezwaard. 'Je positie hier bij de krant heeft je een breed netwerk en een goed inzicht in de branche opgeleverd.'

Welja, dacht Schyman. Ik dacht toch echt dat ik mijn verworven positie aan mezelf en mijn werk te danken had.

'Aan welke criteria moet mijn opvolger dan voldoen?' vroeg hij zachtjes.

De bestuursvoorzitter maakte een zwaaiend gebaar met zijn hand.

'Dat weet jij waarschijnlijk zelf het beste.'

De vertrekkende (ontslagen?) hoofdredacteur leunde achterover in zijn stoel en merkte op dat de rugleuning op een aangenaam frisse en vloeiende manier kraakte.

'Geef me wat houvast', zei hij.

Wennergren draaide op zijn stoel.

'Hij moet betrouwbaar zijn, uiteraard. Representatief. In staat zijn om de krant in tv-debatten te verdedigen. Kostenbewust. Innovatief en loyaal, dat spreekt voor zich. Goed kunnen onderhandelen om nieuwe samenwerkingspartners te vinden voor de verkoop en distributie, in staat zijn om nieuwe nevenprojecten te selecteren en op te starten ...'

Het heette eigenlijk niet 'opstarten', dat was een slordige, letterlijke vertaling uit het Engels, maar het zou niet lang duren voor het door de taalunie werd geaccepteerd, als dat inmiddels niet al gebeurd was. En dat de opvolger een man moest zijn, werd blijkbaar als vanzelfsprekend beschouwd.

Ik ben te goed voor hen, dacht hij.

'En publicitair?' zei Schyman. 'Wat voor soort journalistiek leider moet ik zoeken?'

De bestuursvoorzitter leunde over het bureau naar Schyman toe.

'Iemand zoals jij', zei hij. 'Iemand die het hele jargon over democratie en persvrijheid beheerst en tegelijkertijd kans ziet om in principe alles te publiceren ...'

Hij verstomde, zich misschien realiserend dat hij te ver was gegaan.

Schyman legde zijn handen in zijn schoot, hij was niet langer in staat om ze nog stil te houden. Hij vroeg zich af of die klootzak hem bewust provoceerde of dat hij het normaal en vanzelfsprekend vond hem op deze manier te vernederen. Geen woord over zijn successen, zijn opofferingen voor de krant, zijn onbetwistbare competentie om een slagschip van dit formaat te sturen.

Toen hij veertien jaar geleden als hoofdredacteur aantrad, zat Wennergren al als trouwe volgeling van de familie in het bestuur van de krant, de tak van het imperium die het meeste geld voor de eigenaars binnenhaalde maar voortdurend met het minste respect werd behandeld. De *Kvällspressen* was iets wat de kat had binnengesleept, maar waar de muizeneters rond de tafel goed van wisten te eten.

Het bestuur vond blijkbaar dat hij een poppenkastpop was die over verantwoordelijkheid en persvrijheid kon praten en tegelijkertijd rommel in de krant liet publiceren, en als laatste act moest hij zijn eigen opvolger zien te vinden. Dan hoefde het bestuur dat niet te doen, maar konden ze eventueel wel met de eer gaan strijken.

'Ik stel voor om een intern iemand te nemen', zei hij. 'Onder buitenstaanders zijn er niet veel die de capaciteit hebben om de werkwijze van een tabloid en een geloofwaardige houding tegenover de buitenwereld te combineren.'

'We zouden liever iemand van buiten zien', zei Herman Wennergren.

'Van de televisie, zoals ik?'

'Misschien liever nog van de Concurrent.'

Natuurlijk. Koop de beste speler van de tegenpartij weg. Klassieke sportwerving.

Hij nam het enigszins bloeddoorlopen gezicht van de bestuursvoorzitter op. Een duistere en destructieve gedachte vormde zich in zijn hersenen.

'Hier op de redactie lopen goede kandidaten rond van wie het bestuur misschien geen weet heeft', zei hij.

'Denk je aan Sjölander?' zei Herman Wennergren. 'Hij komt niet zo goed over op tv.'

Schyman keek in de richting van de nieuwsdesk. Hij had eigenlijk niets te verliezen.

'We hebben een nieuwe chef bij de desk die veel in zijn mars heeft', zei de hoofdredacteur. 'Er zijn maar weinig mensen zo loyaal als hij. Hij is publicitair zeer creatief en gelooft vurig in de tabloidjournalistiek. Patrik Nilsson heet hij.'

Wennergren begon te stralen.

'De jongen die die artikelen over de seriemoordenaar heeft geschreven?'

Schyman trok zijn wenkbrauwen op, dus Wennergren las ondanks alles toch de krant. En nauwkeurig bovendien, Patriks byline had maar bij een van de artikelen gestaan.

'Gustaf Holmerud', bevestigde Schyman. 'We hebben de gronden waarop hij in hechtenis is genomen zojuist bevestigd gekregen, en die zijn sensationeel. Tot nu toe heeft Holmerud vijf moorden bekend, en over alle onopgehelderde moorden die de afgelopen vijfentwintig jaar in Scandinavië zijn gepleegd wordt hij nog gehoord.'

'Zou ook mijn gedachte zijn', zei de bestuursvoorzitter.

Schyman maakte een hoofdbeweging in de richting van de nieuwsdesk.

'Patrik was degene die het verband tussen de moorden zag en de politie op het spoor heeft gebracht.'

'Patrik Nilsson', zei Herman Wennergren, alsof hij de

naam in zijn mond proefde. 'Dat is een uitstekend idee. Ik zal het aan de familie voorleggen.'

Hij schoof de bezoekersstoel naar achteren en stond op.

'Wanneer dacht je te stoppen?' vroeg hij.

Anders Schyman bleef zitten.

'Zodra uit de oplagecijfers blijkt dat we de Concurrent hebben ingehaald.'

De bestuursvoorzitter knikte.

'Dan organiseren we een groots afscheid hier op de redactievloer, met zowel het bestuur als de eigenaars erbij', zei hij. 'En ik hoop werkelijk dat die drie miljoen een winstgevende investering zal blijken te zijn. Is de man al vrijgelaten?'

'Niet dat ik weet.'

Wennergren bromde iets en schoof de glazen deur open, hij stapte voorzichtig de redactievloer op en liep weg zonder de deur achter zich te sluiten. De hoofdredacteur keek hem na terwijl de man naar de uitgang zigzagde, met zijn lange jas in de ene en zijn aktetas in de andere hand.

Niets was zo broos voor een boulevardkrant als diens geloofwaardigheid, diens journalistieke kapitaal. Met Patrik Nilsson als hoofdredacteur zou het slechts een paar maanden duren, of misschien een paar weken, voor de ramp een formidabel feit was. Herman Wennergren, die hem had aangesteld, zou gedwongen worden om zijn post te verlaten en de krant zou jarenlang in de versukkeling raken.

Maar eerst moest hij de Concurrent inhalen. Hij wilde het grootste dagblad van Scandinavië met uitstekende financiële cijfers en een redelijke journalistieke reputatie achterlaten.

Hij pakte de telefoon en belde het mobiele privénummer van Annika Bengtzon.

* * *

Ze stonden stil in een file, tussen een ezelkar en een Bentley, toen haar telefoon ging.

'Hoe gaat het?' vroeg Anders Schyman.

'Voorwaarts, geloof ik', zei Annika. 'Maar niet in het verkeer.'

Ze had dorst en moest nodig plassen.

'Hebben jullie het losgeld al afgeleverd?'

'Nog niet.'

'Hoe ziet het eruit?'

Geen trottoirs, roodbruine aarde, opgelapt asfalt met de structuur van een wasbord. Hopen afval in de berm, verweerd plastic en gebroken glas, papier en karton. Elektrische leidingen als lianen tussen de bomen, maar hij bedoelde waarschijnlijk niet het uitzicht.

'We hebben een paar blind dates gehad', zei ze. 'Nu zijn we op weg naar een vierde locatie, we denken dat dit de plek is waar we het geld moeten achterlaten.'

'Ik had Wennergren net hier. Hij was bezorgd over de investering van de krant.'

Annika kneep haar ogen stijf dicht.

'Wat wil je verdomme dat ik ga zeggen?'

'Ik moet terugrapporteren aan het bestuur, vertellen hoe het gaat.'

'De man kan altijd nog een babbeltje maken met de ontvoerder nadat Thomas is vrijgelaten en vragen of hij wat korting kan krijgen.'

Het werd stil op de lijn.

'Had je nog iets anders?' vroeg Annika.

Ze meende dat ze Schyman hoorde zuchten.

'Nee', zei hij. 'Nee, helemaal niets. Ik wilde alleen maar horen hoe het ging.'

'Voorwaarts', zei ze opnieuw.

Halenius gluurde naar haar, 'Schyman', mimede ze.

'Heb je gehoord dat de seriemoordenaar bekend heeft?' zei de hoofdredacteur in haar oor.

Er fietste een man langs haar raampje met een tiental kippen in een kooi op het stuur.

'Wie ...?'

'Gustaf Holmerud. Hij heeft alle vijf wijkmoorden bekend. Patrik heeft verteld dat het jouw idee was. Gefeliciteerd, je had gelijk.'

Ze drukte haar hand tegen haar voorhoofd, de vrouwenmoorden waren in wijkmoorden veranderd en daarmee hanteerbaar geworden.

'Schyman,' zei ze, 'dat is een sprookje. Al die vrouwen zijn door hun eigen mannen vermoord, dat weet jij net zo goed als ik.'

Gekraak in de hoorn, ze miste een paar woorden.

'... belangstelling voor hoe het met jou gaat is ook groot', maalde Schyman door. 'Film je nog wat?'

Ze keek naar de videocamera, die naast haar op de bank lag.

'Af en toe.'

'We zijn bezig om ook op het web de grootste te worden. Een excellente film van jou zou ons het laatste zetje kunnen geven.'

De auto's voor hen kwamen in beweging, Frida schakelde. Annika keek door het raampje naar buiten, meisjes in schooluniformen, mannen met stoffige petten op en te grote jasjes aan, schooljongens in grijze overhemden.

'Hm', zei ze.

'We houden contact', zei de hoofdredacteur.

Halenius keek haar vragend aan.

'Soms denk ik dat er iets ernstig mis is met Anders Schyman', zei Annika, terwijl ze haar mobieltje liet zakken.

'We moeten wat eten', zei Frida. 'Met dit verkeer duurt het een paar uur voor we in Eastleigh zijn. Zullen we de broodjes uit de koeltas pakken?'

'Die kunnen we misschien beter bewaren', zei Halenius. 'God weet hoelang dit nog gaat duren. Kunnen we onderweg niet even stoppen om iets te kopen?'

Annika rechtte haar rug op de achterbank.

'Ik ben verantwoordelijk voor de logistiek', zei ze. 'Ik kan wel even ergens naar binnen rennen om boodschappen te doen.'

Ze reden nog zo'n tien minuten met het trage verkeer mee, daarna gaf Frida richting aan naar rechts en draaide een parkeerterrein bij een groot winkelcomplex op. *Nakumatt*, las Annika, het symbool van het winkelcentrum was een olifant.

Frida kocht een ticket bij een beveiligingsmedewerker en parkeerde tussen twee Range Rovers. Ze wees naar links naar een rij met restaurants: pizzeria's en cafeetjes met caffè latte en glimmend chroom, texmexrestaurants en sushibars.

'Wat willen jullie hebben?' vroeg Annika.

'Iets wat niet koud wordt. Een salade', zei Frida.

Annika liep naar het terras van een van de trendy cafétjes, ontspannen funkmuziek uit de luidsprekers, rode parasols, bruin metalen meubilair. Ze ging bij de kleine balie van de kelner staan wachten en liet de menukaart rusteloos door haar vingers gaan, een salade kostte 520 shilling. Je kon ook Franse uiensoep bestellen.

Dit was niet Afrika, dit was Marbella.

Hoeveel mensen waren er ook al weer afhankelijk van voedselhulp van de VN?

De kelner dook op, een vrouw die half zo oud was als Annika en twee keer zo knap. Annika bestelde drie caesarsalades met kip en zes flesjes mineraalwater, *to go*. De kelner verdween naar de keuken, Annika stond ongeduldig te trappelen.

Aan het tafeltje naast haar zaten vier blanke jongens van een jaar of vijfentwintig een hamburger met ketchup en patat te eten. Haar maag draaide zich om, ze haastte zich naar het damestoilet.

Het toilet had een verschoontafel en een zwartgranieten vloer. Dat had ze niet verwacht. Het water in de wc-pot was blauw. Toen ze erin geplast had, was het groen geworden.

Thomas zou dit een mooie badkamer hebben gevonden. Mogelijk zou hij een opmerking hebben gemaakt over de houder van de toiletrol die loszat, maar zowel de inrichting als de hygiëne zou zijn goedkeuring hebben kunnen wegdragen. 'Als het op de wc, waar de gasten gewoon kunnen komen, vies is, hoe denk je dan dat het er in de keuken uitziet?' zei hij altijd. Ooit had ze geantwoord: 'Dat is hetzelfde als ouders die hun kinderen in het openbaar slaan, hoeveel zullen die thuis wel niet slaan, als niemand het ziet?' Thomas had haar met een uitdrukkingsloos gezicht aangekeken. 'Wat hebben wc's nou met kindermishandeling te maken?'

Ze trok door, waste haar handen en liep de drukkende hitte in.

De salades waren klaar.

Ze betaalde en liep terug naar de auto.

Frida draaide Ngong Road op in de richting van het centrum.

I had a farm in Africa, dacht Annika, *at the foot of the Ngong Hills*.

Ze zag de beroemde bergen door de achterruit, pakte de videocamera en filmde ze. Het resultaat werd weinig spectaculair, gewoon een paar beboste heuvels, op en neer springend in de achterruit.

Het was warm en ontzettend benauwd.

De wegen werden slechter, maar er was minder verkeer. De zon verdween. De auto kon met een redelijke vaart doorrijden. Uit pure onrust begon Annika te filmen, een jong meisje dat naast de rijbaan maïskolven roosterde, mannen met handkarren. Ze voelde de geldtassen aan haar voeten groter worden, zo meteen zou ze ze afgeven, ze met beide handen optillen en in een afvalcontainer gooien of in een gat in de grond of misschien in een rivier, want waarom was dat bouwplastic anders zo belangrijk?

Glimmend prikkeldraad, zingende olievaten.

'Waar ligt Eastleigh precies?' vroeg Frida.

'Al-Habib Shopping Mall, 6th Street, 1st Avenue. Zegt je dat iets?'

'Ze weten het altijd zo fraai te laten klinken', zei Frida. 'Straten, avenues, shoppingcentra ... Little Mogadishu wordt niet voor niets zo genoemd.'

'Hoe bedoel je?' zei Halenius.

'*You'll see ...*'

Het asfalt hield volledig op. De weg zat vol grote, met water gevulde gaten. Modder spatte op door de wielen. Annika filmde handkarren, matrassen, kleden, blikken met kruiden, afval, papier, plastic, vrouwen in hijab, één grote georganiseerde chaos. Dit was niet Kibera, niet eenzelfde soort sloppenwijk, maar de armoe was er net zo groot. Mensen schoven vlak langs de ramen van de auto, Annika ving hun ogen op het display.

Opeens werd er vlak bij haar hoofd hard tegen de ruit geslagen, daarna op het dak van de auto, binnen een mum van tijd was de auto omringd door geschreeuw, geheven vuisten en mannen die hun gezichten tegen de ruiten drukten.

Frida draaide zich snel om en staarde haar aan.

'Ben je aan het filmen? Hier?! Ben je niet goed snik? Deze mensen zijn moslims, ze mogen niet worden afgebeeld.'

Annika liet de camera los alsof ze zich gebrand had. Het gedreun nam toe, de slagen hagelden op het dak.

'*Oh dear Lord*,' zei Frida, 'als ze de auto maar niet omverduwen ...'

De auto schudde, Annika hield zich met beide handen aan de bank vast, de camera viel met een klap op de grond, iemand rukte aan het portier, de wielen gleden zijwaarts door de modder.

'Zet hem in de versnelling', zei Halenius. 'Rij langzaam naar voren.'

'Dat gaat niet,' riep Frida, 'dan rij ik over ze heen!'

'Ze gaan wel aan de kant', zei Halenius. 'Doe het voorzichtig.'

De straat was dichtgeslibd met ezels, mannen en handkarren, maar Frida deed wat haar gezegd was, ze reed langzaam naar voren en toeterde, ze gaf gas en liet de motor toeren maken, de mannen kwamen achter hen aan, rukten aan de portieren en schreeuwden, maar Frida reed verder.

'Daar rechts ligt al-Habib', riep ze. 'Daar moeten we naartoe.'

'Rij door', zei Halenius.

Annika leunde naar voren en verborg haar gezicht in haar handen.

Het was allemaal haar schuld.

Plotseling verstomde het lawaai, ze hadden de mannen van zich afgeschud en de ondergrond bestond weer uit asfalt. Frida schakelde door naar zijn twee. Annika zag dat haar handen trilden, haar wimpers hingen vol tranen.

'Wat doen we nu?' zei Frida zacht.

Halenius krabde zich op het hoofd.

'Ik weet het niet', zei hij. 'Ik weet het echt niet.'

'Maar waar moet ik naartoe rijden?'

Hij hield zijn hoofd vast.

'Ik weet het niet. Ik heb maar één cursus gevolgd. En dit stond niet in het leerboek.'

Opeens was de chaos rond de auto verdwenen en werden ze door tropisch groen omsloten. De weg was vlekkeloos, bomen reikten naar de hemel. Grote villa's gingen achter hoge muren schuil.

'Heeft de ontvoerder een gewoon mobieltje?' vroeg Annika.

'Hoe bedoel je?' zei Halenius.

'Kun je zijn sms'je niet beantwoorden?'

Hij keek haar verbaasd aan.

'Dat heb ik nog niet geprobeerd.'

'Probeer de situatie uit te leggen', zei ze. 'Zeg dat het is misgelopen en dat het mijn schuld is.'

'Ik rij wel naar de Muthaiga golfclub', zei Frida en ze sloeg links af en reed door een hoog hek met aan weerszijden gewapende wachten.

Halenius pakte zijn mobiele telefoon en typte een lang bericht in. Frida parkeerde naast een muur met bougainville en zette de motor af. Halenius drukte op 'zenden' en wachtte gespannen. De telefoon maakte een klaaglijk piepend geluidje.

'Shit', zei hij.

'Misschien was het te lang', zei Annika. 'Als er te veel tekst is, wordt een sms in een mms omgezet. Kort het wat in.'

Halenius steunde en haalde stukken tekst weg. Het werd algauw vreselijk warm in de auto. Frida draaide het raampje open. Een cascade van vogelgeluiden stroomde naar binnen.

'Wat is dit voor een plek?' vroeg Annika.

'Mijn golfclub', zei Frida.

'Woon je hier in de buurt?' vroeg Annika.

'Bijna alle diplomaten en VN-medewerkers wonen in Muthaiga', zei ze.

Annika keek naar het groen. Tussen de palmen meende ze een knalgroene golfbaan te ontwaren.

Ze waren maar een paar kilometer van Eastleigh verwijderd, maar het contrast had niet groter kunnen zijn.

Het klaaglijke geluidje klonk weer op uit de telefoon.

'Het lukt niet', zei Halenius.

'Probeer anders te bellen', zei Annika.

Halenius drukte op de mobiele telefoon, zette het apparaat aan zijn oor en liet het weer zakken.

'Het nummer is op dit moment niet bereikbaar', zei hij.

Annika beet op haar lip.

Dit was niet haar fout. Door de schuld voor de situatie op zich te nemen, was het of deze minder zwaar werd en maakte ze zichzelf belangrijker dan ze was.

Frida opende het portier.

'We kunnen net zo goed naar binnen gaan', zei ze en ze wees in de richting van het clubhuis, dat blijkbaar tevens een café-restaurant was.

'Ik heb nog salade', zei Annika snel.

Frida keek haar niet aan.

'Daar hebben ze airconditioning.'

De zon stond al laag. Er hing onweer in de lucht. Annika zat op de trap voor de chique golfclub, die overigens de club was waartoe Karen Blixen de toegang ontzegd was omdat ze een vrouw was (als je de film *Out of Africa* met Meryl Streep tenminste mocht geloven).

Ze liet haar blik over de parkeerplaats dwalen en zag een paar zwarte vrouwen met zware vuilniszakken sjouwen terwijl verscheidene mannelijke bewakers in de schaduw stonden uit te rusten.

Woman is the nigger of the world, dacht ze. Schyman met zijn seriemoordenaar was slechts een van de vele voorbeelden. Ze herinnerde zich hoe ze ooit op een vroege zaterdagochtend in juni voor de krant op pad was, op weg naar een bloedbad in Dalarna, en hoe fotograaf Bertil Strand de situatie aan haar beschreef: 'Een vaandrig is door het lint gegaan en heeft zeven mensen doodgeschoten. Eentje was waarschijnlijk zijn vriendin, maar de anderen waren onschuldig.'

Ze veegde het haar uit haar gezicht, het was erg drukkend.

Hoeveel schuld droeg degene die liefhad? Hoe schuldig was zij zelf?

Halenius kwam de trap af. Hij had weer zo'n witte kring rond zijn mond, zijn ogen stonden fel. Instinctief ging ze staan.

'Heb je ge-sms't?'

'Gebeld. Hij was razend.'

'Omdat ik filmde?'

'Omdat we niet bij al-Habib zijn gestopt zoals ons gezegd was. Hij zei dat de deal van tafel was en wilde opnieuw gaan onderhandelen. Ik heb hem gezegd dat zijn Somalische broeders onze auto omver probeerden te duwen en dat we ons genoodzaakt zagen om weg te rijden om zijn geld te redden. Daardoor werd hij iets rustiger.'

Hij klemde zijn kaken op elkaar, hij was bezweet en vinnig, zo had ze hem nog nooit gezien.

'Sorry', zei ze.

Hij spreidde zijn armen.

'Waarom moest je verdomme filmen?' schreeuwde hij. 'Heb je dan geen enkel fatsoen? Begrijp je wel wat er had kunnen gebeuren?!'

Ze slikte een paar maal, was niet van plan om te gaan huilen.

'Het was niet de bedoeling.'

'Je hebt ons flink in de nesten gewerkt. We moeten noordwaarts.'

Hij liep naar de auto. Frida kwam er ook aan, in haar hand had ze een kopie van de nota.

'Het verkeer is vreselijk', zei ze. 'Dit gaat tijd kosten.'

'Waar moeten we naartoe?' vroeg Annika.

'Wilson Airport', zei Frida achter haar.

Annika keek Halenius vragend aan. Hij richtte zich tot haar. Zijn gezicht gloeide in de zon.

'We moeten naar Liboi', zei hij. 'De ontvoerder wilde eigenlijk dat we vannacht zouden vliegen, maar ik heb hem tot bedaren weten te brengen. We moeten voor morgenochtend een vlucht regelen.'

'Liboi?' fluisterde Annika.

Ze zag Google Earth voor zich, de enorme uitgestrektheid, de verschroeide aarde.

'Er gaan geen reguliere vluchten die kant op', zei Frida. 'Jullie moeten een privévliegtuig huren.'

'Maar ik heb geen geld meer', fluisterde Annika.

'Je hebt nog wat op mijn rekening staan', zei Frida en ze stapte in.

Het verkeer stond bijna helemaal stil. Langs de weg leek een rij mensen in het donker te staan opgesteld, trillende schaduwen die in het schijnsel van de koplampen oplichtten. Annika probeerde hen met haar blik te vangen, hen iets langer vast te houden dan een kortstondig moment.

De duisternis lag als een deken over de auto. In de verte schitterde een enkel lichtje. Zwoele lucht stroomde door het open zijraampje naar binnen, een bonkend geraas in trilling met de aarde.

Ze kroop op de bank in elkaar en viel in slaap.

Toen ze haar ogen opende, zag ze een grote luipaard. Het duurde een paar seconden voor ze begreep dat het een standbeeld was.

'Hallo', zei Halenius en hij aaide haar over haar bezwete haar. 'We zijn er.'

Ze ging rechtop zitten en keek in de duisternis om zich heen. Lichtjes schitterden tussen tropische planten. Uit een oud huis met een glazen veranda stroomde warm licht naar buiten.

'Sorry', zei hij. 'Het was fout om het op jou af te reageren.'

'Waar zijn we?'

'Karen Blixen Coffee Garden. Haar oude farm, het is nu een hotel. Ik ken Bonnie, de eigenares. Pak jij mijn tas? Dan neem ik deze.'

Hij wees naar de tassen met de dollars.

'Waar is Frida?'

'Regelt een overnachting voor ons, daarna gaat ze naar huis.'

Annika stapte uit de auto en bleef opeens verschrikt staan.

'Het vliegveld!' zei ze. 'We moeten een vliegtuig huren!'

'Dat is al geregeld', zei Halenius en hij zette de geldtassen in het zand, de hengsels kraakten. 'We hebben met een kennis van Frida afgesproken.'

Ze pakte Halenius' tas, hij woog bijna niets.

Ze gingen het oude huis binnen, dat zo in Södermanland of Österlen had kunnen staan: donker visgraatparket op de vloer, witgeschilderde lambrisering tegen de wanden, een glazen veranda met gekleurde ruiten.

'Woonde Karen Blixen hier?' fluisterde Annika.

'Het was eigenlijk het huis van de voorman, maar Karen heeft hier ook langere tijd gewoond', zei Halenius en hij verdween ergens naar links.

De duisternis buiten lag vochtig en compact tegen de ramen.

Ze bleef midden in het vertrek staan en zag opeens een oud orgel langs een van de lange wanden staan. De toetsen waren in de loop der tijd bruinig geworden, als tanden die niet gepoetst waren; ze stak haar hand uit om te horen hoe het klonk, maar hield zich in toen haar hand nog maar een paar centimeter boven het instrument zweefde. Wilde ze het eigenlijk wel weten? Had ze enig idee welke klanken er achter de blaasbalgen en toetsen schuilgingen? Of zou er alleen maar armzalig gekrijs uit komen?

Halenius dook op uit het binnengedeelte van het huis met een ouderwetse sleutel in zijn hand.

'Het doet het niet', zei hij met een hoofdbeweging naar het orgel. 'En het is niet dat van Karen, Bonnie heeft het gekregen.'

Hij pakte de geldtassen, raakte door het gewicht even uit balans en verdween vervolgens de nacht in. Ze ging door haar knieën, greep hun tassen en volgde hem over een leistenen pad dat door de duisternis slingerde. Lage lantaarns verlichtten met hun cirkelvormige schijnsel een gedeelte van het pad. Ze waren omgeven door nachtelijke geluiden die Annika alleen maar uit films kende: gekwaak, gepiep, geknars en gezang dat ze niet kon thuisbrengen of herleiden. De duisternis om hen heen werd dichter.

'Waar is het hotel?' vroeg ze vanuit de schaduw.

Halenius wees naar links. Achter een jungle van tropische planten ving ze een glimp op van een witte stenen muur.

'Een eigen huis? Elke kamer is een eigen huis?'

Ze stapte een zaal binnen met witte wanden en imposante zwarte hanenbalken die ergens hoog onder de nok leken te zweven. Witte linnen gordijnen aan zwarte smeedijzeren roedes, een knetterend vuur in een openhaard, rechts een woonkamer. Ze sloeg haar blik op naar het hemelbed, dat als een schip met een smeedijzeren romp en met de klamboe als zeil midden in de kamer prijkte. Voorzichtig liep ze de hoogglanzende houten vloer op, die net zo donker was als zwart ijs.

Ze liet de tassen op de grond vallen en opende een deur aan de linkerkant. De badkamer, bruin leisteen op de vloer en tot aan het plafond, groter dan haar eigen woonkamer.

'Is er nog wat van het losgeld over als we dit hebben betaald?' vroeg ze aan Halenius toen ze weer naar buiten kwam.

'Het is net zo duur als een eenvoudige eenpersoonskamer in New York', zei hij. 'Maar er is maar één bed, ik ga terug naar de receptie om te zeggen dat we ieder een eigen slaapkamer willen ...'

Ze legde haar hand tegen zijn borstkas. Hij bleef staan en keek in de richting van de vuurplaats.

'Wat ik gedaan heb is onvergeeflijk.'

'Voor wie?' zei ze.

Hij keek naar de grond.

'Thomas is mijn verantwoordelijkheid, ik ben zijn werkgever. Als hij mij niet kan vertrouwen ...'

'Thomas is verantwoordelijk voor zichzelf, net zoals jij en ik voor onszelf verantwoordelijk zijn.'

'Ik heb misbruik gemaakt van de situatie', zei hij. 'Dit valt absoluut niet goed te praten. Jij bent volledig van mij afhankelijk, ik heb elke erecode die er maar bestaat geschonden ...'

Ze ging vlak bij hem staan, ademde tegen zijn hals, liet haar handen over zijn rug glijden.

'En als je hem straks weer ziet,' zei Halenius zacht, 'wat zul je dan voelen?'

'We hoeven niet vanavond te beslissen', fluisterde ze en ze beet hem voorzichtig in zijn oorlelletje.

Hij ademde een paar seconden zwaar tegen haar schouder, voor hij haar tegen zich aantrok.

DAG 10

Annika werd wakker door het gebulder van een waterval. Ze lag in het laken verstrikt, dicht tegen Halenius aan, en begreep niet waar ze was.

'Het regent op het metalen dak', fluisterde Halenius in het donker. 'Klinkt heftig, hè?'

Ze bleef rustig liggen en meende de klamboe van het hemelbed in het donker te kunnen onderscheiden. Het gebulder zwol met de slagregens aan en nam vervolgens weer af. In de verte bij de Ngong Hills hoorden ze het onweer rommelen.

Ze draaide zich in het bed naar hem toe, sloeg haar vochtige benen om de zijne en legde haar hand op zijn wang. De kamer werd door een verre bliksemschicht verlicht. Ze keek in zijn ogen en liet zich vallen.

Toen ze weer ontwaakte, was het al ochtend. Het regende niet meer, er vielen alleen nog druppels van de bomen op het golfplaten dak, alsof het steentjes waren. Halenius stond aan de andere kant van de klamboe zijn spijkerbroek aan te trekken.

Ze sloeg het laken open en stapte op de houten vloer, de lucht voelde koel en vochtig aan tegen haar naakte lijf. Ze ging vlak bij hem staan, liet haar vingers over zijn blote arm glijden. Ze zag zijn kaken malen.

'De beslissing ligt bij ons', zei ze zacht. 'Wij zijn de enigen die het weten.'

'Frida heeft de kamer geregeld', zei Halenius. 'Ze weet het niet, maar heeft wel een vermoeden.'

Ze sloeg haar armen om zijn nek en kuste hem voorzichtig. Hij legde zijn handen op haar rug en beantwoordde haar kus, liet haar plotseling los en liep naar het overhemd dat over de rugleuning van een stoel lag, trok het aan en deed twee knoopjes dicht, pakte de geldtassen en liep naar de deur.

'Frida is er over een kwartier', zei hij en hij verliet de kamer.

Ze stapte de leistenen vloer van de veranda op en kwam midden in Cousteaus onderwaterwereld terecht. Een vochtige koelte golfde om haar heen, het licht werd door heen en weer zwiepende, manshoge plompenbladen gezeefd. Ze haalde diep adem.

Voorzichtig liep ze de tuin in. Bloempotten, hangplanten, palmen, bomen met rode bladeren en oranje bloemen, een overwoekerde houten schutting. De lucht was koel en prettig om in te ademen, het rook naar aarde en regen.

Voor haar op het pad sprong een gele kat tevoorschijn, even dacht ze dat het Whiskas was (haar Whiskas, haar lieve, lieve gele poes, die Sven op die septemberdag in Hälleforsnäs bij de hoogoven gedood had), paraderend liep hij voor haar uit, met zijn staart recht in de lucht en op smekende toon tegen de wereld miauwend. Een tuinman, een grote zwarte man met rubberlaarzen en een donkerblauwe overall aan, zette zijn schop aan de kant en boog zich voorover om de kat te aaien. Hij krabde hem onder zijn kin, aaide hem over zijn kop, streelde hem over zijn rug. De kat stelde zich aan en begon luidkeels te spinnen, ging op zijn rug liggen en rolde over de grond, hij was duidelijk gewend aan deze behandeling en genoot met volle teugen.

Annika bleef op het leistenen pad staan, om de een of andere reden kreeg ze het benauwd.

Frida droeg Kickerslaarzen en paarse kleren die precies bij haar haren pasten.

'Goed geslapen?' vroeg ze.

Annika probeerde te glimlachen en ging achterin zitten, bij de tassen met de dollarbiljetten, die er al waren neergezet.

Halenius kwam van de receptie aangerend en sprong voorin.

Frida startte de motor en sloeg op Karen Road rechts af, Annika keek achterom en zag het luipaardstandbeeld achter de bomen verdwijnen. Ze kwamen langs het Karen Blixen Museum en langs iets dat Kazuri Beads and Pottery Center heette, zigzaggend tussen de watergaten in de weg door. Er was nog nauwelijks verkeer, ze stuiterden met flinke vaart langs meubelwinkeltjes met daken van dekzeil en passeerden een hele reeks schuurtjes waar tweedehandsauto's, blikken giraffes, versierde hemelbedden en brandhout werden verkocht.

Rode aarde en een overweldigend groen, eindeloze stromen mensen. Waar waren ze allemaal naar op weg? Kwam er nooit een eind aan hun tocht?

Wilson Airport had slagbomen en gele hekken. Frida gaf wat geld aan een bewaker en daarna mochten ze de slagbomen passeren. Lage, betonnen terminalgebouwen met opschriften die haar niets zeiden, DEPARTMENTS WANAUSAFARI, DELTA CONNECTION, SAFARILINK, achter de hekken een startbaan en een geur van kerosine in de lucht.

Annika staarde naar de bewakers bij de hekken, hun wapens hingen voor hun borst.

Kreeg ze ooit antwoord op de vraag of het in Kenia was toegestaan om losgeld in te voeren? De Britten (en Kenianen) die in Somalië gevangen waren genomen, waren op een vliegveld gepakt.

Ze merkte dat haar handen begonnen te zweten.

Halenius stapte uit, trok het achterportier open en greep de geldtassen, Annika verliet met trillende benen de auto.

'Moeten we door een veiligheidscontrole?' zei ze.

Halenius leek het niet te horen, met in elke hand een tas liep hij naar de Nigeriaanse, zette de tassen op de grond en omhelsde haar. In haar laarzen was ze een kop groter dan hij, hij wiegde haar in zijn armen en mompelde iets in haar oor wat Annika niet verstond.

Ze keek in de richting van de hekken, twee mannen in gele hesjes wogen tassen op een grote weegschaal. Achter de hekken hoorde ze bulderende vliegtuigmotoren. De terminalgebouwen hadden allemaal een golfplaten dak.

Zouden ze de tassen controleren? Wat zou er gebeuren als ze het geld vonden?

Frida stapte op Annika af, trok haar tegen zich aan en gaf haar een stevige omhelzing.

'Zorg goed voor hem', fluisterde ze en Annika wist niet wie van de twee ze bedoelde.

De piloot, William Grey, had asblond haar en kwam met een stralende glimlach in een oogverblindend wit overhemd en een lichtbeige linnen broek uit een van de terminalgebouwen naar buiten gestapt.

'Dus jullie moeten naar Liboi?' zei hij, terwijl hij hen met een stevige handdruk begroette. 'Enigszins buiten het gangbare toeristengebied, zou je kunnen zeggen. We gaan met die kist daar.'

Hij wees met zijn hand naar een rij privévliegtuigjes op de startbaan, Annika had geen flauw idee welk toestel hij bedoelde.

'Zijn jullie klaar? Is dat alles?'

Hij keek naar hun tassen.

Halenius knikte.

William Grey liep weg in de richting van de gele hekken, ze liepen in ganzenmars achter hem aan. Halenius droeg in elke hand een tas, Annika zag dat zijn vingers wit werden onder het gewicht. De tassen wogen ruim zevenentwintig kilo per stuk. Zouden de bewakers het merken?

De piloot liet de bewakers een stapeltje papieren zien, een van hen bladerde ze door en wenkte vervolgens zijn collega. Ze lazen samen en praatten met elkaar in een taal die Annika niet verstond, misschien was het Swahili. Het zweet liep langs haar rug, ze concentreerde zich erop om niet flauw te vallen.

De bewaker sloeg het stapeltje papieren dicht en opende het hek.

De piloot liep de startbaan op, Halenius volgde, en ten slotte Annika. De bewakers keken naar de tassen maar zeiden niets.

Ze wandelden recht op de rij vliegtuigjes af. William Grey liep naar een eenmotorig vliegtuigje, dat geel was met zwarte cijfers en aan een boze wesp deed denken. Hij maakte een hoofdbeweging naar de tassen in Halenius' handen.

'En wat zit er in die tassen?'

Annika hield haar adem in.

'Geld', zei Halenius.

Shit, shit, shit.

'Aha', zei de piloot. 'Hebben we hier met een gijzeling te maken?'

'Correct', zei Halenius.

'Daar heeft Frida niets over gezegd', zei William Grey, nog steeds glimlachend. 'Dan rekenen we een iets ander tarief. Heen en terug, zonder complicaties, vijfduizend dollar. Cash.'

Annika staarde de man aan, meende hij dat serieus?

Hij keek Annika licht verontschuldigend aan en haalde zijn schouders op.

'Je weet immers nooit of je van dit soort expedities terugkeert. Is het leger geïnformeerd?'

Het laatste tegen Halenius.

'Ik neem aan van wel. Interpol in Brussel coördineert de zaak.'

'Hm. Heb je coördinaten van de plek waar het geld moet worden afgeleverd?'

'Alleen dat het in de buurt van Liboi is. We krijgen de co-ordinaten tijdens de vlucht door. Zijn er genoeg landings-banen?'

De piloot zette een zonnebril op en keek in noordelijke richting.

'Niet echt,' zei hij, 'maar het is daar halfwoestijn. Het duurt een dag, hoogstens twee, om een baan vrij te maken voor een vliegtuigje als dit, vijftien bij zeshonderd meter is het enige dat we nodig hebben. Enkel wat doornstruiken verwijderen en de dieren wegjagen en dan zijn we *all set*.'

Annika volgde zijn blik.

'Doe je dit vaker?'

'Een paar keer per maand, meestal in opdracht van het Britse leger. Ik ga zeggen dat we klaar zijn om te vertrek-ken ...'

'Kan ik mijn mobiele telefoon in het vliegtuig aan laten staan?' vroeg Halenius.

'Uiteraard', zei William Grey, waarna hij in een van de lage terminalgebouwen verdween.

De zon was tevoorschijn gekomen, het zou een heldere en warme dag worden. De landingsbaan dampte.

Annika maakte een hoofdbeweging naar het vliegtuig.

'Is het niet heel erg klein?'

Het toestel was veel kleiner dan haar jeep.

'Anders kan het waarschijnlijk niet landen', zei Halenius.

'*Let's go!*' riep de piloot, wijzend naar de wesp.

William Grey ging achter de stuurknuppel zitten, Annika en Halenius wurmden zich op de zitplaatsen vlak achter hem. Het was extreem krap. Met een oorverdovend lawaai begon de motor te draaien. De piloot zette een koptelefoon op met een externe microfoon, hij wees naar de koptelefoons die bij hun zitplaatsen hingen en gebaarde dat ze hetzelfde moesten doen. Annika zette haar koptelefoon op en kwam in een kakofonie van stemmen terecht, ze nam aan dat het de communicatie van de verkeerstoren was met alle vliegtuigen die zich klaarmaakten voor de start.

'*Requesting permission for Liboi, one eighteen north east, we are ready for take-off*', zei William Grey.

Een vrouw antwoordde iets wat als geknetter klonk. Het gebulder van de motor veranderde van toon en het vliegtuig begon te rollen. Het reed hortend en stotend langs rijen hangars, William wees naar een groot logo op een ervan.

'Dat zijn die lieden die losgeld naar Somalische piraten vliegen', zei hij in haar koptelefoon. 'Ze stoppen het geld in waterdichte, oranje kokers en laten die in zee vallen. Het zijn net brandblussers, maar dan met een klein parachuutje.'

Annika zag de vliegtuigen met het grote logo voorbij glijden, dikke, witte toestellen, glimmend in de zon. Het waren de grootste en mooiste op heel Wilson Airport.

Het vliegtuig kwam met een schokje van de grond en gleed door de luchtlagen omhoog. Door het raampje aan Halenius' kant zag ze Kibera's sloppenwijk achter hen verdwijnen. Achter de hutjes verrees het stadscentrum van Nairobi, met de ronde romp van het Hilton Hotel, Kenyatta International Conference Center er vlak naast en de vierbaansweg van de Chinezen.

Het vliegtuig schokte en trilde. Ze hield zich aan de zitting vast en keek door haar eigen raampje. Het landschap was vlak. William Grey wees plaatsen en richtpunten aan, de rivier de Nairobi, schuimend van de verontreiniging, in het noordwesten Mount Kenya met zijn besneeuwde top. De vierkante waterspiegels aan de rechterkant waren rioolwaterzuiveringsinstallaties. De videocamera lag aan haar voeten, ze nam aan dat ze moest filmen, maar ze kon zich er niet toe zetten.

'Het is twee uur en twintig minuten vliegen naar Liboi', zei de piloot in de koptelefoons. 'Hebben jullie honger? In de tas achter jullie stoelen vinden jullie boterhammen.'

Ze pakten ieder een boterham en gaven er een aan de piloot, de happen groeiden in Annika's mond tot ze er bijna in stikte. Ze nam een slokje water en bestudeerde de deur die haar van de buitenwereld scheidde. Hij was dunner dan het portier van een auto. Er zat geen slot op, alleen een klein verchroomd handvat en een sticker met de tekst CLOSE. Dwanggedachten kregen haar hersenen in hun greep en begonnen te dansen. Stel dat. Stel dat ik de deur niet goed heb dichtgedaan. Stel dat ik tegen het handvat aanstoot waardoor de deur opengaat. Stel dat het glas kapotgaat. Als ik uit het vliegtuig val, kan ik het losgeld niet afleveren en dan wordt Thomas niet vrijgelaten en dan moeten de kinderen bij Sophia blijven.

'Zien jullie dat groene daar beneden?' zei de piloot. 'Del Montes ananasplantage. En het iets donkerdere groen? Koffiebomen.'

'Die-die-diet, die-die-diet, die-die-diet', klonk het in de koptelefoons als hun mobieltjes aan de grondstations doorgaven waar ze ergens zaten.

'Daar is de weg naar Garissa. En nu komen we over het gebied van de Wakambastam. Goede landbouwers zijn dat.'

Het landschap onder hen veranderde plotseling in een surrealistisch schilderij met grove, zwierige penseelstreken in doffe kleuren, cirkelend en elkaar overlappend. Een rivier kronkelde als een slang door het landschap. Rechte, lichtbruine wegen van samengeperste aarde doorsneden het schilderij.

'Dat is Nairobi's waterreservoir.'

Aan de linkerkant lag een uitgestrekt meer.

Is hij daar beneden? Vliegen we nu over hem heen? Ziet

hij het vliegtuig? Weet hij dat ik eraan kom? Voelt hij dat ik zweef?

Tanzania verdween in het zuiden, Oeganda naderde in het noordwesten.

Ze passeerden Garissa.

'Nu komen er geen richtpunten meer tot we bij het vluchtelingenkamp in Dadaab zijn. Tot aan de grens is het alleen maar *flat bushland*. Ik stijg nu naar vierduizend meter. Het kan wat koud worden, maar er liggen dekens op de vloer ...'

De kou kroop langs haar scheenbenen omhoog, vochtig en bijtend. Ze pakte een van de dekens, een donkerblauwe Polarvide van IKEA.

'Hoe vaak vlieg je eigenlijk losgeld?' vroeg Annika.

'Ik vlieg vooral toeristen van Kenyatta die rechtstreeks naar de safari *lodges* willen, en ik doe af en toe sproeivluchten. Maar ik heb collega's die gestopt zijn met toeristen en alleen nog maar losgeld vliegen.'

Zijn woorden voelden haast als een krenking. Zou dit voor hem een gewone werkdag zijn, was zij een van de velen, de wanhopige vrouw en haar verminkte man van deze week?

'Wat zeg je tegen de overheidsinstanties? Weten ze dat je losgeld vliegt?'

Hij glimlachte naar haar.

'Niet echt', zei hij en hij reikte haar een document aan dat gestempeld was met *Office of the President* en *Police Headquarters*.

'*Clearance Certificate is hereby granted ...*'

Ze las de tekst vluchtig door.

Onder het kopje *Purpose* werd het doel van de reis gespecificeerd: '*To carry out EEC Conservation and community development project.*'

In de Keniaanse papieren stond deze vlucht als een liefdadigheidsproject geregistreerd, een poging om de ontwikkeling van het gebied te ondersteunen en de leefomstandigheden van de bevolking van het Garissa District in Noordoost-Kenia, op de grens met Somalië, te verbeteren.

Het document was getekend door *Commissioner of Police*.

Ze gaf het document terug aan de piloot en veegde haar handen af alsof ze vies waren geworden.

'Hoe vaak krijg je gijzelaars mee terug?' vroeg Halenius.

'Bijna altijd', zei William Grey. 'De meeste ontvoerders zijn vrij geciviliseerd. Ze zien dit als pure bedrijfsvoering, en dan is het belangrijk om niet te veel gijzelaars om zeep te helpen. Dat is *bad business*. Slecht voor de zaken.'

Annika slikte de messen in haar keel door.

Op de verdroogde aarde ver onder hen wervelden grote stofwolken omhoog. Af en toe lichtte er in de bosjes iets op, een zonnestraal die door een stuk metaal, een autodak of een watervat werd gereflecteerd. Een enkele keer waren er kleine concentraties huizen binnen grijze cirkels te onderscheiden.

'Wanneer zouden we de coördinaten krijgen?' vroeg de piloot.

'Tijdens de vlucht. De ontvoerders hebben niet gezegd wanneer precies. Ik heb onze starttijd en het registratienummer van je vliegtuig aan hen doorgegeven, dus ze weten dat we eraan komen.'

Halenius pakte zijn mobiele telefoon.

'Ik heb geen ontvangst hier. Waar is de eerstvolgende zendmast?'

'Dadaab.'

Een rood lampje op het instrumentenpaneel was fel gaan knipperen. William Grey tikte er zachtjes tegenaan.

'Kijk, de radar wordt sterker naarmate we dichter bij de grens komen. Ze weten dat we eraan komen.'

'Wie?' vroeg Annika.

'De yankees. Ze hebben een officieuze basis aan de kust. Ze houden ons in de smiezen.'

Dat moest de basis zijn waar Halenius over verteld had, hun helikopter was Somalië binnengevlogen om de Spanjaard op te halen.

'We mogen niet zichtbaar zijn op de radar', zei Halenius. 'Dat hebben de ontvoerders nadrukkelijk gezegd. Hoe kunnen we geld afleveren zonder dat iemand ons ziet?'

'We dalen bij Liboi, maar landen niet. In plaats daarvan vliegen we op zo'n dertig meter hoogte onder de radar door naar de afgesproken plek. Daarna gaan we via dezelfde weg terug, we stijgen bij Liboi op en worden weer zichtbaar op de radar.'

Dertig meter, dat klonk enorm laag.

William Grey lachte.

'Wees gerust. Tijdens sproeivluchten vlieg ik zes meter boven de grond. Als jullie rechts naar beneden kijken, zien jullie de weg tussen Garissa en Liboi. Die is alleen met een fourwheeldrive begaanbaar. En daar hebben we Dadaab.'

Een zee van daken breidde zich aan weerszijden van het vliegtuig uit, in kaarsrechte rijen, waaraan je kon zien dat dit een door de vn beheerde sloppenwijk was, niet de geïmproviseerde chaos zoals in Kibera.

'*Holy Moses*', mopperde de piloot in de koptelefoon. 'Het is enorm uitgedijd sinds de laatste keer.'

De daken liepen tot aan de horizon door.

'Droogte, honger en burgeroorlogen', zei Halenius. 'Artsen zonder grenzen schat dat er aan het eind van het jaar bijna een half miljoen mensen zullen wonen.'

Op hetzelfde moment lichtte zijn mobiele telefoon op. Hij pakte hem en kreeg weer dat witte rond zijn mond, Annika's hart sloeg op hol.

'Vlieg naar -0.00824,40.968018', las hij langzaam en duidelijk.

'Nog meer?' zei Annika.

'Mevrouw Annika moet het geld op de bestuurdersstoel plaatsen.'

Ze drukte de koptelefoon steviger tegen haar oren.

'Zeg nog eens.'

'Je moet het geld op de bestuurdersstoel plaatsen.'

'De bestuurdersstoel?'

'Meer staat er niet.'

Hier was-ie, de plaats van aflevering. Op de bestuurdersstoel. Haar adem stokte.

William Grey drukte ergens op het instrumentenpaneel en krabde zich op het hoofd.

'Probleem?' vroeg Halenius.

'Ze hebben echt een vervloekte rotplek uitgekozen', zei hij. 'Maar een paar honderd meter van de Somalische grens, exact midden op de evenaar. Kijk, latitude 0.00, longitude 40.9.'

'Ten zuiden van Liboi?'

'Ongeveer veertig kilometer zuidwaarts, midden in de halfwoestijn. Wil je het precies weten?'

Halenius schudde zijn hoofd en leunde achterover tegen de rugleuning van zijn stoel.

De piloot reikte naar zijn radio.

'*This is five Y AYH, starting our descent to Liboi*', zei hij tegen een of andere verkeerstoren.

Het geluid van de motor veranderde, de grond kwam dichterbij, het vliegtuig wiebelde en viel in luchtzakken omlaag. Een rijtje kamelen op weg naar het zuiden legde uit ongenoegen de oren plat. Annika zag een tent met als dak een dekzeil van UNHCR, de vluchtelingenorganisatie van de VN. Misschien had Frida besloten dat juist hier een vluchtelingenkamp moest worden opgezet?

Liboi doemde onder hen op, een straat met hutjes en een paar betonnen gebouwen, het vliegtuig gleed over een landingsbaan vol kuilen maar landde niet en vloog in zuidelijke richting verder, vlak boven de grond.

Annika legde de IKEA-deken terug op de vloer, het was in korte tijd erg warm geworden.

'Het zou vanmiddag tweeënveertig graden worden', zei William Grey.

Liboi verdween achter hen uit zicht. De savanne raasde een tiental meters onder hen door, het vliegtuig schudde in de hitte. Annika hield zich aan de zitting vast en staarde recht voor zich uit, recht naar Willam Greys asblonde achterhoofd.

'Hoelang duurt het nog?' vroeg Halenius.

De piloot hield de stuurknuppel stevig vast, bleef strak in de vliegrichting kijken.

'Een half uur', zei hij. 'Hoogstens.'

Veertig kilometer in een klein half uur, ze vlogen dus ongeveer honderd kilometer per uur. Annika wierp snel een blik omlaag, de grond bestond alleen nog maar uit een bruingrijze massa, zonder contouren of inhoud. In haar koptelefoon was het doodstil, geen geknetter van de radio of de radar. Het gedreun van de motor was als een trilling in haar middenrif voelbaar.

Ze leunde achterover. Door de dunne stof van de leuning voelde ze de massa van dicht opeengepakte dollarbiljetten in haar rug, achter elke stoel hadden ze een sporttas gestouwd.

Ze was zo blij geweest met dat geld op haar rekening. Het had haar een gevoel van vrijheid gegeven, imaginair wellicht, maar alleen al de wetenschap dat het geld er was maakte dat ze elke dag uit vrije wil naar haar werk ging, ze wist dat ze elk moment kon stoppen.

Ze voelde de onrust in haar maag.

Thomas zal ontzettend teleurgesteld zijn dat het weg is. Het geld was zijn ticket naar een beter leven, het garantiebewijs dat hij meer waard was dan wat ze hadden, dat hij gewoon in die villa aan zee in Vaxholm kon gaan wonen als hij dat zou willen. Zou hij boos worden? Ze opende haar ogen en keek uit over het landschap. Niets, alleen verschroeide aarde en stekelige struiken.

'Hier moet het zijn', zei William Grey, zijn stem klonk benepen en gestrest.

Halenius boog zich naar voren en tuurde naar de horizon. Zijn been drukte tegen dat van Annika. Ze keek strak door haar zijraampje naar buiten.

'Daar is-ie', zei de piloot.

Annika maakte haar blik los van het landschap en keek naar voren.

'Waar?' zei Halenius en hij strekte zijn nek.

De piloot wees met zijn hand, Annika volgde zijn uitgestrekte vingers.

Hij moest een paar kilometer van de Somalische grens hebben gevlogen, want nu zwenkte hij naar links, recht naar het oosten.

'Ik moet alleen even kijken in wat voor staat de baan is voor ik land', zei hij.

Nu zag Annika hem ook, een smalle strook in het landschap recht voor hen uit, haar hartslag schoot omhoog, ze kreeg het benauwd. Ze zocht Halenius' hand, vond hem en hield hem stevig vast.

'Ik durf niet', zei ze.

'Jawel', zei Halenius. 'Ik help je.'

William Grey vloog op de provisorische landingsbaan aan, een paar meter boven de grond. Na een paar honderd meter trok hij aan de knuppel en ging weer omhoog.

'Wat?' zei Annika. 'Wat gebeurde er?'

'Deze baan is eerder gebruikt', zei hij. 'Het is geen Heathrow Airport, maar er valt wel op te landen. Halverwege lagen een paar wrattenzwijnen, maar die zijn nu weg.'

Hij vloog met een vrij wijde boog over het gebied, en toen hij de baan vanuit het zuiden naderde, zag Annika iets aan de rechterkant schuin voor hen.

Een karkas, de restanten van een oude bus. Zo erg verroest dat de kleur met de aarde was versmolten. Door de ramen staken planten naar buiten.

Ze tikte Halenius op zijn schouder en wees.

'De bestuurdersstoel', zei ze.

Halenius kneep in haar hand. William Grey maakte een scherpe bocht en zette de landing in. Annika's maag draaide zich om, ze dacht dat ze moest overgeven.

'Hou je vast', zei Grey.

Met een schok raakten de wielen de grond, het vliegtuig stuiterde en slingerde, Annika vloog met haar hoofd tegen het dak en kwam ergens halverwege de vloer te liggen.

'Sorry', zei de piloot.

Ze stuiterden verder over de hobbelige grond, de motor brulde. Het was ontzettend warm.

'Zag je de bus?' zei Halenius in Annika's koptelefoon en de piloot knikte.

Het volkomen verroeste voertuig stond verlaten op het zuidelijke uiteinde van de landingsbaan. Het vliegtuig stuiterde er langzaam naartoe, Annika dwong zichzelf om langzaam en regelmatig te ademen. Een meter of vijftig van de bus minderde de piloot vaart, hij keerde het vliegtuig, zodat het met de neus naar het noorden kwam te staan en de hele landingsbaan voor zich had en zette de motor af.

De stilte die volgde was enorm.

Grey zette zijn koptelefoon af, Halenius en Annika deden hetzelfde.

'We zijn er', zei de piloot en hij opende de deur en stapte uit.

Halenius hielp Annika om de deur te openen, het was lang niet zo eenvoudig als ze zich in haar dwanggedachten verbeeld had. Samen tilden de mannen de sporttassen uit het vliegtuig en zetten ze op de grond. De wind was heet en kurkdroog en vulde haar mond met zand.

De bus was ooit blauw-wit geweest, ze kon de kleuren door de roest heen onderscheiden. Alle ruiten lagen eruit, behalve de voorruit, daar zaten nog een paar glasscherven.

De achterband zat er nog om, maar het voorwiel stond op de velg. Door de grille stak een dode struik naar buiten.

'Ik meen dat ik aan de andere kant een ingang zag', zei Halenius.

Annika knikte, ze had hem ook gezien. Ze kneep haar ogen half dicht en keek om zich heen. Waarom was het zo belangrijk dat juist zij de tassen droeg? Werden ze in de gaten gehouden?

De lucht trilde van de hitte, ze zag niets behalve zinderende lucht en verdroogde doornstruiken.

'Het is waarschijnlijk het beste als je twee keer loopt', zei Halenius, maar Annika schudde haar hoofd.

Liever brak ze haar rug dan dat ze dit meer dan één keer moest doen.

Ze pakte beide tassen vast, zakte bijna door haar knieën maar dwong zichzelf te blijven staan. Haar ruggengraat werd ineengedrukt, ze voelde de hengsels in haar handpalmen snijden. Een insect bleef in haar haar vastzitten.

Ze zette één stap, twee stappen, drie, en toen ze haar benen eenmaal goed op gang had, ging het bijna vanzelf, op een holletje liep ze naar het buswrak, de tassen sloegen tegen haar kuiten, ze struikelde maar ging verder, bleef achter een struik haken en viel bijna.

Vier meter van de bus moest ze even stoppen en de tassen op de grond laten rusten om op adem te komen.

De bus was van het merk Tata. De koplampen waren verwijderd, de gaten deden aan lege oogkassen denken.

Ze greep de tassen weer beet, kreeg ze nauwelijks nog omhoog.

Ze liep om de bus heen, langs de dode struik bij de motorkap, naar de deuropening, waar ze de tassen op de grond zette.

Ze haalde een paar keer diep adem.

Het portier zat er nog in. Het stond open, verwrongen, het glas was al sinds jaar en dag verdwenen. Binnen in het karkas zag ze de roestige skeletten van twee banken.

Ze klom voorzichtig in het voertuig.

Het achterste deel van de bus was leeg, daar zag ze alleen maar roest, stof, afval en de restanten van een groene kunstleren zitting. Voorin zat de motor als een soort verhoging, en de bestuurdersstoel, die was er nog.

Ze haalde opgelucht adem.

'Mevrouw Annika moet het geld op de bestuurdersstoel plaatsen', zei ze hardop.

Ze stapte weer uit, greep de eerste tas met beide handen vast en tilde hem in de bus. De zitting van de bestuurdersstoel was verdwenen, dus zette ze de tas onder het stuur op de vloer. Ze hijgde een paar keer en haalde de andere tas, zette hem boven op de eerste. Stond vervolgens een paar seconden naar haar geld te kijken en voelde helemaal niets.

Toen draaide ze zich om, sprong uit het wrak en holde naar het vliegtuig. Halenius hield de videocamera omhoog en filmde haar.

William Grey draaide zich meteen om en sprong weer achter de stuurknuppel.

'Let's go!' schreeuwde hij en hij startte de motor.

Halenius gooide de camera op haar stoel en ving haar in zijn armen op.

'Ik heb er ook geen spijt van', fluisterde hij in haar oor boven het lawaai van de motor uit.

Ze maakte zich uit zijn armen los, stapte in het vliegtuig en trok de deur dicht.

Halenius zat amper of het vliegtuig kwam al in beweging.

William Grey probeerde het uiterste uit de motor te halen, het vliegtuig kreunde en hotste. Annika zette de koptelefoon op, keek door het zijraampje en zag een zwarte auto over de savanne aan komen rijden, een grote zwarte jeep die over het terrein stuiterde en recht op hen afkwam.

'Kijk!' brulde ze in haar microfoon terwijl ze wees.

'De Toyota Land Cruiser', schreeuwde Halenius. 'Verdomme, schiet op!'

Het vliegtuig schokte even en kwam los van de grond. De motor brulde toen ze steil en met hoge snelheid naar de hemel opstegen. Annika werd tegen de rugleuning gedrukt, maar nu lag er geen harde bundel geld meer achter haar. De piloot zwenkte met een scherpe bocht westwaarts, weg van Somalië en terug naar Kenia, Annika keek naar beneden en zag hoe de zwarte auto bij het zuidelijke uiteinde van de landingsbaan stopte; een man in kakikleren sprong achter het stuur vandaan en rende naar het buswrak, ze zag hem aan de andere kant van de bus verdwijnen en het volgende moment explodeerde de grond onder hen. De lucht werd als door een bliksemflits verlicht. Haar adem stokte, Halenius schreeuwde, het vliegtuig werd door de drukgolf opzij gegooid. Vanaf de plek waar de bus had gestaan, steeg een enorme rookkolom op, de Toyota Land Cruiser stond in brand en de aarde beefde. Ze zocht iets om zich aan vast te houden.

'Jezus, wat was dat?!' schreeuwde William Grey.

Het vliegtuig rammelde en trilde als in een storm, Halenius' gezicht glom van het zweet.

'Iemand die Grégoire Makuza uit de weg wilde ruimen', zei hij met verstikte stem.

De motor begon een schel en gierend geluid te maken.

'*Good Lord*', zei William Grey en hij rukte aan de stuurknuppel. 'Ik hoop dat het lukt om Liboi te bereiken.'

'Het losgeld', fluisterde Annika. 'Nu laten ze hem nooit meer vrij.'

Ze was in de hemel en de hemel was helemaal wit. Heel hoog zweefde ze, ingebed in de wolken. Om haar heen was het doodstil. Ze zette de koptelefoon af maar hoorde geen motorgeluid, alleen heel in de verte een zacht gesuis van de wind, een winterdag grenzend aan een tochtig raam. Ze baadde in het licht, alles was ontbonden. Hoog in de lucht zweefde een vogel, het leek een arend, nee, het was helemaal geen arend, het was een vlieger! Het was een vlieger met de contouren van een arend, een bruine zeearend, en hij zweefde hoog tussen de wolken, zo licht alsof hij zelf van lucht was. Ver beneden op de aarde stond een jongetje dat de vlieger vasthield, hij was heel voorzichtig met de lijnen, hij zwaaide met zijn arm zodat de vlieger begon te dansen, vogels cirkelden om hem heen, piepten en krijsten. Annika glimlachte naar de jongen, hij was zo schattig.

Ze sloeg met een klap tegen de zitting, gleed op de vloer van het vliegtuig, Halenius viel boven op haar, de motor gierde en de wielen slipten, ze gleden over de grond, ze legde haar armen om haar hoofd, vergat te ademen.

Ten slotte stonden ze stil. Het geluid van de motor stierf weg.

'*Holy macaroni*', zei William Grey. 'Dat scheelde maar een haartje.'

Halenius ging rechtop zitten en hielp Annika overeind. Haar rug deed pijn.

'Waar zijn we?'

'In Liboi', zei Halenius. 'William moet kijken of het vliegtuig beschadigd is.'

'Ze hebben de bus opgeblazen', zei ze. 'Het geld is weg. Wie heeft dat gedaan? Wie heeft de bus opgeblazen?'

William Grey keek Halenius aan.

'Goede vraag', zei hij. 'Wie heeft dat gedaan?'

'Een beredeneerde gok? De Amerikanen.'

'Wisten ze waar we naartoe gingen?'

'Mijn sms'jes zijn doorgestuurd naar Interpol in Brussel, dus hebben ze dat geheid geweten. Maar het verklaart nog niets. Ze hielden die landingsbaan al langer in de gaten. Die hele bus moet geprepareerd zijn geweest, en dat doe je niet in een koffiepauze.'

'Ze wisten het', zei Annika. 'Ze wisten dat het losgeld daar lag.'

'De vs zijn in oorlog met het terrorisme,' zei Halenius, 'maar zij zijn niet degenen die begonnen zijn ...'

William Grey stapte uit het vliegtuig, hij liep naar een soldaat met een groot machinegeweer op zijn rug en praatte met hem. Een zee van mensen kwam vanuit het dorp aangestroomd, mannen en kinderen van alle leeftijden en vrouwen in hijab en boerka. Ze omgaven het vliegtuig, algauw stond de hele landingsbaan vol.

De piloot opende de deur aan Annika's kant van het vliegtuig. Ze zag hem door een gordijn van tranen.

'Nu komt hij nooit meer terug', zei ze.

'Er is hier een man die jullie wil spreken', zei hij.

De zwarte soldaat met het machinegeweer stapte naar voren. De mensen achter hem verdrongen zich, grote ogen en monden.

'Wie zijn jullie?' vroeg de soldaat in vlekkeloos Engels. 'Wat is de reden dat jullie hier zijn?'

Annika keek hem aan, ze wilde antwoorden maar kon alleen maar huilen.

Hij was weg, als hij nog leefde, zouden de ontvoerders hem doodmartelen, ze zouden de explosie en de dood van hun leider wreken, o god, ze hoopte dat hij al dood was. Ze sloeg haar handen voor haar gezicht.

Halenius deed een stap naar voren.

'We zijn hier voor een ontwikkelingsproject,' zei hij, 'van de Zweedse hulporganisatie SIDA.'

De mensen om hen heen riepen en zwaaiden, Annika zag hen door een waas. Het was ongelofelijk warm. De zon stond in het zenit, het licht deed pijn aan haar ogen. Ze kon niet stoppen met huilen.

'Jullie documenten?' zei de soldaat tegen William Grey, die hem de vliegpapieren overhandigde.

De soldaat stond minutenlang geconcentreerd te lezen.

Hij zou nooit meer bij haar terugkomen, en dat kwam niet alleen door die explosie. Hij zou nooit meer dezelfde zijn geworden die hij ooit geweest was, de man met wie ze getrouwd was geweest, was allang weg, lang voordat het losgeld verdween.

Door haar tranen heen keek ze naar de horizon, in zuidelijke richting, naar het bijtende licht. Ze meende de rookkolom te zien, de brandlucht te ruiken.

'Volg mij', zei de soldaat ten slotte.

'Kan ik hier blijven?' zei William Grey. 'Ik wil het vliegtuig liever niet alleen laten ...'

Halenius legde zijn arm om haar schouders, maar ze schudde hem van zich af.

De hele menigte, honderden mensen, volgde hen over de landingsbaan naar een groepje huizen van gebarsten beton.

'Wat een toeloop', zei Halenius. 'Je zou haast denken dat ze nog nooit een vliegtuig hebben gezien.'

De man draaide zich om naar Halenius en hield even stil.

'Alleen militaire vliegtuigen', zei hij. 'Jullie zijn de eersten die met een privévliegtuig in Liboi zijn geland.'

Halenius wendde zijn blik af.

De grond lag vol met stenen en rommel, losgewaaide takken en autobanden, Annika struikelde een paar keer. Iets verderop zag ze lage witte huizen, een geit, mensen die in de schaduw uitrustten, lage bomen met leerachtige bladeren, hekken van kippengaas en prikkeldraad.

De lucht was glashelder en eindeloos blauw.

De soldaat nam hen mee naar een binnenplaats die rondom bebouwd was. Middenin stond een grote, ronde bamboehut.

Annika stapte onzeker naar binnen, na het zonlicht buiten deed de duisternis in de hut compact aan. Langs de wanden stonden doorgezakte banken die met gebloemd chintz waren bekleed, ze liet zich op de dichtstbijzijnde vallen en legde haar hoofd in haar handen. Ze voelde haar hele lichaam trillen, de tranen stroomden tussen haar vingers door. De lucht stond helemaal stil. Het was wel honderd graden. Een insect maakte een krassend geluid.

Thomas zat in zijn kantoor in het gemeentehuis van Vaxholm, de zon scheen op zijn gezicht en zijn brede bovenlijf. Hij was nog zo jong, en een stuk slanker. Ze interviewde hem, hij bezigde een houterig ambtelijk taaltje. Ze onderbrak hem en vroeg: 'Praat je altijd zo?' En hij antwoordde: 'Ik heb er verdomd lang over gedaan om het te leren.'

Drie mannen in militair uniform stonden voor haar in de hut, ze droegen zware wapens rond hun heupen.

'Dus jullie komen uit Zweden?' zei de middelste militair. 'Voor een ontwikkelingsproject?'

Daar stonden ze, de voeten wijd uiteen, met alle macht die een vuurwapen gaf.

'We zijn hier om de samenwerking tussen de VN en het WFP te onderzoeken', zei Halenius, waarop hij alle drie mannen de hand drukte.

'Werkelijk?' zei de militair. 'Hoe dan?'

Annika stond op en stapte op hem af, ze voelde haar ogen branden.

'We zijn hier om mijn man te zoeken,' zei ze, 'en het is jullie schuld dat hij weg is.'

Ze merkte dat alle ogen op haar gericht werden. Halenius greep haar bovenarm vast, maar ze rukte zich los.

'En het ontwikkelingsproject dan?' zei de militair.

Hij was afwachtend, had een argwanende toon in zijn stem.

'Hij is hier tien dagen geleden ontvoerd', zei Annika. 'Hij is net als wij op deze airstrip geland, en er was hem beloofd dat hij door júllie beschermd en beveiligd zou worden!'

Ze wees met haar vinger naar de man voor haar en voelde dat ze in een nijdig diertje veranderde, een fel en gemeen beestje met scherpe tanden.

'Júllie hadden beloofd hem en de anderen te beschermen, maar wat hebben jullie gedaan? Jullie hebben zijn afgehakte hand in ontvangst genomen, dat is wat jullie gedaan hebben!'

Nu schreeuwde ze haast, de militairen deden een stap achteruit.

'*Madam*, wij zijn niet degenen die ...'

'Hij was hier om Kenia te helpen zijn grenzen te beveiligen, en wat kreeg hij ervoor terug? Nou? Wat zijn jullie voor mannen?!'

'Annika ...' zei Halenius.

Ze schreeuwde tegen het plafond, er zaten vleermuizen daarboven, ze zag ze niet maar rook ze, ze wist hoe vleermuizen ruiken.

De grond was stenig. Ze kwam langs huisjes van golfplaat en takken, dekens en matrassen. De dorpsstraat was bezaaid met afval. Er waren geen auto's, alleen maar ezels en handkarren.

Ze huilde tegen het licht in.

Ze namen haar mee naar het politiebureau, een van de lage, witte gebouwen die ze vanaf een afstand had gezien. De deur was blauw geverfd, er liep een wirwar van elektrische leidingen door het raam.

Een man (de politiechef?) ontving hen in zijn kantoor, dat net zo groot was als de lift aan de Agnegatan. Een piepende ventilator draaide rustig aan het plafond zonder ook maar één zuchtje wind te veroorzaken. Meerdere politiemensen drongen zich naar binnen en gingen langs de wanden staan.

'Jullie zijn hier voor een ontwikkelingsproject?' vroeg de man (de chef?), wijzend naar een paar stoelen die naast zijn bureau in een hoekje stonden ingeklemd.

Halenius ging zitten maar Annika bleef staan. Ze merkte dat haar tranen waren opgedroogd. Ze was leeg van binnen, hol.

'Nee', zei ze. 'Mijn man, Thomas Samuelsson, is tien dagen geleden hier in de buurt ontvoerd. De Keniaanse autoriteiten zouden garant staan voor zijn veiligheid, maar jullie hebben schromelijk gefaald. Ik zou weleens willen weten wat u, als politiechef, te zeggen hebt?'

De politiechef keek haar met grote ogen aan.

'U bent de vrouw van een van de slachtoffers?'

'Van de Zweedse man, Thomas Samuelsson', zei ze. 'Het was zijn hand die jullie een paar dagen geleden hier voor de deur in een doos hebben gevonden.'

Ze voelde zich duizelig worden en greep de rand van het bureau met beide handen vast. De politiechef schreef iets op een papier.

'Hebt u een signalement van uw man?'

'Signalement? Hoezo?'

'Haarkleur, lengte, kenmerken?'

Ze ademde met horten en stoten.

'Blond', zei ze. 'Eén meter achtentachtig. Blauwe ogen. Tijdens zijn verdwijning had hij een roze overhemd aan.'

De politiechef stond op en verliet de kamer, hij kwam met een map in zijn hand terug.

'Dit hebben we gisteravond uit Dadaab ontvangen', zei hij. 'Gisterochtend heeft een herder buiten zijn manyatta ten zuiden van Dadaab een blanke man gevonden, de man lag levenloos op de grond en de herder dacht dat hij dood was. Maar hij leefde nog, en de herder heeft ervoor gezorgd dat een team van de UNHCR hem gehaald heeft. De man ligt op de ziekenafdeling van Kamp Drie.'

Annika's knieën begonnen te knikken en ze ging naast Halenius zitten.

'Weten jullie wie het is?'

'De man is nog niet geïdentificeerd. Er is ongetwijfeld een bericht uitgegaan naar het coördinatiecentrum van de UNHCR, en ook naar het Rode Kruis, maar de vluchtelingensituatie in Dadaab is chaotisch en zoiets kan een tijdje duren.'

Annika sloot een paar tellen haar ogen.

'Waarom vertelt u dit aan mij?'

De politiechef sloeg de map dicht en keek haar ernstig aan.

'De man was verminkt, hij miste zijn linkerhand. En hij had een roze overhemd aan.'

EPILOOG

ELF DAGEN LATER

DINSDAG 13 DECEMBER

DAG 0

Anders Schyman bekeek de foto die het hele middenblad in beslag nam met een dubbel gevoel van gemis en euforie. Op de achtergrond eindeloze rijen ziekenhuisbedden en tenten, alles bruin en grijs, de visuele troosteloosheid van een vluchtelingenkamp. Het bed met de blonde man in het midden, de vrouw die zich over hem heen boog en haar hand tegen zijn kapotverbrande wang legde. Aan de onderkant meende hij de verbonden stomp te zien waar de linkerhand van de man gezeten had.

Het was zo mooi dat hij haast ontroerd raakte.

Puur technisch gezien was de foto waardeloos (eigenlijk was het een videoframe), maar hij had grote gevolgen gehad. De wereldrechten van Bengtzons dagboek over de ontvoering waren aan Reuters verkocht en CNN had twintig seconden van haar film uitgezonden.

Hij krabde zich in zijn baard, het verhaal was afschuwelijk, hoe Thomas in een golfplaten hut was achtergelaten om te sterven maar erin geslaagd was om naar buiten te komen, hoe Annika hem gevonden had, het transport terug naar Zweden ... Ze hadden een waanzinnige hoeveelheid kranten verkocht, in feite zo veel dat ze de Concurrent hadden ingehaald. De volgende keer dat de oplagecijfers door TS zouden worden gepubliceerd, zou blijken dat de *Kvällspressen* de grootste was, wat voor hem betekende dat hij kon opstappen.

Hij moest zichzelf eraan herinneren dat dit enorme succes niet alleen Annika Bengtzons verdienste was.

Hij sloeg de krant dicht en bekeek de voorpagina:

DE GROOTSTE
SERIE-
MOORDENAAR
VAN ZWEDEN

luidde de kop, met een foto van een glimlachende Gustaf Holmerud met een feestmuts op en een slabbetje om.

Eigenlijk klopte de kop niet (zoals gewoonlijk, had hij bijna gedacht), want de grootste seriemoordenaar van Zweden was een achttienjarige werknemer met een gesubsidieerde baan uit Malmö, die aan het eind van de jaren zeventig zevenentwintig bejaarden in het Östra-Ziekenhuis om het leven had gebracht door hen een bijtend schoonmaakmiddel te laten drinken. Gustaf Holmerud had tot nu toe slechts vijf moorden bekend, maar met het voortschrijden van het onderzoek was er nog hoop dat het er meer zouden worden.

Hij bladerde in de krant.

Pagina's zes en zeven, de belangrijkste nieuwspagina's, bestonden uit pasfoto's van vijf mannen onder de kop GEZUIVERD. De vijf waren de echtgenoten of vrienden van de vermoorde vrouwen, en ook deze kop was in zekere zin onjuist. Oscar Andersson, een van degenen die gezuiverd waren, was nooit verdacht geweest. Het artikel bracht het nieuws dat Gustaf Holmerud nu door de officier van justitie voor vijf moorden was aangeklaagd, hetgeen betekende dat de verdenkingen tegen de overige personen in het onderzoek waren ingetrokken.

Hij schoof de krant van zich af en keek op de klok.

Annika Bengtzon was te laat, wat zeer uitzonderlijk was. Schyman had haar altijd als een tijdsfreak beschouwd, een voortreffelijke eigenschap voor een nieuwsverslaggever. Het maakte niet uit hoe goed je schreef of welk nieuws je bracht als je je niet aan deadlines kon houden ...

'Sorry', zei Annika Bengtzon toen ze buiten adem zijn

glazen kooi binnenviel. 'De metro reed niet en ik ...'

De hoofdredacteur maande haar met een geheven hand tot kalmte. De verslaggeefster schoof de deur dicht, liet haar tas en donsjack op de grond vallen en plofte neer in een bezoekersstoel. Ze had rode wangen van de kou en een schrale huid onder haar neus.

'Hoe gaat het met Thomas?' vroeg Schyman.

Bengtzon haalde diep adem.

'De infectie is onder controle en de malaria is bijna weg', zei ze, terwijl ze de videocamera van de krant op zijn bureau legde. 'Moet ik nog een briefje ondertekenen dat ik hem heb teruggebracht?'

Schyman schudde zijn hoofd.

'Hoe neemt hij de situatie op?'

'Welke? Om het zonder linkerhand te moeten doen? Daar heeft hij nog niets over gezegd, dat lijkt op dit moment vrij onbelangrijk te zijn.'

Hij nam de verslaggeefster op, haar rusteloze bewegingen en rochelende ademhaling. Ze was absoluut niet emotioneel, wat hij erg kon waarderen.

'Ben je verkouden?' vroeg hij.

Ze keek hem verbaasd aan.

'Hoezo?'

'Wat zou je ervan vinden om er een column over te schrijven?'

'Over mijn verkoudheid?'

'Over Thomas, de hele situatie, over jullie huidige leven?'

Ze glimlachte flauwtjes.

'Prima', zei ze. 'Voor drie miljoen kronen.'

Hij glimlachte terug.

'Ik zag dat ze de plaats waar Thomas en de anderen gevangen werden gehouden hebben gelokaliseerd', zei hij.

Annika Bengtzon knikte.

'Een verlaten manyatta, drieëntwintig kilometer ten zuidoosten van Dadaab', zei ze. 'Thomas zegt dat ze rondjes moeten hebben gereden, misschien omdat ze niet wisten waar ze met hen naartoe moesten. We zullen het nooit weten ...'

De Amerikanen hadden triomfantelijk medegedeeld dat ze Grégoire Makuza op dezelfde dag dat Thomas in het kamp in Dadaab gevonden werd, hadden opgeblazen. De president had er zelfs een kernachtige toespraak over gehouden voor het Amerikaanse volk, maar goed, over een jaar waren er dan ook presidentsverkiezingen.

Schyman aarzelde even, haalde diep adem en zei: 'Heb je de laatste tijd nog mediatime.se gelezen?'

'"De Zwarte Weduwe", bedoel je? Jawel.'

'Trek je daar maar niets van aan', zei Schyman.

Ze haalde haar schouders op.

'Anne Snapphane heeft dat artikel geschreven, dat is een oude vriendin van me, en alles wat erin staat klopt. Ik heb immers mijn vriend gedood, mijn man is door terroristen verminkt, een van mijn bronnen is vermoord en mijn huis is door een professionele beroepsmoordenares in de as gelegd. Maar om mij nou met een spin te vergelijken die iedereen die haar dierbaar is doodmaakt, is misschien wat overdreven ...'

'Ik dacht dat Media Time de roddelhoek een beetje zou opruimen, dat beweerden ze tenminste toen ze met dat nieuwe tv-programma *Ronja ontmoet* begonnen.'

'Is dat die vrouw die hier een paar jaar geleden als stagiaire werkte?' vroeg Annika.

'Hoeveel journalisten zijn er die Ronja heten?' zei Schyman.

'Te veel', zei Annika en ze boog zich over zijn bureau en draaide de krant naar zich toe, die nog op de pagina met de kop GEZUIVERD en de vijf pasfoto's open lag.

'Dit is echt verschrikkelijk', zei ze.

Schyman zuchtte.

'Annika ...'

'Ik ben bezig om het uit te zoeken', zei ze. 'Ik heb Viveca Hernandez al gesproken, de puur fysieke mishandeling van Linnea begon toen ze zwanger was. Alle klassieke elementen waren aanwezig, klappen tegen het oog dat beschuldigde en op de mond die tegensprak. Hij zette haar naakt de deur uit en sloot haar in het trappenhuis buiten, zo kwam Viveca erachter wat er gaande was ...'

'Annika ...'

Haar hand kwam op de krantenpagina tot rust, ze keek hem niet aan.

'Ik moet werken', zei ze. 'Anders is het allemaal niets waard. Ik niet, en die vrouwen niet. Ze verdienen het.'

'Annika, ik heb ontslag genomen.'

Nu keek ze naar hem op.

'Wanneer dan? Wanneer stop je?'

'In mei', zei hij.

Ze ging anders zitten, leunde achterover.

'Ik heb me weleens afgevraagd hoelang je het hier nog zou volhouden', zei ze.

Hij trok zijn wenkbrauwen op. Ze maakte een hoofdbeweging in de richting van de nieuwsdesk.

'Patrik,' zei ze, 'en heel zijn gekunstelde riooljournalistiek. Je kronkelt als een worm aan een haak als je je gezicht in de plooi probeert te houden bij al zijn verzinselen. Ik weet dat je zegt dat het verkoopt, maar ik denk dat die successen tijdelijk en kortzichtig zijn. Mensen zijn niet dom. Ze prikken erdoorheen.'

Hij keek haar een paar seconden zwijgend aan.

'Je hebt het mis,' zei hij, 'op alle punten. Mensen zijn vrij dom. Ze geloven alles wat ze lezen, kijk alleen maar naar al die rommel op internet. De helft van de lezers van Media Time gelooft nu dat jij kleine kinderen eet.'

Hij stond op.

'En wat Patrik betreft,' vervolgde hij, 'hem heb ik aan het bestuur voorgedragen als mijn opvolger.'

Ze bleef in de stoel zitten en keek met haar groene ogen scheef naar hem op.

'Dat gaat niet werken', zei ze zacht.

Hij bleef staan zonder antwoord te geven, voelde het onbehagen langs zijn ruggengraat omhoogkruipen.

'Je wordt niet tot held verklaard alleen maar omdat de krant zonder jou naar de filistijnen gaat', zei ze. 'Integendeel. Je zult slechts een bijfiguur worden. Het bestuur zal zijn handen in onschuld wassen. Ze zullen jou alle schuld in de schoenen schuiven, snap je dat niet?'

Ze stond ook op, pakte haar tas en haar jack. Schyman voelde zijn hart bonken en stak zijn borst naar voren om het te verhullen.

'Denk maar over mijn aanbod na', zei hij. 'Een column over jou en Thomas en jullie nieuwe leven samen nu hij weer thuis is. Die drie miljoen kan ik je niet bieden, maar misschien een nieuwjaarsreis met het hele gezin?'

Ze trok haar donsjack aan en hees haar tas op haar schouder.

'Dat wordt wat lastig', zei ze. 'Thomas en ik gaan niet met elkaar verder.'

Hij bleef verbaasd met halfopen mond staan, vond geen woorden.

'Thomas weet nog van niets. Ik ga het hem vandaag vertellen, ik ben nu op weg naar het ziekenhuis.'

Ze trok de deur open, deed hem achter zich dicht en was verdwenen.

* * *

De lucht vult mijn hele raam. De wolken hangen laag en zijn zo massief als beton, koud en grijs.

Soms vliegt er een vogel als een zwart silhouet tegen het licht langs, maar verder is het uitzicht leeg. Ik wou dat ik een boom kon zien, of in elk geval een paar kale takken.

Het is hier zo dodelijk saai.

Mijn hand is pijn gaan doen, de hand die er niet meer is. Soms jeukt het tussen de vingers, de handpalm brandt. Dat is normaal, zeggen ze.

Ik zal een prothese krijgen.

Ze zeggen dat die tegenwoordig erg goed zijn. Je hebt er die met bluetooth worden gestuurd, die de elektrische signalen uit de spieren opvangen en in druk en beweging omzetten, binnenkort zijn er misschien zelfs protheses met gevoel. Dat is een Zweedse uitvinding, wat op zich dan weer leuk is.

Annika is fantastisch geweest. Ze heeft geluisterd en nog eens geluisterd.

Ik zal het nooit vergeten.

Het werd zo stil buiten mijn hut. Ik kreeg geen water en geen eten meer. Uiteindelijk heb ik de metalen plaat die voor de opening stond weggetrapt.

Alle mannen en alle auto's en wapens waren verdwenen. Mijn herinnering eindigt op de savanne. Ik herinner me niets van het vluchtelingenkamp, alleen Annika's gezicht, dat over me heen hing in het vliegtuig op weg naar Zweden.

Ze hebben de Deen niet gevonden. Zijn dochter denkt dat hij nog leeft, hoewel ik haar verteld heb dat hij dood is. Ze denkt dat ik me vergist heb.

Annika heeft me gered. Ze heeft met al het geld dat ze had, geprobeerd om mij vrij te krijgen, maar toen was het al te laat.

Kalle durfde eerst niet naar mijn hand te kijken, maar Ellen wilde meteen het verband eraf halen om hem te onderzoeken, ze heeft Holgers doktersgenen.

Ik verlang zo ontzettend naar Annika. Ze is hier zo vaak geweest als ze maar kon, maar ze heeft het natuurlijk druk met de kinderen en de Kerst en met alles wat er verder geregeld moet worden. Ze komt zo meteen, met glühwein en peperkoekjes.

Ze zeggen dat ik terug kan komen op mijn werk, maar ik weet niet of ik dat wel wil. Mijn baas, staatssecretaris Jimmy Halenius, heeft mij op een fantastische manier ondersteund. Hij is hier een paar keer geweest om te vragen hoe het met me ging. En hij heeft de groeten van de premier en de minister van Justitie overgebracht.

Ze komt zo meteen. Ik heb haar gevraagd om ook saffraanbroodjes mee te nemen, met rozijnen en veel saffraan.

Ik wil dat we de Kerst in Vaxholm gaan vieren. Met een beetje geluk zal er ook dit jaar sneeuw liggen, een witte Kerst.

Het is niet voorbij, nu begint het pas.

Ze zeggen dat ik weer helemaal de oude word. Helemaal de oude. Met een prothese dan.

Je kunt leren om je schoenveters ermee te strikken, zeggen ze.

Nu is ze er, ik hoor haar komen, ik herken haar voetstappen op de gang, haar rusteloze hakken op het linoleum.

Zo meteen is ze bij me.

DANKBETUIGING

Net als in mijn eerdere boeken, sinds ik mijn allereerste 'Dankbetuiging' in het najaar van 1997 schreef, schrijf ik ook nu weer: dit is fictie. Alle personages zijn volledig aan mijn eigen fantasie ontsproten. Ondanks de bijna absurde hoeveelheid research die ik pleeg, is de wereld van Annika Bengtzon volledig in mijn hoofd ontstaan. Dat betekent, bijvoorbeeld, dat ik Amerikaanse scholen kan neerzetten op plaatsen waar ze niet staan, dat ik procedures en besluitvormingsprocessen bij kranten kan beschrijven die er niet zijn, dat ik de inrichting van bestaande gebouwen kan omgooien en dat ik zondagsscholen kan verzinnen die wellicht nooit hebben bestaan.

Eén ding wil ik echter meteen duidelijk stellen: ik weet niet of de Zweedse regering (of welke regering dan ook) haar personeel tegen ontvoeringen heeft verzekerd. Ik heb niet de moeite genomen om dat uit te zoeken. Áls dat wel zo zou zijn, en áls de regering mij dat, tegen alle verwachtingen in, echt zou vertellen (wat dus hoogst onwaarschijnlijk is), dan zou ik dat niet kunnen schrijven. Dan zou namelijk het risico toenemen dat er Zweeds personeel wordt ontvoerd, in Zweden, maar vooral ook in het buitenland, en dat zou de hoogte van het losgeld dat ontvoerders eisen alleen maar opdrijven. Ook weet ik niet of de Zweedse regering kidnapcursussen bij de Amerikaanse FBI heeft gevolgd. Áls de regering dat (tegen alle verwachtingen in) daadwerkelijk heeft gedaan, dan heb ik geen flauw idee of een staatssecretaris in aanmerking zou komen om zo'n cursus te volgen. In deze roman heb ik me aan een fictief scenario gehouden dat mogelijk dicht bij de werkelijk ligt, maar misschien ook wel helemaal niet. Het is voor iedereen beter om het niet te weten.

Om me in de situatie van een ontvoeringsslachtoffer te verplaatsen, heb ik stapels met memoires gelezen van mensen die kortere of langere tijd gegijzeld zijn geweest. In die biografieën worden de dagelijkse routines en omstandigheden tijdens de verschillende periodes van de respectieve gevangenschappen vaak tot in de kleinste details beschreven, wat op den duur dodelijke saai wordt om te lezen. Ontvoerd zijn moet buitengewoon eentonig zijn. Weinig schrijvers is het gelukt om het gevoel van wanhoop en waanzin, waar ze ondanks alles allemaal van getuigen, onder woorden te brengen.

Twee schitterende uitzonderingen zijn Terry Andersons *Den of Lions*, waarin het voormalig hoofd van het kantoor van persbureau Associated Press in Beiroet over zijn bijna zeven jaar durende gevangenschap bij Hezbollah in Libanon verhaalt, en *Zelfs aan de stilte komt een eind* van Ingrid Betancourt, waarin ze haar jaren bij de FARC-guerrilla in Colombia beschrijft.

Ook heb ik een hele reeks non-fictieboeken over ontvoeringen en handboeken over hoe over losgeld te onderhandelen goed kunnen gebruiken. Het belangrijkste boek was *Kidnap for Ransom – Resolving the Unthinkable* van Richard P. Wright.

Bovendien wil ik bedanken:

Peter White, piloot, die me naar Liboi heeft gevlogen.

Peter Rönnerfalk, chef de clinique van het Söderziekenhuis in Stockholm, die mij, wederom, met de medische details heeft geholpen.

Cecilia Roos Isaksson van de Riksbank, Bengt Carlsson van de Handelsbank, Anna Urrutia van de Forex Bank en Jonas Karlsson van de afdeling Misdaadbestrijding bij de douane, voor informatie over regels en procedures bij mondiale geldtransacties.

Het personeel van de krant de *Expressen* in Stockholm, dat mij voor een studiebezoek heeft ontvangen.

Sara Lövestam, collega-schrijfster, voor haar hulp met het Swahili.

Nikke L., wiens schitterende passage over komkommers in aïoli op zijn fotoblog op reco.se ik heb gebruikt.

Anna Laestadius Larsson, van wie ik de in haar column getrokken parallel tussen vieze wc's en kindermishandeling heb overgenomen.

Mijn uitgever Ann-Marie Skarp en alle medewerkers van uitgeverij Piratförlaget.

Niclas Salomonsson, mijn agent, en diens personeel van Salomonsson Agency in Stockholm.

Thomas Bodström, advocaat, schrijver en voormalig minister van Justitie, voor zijn juridische expertise en vlijmscherpe commentaar op de tekst.

Tove Alsterdal, sinds het najaar van 1984 mijn redacteur en eerste lezer: zonder jouw onwankelbare steun, wijze gedachten en grote rust waren er geen boeken gekomen.

Liza Marklund bij De Geus

Springstof
Annika Bengtzon wordt in de week voor Kerstmis 's nachts uit bed gebeld met de mededeling dat er een bom is ontploft in het olympisch stadion, waar de voorbereidingen voor de Olympische Spelen in volle gang zijn. Annika vermoedt al snel dat het niet om een terroristische aanslag gaat.

Studio Sex
Op het kerkhof is het lichaam van een jonge vrouw gevonden. Ze is verkracht en gewurgd. Het spoor leidt naar een vriend van het slachtoffer, eigenaar van seksclub Studio Sex, waar zij werkte als stripteasedanseres. Het lijkt een eenvoudige moordzaak, maar Annika Bengtzon vergaloppeert zich.

Paradijs
Bij de redactie van de avondkrant waar onderzoeksjournaliste Annika Bengtzon werkt, komen twee telefoontjes binnen. Een vrouw vraagt aandacht voor Het Paradijs, een toevluchtsoord voor bedreigde mensen. Een andere vrouw zegt meer te weten over twee lijken die onlangs in de haven zijn gevonden, en over een grootscheepse sigarettenroof.

Prime time
Verslaggeefster Annika Bengtzon verdiept zich in de
moord op tv-ster Michelle Carlsson, die na afloop van
opnamen voor een tv-programma levenloos wordt aangetroffen in een mobiele regiekamer.

De rode wolf
Annika Bengtzon wil een artikelenserie schrijven over
terrorisme en verdiept zich onder meer in een oude,
nooit opgehelderde aanslag. Dan komt een belangrijke
informant, vlak voordat ze hem zou ontmoeten, bij
een auto-ongeluk om het leven.

Ondergedoken
I.s.m. Mia Eriksson
Liza Marklund vertelt het verbijsterende verhaal van
Mia Eriksson, die verliefd wordt op een Libanese vluchteling. De relatie begint als een idylle, maar steeds
meer begint hij haar te behandelen als zijn bezit. Als ze
hem ten slotte verlaat en met een andere man trouwt,
gaat hij haar en haar kinderen naar het leven staan.

Asiel
I.s.m. Mia Eriksson
Mia Eriksson en haar gezin moeten uiteindelijk hun
heil buiten Zweden zoeken om de wraak van Mia's
Libanese ex-verloofde te ontlopen. Na vier jaar lang
onderduiken in eigen land is ze gedwongen te vertrekken. Ze weet ten slotte de Verenigde Staten binnen te
komen. Daar zal Mia de eerste westerse vrouw zijn die
asiel krijgt op grond van huiselijk geweld in haar ge-
boorteland.

Er is een speciale plek in de hel voor vrouwen die elkaar niet helpen
Met Lotta Snickare
Liza Marklund en Lotta Snickare analyseren in dit boekje luchtig maar scherp de positie van vrouwen en mannen in onze samenleving na alle emancipatiegolven.
In het eerste deel beschrijven ze volgens welk recept de samenleving jongens en meisjes 'maakt': door ze (nog steeds) vanaf de geboorte ongelijk te behandelen. Het tweede deel laat zien hoe dat recept doorwerkt in het leven van vrouwen, en in het derde deel worden tips gegeven over hoe je je staande kunt houden in een mannensamenleving.

Het testament van Nobel
Tijdens het Nobelprijsgala wordt de controversiële winnaar van de Nobelprijs voor Geneeskunde neergeschoten op de dansvloer. Journaliste Annika Bengtzon is een van de getuigen in het politieonderzoek. Ze dringt dieper en dieper door in de achtergrond van de moordzaak – en in de geest van de moordenaar. En overal komt ze sporen tegen van Alfred Nobel, de briljante wetenschapper met het tragische leven.

Levenslang
Een populaire politieman wordt vermoord in zijn bed aangetroffen. Zijn driejarige zoontje is spoorloos verdwenen. De verdenking valt al snel op zijn echtgenote. Zij bevindt zich ook in het appartement, in shocktoestand. Bovendien is de moord met haar dienstpistool gepleegd. Julia beweert echter onschuldig te zijn: er was 'een andere vrouw' in het appartement ...

Een plek onder de zon

Annika Bengtzon heeft het moeilijk, zowel privé als op haar werk. Ze wilde zelf geen redactiechef worden, maar met de man die het wel geworden is, kan ze niet goed opschieten. Tot hij haar op 'missie' stuurt naar de Costa del Sol, waar een Zweedse hockeyster en zijn gezin zijn omgekomen bij een inbraak. De inbraak blijkt een moordaanslag te zijn, die verband houdt met een makelaarscollectief dat diep in de hasj- en cocaïnehandel zit.